O diamante de
Jerusalém

NOAH GORDON

O diamante de Jerusalém

Tradução de Aulyde Soares Rodrigues

Rocco

Título original
THE JERUSALEM DIAMOND

Copyright © 1986 by Noah Gordon

Direitos para a língua portuguesa reservados
com exclusividade para o Brasil à
EDITORA ROCCO LTDA.
Rua Evaristo da Veiga, 65 – 11º andar
Passeio Corporate – Torre 1
20031-040 – Rio de Janeiro – RJ
rocco@rocco.com.br
www.rocco.com.br

Printed in Brazil/Impresso no Brasil

preparação de originais
HENRIQUE TARNAPOLSKY

CIP-Brasil. Catalogação na fonte.
Sindicato Nacional dos Editores de Livros, RJ.

G671d	
	Gordon, Noah
	O diamante de Jerusalém / Noah Gordon; tradução de Aulyde Soares Rodrigues. – Rio de Janeiro: Rocco, 1997.
	Tradução de: The Jerusalem diamond ISBN 85-325-0711-5
	1. Ficção norte-americana. I. Rodrigues, Aulyde Soares. II. Título.
96-1850	CDD – 813 CDU – 820(73)-3

O texto deste livro obedece às normas
do Acordo Ortográfico da Língua Portuguesa

Este é para
Lise, Jamie e Michael,
e para Lorraine

AGRADECIMENTOS

Dezenas de pessoas me ajudaram com este livro. Não vou tentar dizer os nomes de todas, mas devo agradecer à minha agente Pat Schartle Myrer e minha editora, Charlotte Leon Mayerson bem como a Lise Gordon e Lorraine Gordon, por sua orientação e aconselhamento. Sou grato a Albert Lubin, diretor-executivo do Diamond Dealers Club, de Nova York, por me guiar no mundo dos diamantes; ao Dr. Cyrus H. Gordon, Professor Gottesman de estudos hebraicos na Universidade de Nova York, por sua ajuda na área de arqueologia; a Lousia e Emmanuel W. Munzerpor por lembrar algumas das horas mais tenebrosas da Europa e ao Dr. Yigael Yadin, de Jerusalém, por conversar comigo sobre Massada.

Tenho um débito especial de gratidão para com Israel Lazar, professor e amigo, por responder com bom humor e paciência às minhas intermináveis perguntas sobre sua terra natal, Israel.

Considero-me responsável por todos os erros que possam ter ocorrido nessas áreas.

NOAH GORDON

I
A PERDA

1

GENIZAH

Baruch acordava todas as manhãs esperando ser preso.
   A folha enrolada, em branco, era feita de cobre de boa qualidade, laminada a mão e alisada até ficar fina como pele. Eles a puseram num saco e levaram às escondidas, como ladrões que eram, para uma pequena caverna num campo árido e deserto. Era escuro dentro da caverna, apesar do céu completamente azul lá fora. Ele encheu de óleo a lâmpada, acendeu e a pôs sobre a rocha plana.
   Três dos jovens conspiradores ficaram no lado de fora com olhos atentos e um odre de pele cheio de *shekar*, fingindo que estavam bêbados. O homem mais velho quase não ouvia as vozes deles. A dor no seu peito tinha voltado e suas mãos tremiam quando apanhou a marreta e a sovela.

   As palavras de Baruch, filho de Neriah ben Maasiah dos sacerdotes que estavam na Antioquia na terra de Benjamin, a quem a ordem de guardar os tesouros do Senhor havia chegado por intermédio de Jeremiah o filho de Hilkiahu, o Kohen, no tempo de Zedekiah, filho de Josiah, rei de Judá, no ano nove do seu reino.

   Isso foi tudo que Baruch escreveu no primeiro dia. Quando o documento estivesse terminado, essas palavras iniciais seriam uma confissão que significava morte se o documento fosse descoberto antes da chegada dos invasores.
   Mas ele sentiu que precisava deixar registrado que não eram criminosos comuns.

   Jeremiah havia dito a ele o que o Senhor queria que fizessem. No fim, Baruch compreendeu que o amigo estava dizendo que deviam roubar do templo objetos consagrados do lugar sagrado.
   – Nabucodonosor está brincando com o Faraó-necoh. Quando suas hordas terminarem o saque no Egito, virão para cá. O templo será queimado e os objetos levados ou destruídos. A ordem do Senhor é para que os objetos sagrados sejam retirados e escondidos até o tempo em que possam ser usados outra vez para adorá-Lo.
   – Diga aos sacerdotes.
   – Já disse. Quando é que a casa de Bukki ouve a palavra do Senhor?

Baruch se afastou claudicando, tão depressa quanto permitia sua perna aleijada.

Ele estava morrendo, por isso seus dias eram mais preciosos do que nunca. O risco o enchia de terror.

Ele conseguiu afastar as palavras da mente até o dia em que os nômades selvagens, que geralmente passavam muito longe da cidade, chegaram aos portões e pediram proteção. Algumas horas mais tarde, as estradas para Jerusalém estavam repletas de refugiados fugindo desesperadamente do mais terrível exército.

Jeremiah o encontrou. Baruch viu a luz nos olhos do profeta que alguns diziam ser de loucura e outros diziam que era a iluminação do Senhor.

– Agora eu ouço a voz Dele. O tempo todo.

– Não pode se esconder?

– Eu tentei. Ele me encontra.

Baruch ergueu a mão e tocou a barba do profeta, tão branca quanto a sua e sentiu partir seu coração.

– O que Ele quer que eu faça? – perguntou.

Outros foram recrutados. Quando se reuniram seu número era duas vezes sete e por isso talvez sua boa sorte fosse dupla, mas Baruch receava que fossem demais. Um informante podia destruí-los.

Ficou atônito com alguns conspiradores, vendo que eram contra a casa de Bukki, a família de sacerdotes que controlava o Templo. Shimor, a Levita, chefe da casa de Adijah, era o guardião do tesouro. Hilak, seu filho, era encarregado do inventário e da preservação dos objetos sagrados. Hezekiah controlava os guardas do Templo, Zecheraia comandava os guardas do portão e Haggai cuidava dos animais de carga. Outros foram levados por Jeremiah porque eram jovens, por sua força.

Logo chegaram a um acordo sobre um pequeno número de objetos que deviam ser escondidos.

As tábuas da lei.

A arca e o manto que a cobria.

O querubim de ouro.

Mas, depois disso, discutiram acaloradamente.

Alguns dos melhores objetos deviam ser abandonados. Objetos maciços estavam condenados. A Menorah. O altar do sacrifício. O mar derretido com seus maravilhosos touros de cobre, e os pilares cor de bronze, ornamentados com lírios e romãs de bronze.

Resolveram esconder o Tabernáculo. Era transportável e mantido desmontado, pronto para a mudança.

E as fechaduras e pregos do Tabernáculo, todos de ouro, feitos há novecentos anos pelo artesão do Senhor, Bezalel ben Uri.

O peitoral do Sumo Sacerdote, adornado com doze pedras preciosas, cada uma doada por uma tribo.
As trombetas de ouro que haviam chamado os israelitas.
A tapeçaria antiga maravilhosamente confeccionada, que cobria o Portão do Sol.
Um par de harpas feitas e tocadas por Davi.
Receptáculos para recolher os dízimos e a bacia de prata para água benta.
Os recipientes para o sacrifício e para a libação, de ouro batido. Talentos de prata e de ouro, resultado da taxa de imposto anual de meio shekel,* paga por todos os judeus.
– Vamos deixar os talentos e esconder um número maior de objetos sagrados – disse Hilak.
– Devemos incluir os tesouros não santificados – observou Jeremiah. – Algum dia podem servir para construir uma nova casa para o Senhor.
– Há barras de ouro que valem muitos talentos – disse Hilak, olhando para o pai, o guardião do tesouro.
– Qual o objeto não santificado mais precioso?
– Uma pedra preciosa enorme – disse Shimor, imediatamente.
Hilak fez um gesto afirmativo.
– Um grande diamante amarelo.
– Incluam o diamante também – disse Jeremiah.
Os homens entreolharam-se tristemente, pensando em tudo que não poderiam incluir.

Por três noites seguidas, entre o fim do dia e a manhã, Hezekiah retirou os guardas do Templo do Portão Novo.
A entrada principal do Santo dos Santos era usada somente pelo Sumo Sacerdote, por ocasião do Yom Hakippurim, para interceder por seu povo junto ao Senhor Todo-Poderoso. Mas havia uma entrada obscura no último andar do Templo. Uma vez ou outra operários religiosos desciam por ela para arrumar o lugar sagrado.
Foi assim que os quatorze homens roubaram a Arca Sagrada e o que ela continha, as tábuas da lei que o Senhor dera a Moisés no monte Sinai.

O jovem sacerdote chamado Berechia desceu amarrado a uma corda. Baruch ficou bem longe do Santo dos Santos. Ele pertencia a uma família de sacerdotes mas nasceu com uma perna mais curta que a outra, o que fazia dele um *haya nega*, *um engano do Senhor*. Não tinha permissão para tocar no que era sagrado, uma honra reservada aos de físico perfeito.

---

* Shekel – unidade antiga de peso, valendo cerca de meia onça ou 14,345 gr. Moeda de ouro ou prata com esse peso, especialmente a principal moeda de prata dos hebreus. (N. da T.)

Mas o medo de Berechia não era maior do que o seu enquanto os outros iam desenrolando a corda e o jovem, girando lentamente, pousou como uma aranha nas sombras do lugar sagrado.

A luz fraca estendeu-se além do homem dependurado na corda, iluminando um brilho de asas. Berechia mandou para cima primeiro o querubim e Baruch desviou os olhos, pois o Não Denominável ficava entre essas figuras no Dia Mais Solene, para ouvir as preces do Sumo Sacerdote.

Subiu então a cobertura da Arca. Ouro sólido, difícil de içar pela corda.

Finalmente a Arca. Contendo as Tábuas!

Eles puxaram Berechia para cima, muito pálido e trêmulo.

– Eu me lembrei de Uzzah – disse ele, com voz entrecortada. Baruch conhecia a história. Quando o rei Davi resolveu levar a Arca para Jerusalém, um dos bois, que puxavam o carro, tropeçou. Uzzah, andando ao lado, segurou a arca sagrada para que não caísse e o Senhor se enfureceu e o matou.

– Uzzah não morreu por ter tocado na Arca, mas porque duvidou da capacidade do Senhor para protegê-la – disse Jeremiah.

– Não é o que estamos fazendo, tentando escondê-la?

– O Senhor a protege. Nós agimos apenas como seus servos – disse Jeremiah severamente para o jovem. – Vamos. Nosso trabalho apenas começou.

Shimor e Hilak os levaram aos tesouros e objetos sagrados que haviam escolhido previamente.

Foi Baruch quem viu a folha enrolada de cobre e sugeriu que fosse levada para fazer a lista dos esconderijos. O cobre era mais durável do que o pergaminho e podia ser limpo facilmente, se ficasse impuro, de acordo com o ritual.

Um camelo carregou a Arca da Aliança do templo de Salomão e um asno carregou a tampa. Como gravetos errantes num molho de lenha, as asas dos querubins erguiam a coberta de pano grosso.

Baruch foi recrutado por ser escriba. Agora Jeremiah mandou que ele gravasse os locais de cada esconderijo na folha de cobre e ele se encontrou individualmente com cada um dos treze homens para separar os objetos e enviá-los aos lugares determinados. Só Baruch sabia todos os locais e o que cada um continha.

Por que só ele merecia essa confiança?

Descobriu a resposta durante uma intensificação da sua doença, quando a dor cortava sua respiração no peito e ele viu as próprias mãos transformadas em garras azuis.

Jeremiah tinha visto Malakh ha-Mavet, o anjo negro, pairando acima dele, como uma promessa. Sua morte iminente era parte da sua responsabilidade.

Os sacerdotes Bukki recusavam ainda admitir que seu mundo podia mudar, mas todos os outros sentiam a aproximação da guerra. Madeira foi armazenada ao lado dos muros para fazer fogo, com o óleo para ser fervido e derramado sobre os atacantes. As primaveras em Jerusalém eram boas, mas a comida não era suficiente. Juntaram todos os cereais da cidade e armazenaram em lugares seguros e todos os rebanhos foram confiscados à espera do horror que se anunciava.

Os que teriam de viver durante o cerco eram os dignos de pena, portanto Baruch não desperdiçou piedade por si mesmo. Porém, finalmente a dor o deixou tão fraco que ele não podia mais erguer a sovela nem a marreta.

Outra pessoa teria de terminar seu trabalho.

Dos outros treze homens, Abiathar, o Levita, era o mais bem equipado para servir de escriba, mas Baruch começava a pensar como Jeremiah e escolheu Hezekiah. Era um encargo pesado para o soldado sem prática de escrita, mas ele liderava um grupo de homens armados de espada e sem dúvida morreria na defesa da cidade e os segredos morreriam com ele.

Na manhã seguinte à armação das barricadas nos portões, ajudaram Baruch a chegar ao muro e ele viu que o inimigo havia chegado durante a noite e suas tendas estavam armadas, como pedaços de um mosaico que se estendia até o horizonte.

Ele e Hezekiah voltaram para a caverna e terminaram a lista dos esconderijos.

No poço sob o Sakhra, ao norte do Grande Encanamento, num cano que se abre para o norte, foi escondido o documento com explicação e inventário de cada objeto e sua localização.

Baruch esperou Hezekiah gravar a última letra e enrolou a folha de cobre. Fora dos muros, estrangeiros com barbas curtas e chapéus altos e pontudos já galopavam nos seus pequenos pôneis em volta da cidade de Davi.

– Agora, esconda o rolo de cobre – disse ele.

2

O HOMEM DOS DIAMANTES

No seu escritório, no segundo andar, Harry Hopeman podia ver, por meio de um espelho de duas faces, lá embaixo, a opulência discreta da Alfred Hopeman & Son, Inc. As paredes, os tapetes e os móveis eram negros sem brilho ou cinza forte. A iluminação, uma bela luz branca que dava à Coleção Hopeman um brilho sem igual, como se toda a loja fosse uma caixa forrada de veludo.

Seu visitante era um inglês chamado Sawyer. Harry sabia que ele estava comprando ações de companhias para os membros da Organização dos Países Exportadores de Petróleo. Era também do conhecimento geral que a compra era apenas parte do trabalho de Sawyer. Ele ajudava a manter a lista negra da OPEP das firmas americanas que negociavam com Israel.

– Tenho clientes interessados em comprar um diamante – disse Sawyer.

Oito meses antes, um cliente do Kuwait havia encomendado um colar a Hopeman & Son, e então o pedido foi cancelado de repente. Desde então, não tinham vendido nada para os países árabes.

– Terei prazer em mandar mostrar o que nós temos – disse ele, intrigado.

– Não, não. Eles querem um diamante em particular, oferecido à venda na Terra Santa.

– Onde?

Sawyer levantou a mão.

– Em Israel. Eles querem que o senhor vá a Israel comprar o diamante.

– É bom saber que precisam de mim.

Sawyer deu de ombros.

– O senhor é Harry Hopeman.

– Quem são "eles"?

– Não tenho permissão para dizer. O senhor compreende.

– Não estou interessado – disse Harry.

– Sr. Hopeman. Será uma viagem breve que abrirá uma porta muito importante e muito dinheiro para o senhor. Nós somos negociantes. Por favor, não deixe que a política...

– Sr. Sawyer, se seus empregadores querem que eu trabalhe para eles, devem me pedir pessoalmente.

Sawyer suspirou.

– Muito bom-dia, sr. Hopeman.

– Adeus, sr. Sawyer.

Mas o homem voltou.

– Será que poderia recomendar alguém com a mesma experiência que o senhor?

– Minha companhia seria então retirada da lista das firmas boicotadas?

– Que lista? – disse Sawyer, astuciosamente. Mas ele estava programado para sentir a possibilidade de um acordo e sorriu.

Harry sorriu também.

– Eu sinto muito, mas sou único – disse ele.

A satisfação desse encontro não durou a tarde toda.

Na sua mesa estavam inventários, relatórios de vendas, a papelada que ele detestava.

O homem que dirigia a oficina onde as pedras eram cortadas, na rua Quarenta e Sete oeste, e a mulher que dirigia a loja elegante de Alfred Hopeman & Son, na Quinta Avenida, estavam treinados para não precisar dele. Isso o deixava livre para cuidar do patrimônio e atender aos que constavam da pequena lista de clientes pessoais – os muito ricos, que compravam joias raras, e os curadores de museus, que colecionavam joias com significado histórico ou religioso. Essas eram as áreas de maior lucro, mas não eram transações semanais. Inevitavelmente havia dias sem movimento, como este.

Espaços vazios e mortos.

Dispensando a ajuda da secretária, ele fez a ligação pessoalmente.

– Alô. Posso ir até aí agora?

Teria ela hesitado, antes de concordar?

– Está bem – disse ela.

Quando ele estava deitado com o rosto apoiado na beira do colchão, a mulher, com os longos cabelos espalhados no travesseiro, disse que ia se mudar.

– Para onde?

– Uma casa pequena. Minha.

– Esta casa é sua.

– Não quero mais. Não quero mais cheques, Harry. – Falou alto para ser ouvida acima do som da televisão que ela insistia em manter ligada sempre que faziam amor, porque o apartamento, embora luxuoso, tinha paredes muito finas. Mas não havia ira em sua voz.

– Ora, que diabo está acontecendo?

– Estive lendo sobre os gamos. Sabe alguma coisa sobre os gamos, Harry?

– Nada de nada.

– Eles não fazem sexo indiscriminadamente. Nunca, exceto quando estão no cio. Então, o macho abandona a fêmea assim que acaba, foge dela.

– É muito difícil segurar um macho.

Ela não sorriu.

– Não percebe uma certa... semelhança?

– Estou perdido no meio do mato?

– Harry Hopeman não é um animal, é um homem de negócios. Ele faz questão de conservar a coisa para ser usada outra vez. *Então*, ele vai embora.

Harry gemeu.

– Eu não sou uma coisa, Harry.

Ele levantou a cabeça.

– Se está se sentindo tão... *usada*, pode explicar os últimos dois meses?

– Senti atração por você – disse ela calmamente, olhando para ele. – Seu cabelo é cor de cobre, com leves tons de vermelho. E sua pele é do tipo que muitas mulheres gostariam de ter.

– Elas teriam de se barbear duas vezes por dia.

Ela não estava sorrindo.

– Dentes de animal. Até seu nariz de herói de futebol.

Ele balançou a cabeça.

– Um cara me acertou. Há muito tempo.

Ela riu.

– Isso combina. Para você, as pequenas tragédias da vida se transformam em vantagens. – Tocou com a ponta do dedo os pelos escuros do pulso dele. – Bastava olhar para suas mãos para eu me sentir... você tem as mãos mais perfeitas que já vi. Tão controladas. Eu sempre parava de trabalhar para ver você segurar uma pérola ou uma pedra preciosa. – Sorriu. – Eu estava pronta para você muito antes de você saber. Pensei que podia prendê-lo. Tão jovem e com todo esse dinheiro. Tão belo, no seu estilo discreto. Eu sabia que sua mulher devia ter ficado louca para sair da sua casa.

Hopeman olhou para ela.

– Eu estava esperando o momento exato para apanhar todo o prêmio.

– Não é um prêmio tão grande assim – disse ele. – Eu nunca pensei que você o queria.

Os dedos que antes datilografavam suas cartas tocaram seu rosto.

– Jamais chegará o momento certo. Você precisa de mim, Harry? Ou me quer de verdade?

Harry sentiu remorso.

– Escute – disse ele. – Você tem de fazer isso conosco?

Ela balançou a cabeça afirmativamente. Só os olhos a traíam.

– Vista-se e diga adeus, Harry – disse ela, quase com ternura.

A rua Quarenta e Sete entre a Quinta e Sexta avenidas o atraiu e o reconfortou quando ele era ainda jovem e engajado na corrida de todos os outros jovens que estavam aprendendo o negócio de diamantes. A quadra mais rica do mundo era uma miserável coleção de fachadas encardidas e prédios velhos que o faziam pensar num homem solitário e andrajoso com dinheiro guardado debaixo do colchão. Havia umas poucas anomalias – uma famosa e antiga livraria, uma papelaria. O resto era da indústria de diamantes, falando mais alto do que falava no norte da cidade, um dos vários lugares estranhos em que Harry Hopeman se sentia em casa.

Passou por um jovem, mal saído da adolescência, abordando um homem que podia ser seu avô. Os dois estavam na frente de uma vitrine que ostentava um cartaz roto e desbotado:

> IMPORTUNAR
> OS TRANSEUNTES
> PARA
> VENDER OBJETOS
> É
> CONTRA A LEI
> CÓDIGO ADMINISTRATIVO
> NÚMERO 435-10.1
> COMITÊ DE VIGILÂNCIA DOS JOALHEIROS

– Não, mas tenho alguma coisa bem parecida. Faço um preço muito bom – dizia o jovem, ansioso.

Harry sorriu, lembrando o próprio aprendizado naquelas mesmas calçadas.

As lojas de varejo eram um subproduto. A verdadeira rua Quarenta e Sete podia ser encontrada entre os pequenos grupos de judeus ortodoxos parados na calçada, ilhas entre o burburinho dos compradores, quacres semíticos com cafetãs longos e puídos e chapéus de abas largas debruadas com pele, chamados *streimels,* ou escuros chapéus de feltro e ternos modernos, de cor preta ou azul-marinho. Ele cumprimentava os conhecidos com uma inclinação da cabeça. Vários deles examinavam o conteúdo de embrulhos de lenços de papel, como garotos trocando bolinhas de gude – mas dessas bolinhas de gude era que saíam o dinheiro para a escola e para os aparelhos nos dentes dos filhos, o aluguel e a anuidade da sinagoga, o *shul.*

Um observador casual não poderia saber o que eles estavam examinando. Diamantes são o melhor modo de juntar muito dinheiro num mínimo de espaço. Quase todos eram intermediários que conseguiam as pedras com os importadores, como o pai de Harry, geralmente comprando-as a crédito e vendendo para os joalheiros varejistas. A maioria deles não tinha um *showroom,* nem mesmo um escritório. Quando o tempo não estava bom, eles saíam da rua e faziam seus negócios num café ou nos corredores do salão de exposições do Diamond Dealers Club, em cujo cofre muitos guardavam sua mercadoria à noite.

Alguns iam melhorar de vida e conseguir pequenos espaços nos cubículos que se enfileiravam nos dois lados da rua. Poucos chegariam a coisas maiores. Algumas das grandes fortunas mercantis da América tinham começado com um negociante de diamantes que fazia comércio nessa rua com o escritório no bolso, comprando e vendendo cautelosamente, fazendo negócio com frases em ídiche e apertos de mão, em vez de contratos.

Harry seguiu pela Quinta Avenida, para o outro lado do comércio de diamantes, parando na Tiffany & Co. para admirar uma peça na vitrine, um diamante incomparável de talvez 58 quilates, engastado num broche. Era impressionante mas não era um diamante para dar origem a lendas. E seu negócio era de caráter lendário.

Ele sentia prazer em olhar, nem que fosse de relance, uma daquelas pedras fabulosas. As histórias da sua infância eram crônicas reais sobre o Colar da Rainha, o Grande Mogul, o Orloff, a Estrela Negra da África, o Montanhas de Esplendor, o Cullinan. Alguns desses grandes diamantes, escondidos em caixas-fortes, foram vistos por poucos durante o século. Mas os homens que se reuniam no apartamento do seu pai falavam deles com intimidade, repetindo o que ouviram dos seus pais.

Algumas das antigas famílias ligadas aos diamantes sobreviveram e se espalharam como as marmotas que cresciam e progrediam ao longo do Hudson. Elas também procriaram e cresceram. Quando o espaço era insuficiente, os membros mais jovens mudavam para novas áreas, criando ramos franceses, ingleses, alemães, italianos e holandeses, da mesma família dedicada ao comércio de joias. Alguns comerciantes de diamantes podem traçar sua ascendência por gerações e gerações, o que é estranho nestes tempos em que a maioria das pessoas não sabe nem quem foram seus bisavós. Em ídiche se diz que esses homens têm *yikhus avot*, ancestrais eminentes. Alfred Hopeman, o pai de Harry, dizia sempre com convicção que era descendente de Lodewyk van Berken.

Até esse lapidador judeu de Bruges, os diamantes só brilhavam por meio de um feliz engano da natureza, o único modo de dar às pedras algum brilho era esfregando uma contra a outra. Van Berken era matemático. Em 1467, ele descobriu uma disposição exata de facetas que gravava nas faces das pedras com um disco giratório de movimento rápido, no qual passava pó de diamante misturado com óleo de oliva. Ele conseguia assim polir cada diamante para revelar a chama que vivia nele e manteve o método como segredo de família. Os homens que aprenderam com ele deram origem à indústria belga e holandesa de corte de diamantes e forneciam joias para toda a realeza da Europa. Um deles chegou até a cortar uma pedra – mais tarde conhecida entre os profissionais como o Diamante da Inquisição – em troca da vida de um primo espanhol condenado a morrer na fogueira por heresia.

Essas eram as histórias que Harry ouvia, enquanto as outras crianças estavam ouvindo contos de fadas.

No verão do seu segundo ano na Universidade de Colúmbia, ele foi à Europa pela primeira vez. Em Antuérpia, onde a maior parte da economia se baseia na indústria do diamante, ele encontrou numa praça pública a estátua de Lodewyk van Berken. O mestre é representado com o gibão e a bolsa da sua profissão. Está de pé, com a mão esquerda na cintura, olhando atentamente para um diamante que segura entre o polegar e o indicador da mão direita.

Estudando os traços sem beleza, Harry não viu nenhuma semelhança com pessoas da sua família. Porém, sabia que seu pai o tinha ensinado a polir as pedras usando o método de van Berken, praticamente sem nenhuma mudança depois de quase cinco séculos, como o próprio Alfred tinha aprendido e todas as outras gerações anteriores de van Berken.

– Vocês são mesmo parentes? – perguntou a jovem com que estava viajando. Ela era sofisticada e loura, neta de um bispo episcopaliano. Achava os semitas extremamente exóticos, e ele estava capitalizando esse fato.

– É o que meu pai diz.

– Então apresente-nos.

Com a maior seriedade, ele a apresentou à estátua.

Uma semana depois, quando foram à Polônia para ver Auschwitz, onde os parentes checos do seu pai tinham sido mortos, ele ficou acabrunhado com a tristeza que os judeus mortos, sangue do seu sangue, pareciam lhe comunicar, e a jovem loura e sofisticada o surpreendeu com uma crise histérica de sentimento profundo. Mas em Antuérpia ela disse, sobre um comediante da TV:

– Engraçado, ele não parece judeu.

Quando voltou para o escritório encontrou várias mensagens. Respondeu a uma delas, da Califórnia.

– Harry? O bom e velho Harry! Inglaterra e São Jorge! – A voz que antes encantava milhões já estava arrastada. O ator era um dos mais ativos colecionadores de diamantes do mundo. Estava também no meio de um célebre rompimento de relações.

– Alô, Charles.

– Harry, preciso da sua ajuda. Estou no mercado.

Harry imaginou se o ator queria um símbolo de reconciliação ou um presente simbólico de um capricho passageiro.

– Grande, Charles? Ou íntimo e encantador?

A pergunta foi compreendida e apreciada.

– Grande, Harry. Sem dúvida, grande e incomum. Alguma coisa eminentemente apropriada.

Reconciliação.

– É bom ouvir isso, Charles. Vai exigir consideração e estudo. Quanto tempo nós temos?

– Ela acaba de sair da Espanha. Temos algum tempo.

– Maravilha. E, Charles... – Hesitou. – Estou feliz por você.

– Obrigado, amigo Harry. Sei que está.

Telefonou para uma mulher em Detroit. Ela estava tentando convencer o marido a investir parte do capital num diamante branco-azulado de 38,26 quilates.

– Sinceramente você acha que é um bom investimento? – perguntou ela.

– Nos últimos cinco anos quase todas as pedras triplicaram seu valor.

– Acho que ele pode pagar o preço.

Harry não estava tão otimista.

Quando tinha vinte e três anos, ele obteve um grande diamante indiano em consignação. O comerciante concedeu o crédito só porque conhecia seu pai há anos. Harry vendeu o diamante em menos de duas semanas para a mãe de uma aluna de Barnard, em Tulsa, dona de uma das fortunas do petróleo. Durante a negociação, que marcou o começo do seu sucesso, Harry experimentou uma sensação quase sexual, que descreveu como "formigante", mas menos física do que uma aguda e intensa intuição.

Agora a inatividade do seu radar pessoal sugeria que a mulher de Detroit talvez não fosse uma cliente.

– Não o pressione, senhora Nelson. Uma pedra desse tamanho não é vendida com facilidade. Ela vai esperar pela senhora.

A mulher suspirou.

– Vou manter contato.

– Faça isso.

O telefonema seguinte foi para Saul Netscher, na S. N. Netscher & Co., Inc., importação e exportação de diamantes industriais.

– Harry, um homem chamado Herzl Akiva quer marcar um encontro com você.

– Herzl Akiva? – Harry procurou entre as mensagens anotadas e encontrou. – Sim, sim, ele me telefonou. O nome é israelense – disse, resignado.

Netscher, o melhor amigo do seu pai, sempre dava uma mordida grande quando se tratava de levantar fundos para Israel.

– Ele está no escritório de Nova York de uma firma têxtil. Encontre com ele, está bem?

– Tecidos? – Harry estranhou. – É claro, se isso lhe agrada.

– Eu agradeço. Quando vamos nos ver?

— Vamos almoçar. No fim da semana? Não, não vou poder. Começo da próxima semana é melhor.

— Qualquer hora. Você conhece o meu sistema. Deixei que seu pai tivesse toda a responsabilidade de criar você. Eu só colho os prazeres.

Harry sorriu. Gostava muito de Saul, mas às vezes era vantajoso ter um pai de verdade, além de um homem idoso que reclamava seus privilégios.

— Eu telefono.

— Muito bem. Desejo-lhe saúde, meu filho.

— *Sei gezunt*, também lhe desejo saúde, Saul.

Embora não houvesse nenhuma mensagem, impulsivamente ele telefonou para a esposa.

— Della?

— Harry! — Sempre a mesma, com muita vida e calor humano. Foram casados durante muito tempo para que ele não percebesse a emoção. — Como vai?

— Muito bem. Estava pensando... você precisa de alguma coisa?

— Acho que não, Harry. Mas é muita bondade sua. Na terça-feira saí de carro para visitar Jeff na escola. Ele disse que gostou muito do fim de semana que passou com você.

— Eu não tinha muita certeza. Tive de trabalhar no domingo.

— Oh, Harry — disse ela, com voz cansada. — Ir para o colégio interno por um ano por causa da nossa... situação... não tem sido fácil para ele. Nem a separação e todo o resto.

— Eu sei. Mas ele está bem.

— Espero que sim. Gostei de você ter telefonado — disse ela. — Podemos jantar esta noite? Precisamos conversar sobre o *bar mitzvah* de Jeff.

— O *bar mitzvah*? Meu Deus, mas ainda faltam meses.

— Harry, é absolutamente essencial programar essas coisas com meses de antecedência. Quer jantar amanhã, então?

— Amanhã meu pai vem jantar comigo. Posso desmarcar...

— Por favor, não faça isso — disse ela, rapidamente. — Diga a ele que lhe mando todo o meu amor.

— Sim. Muito bem, breve falaremos sobre o *bar mitzvah*.

— Obrigada por telefonar. Sinceramente.

— Até logo, Della.

— Até logo, Harry — disse ela, com sua voz clara.

O Lamborghini, que ele mesmo dirigia, estava em manutenção numa garagem em East Nyack. Sid Lawrenson, seu homem de confiança, foi apanhá-lo em Nova York no seu segundo carro, um Chrysler de três anos. Lawrenson detestava a cidade e dirigiu em alta velocidade até o tráfego que seguia para o norte ficar menos denso e eles entrarem em Westchester County. A estrada que tomaram finalmente descia para um vale supervalorizado entre colinas elegantes cobertas de loureiros e rododendros. Uma casa de guarda marcava a entrada sinuosa escondida por uma cortina de carvalhos altos, sicômoros e coníferas. A metade da casa fora construída no começo de 1700 por um patrono da Companhia das Índias Ocidentais. A outra metade, mais de um século depois, mas com tanta arte que era difícil dizer onde terminava uma das belas partes e começava a outra.

– Não vou precisar de você esta noite, Sidney – disse ele, quando desceu do carro.

– O senhor... hã... tem certeza, sr. Hopeman?

Harry fez que sim com a cabeça. A mulher de Lawrenson, Ruth, governanta dos Hopeman, era uma pessoa dominadora e há muito tempo Harry suspeitava que Sidney tinha uma amiga menos abrasiva ali por perto, provavelmente na cidade.

– Então vou tratar de algumas coisas que tenho de fazer.

– Divirta-se.

Trocou o terno por uma calça jeans e um suéter e depois jantou o que Ruth Lawrenson tinha preparado. Quando os Hopeman se separaram, a governanta carrancuda, que amava Della e apenas gostava de Harry, deixou bem claro para quem ela e o marido preferiam trabalhar. Mas Della mudou para um apartamento pequeno na cidade e tinha uma faxineira duas vezes por semana e os Lawrenson ficaram, para satisfação de Harry e de Sidney – pensou ele com um sorriso.

Depois do jantar subiu para o quarto de trabalho, confortável e repleto de mesas e instrumentos. Na banca de lapidação, num canto, estavam serras, limas, a máquina de lapidar e polir e uma coleção de cristais de rocha e de pedras semipreciosas. O resto do quarto era mais um estúdio do que uma oficina. Sobre a mesa de trabalho estavam empilhados livros com anotações e folhas manuscritas. As estantes continham uma combinação eclética de periódicos – *Arqueologia bíblica, Pedras preciosas e minerais, Oriens Antiquus*, a *Revista dos Lapidários*, o *Registro da Sociedade Exploradora de Israel, Deutsche Morgenländische Gesellschaft Zeitschrift...*

Estava quente para uma noite de primavera. Ele abriu a janela para aproveitar a brisa do rio, sentou e começou a trabalhar, completando a pesquisa para o artigo sobre "Pedras preciosas da realeza russa, desde a Coroa de Kazan de Ivã ao Peitoral com Pedras Preciosas de Mikhail Feodorovich Romanov". Sempre que estudava esse período, aumentava sua satisfação por viver livre na América, no século XX, centenas de anos depois que os especialistas eslavos, que engastavam pedras preciosas até nos chinelos, pagaram por seu trono incrustado de joias com o sangue de milhões. Ele lia rapidamente, tomando notas em fichas pequenas com letra apertada e clara, feliz pela primeira vez nesse dia.

Algumas horas depois, uma batida na porta.
– É o telefone – disse Ruth Lawrenson.
– E qual é o problema? – Ela nunca interrompia o seu trabalho.
– Bem, eu não sei. Um homem chamado Akiva diz que é muito importante.
– Peça a ele para telefonar amanhã. Para meu escritório.
– Eu já disse. Ele insiste em dizer que é urgente.
Harry atendeu secamente.
– Sr. Hopeman? Acredito que o senhor Saul Netscher tenha falado a meu respeito.
Ele tinha um sotaque acentuado. De um modo geral, Harry gostava de ouvir pessoas que tinham aprendido inglês na Inglaterra.
– Sim. Eu sinto, mas neste momento estou muito ocupado.
– Peço desculpas. Por favor, acredite. Mas preciso vê-lo para tratar de um assunto muito importante.
– Negócios, sr. Akiva?
– Negócios, sr. Hopeman. – Uma pausa. – Pode-se dizer que é muito mais do que negócios.
– Venha ao meu escritório amanhã de manhã.
– Isso seria pouco prudente. Podemos nos encontrar em outro lugar? – Outra pausa. – Também preciso falar urgentemente com seu pai.
Harry suspirou.
– Meu pai está praticamente aposentado.
– Por favor, seja paciente. Vai compreender tudo quando nos encontrarmos.
Harry sentiu um leve movimento no seu radar.
– Estarei no apartamento do meu pai amanhã à noite, rua Sessenta e Três, leste, 725. Pode estar lá às oito horas?
– Será esplêndido, sr. Hopeman. *Shalom*.
– *Shalom*, sr. Akiva.

Às quatro horas da manhã, Harry foi acordado pelo telefone. Havia muita estática e uma conversa confusa em duas línguas diferentes.
– *Pronto?* Sr. Hopeman?
– Alô? Alô?
– Sr. Hopeman?
– Sim. O que é que você quer?
– Bernardino Pesenti. Cardeal Pesenti.
Dom Bernardino, cardeal Pesenti, era o administrador do patrimônio da Santa Sé. Sob seus cuidados estavam os tesouros do Vaticano, a vasta coleção de arte e enorme quantidade de objetos antigos inapreciáveis – as cruzes cravejadas com pedras preciosas, joias bizantinas, peças de altar, cálices, ânforas e outros recipientes. Há alguns anos ele fora intermediário de Harry na compra

da coroa com pedras preciosas da Nossa Senhora de Czenstochowa, da arquidiocese de Varsóvia, ajudando a tornar possível o esplendor em negro e cinza de Alfred Hopeman & Son.

– Eminência. Como está?

– Minha saúde é suficiente para o trabalho do Santo Papa. E o senhor?

– Estou muito bem, eminência. Posso fazer alguma coisa pelo senhor?

– Sim, uma coisa. Pretende vir a Roma brevemente?

– Não está nos meus planos, mas sempre pode ser arranjado.

– Queremos que nos represente.

– Numa compra?

A Igreja herdava. Raramente vendia, e Harry não lembrava de alguma vez que tivesse comprado.

– Na recuperação de um item roubado.

– Uma joia ou um objeto antigo, eminência?

– Um diamante oferecido à venda na Terra Santa. – O cardeal Pesenti fez uma pausa. – É o Olho de Alexandre, sr. Hopeman.

– Então apareceu? – A pedra estava desaparecida há décadas, roubada do museu do Vaticano. Agora ele estava extremamente interessado. – Minha família esteve muito ligada a essa pedra.

– Nós todos sabemos disso. Um dos seus antepassados a cortou. Outro a engastou na mitra de Gregório, para a Santa Madre Igreja. Seu pai certa vez limpou a mitra e o diamante. Agora gostaríamos que continuasse a tradição de nos servir. Seja nosso representante e devolva a pedra ao seu lugar legítimo.

– Terei de pensar no assunto – disse Harry.

Depois de um pequeno silêncio, impaciente, o cardeal disse:

– Muito bem. Deve falar sobre o assunto conosco. Roma está quente e muito bela nesta primavera. Que tal o tempo em Nova York?

– Não sei. Está muito escuro lá fora.

– Oh, nem me ocorreu isso – exclamou o cardeal finalmente.

Harry riu.

– Eu sempre esqueço – disse o cardeal Pesenti. – Espero que consiga continuar dormindo.

– *Prego* – disse Harry. – Eu telefono dentro de um ou dois dias. Até breve, eminência.

– *Buona notte*, sr. Hopeman.

Levantou-se e tateou no escuro para pôr o telefone no suporte. A intuição era tão intensa que ele quase a podia ouvir. Sentou na beirada da cama e esperou passar a sensação para pensar no que estaria acontecendo.

3
O ENCONTRO

Quando descobriu que queria tanto o prazer do conhecimento quanto a ação e as recompensas do comércio, Harry compreendeu que precisaria de extraordinária autodisciplina para evitar que uma tarefa consumisse a outra. Mas um dia livre era sempre aceito sem hesitação pelo estudioso e ficou feliz quando telefonou para o escritório e soube que não havia nada na sua agenda para esse dia. Depois do café, voltou à sala de trabalho e escreveu o artigo sobre as joias russas, usando as notas da noite anterior. Trabalhou cuidadosamente, reescrevendo uma ou outra página, fazendo a revisão, enquanto apreciava o almoço levado numa bandeja por Ruth Lawrenson.

No fim da tarde o artigo estava no envelope, endereçado à *The Slavik Review* e pronto para ser posto no correio.

Vestiu a roupa e os sapatos de exercício e caminhou pelo pomar que ia da casa até o rio, atravessando o bosque. Quando chegou à trilha que acompanhava a margem, começou a correr, observando uma vez ou outra o reflexo de luz no rio entre as árvores. Há mais de três anos ele corria nessa trilha, três quilômetros e meio rio abaixo, depois a volta, rio acima, atravessando as terras de uma meia dúzia de vizinhos. Raramente encontrava outra pessoa e não viu ninguém nesse dia. Na volta, apertou o passo e, quando a casa apareceu, estava correndo a toda velocidade, lutando contra o ar como se fosse outro rio fluindo na direção contrária. Quando entrou no pomar, um gamo estava comendo as folhas novas das árvores e fugiu rapidamente. Agora, sabia mais alguma coisa sobre os gamos: eles comiam as folhas das macieiras. Jeff queria um rifle para caçar gamos, mas só o teria passando por cima do cadáver de Harry.

"Passa, garanhão danado!"

Quando entrou em casa, molhado de suor, pensou que o animal podia muito bem ser uma fêmea. Harry riu baixinho e Ruth Lawrenson olhou zangada para ele. A governanta não acreditava que um homem com o coração partido podia estar se divertindo daquele modo.

Seu pai estava com um blazer azul-marinho de lã inglesa, camisa de seda feita sob medida, branca como um suborno à idade, gravata de foulard marrom com losangos azuis estampados, calça esporte cinza-claro e sapatos leves de couro negro, engraxados, mas sem brilho. Alfred Hopeman usava suas roupas impecáveis com a discrição e naturalidade de um europeu, hábito adquirido quando era diretor da firma Hauptmann, uma das mais conhecidas casas de diamantes de Berlim. Deixara a Alemanha em 1931, com um terno de boa qualidade, mas quase sem bagagem. Uma das primeiras coisas que fez em Nova York foi procurar um alfaiate. O sequestro e assassinato do filho de Lindbergh estava ainda na lembrança dos americanos. A execução de Bruno Hauptmann era bastante recente para que ele sentisse a reação das pessoas a quem era apresentado como a passagem de uma leve corrente elétrica. Mudou seu nome para Hopeman quando se naturalizou.

A rua Quarenta e Sete era menos sofisticada e mais barulhenta do que a Leipziger Strasse, em Berlim, mas, apesar das suas roupas impecáveis, Alfred sentiu-se em casa desde o começo. Os eventos da sua vida indicavam claramente agora, como nunca antes, que ele era judeu e que gostava do distrito judeu de diamantes de Nova York. Durante quatro anos trabalhou para outros, criando seu capital e esperando pacientemente, até poder voltar a ser seu próprio patrão. Então, por mais oito anos, ele trabalhou na rua Quarenta e Sete, no comércio de diamantes, cortando e polindo. Embora a nova companhia jamais tivesse alcançado a importância e a fama do seu ateliê na Alemanha, Alfred teve sucesso com seu negócio. Estava sólido, embora modestamente estabelecido, quando a sorte estendeu a mão e o tomou nos braços.

A DeBeers Diamond Corporation controla 95 por cento das pedras preciosas extraídas a cada ano. Poucas pessoas na DeBeers conhecem a extensão da vasta reserva de onde vêm as poucas pedras lançadas no mercado, uma quantidade calculada para que os diamantes mantenham seu valor. Dez vezes por ano, num prédio de escritórios de nove andares, numa travessa da Fleet Street, em Londres, conhecido popularmente como o Sindicato e oficialmente como Organização Central de Vendas, um grande número de diamantes brutos são cuidadosamente separados em duzentas e cinquenta coleções menores, aproximadamente iguais em número, tamanho e qualidade. Esses diamantes destinam-se aos "Duzentos e Cinquenta", a elite dos mercadores de diamantes em todo o mundo. Os favorecidos podem escolher as pedras pessoalmente, numa reunião chamada de "vista", mas não há negociação e cada comerciante pode levar o que lhe é destinado. Muitos deles ficam em casa e aceitam a entrega pelo correio comum. Antes de cada "vista" ou envio pelo correio, cada interessado deve adiantar um milhão de dólares à organização. Na maioria das vezes, um cheque de reembolso acompanha a caixa que ele recebe, que nunca contém menos de 250 mil dólares em pedras preciosas e não mais de um milhão em diamantes brutos.

Um novo membro é aceito na seleta fraternidade apenas em caso de morte ou de doença grave de um dos Duzentos e Cinquenta. Alfred não tinha ideia de que ia fazer parte dessa elite. Sua satisfação quando o informaram foi substituída por preocupação à ideia do capital de que ia precisar. Porém, seu nome na DeBeers foi garantia suficiente para levantar o dinheiro que quisesse. Ele vendeu as seis primeiras caixas de diamantes brutos a atacadistas, sem sequer quebrar os selos, com lucro de 17 por cento sobre o que havia pago à DeBeers. Em dezoito meses, seus empréstimos foram resgatados.

Quando Harry abriu a nova e moderna firma Alfred Hopeman & Son, na Quinta Avenida, ficou também com a indústria de polimento na rua Quarenta e Sete e seu pai passou a enviar as caixas com diamantes brutos diretamente para ele. Era uma grande vantagem. Harry mandava a Alfred uma porcentagem do lucro e ficava com sua parte, lapidando apenas as pedras melhores no ateliê e vendendo o resto no atacado, para a indústria interessada. Isso fez do seu pai um aposentado muito rico.

– Está pronto para o chá? – perguntou Essie.

– O jantar estava tão bom que não sobrou lugar.

As habilidades culinárias da sua madrasta eram um dos poucos assuntos possíveis entre os dois. Sua mãe morreu quando Harry tinha nove anos e ele cresceu vendo a enorme procissão de mulheres do pai, algumas muito belas. Porém, já idoso, Alfred casou com a menos sofisticada, a menos interessante das *hausfrauen*.

E nunca pareceu tão satisfeito, Harry tinha de admitir.

– A que horas espera aquele homem? – perguntou Essie.

– Mais ou menos às oito.

– Vou avisar o porteiro. Depois dos roubos, eles estão muito cuidadosos, graças a Deus.

– O nome dele é Herzl Akiva. Vocês foram roubados?

– Sr. Akiva. – Eles ouviram anunciar no interfone.

– Nós não, nossos vizinhos.

– Neste prédio? – Harry olhou para o pai.

Alfred deu de ombros.

Quando Harry tinha onze anos, certa vez seus dedos rachados de frio encontraram caroços estranhos no vidro de vaselina, na última gaveta da direita da mesa do pai. Logo abaixo da superfície da geleia de petróleo havia uma joia enorme e vulgar, os dois terços inferiores pintados de dourado como uma grande lantejoula. Debaixo dela estavam escondidos seis pequenos diamantes. Ele perguntou ao pai sobre aquilo e Alfred explicou que a finalidade era enganar um ladrão, fazendo-o pensar que o vidro só continha joias sem valor, mas os diamantes, apesar do pequeno tamanho, eram muito valiosos. Harry mal podia acreditar que aquele vidro que ele tantas vezes tinha empurrado à procura de clipes de papel e elásticos guardava uma fortuna.

– Por que os diamantes estão no vidro? – perguntou.

– Esqueça isso.

Mas Harry insistiu teimosamente e no fim ficou sabendo que um esconderijo semelhante havia permitido que seu pai escapasse da Alemanha.

— Animais com camisas pardas, espero que tenham apanhado cólera enquanto invadiam minha loja para me prender.

Harry olhou para o pai, sentindo a presença dos nazistas.

— Trate de ficar longe da minha mesa. Entendeu?

Alguns anos depois Harry encontrou as camisinhas do pai numa caixa de sapatos. O sumiço de várias delas foi notada, a caixa de sapatos desapareceu e Harry foi chamado na classe, na sua escola ortodoxa do West Side, para uma conversa árida sobre sexo com o senhor Sternbane, o psicólogo. Mas o vidro de vaselina não desapareceu. Voltou para a última gaveta da direita da mesa do seu pai. Alfred tinha resolvido compartilhar com ele a responsabilidade. Para Harry isso foi uma honra. O segredo o fazia diferente das outras crianças da escola. Nunca mais abriu o vidro. Bastava saber que estava lá e saber o que continha. Os diamantes na gaveta da mesa não provocaram mais discussão até muitos anos depois, quando ele compreendeu que nenhuma companhia de seguros venderia uma apólice para proteger pedras preciosas na cidade de Nova York, protegidas por porteiros e um vidro de vaselina.

Pediu que Alfred guardasse os diamantes na caixa-forte do escritório. O pai recusou e eles tiveram uma briga.

— Roubos — disse ele.

Alfred o ignorou.

— Quando vou ver meu neto?

— Ele não o está evitando. A escola o mantém ocupado.

— Aquela escola *goyishe*. E Della?

— Falei com ela ontem. Mandou lembranças.

Alfred balançou a cabeça, carrancudo. Suspirou quando ouviu a campainha discreta do interfone.

— Ele está subindo — disse Essie.

— O que podemos fazer para uma pessoa que trabalha na indústria têxtil? — perguntou Harry.

Herzl Akiva era um homem de altura média, cabelo grisalho e um bigode fino, quase todo branco.

— Passo pouco tempo na indústria têxtil. Eu trabalho para o governo, senhor Hopeman.

Alfred inclinou-se para a frente.

— O governo dos Estados Unidos?

— O governo de Israel.

— Se meu amigo Netscher o mandou, o senhor vende ações do governo de Israel.

Akiva sorriu.

– Não, não vendo. O que sabe o senhor sobre o manuscrito de cobre? – perguntou para Harry.

– O manuscrito do mar Morto?

Akiva inclinou a cabeça, assentindo.

– Foi encontrado no começo dos anos 1950, um pouco depois dos fragmentos de papiro. Não está em Jerusalém, no Santuário do Livro, com os outros manuscritos do mar Morto. Esse está em Amman, não está?

– No museu da Jordânia. Sabe o que ele contém?

– A descrição dos locais onde as relíquias e os tesouros foram escondidos. Há uma controvérsia não resolvida sobre esse manuscrito, não há? Uma dúvida a respeito da origem dos objetos relacionados, se vieram do Templo ou da comunidade monástica de Qumran.

– Qual é a sua opinião?

Harry deu de ombros.

– Está fora da minha especialidade. Mas sempre me pareceu pouco provável que os homens de Qumran tivessem acumulado a quantidade e a riqueza dos objetos descritos no manuscrito.

– E se eu dissesse que foi encontrado outro manuscrito de cobre? E que ele confirma a teoria de que o Templo foi a fonte dos tesouros escondidos?

No silêncio, Harry ouvia a respiração do pai.

– Está nos dizendo isso?

– Estou – confirmou Akiva.

Há mais de um ano, contou ele, Davi Leslau, professor de História da Bíblia no Colégio da União Hebraica de Cincinnati, estava fazendo escavações na parede sul do Segundo Templo de Jerusalém. A cinco metros e noventa centímetros de profundidade ele encontrou detritos – pedaços de cerâmica, moedas, algumas ferramentas manuais. A sete metros, os operários encontraram uma calha aberta, construída pelos engenheiros do rei Herodes.

– O instinto do arqueólogo o mandava seguir aquela calha ao longo do muro, para encontrar elementos que comprovassem a história do nascimento e morte do Templo de Deus – disse Akiva. – Mas isso era proibido. Ele levou meses preenchendo formulários e esperando permissão antes de poder escavar naquele local. Por duas vezes, estudantes ortodoxos atiraram pedras nos seus operários e ele teve de pedir a proteção da polícia. Ele sabia que no bairro árabe corria o rumor de que a escavação era o começo de um túnel para o monte do Templo – supostamente, o túnel iria dar perto do domo da Rocha e eles iam colocar explosivos para destruir a mesquita de Ornar.

"Ele não tinha escolha. Seguiu a calha na direção contrária à do Templo. A calha seguia quase diretamente para o sul, para a Cidade de Davi.

"A quase vinte e cinco metros de profundidade, Leslau viu que os construtores da calha aberta a tinham ligado a um sistema de drenagem mais antigo ainda, um grande aqueduto feito de pedras maciças escavadas no centro. Em volta dos orifícios as pedras tinham sido engenhosamente trabalhadas para encaixar umas nas outras, formando um cano enorme e completamente fechado.

"Leslau entrou no aqueduto com uma lanterna elétrica e não viu nada incomum, a não ser o fato da porção superior das pedras ter sido substituída por duas peças menores. Mas quando os trabalhadores removeram as pedras, encontraram atrás delas algo que parecia um pedaço de cano enferrujado." O israelense olhou para eles. "Era um manuscrito de cobre."

– Impossível – disse Harry, secamente.

Akiva esperou.

– Eu me correspondo regularmente com Max Bronstein, colega de Leslau na faculdade. Ele certamente teria me contado.

– Eles prometeram guardar silêncio, por razões políticas – disse Akiva. – Tanto o Vaticano quanto a comunidade muçulmana em Israel se opõem a qualquer coisa que contribua para a reivindicação pelos judeus da região oriental de Jerusalém e jamais deixaram de trabalhar para que a cidade fosse declarada internacional. Leslau encontrou o manuscrito numa época em que a Igreja e a Mesquita de Ornar faziam esforços na área diplomática para que fossem proibidas escavações perto do monte do Templo. A princípio pensaram que a revelação do achado poderia ser feita depois que as coisas se acalmassem. A essa altura, o manuscrito já teria sido levado para outro lugar.

Harry concordou.

– E a publicação prematura do texto de um manuscrito desencadearia uma nova corrida ao ouro, numa competição entre estudiosos e aventureiros.

– Há uma razão mais urgente para que se mantenha segredo – disse Akiva. – Acredita-se que alguma das *genizot,* os locais rituais de esconderijo, esteja localizada no deserto da Samaria, em algum lugar a leste de Nablus.

Harry assobiou.

– Eu não compreendo – disse Alfred.

– A região é hoje a Margem Oeste, onde certas pessoas desejam estabelecer o estado palestino – explicou Akiva, em voz baixa. – Certamente nossos inimigos não querem que sejam descobertos artefatos judeus. Isso reforçaria a reivindicação histórica de Israel pela terra ocupada.

– Há um ano, um egípcio vem mantendo contato com ocidentais dignos de confiança, na Jordânia, tentando vender duas pedras. Ele atribui a elas um significado bíblico.

— Ah. É aí que nós entramos — disse Alfred, acendendo um charuto.

— Uma das pedras é uma granada vermelha.

Alfred Hopeman sorriu.

— Raramente negociamos com pedras semipreciosas.

Akiva balançou a cabeça afirmativamente.

— Estarão mais interessados na outra pedra. Um grande diamante. Amarelo, do tipo que vocês chamam de canário.

— Qual é o seu interesse no canário? — perguntou Alfred com ar inocente.

— Eu já disse que o manuscrito de cobre é supostamente uma lista dos tesouros tirados do Templo. Davi Leslau acredita que a pedra canário seja um desses tesouros.

— Do Templo? — Harry estava acostumado a lidar com pedras preciosas de cunho religioso, mas a ideia de um objeto do Templo provocou nele uma reação de reverência.

— Leslau acha que sabe onde devia ser o esconderijo do diamante ritual, e diz que ele vem de uma *genizah* violada.

Harry perguntou com voz rouca:

— Qual é o tamanho dessa pedra?

— É grande. — Akiva consultou um pequeno caderno de notas. — Duzentos e onze quilates.

Alfred Hopeman olhou para ele, curioso.

— É o diamante da Inquisição — concluiu imediatamente. — Eu o guardei no meu cofre, em Berlim, durante três meses. Por volta de 1930 ou 31.

— Achamos que foi em 1931 — disse Akiva. — Se for a mesma pedra. Os vendedores a chamam de diamante Kaaba.

— É como os muçulmanos a chamam — confirmou Alfred — desde a construção em Meca do lugar onde todos os muçulmanos vão fazer suas preces. Quando pertencia à Igreja, era chamado Olho de Alexandre — em homenagem a um papa chamado Alexandre. É um diamante e tanto, senhores, 211,31 quilates, cortado em briolette,* com 72 facetas. Eu o recebi para limpar, em 1931, da firma de Nápoles, Sidney Luzzatti & Sons, numa daquelas peças para a cabeça — como se chama, Harry?

— Uma mitra. A mitra de Gregório.

— Sim. Muitos anos depois, é claro, um ladrão surrupiou a pedra da mitra e saiu do museu do Vaticano com ela. Foi a última vez que ouvi falar desse diamante. Até agora.

— Foi roubada do Vaticano em 1946 — disse Akiva — e comprada sem publicidade, em 1949, por Farouk do Egito.

---

* Briolette — qualquer pedra preciosa em forma de pera com toda a superfície cortada em facetas triangulares. (N. da T.)

– Oh! – exclamou Alfred.

– Isso combina com a história – disse Harry para o pai. Alfred parecia mesmerizado. – Pai – insistiu ele –, você está bem?

– Sim, sim. É claro.

– Não foi relacionada pelo governo egípcio como parte dos bens do estado quando Farouk abandonou o Egito e o trono – disse Harry. – Eu estudei os registros de um dos leilões de Farouk. Alguns itens eram maravilhosos, mas a maior parte era *shlock*. O gosto dele era péssimo. A única coleção importante era a de pornografia.

– Para garotos – resmungou Alfred. – Um homem pode fazer várias coisas com uma mulher, o resto não passa de contorcionismo. – Alfred fechou os olhos e passou as mãos no rosto. – Meu Deus! – murmurou.

– Não, não estava no inventário do leilão – disse Akiva. Olhou para Harry. – Queremos que você compre o diamante.

– Terão de entrar na fila – avisou ele.

Essie entrou com uma bandeja de doces, precedendo a criada que levava o serviço de café, parou de repente e gritou.

Harry acompanhou o olhar dela e viu que o lado direito do rosto do pai parecia massa de pão com pouco fermento, o olho fechado, a boca parecendo escorrer para o queixo.

– Pai? – murmurou Harry. Ele ignorava o que acontece no interior do corpo humano quando há um derrame, mas sabia que era o que seu pai estava tendo.

Alfred cambaleou para um lado e Harry o amparou. Um pedaço de bolo tinha caído da bandeja e instintivamente Essie se abaixou para apanhá-lo no tapete.

– Pare com isso! – disse Harry para a mulher gorducha e assustada. – Chame o médico. – Segurou o pai nos braços e o acalentou.

Velho e querido arrogante filho da mãe, pensou.

Sob seus lábios, o cabelo branco de Alfred parecia sem vida. Um dos dois, ele ou o pai, começou a tremer.

4

OS CADERNOS DE NOTAS DE ALFRED

Seu pai foi levado para o fim do corredor onde ficavam os monitores cardíacos. Alfred não parecia arrogante agora. O lado esquerdo do seu corpo ficara paralisado. Ele estava sem a dentadura, bocejava muito e, quando soltava o ar, o lábio superior crescia e estremecia de um modo que Harry não suportava olhar.

Uma médica residente entrou no quarto e se aproximou da cama.

– Senhor Hopeman – disse ela, em voz alta, mas o velho continuou comatoso.

Depois que ela saiu, Harry tentou:

– Papai.

Alfred abriu os olhos e olhou para ele sem ver.

– *Doktor Silberstein, ich bitte um Entschuldigung*, eu lhe peço perdão. – Por que seu pai pedia perdão com terror na voz e quem era Silberstein? Alfred voltou a dormir e a sonhar, mantendo uma conversa unilateral em alemão ininteligível.

Seus pulmões estavam cheios de líquido que borbulhava a cada respiração e pessoas entravam e inseriam pequenas cânulas na sua garganta para retirar os líquidos tóxicos.

Mais tarde seus olhos se abriram e encontraram o rosto de Harry, tentando avidamente se comunicar.

– Eu... – Alfred procurou murmurar alguma coisa mas não saiu nenhum som. Arregalou os olhos e a mão estremeceu sobre as cobertas. Tentava desesperadamente dizer alguma coisa para o filho.

Harry levantou o travesseiro e levou um copo com água aos lábios dele, mas Alfred estava fraco demais para beber. Seu rosto estava coberto de suor.

– ... devia ter contado...

– O quê, pai?

– ... mante quisi...

– Não fale. Procure descansar, pai.

– Defei... – Alfred esforçou-se para falar. Não conseguiu.

– O diamante tem um defeito?

Alfred fechou os olhos com força e os abriu rapidamente.

Harry queria ter certeza.

– O diamante da Inquisição tem uma falha.

O pai fez que sim com a cabeça, respirando pesadamente.

– Eu não me importo – disse Harry. – Para o diabo com os diamantes. Agora, descanse, para ficar bom. Está certo?

Alfred voltou a deitar a cabeça. Suas pálpebras fecharam quase com violência, como portas de garagem.

Sentado na cama, Harry dormiu também até a residente tocar no seu ombro, nervosa. Quando ele olhou para a outra cama, era como se seu pai tivesse saído para um passeio, deixando o corpo para trás.

Jeff chegou em casa, pouco à vontade num terno que já estava pequeno para ele. Abraçou Harry sem dizer nada. Eles o mandaram de volta para a escola logo depois do funeral, com muitos protestos, mas aliviado. Della, que amava o velho Alfred, chorou amargamente ao lado do túmulo. Ela observou o *shiva*, o luto ritual, com Harry e Essie. De chinelos, receberam os visitantes, sentados em bancos de papelão fornecidos pela casa funerária, na frente do espelho coberto com um pano preto. Quando Harry era pequeno, todos sentavam em caixas de madeira numa situação de *shiva*, obedecendo ao preceito de que os enlutados não devem procurar nenhum conforto. O banco descartável representava uma adaptação moderna à tradição. De certo modo, ele teria preferido sentar numa verdadeira caixa de madeira. Nas duas primeiras noites, o apartamento do seu pai esteve repleto de pessoas da indústria, que conversavam solenemente em inglês, ídiche, hebraico, francês e holandês. O som poliglota, tão parecido com o murmúrio da Bolsa de Diamantes, era um conforto para Harry.

Essie pretendia observar sete dias de luto fechado, de acordo com a tradição ortodoxa, mas na terceira manhã Harry começou a se sentir encurralado. Akiva apareceu naquela tarde.

– Espero que minha conversa, revivendo antigas lembranças, não tenha contribuído para o que aconteceu.

– A pressão dele era extremamente alta. Ele sempre esquecia de tomar os remédios, apesar da insistência da minha madrasta. Os médicos disseram que era inevitável.

O israelense pareceu aliviado.

– O senhor não chegou a dizer a ele o que queria.

– Queríamos que ele contasse tudo o que sabia sobre o diamante da Inquisição. Gostaríamos que comprasse essa pedra.

– Assim como outras pessoas.

– O senhor é judeu, Hopeman. Seria capaz de representar mais alguém no negócio?

Harry suspirou.

— Provavelmente não.

— Israel é uma mulher cansada, com três namorados — sentenciou Akiva. — Os judeus são casados com ela; desde 1948 temos direito legal de ter seu corpo, por assim dizer. Os árabes e os cristãos, amantes ciumentos, seguram cada um dos seus tornozelos. Os três a puxam em todas as direções, por isso em certos momentos parece que vão fazê-la em pedaços. Agora, cada um deles quer o diamante tanto quanto querem a terra. Certos grupos árabes pretendem desesperadamente usar a pedra como objeto de propaganda, um talismã que possa ajudá-los a fazer do próximo conflito uma verdadeira *Jihad*, uma Guerra Santa. E não tenha dúvida, o diamante pode ser usado para isso. — Balançou a cabeça. — É a luta pela Terra Santa em menor escala. Para eles não importa que o diamante tenha uma história judia. Existem registros provando que mais tarde ele pertenceu ao próprio Saladino. Durante quase um século esteve engastado na coroa que adorna o *maksura*, o trono do mais alto líder espiritual, na mesquita de Acre, onde Saladino resistiu durante dois anos ao poder cristão da França e da Inglaterra e conquistou o título de maior herói militar da história do povo muçulmano.

— A reivindicação dos católicos é mais forte e mais recente — observou Harry. — Eles o possuíram desde o tempo da Inquisição, quando se tornou propriedade da Igreja da Espanha. E o querem de volta porque lhes pertence. Foi roubado deles.

O israelense inclinou a cabeça, concordando.

— Durante muito tempo, fez parte da grande coleção no interior dos muros leoninos.

— E o que faz Davi Leslau pensar que pertencia ao Templo? — perguntou Harry.

Akiva hesitou.

— Não tratarei desse assunto enquanto não se comprometer conosco.

— Não vou me comprometer com coisa alguma. Acabo de enterrar meu pai.

— Realmente, não precisa me lembrar disso. Tem todo o tempo que quiser. Mas precisamos da sua ajuda, sr. Hopeman. Precisamos de um homem qualificado de várias maneiras, além do seu conhecimento e habilidade. Devemos considerar lealdades, idade, boas condições físicas. Disposto a enfrentar algum risco.

— Com um comprador experiente, o risco não será tão grande.

— Não faremos uso do seu capital. Já providenciamos isso. O dinheiro será doado por um pequeno grupo de pessoas abastadas deste país e da França. Eu não estou falando em risco financeiro — assegurou Akiva, suavemente.

Harry deu de ombros.

— Esqueça. Alguns de nós enfrentarão quaisquer desconfortos por um diamante. Ninguém, que eu saiba, está disposto a enfrentar a morte.

— Na verdade, o risco é bem pequeno. E a vantagem financeira é muito grande, sr. Hopeman.

— Para o diabo com essa história. Eu sou apenas um negociante.

O israelense fitou-o pensativamente.

— Ocorre-me que, quando é importante ser um comerciante, o senhor é um comerciante. Quando é importante ser um estudioso, é um estudioso.

Talvez essa avaliação fosse exata demais e Harry ficou ressentido.

— Neste momento, tenho uma ideia muito clara do que é importante para mim e do que não é.

Akiva suspirou. Tirou um cartão do bolso e o pôs na superfície polida da mesa de jantar de Essie.

— Telefone assim que puder – disse ele. – Por favor.

O testamento era bastante generoso com Essie. Tudo o mais era para Harry. Das roupas do pai, Harry ficou apenas com uma gravata como lembrança; quanto ao resto, o Exército da Salvação ia ter clientes excepcionalmente bem-vestidos. Guardou as cartas e papéis de Alfred em caixas de papelão amarradas com barbante. Chamou um mensageiro e mandou levar o vidro de vaselina, dentro de um saco de papel, para ser guardado no seu cofre.

Na noite do quarto dia começaram a chegar outra vez os amigos de Essie. Avós com olhos tristes, velhas mulheres com joanetes.

— Tenho de sair daqui – disse Harry para Della.

Essie os acompanhou até a porta, furiosa com o que considerava um insulto à memória de Alfred.

— Temos ainda a prataria, as louças...

— Tudo mais é seu.

— Não seja tão generoso. Quem quer isso? Vou morar com minha irmã, na Flórida. Num apartamento pequeno.

— Eu volto amanhã – disse Della. – Resolvo tudo isso.

Essie olhou para Harry.

— Vão terminar o *shiva* em sua casa?

Harry balançou a cabeça afirmativamente.

— Irão todos os dias à sinagoga? Ou completarão um *minyan* no Diamond Club? E recitarão o *kaddish* durante um ano?

— Sim – mentiu ele, disposto a concordar com qualquer coisa para fugir do gosto da morte.

Tomaram um táxi para o apartamento de Della e foram para a cama. Apressadamente, como amantes.

— Maldita seja – disse ela, ofegante.

A satisfação sexual libertou suas emoções. Harry finalmente se livrou da tensão, encostado nela.

– Harry. Harry. – Della simplesmente o abraçou até ele parar de chorar.

Ficaram deitados juntos. Em certo momento, Harry ergueu os olhos e o que viu no rosto dela o fez odiar a si mesmo. Estava cansado de magoar Della.

Adormeceram com a mão de Harry entre as coxas da ex-mulher, como sabia que Della gostava. Depois de umas duas horas, Harry acordou com o corpo dormente da cintura para baixo. Mas para sair teria de acordá-la.

Finalmente resolveu.

– Não vá.

– Durma. – Acariciou o ombro dela e a cobriu com o lençol.

– Você vai ficar no lugar dele nos Duzentos e Cinquenta?

– Provavelmente.

– É mais do que suficiente para qualquer pessoa – disse ela.

Harry procurava suas meias no escuro.

– Você pode lecionar. Ou apenas escrever. E terá tempo para Jeff e para mim...

Ele apanhou toda a roupa e levou para a sala de estar.

– O que você quer? – perguntou ela, do quarto.

Harry sabia que ela mais uma vez estava sendo a companheira num momento difícil.

– Eu não sei. Tudo.

Logo ele estava na rua Oitenta e Seis Leste, segurando a caixa de papelão pelo barbante, chamando um táxi. Em Westchester, antes do nascer do dia, ele foi para sua sala de trabalho e abriu a caixa. Seu pai guardava tudo. Havia uma porção de recibos, muitas cartas. Algumas de Essie, em alemão. Harry conhecia a língua o bastante para descobrir que os dois tiveram um caso muito antes do casamento. Ao contrário do inglês que falava, Essie escrevia num alemão puro e apaixonado. Ali sentado, enquanto o céu clareava lá fora, pela primeira vez Harry viu a velha e gorda mulher como uma pessoa.

Havia livros de contabilidade. Todos feitos com muita ordem e cuidado, tão antigos que nem o imposto de renda se interessaria pelos dados que continham. Três cadernos de notas, onde ele esperava encontrar mais registros financeiros, estavam repletos de diagramas. Planos e ângulos de cristais eram marcados com precisão para indicar a direção e a refração da luz, além de descrições detalhadas com a letra fina de Alfred Hopeman. Folheando os cadernos, Harry verificou que o pai havia feito desenhos e anotações exatas sobre cada pedra preciosa importante que passou por suas mãos. Aqueles cadernos eram uma lenda na indústria dos diamantes, a fabulosa memória de Alfred Hopeman.

Na metade do segundo caderno Harry encontrou a análise do diamante da Inquisição, detalhada e precisa, mas que o deixou intrigado. Não dizia nada sobre o defeito mencionado por seu pai no leito de morte.

Era cedo ainda. Depois de um banho de chuveiro, Harry comeu alguma coisa. Depois, telefonou para Herzl Akiva.

– Quer que eu mande o caderno de notas?

– Por favor, fique com ele, sr. Hopeman. Como eu já disse, queríamos informação para o seu uso.

– Não mudei de ideia.

– Gostaria de examinar o novo manuscrito de cobre?

Harry hesitou, caindo na armadilha.

– Não o bastante para ir a Israel para vocês.

– Suponho que esteja disposto a ir a Cincinnati?

– É claro.

– Vá ao escritório do seu amigo, o doutor Bronstein. Ele estará esperando sua visita – afirmou Akiva.

5

O MANUSCRITO DE COBRE

Harry mantinha correspondência regular com Max Bronstein mas há anos não o via. Compartilhavam lembranças de dois jovens, na *yeshiva* de Brownsville, que uma vez ou outra passavam boa parte da noite tomando café e reforçando sua rebelião até cada um fugir da vida que tinham planejado para ele.

Foi um tempo estranho para Harry, como se estivesse nadando contra a corrente. Seu pai havia deixado todas as suas raízes quando fugiu da Alemanha, mas, na América, Alfred Hopeman sabia o que era. Hitler tinha transformado um berlinense despreocupado num judeu que se agarrava à sua tradição étnica e queria que o filho lembrasse do Holocausto. Assim, Harry frequentou uma escola hebraica em vez de ir para um dos externatos de Nova York ou para um internato em New England, como a maioria dos seus amigos. O último ano do primeiro grau, no Ginásio Ortodoxo dos Filhos da Aliança, foi para sua alma um verdadeiro cabo de guerra. O diretor, um homem severo, chamado Reb Label Fein, disse a Alfred Hopeman que seu filho era um campeão nos estudos, sem igual.

— Um jovem *gaon*, um gênio em *Guemara*. O futuro de um jovem como esse é uma grande responsabilidade.

Alfred pensou no assunto e finalmente procurou o conselho do seu melhor amigo, Saul Netscher.

— Mande o menino para meu irmão Itzikel.

Harry concordou, bastante lisonjeado, pois quem na escola Filhos da Aliança não tinha ouvido falar do eminente rebe Yitzhak Netscher, líder espiritual dos chassidim* e diretor da Yeshiva Torah Moshe, uma das mais prestigiosas academias religiosas do novo mundo?

Assim, enquanto os outros iam para Amherst, Harvard ou para a Universidade de Nova York, ele se tornava um escolástico. Todas as manhãs, exceto no *Shabbath*, com um terno escuro, ele ia de metrô da Park Avenue até o Brooklyn. Numa antiga casa de pedra, onde o assoalho rangia sob seus pés, ele, Max Bronstein e mais quatro neófitos sentavam ao lado de eruditos e homens sábios para conversas e discussões intermináveis sobre o Talmude e a literatura rabínica.

---

* Chassidim — também Hassidim, seita de judeus místicos, fundada na Polônia (cerca de 1750) em oposição ao ritual judaico formalista da época e aos desvios do ritual. (N. da T.)

Era um mundo estranho de trabalho árduo unicamente para adquirir conhecimento, uma escola onde os melhores alunos jamais se formavam. Alguns deles estudavam, sentados àquela mesma mesa antiga de carvalho, há quinze anos, não em busca de honrarias mas por amor a Deus. Outros, há mais tempo ainda, tinham chegado a Brownsville com a *yeshiva* da Lituânia, fugindo dos nazistas. Rebe Yitzhak tinha permissão para conferir *smicha*, ordenar rabinos, mas só fazia isso quando a pobreza extrema obrigava um homem a abandonar a contemplação do trabalho de rabino, ou quando seu currículo escolar não era impecável.

Naquele tempo, Bronstein era magro e pálido, com olhos iguais aos que El Greco dava a Cristo. Depois de seis meses e muito café da lanchonete, ele e Harry se convenceram de que Deus, como o uísque e a guerra, era uma invenção do homem. Assustado com a própria audácia, Harry deixou a Yeshiva Torah Moshe para polir diamantes na oficina do seu pai até o começo do semestre na Universidade de Colúmbia.

Tradição familiar ou não, Alfred jamais procurou atraí-lo para o comércio de diamantes, mas quando Harry foi por escolha própria, o pai passou a ser um professor meticuloso. Embora a essa altura Harry já tivesse absorvido grande parte através dos poros, Alfred começou do começo, com um diamante cortado como primeiro livro.

— Cada um desses pequenos planos, cada superfície polida com perfeição é uma faceta. A faceta octogonal na parte superior de uma pedra redonda é a mesa. A faceta na extremidade inferior do diamante é o pescoço. A extrema margem exterior de uma pedra lapidada – bem onde ficariam os quadris de uma mulher – é a cinta.

Sim, pai.

A piedade do pai de Bronstein era mais bitolada que a de Alfred e, para fugir das cenas tempestuosas em casa, ele foi para bem longe, para a Universidade de Chicago. Embora precisasse trabalhar – por ironia num abatedouro *kosher* –, ele se formou em linguística em dois anos e meio e depois, com toda perversidade, levou mais oito anos para conquistar o doutorado. Nessa época, com a reputação formada por uma série de artigos altamente eruditos e importantes, aceitou emprego num seminário protestante, com a mesma equanimidade com que teria aceitado trabalhar numa escola jesuíta ou budista. O que interessava era que o seminário protestante tinha o melhor geógrafo linguístico da América e um residente ateu, prova incontestável de liberalismo.

— Aí está você – disse Max, como se tivessem se separado há vinte minutos. Seu aperto de mão era firme. Estava mais gordo e de bigode. – Harry, Harry.

— Faz muito tempo.

— Sim, tempo demais.

— Como vai você, Maxie?

– A vida é tolerável. E você?

Harry sorriu.

– Tolerável é uma boa palavra.

Conversaram sobre os velhos tempos, comparando notas sobre as pessoas que conheciam.

– Parece que Davi Leslau realmente chegou lá – disse Harry, finalmente.

– Será que está com ciúmes?

– Você não está? Isso acontece uma vez em toda a vida.

– As dores de cabeça que ele enfrenta também – disse Bronstein, secamente. Tirou da gaveta da mesa um envelope pesado de papel pardo e de dentro dele algumas fotocópias de um documento escrito em hebraico.

Harry apanhou as fotos.

– Estou desapontado. Pensei que ia ver o original.

– Nem pensar. Meu amigo Davi nunca deixaria esse achado longe da sua vista. Você não faria o mesmo?

– Faria. O que você pode me dizer?

Bronstein deu de ombros.

– Durante todos esses séculos, o cobre oxidou quase completamente. Davi o tratou muito bem, mais ou menos como os britânicos trataram o manuscrito de 1952. Em vez de estabilizar o manuscrito com cola de avião, como eles fizeram, ele usou uma lâmina fina de plástico transparente, fabricada pelo programa espacial. O manuscrito foi então serrado ao meio verticalmente e os segmentos retirados como camadas da casca de uma cebola. Davi usou um motor de dentista para soltar o material corroído e chegou finalmente às letras, quase todas legíveis.

– Foram gravadas no cobre com um instrumento cortante?

Bronstein fez um gesto afirmativo.

– Uma espécie de sovela, batida com martelo ou com uma pedra. O cobre era quase puro, como o cobre do manuscrito de 1952. Os metalúrgicos acham que a folha de metal deve ter vindo da mesma fonte.

– Há algumas diferenças notáveis entre os dois manuscritos? – quis saber Harry.

– Várias. O de 1952 era feito de folhas de cobre grosseiramente pregadas umas nas outras. O manuscrito de Davi Leslau é alguns centímetros mais largo e feito com uma única folha enrolada. O primeiro foi sem dúvida escrito por um único homem, ao passo que o segundo foi feito por duas pessoas. Veja isto – Bronstein levantou uma das fotos. – A primeira parte do manuscrito de Davi foi gravada por alguém que ficava cada vez mais fraco. Talvez um homem muito velho, talvez ferido ou agonizante. Algumas letras são indistintas e a gravação é mais rasa.

"A partir daqui", disse ele, mostrando uma segunda foto, "as letras são claras e bem marcadas. E há diferenças de sintaxe entre as duas partes. Evidentemente a tarefa foi interrompida e retomada por um homem mais forte, talvez mais jovem, para quem o escriba original ditou o texto."

– Quer me ajudar a ler o manuscrito? – perguntou Harry.

Bronstein pôs as fotos na frente dele.

– Tente sozinho.

O que conseguiu entender da primeira frase o deixou gelado.

– Meu Deus. Você acha que este pode ser o Baruch da Bíblia, o amigo do profeta, escrevendo sobre o *seu* Jeremias?

Bronstein sorriu.

– Por que não? É tão fácil acreditar quanto não acreditar.

As palavras eram esqueletos de consoantes sem vogais, como no ídiche e na moderna escrita hebraica. Harry parecia uma criança aprendendo a ler.

– No lugar da água... fora do muro ao norte...

– Esplêndido – disse Max.

– ... enterrado a três côvados debaixo da rocha na qual... cantou o rei, um vaso contendo cinquenta e três talentos de ouro.

– Você não vai ter problema.

– Que lugar da água no lado de fora do muro norte? – perguntou Harry. – Que rocha? Que rei?

– Ah – disse Bronstein, com um largo sorriso. – Está começando a ver por que acho que Davi Leslau não vai cavar a terra e retirar os tesouros do Templo. O poço há muito tempo desapareceu. A rocha talvez seja apenas pó. Podemos adivinhar que o rei era Davi, pela referência à canção. Mas nenhuma lenda sobre Davi sobreviveu ao tempo. Nem sabemos que a cidade murada do manuscrito é Jerusalém. E para tornar as coisas impossíveis, os sacerdotes eram especialistas em escrita codificada. Eles teriam disfarçado tanto quanto possível cada ponto de referência, de modo que, mesmo no tempo em que foi escrito, a maior parte não teria sentido para um não iniciado. – Bronstein apanhou sua pasta e levantou da cadeira. – Todos os livros de referência estão nas estantes. Estarei perto, se precisar de mim.

O manuscrito era uma longa série de passagens, cada uma indicando a localização de uma *genizah*, com a descrição detalhada dos objetos escondidos ali. Harry levou muito tempo para ler as primeiras doze passagens, e a mesa na sua frente ficou repleta de livros de referência. Várias vezes a falta de uma letra o obrigava a adivinhar o sentido da palavra e outras ele anotou para perguntar a Max. O ponto em que o segundo escriba tinha começado a gravar foi um choque. Era quase como se pudesse ver o homem, mais rude e menos sofisticado do que o primeiro, incapaz de soletrar bem as palavras, ou até mesmo com consistência, e, sem dúvida alguma, não acostumado àquela tarefa. Muitas palavras estavam unidas e às vezes uma linha invadia a outra no meio de uma palavra que não podia ser separada, dificultando o seu progresso.

Finalmente encontrou certas passagens que explicavam a generosidade de Akiva permitindo que ele examinasse o material.

No jazigo onde Judah foi punido por se apossar dos espólios, enterradas a oito e meio côvados, uma pedra brilhante [alguma coisa intraduzível], *jarras de prata e vestimentas dos Filhos de Aarão.*

E três parágrafos adiante:

No jazigo onde Judah foi punido por se apossar dos espólios, enterrados a vinte e um côvados, trezentos talentos de ouro, seis vasos sacrificais e vestimentas dos Filhos de Aarão.

Eles examinaram juntos as notas de Harry, depois, a seu pedido, Bronstein traduziu as duas passagens que o interessavam especialmente. A tradução de Max foi idêntica à dele.

— Os Filhos de Aarão, evidentemente, são os Sumos Sacerdotes.

— Harry, não posso discutir interpretações. Posso traduzir para você, mas nada além disso me é permitido.

— *Permitido?*

— Permitido talvez não seja a palavra certa...

— É estranho que um especialista em linguística tenha dificuldade para encontrar a palavra certa.

Seus olhos se encontraram.

— Não podemos falar demais se quisermos que Davi continue seu trabalho com o máximo de cooperação.

Harry disse com um sorriso forçado:

— Relaxe, Max.

— Suponho que eles querem seus serviços profissionais?

— Como sabe que não querem que eu escreva uma história?

— Quando são mencionados diamantes *mevinim*, o nome de Harry Hopeman é sempre o primeiro da lista.

— E quando são mencionados historiadores? Vamos, diga, Max. Quando meu nome é mencionado entre um drinque e outro na Academia Americana, como eles me definem?

Bronstein ergueu a mão direita e a balançou levemente no ar.

— Assim-assim.

— Besteira.

Max riu.

– É muito bom estar seguro em dois mundos. Quantos trabalhos você publicou este ano?

– Sete.

– Eu me apliquei como um escravo para publicar três trabalhos – afirmou Bronstein pausadamente.

– Seu tipo de trabalho é muito demorado.

Bronstein deu de ombros.

– Eu procuro ler alguns dos seus. Esmerados. Sólidos. Nada de cortar caminho. Há anos quero perguntar – como consegue trabalhar tanto?

Harry detestava essa pergunta.

– Gosto de trabalhar. Pareço muito tedioso, não acha?

– Você nunca foi tedioso, Harry.

Ele tentou explicar.

– Meu trabalho me proporciona o mesmo estímulo que outros parecem encontrar no tênis ou... nos filmes pornográficos.

Bronstein fez um gesto afirmativo.

– Às vezes sinto isso com meu trabalho. Mas nunca tenho tempo suficiente. O mundo interfere. Filhos. Mulheres. Sua mulher gosta de tênis e de filmes pornográficos?

– Talvez agora ela goste.

– Ah. – Bronstein olhou para longe. – Então você se livrou da responsabilidade – disse em tom casual, tentando sugerir que não era importante.

Harry apanhou suas coisas.

– Sabe o que eles querem que eu faça?

Bronstein balançou a cabeça.

– Por favor, não me diga – pediu.

Harry declinou o convite de ir à casa de Max conhecer sua mulher e filhos. Quando Cincinnati desapareceu atrás do avião e ele viu lá embaixo os pátios das estradas de ferro e o rio sinuoso, percebeu que nem tinha dito que seu pai estava morto.

Acendeu a lâmpada no teto e começou a estudar suas anotações.

Os Filhos de Aarão só podiam ser os Sumos Sacerdotes.

O jazigo? Não seria um cemitério. Naquele tempo, a maior parte dos mortos era levada para cavernas ou sepulcros de pedra. Pensou por algum tempo nas vestimentas dos sacerdotes. A mitra, a veste bordada, o peitoral com as pedras das tribos eram bastante únicos e referenciados para qualificar a *genizah*.

O lugar onde Judah foi punido por se apossar dos espólios? Harry não tinha ideia.

Ele pensou na mensagem do manuscrito na zona intermediária entre o sono e a vigília, imaginando a antiga cidade sitiada, seus homens santos trabalhando febrilmente para esconder os tesouros religiosos e temporais do seu mundo.

Sidney o esperava em Nova York com o carro, e, quando chegaram em casa, Harry foi diretamente para a sala de trabalho, para consultar as concordâncias e os comentários da Bíblia.

Finalmente encontrou no capítulo sétimo do Livro de Josué.

... O jazigo onde Judah foi punido por se apossar dos espólios...

Achan era filho de Carmi, que era filho de Zabki, que era filho de Zerah. Todos eram da tribo de Judá. Quando era soldado do exército com o qual Josué conquistou Jericó, Achan desobedeceu ao mandamento de Deus que proibia o saque, tirando de um vencido uma vestimenta babilônia e uma folha de ouro. Seu pecado foi descoberto, eles atribuíram a essa falta a derrota subsequente do exército e Achan e sua família foram mortos.

A fim de perpetuar o exemplo criado pelas execuções, o lugar em que foram apedrejados até a morte, um pequeno vale rodeado de cavernas nas colinas, foi chamado o vale de Achor.

Quando Harry encontrou o local no mapa bíblico, verificou que ficava exatamente ao sul de Jericó, na Margem Oeste.

6

MAZEL UN BROCHA!

Por três noites seguidas Harry sonhou com o pai. Durante o dia, por momentos esquecia que Alfred estava morto. Estava sempre pensando em telefonar para ele.

Não tinha muito trabalho. A mulher de Detroit telefonou duas vezes para falar do branco-azul de 38 quilates, mas estava apenas enganando a si mesma e Harry sabia que não ia telefonar mais. Procurou uma pedra bastante vistosa para o ator, mas não ia ser fácil. Às vezes tinha de esperar que alguma coisa adequada aparecesse no mercado.

Pela primeira vez não conseguia começar a pesquisa para um novo trabalho. Foi quase um alívio quando um dos editores da *Slavik Review* telefonou para combinar uma pequena alteração no manuscrito sobre as joias russas. O editor elogiou muito seu trabalho.

— Você devia ir a Pequim e escrever um artigo sobre as coleções imperiais de pedras preciosas.

Por um momento Harry ficou interessado. Era só uma questão de tempo para que algum estudioso do Ocidente escrevesse uma história definitiva das coleções imperiais chinesas. Seria um livro para marcar época.

— As joias remontam ao século X, o tempo da dinastia Sung — disse o editor. — A *Cultura Chinesa* ou uma das outras revistas especializadas podiam conseguir do governo chinês permissão para você trabalhar no museu do Palácio.

— ... Não é o mesmo que fazer um trabalho tocando o verdadeiro começo da nossa própria cultura, certo? — disse Harry.

Um pouco mais tarde, ele tirou da carteira o cartão de Akiva, rasgou ao meio e jogou fora.

— Eminência?
— *Buon giorno*, sr. Hopeman.
— Cardeal Pesenti, não posso representá-los na recuperação do diamante de que me falou na semana passada.
— *Io bisogno di te* — murmurou o cardeal. — Preciso de você, sr. Hopeman.
— Mesmo assim — disse ele, um pouco constrangido. — Sinto muito, eminência.
— Diga-me, sr. Hopeman — sugeriu o cardeal Pesenti, afinal —, é uma questão de honorários? Estou certo de que...

– Não. Não se trata de honorários.
– Vai representar outra pessoa no mesmo negócio?
– ... Não resolvi ainda representar pessoa alguma.
– Adeus, sr. Hopeman – disse o cardeal Pesenti.
O telefone de Harry começou a zumbir no vazio. Ele desligou.

A garagem em West Nyack entregou o Lamborghini. Harry levou-o para a estrada e sentiu a frustração de dirigir a noventa quilômetros uma máquina com motor de 12 cilindros, capaz de voar a duzentos e cinquenta. O carro era cor de chocolate, os bancos forrados de couro creme. Uma semana depois de comprar o veículo ele ouviu Ruth Lawrenson dizer a Sidney que o carro tinha custado mais do que eles pagariam por uma casa. Agora sua loucura por motores era coisa do passado. O único carro que ainda desejava era um SJ Duesenberg e era pouco provável que chegasse a ter um. Só trinta e oito unidades tinham sido fabricadas de 1932 a 1935. Apesar do período, eram melhores do que qualquer coisa fabricada atualmente e, como foram vendidos para pessoas como Gable, Cooper, Farouk, Afonso da Espanha e Nicolau da Romênia, eram relativamente fáceis de ser localizados. Só trinta carros sobreviviam no mundo. O preço de qualquer um deles permitiria aos Lawrenson comprar três casas, mas ninguém vendia um SJ Duesenberg. Era por isso mesmo que Harry queria um, e tinha plena consciência disso. Era a mesma ambição de comprar o que não podia ser comprado no comércio dos diamantes.

Não sabia para onde estava indo até entrar na pista de velocidade de New England, quase em Connecticut. A escola de Jeff tinha um belo campus, muitas pedras naturais, gramados e construções de tijolo escurecido pelo tempo. Árvores centenárias indicavam sutilmente o que a anuidade oferecia além de educação. O quarto de Jeff cheirava a meias sujas e suadas e estava vazio, mas no quarto ao lado um garoto alto como um poste espiou na porta com seus óculos de vidro leitoso.

– Hopeman? – disse ele. – Está treinando beisebol.

Harry agradeceu, voltou para o carro e seguiu pela estrada até ouvir as vozes e o som das tacadas. Mas parou o carro longe do campo. Tinha se despedido de Jeff logo depois dos funerais do seu pai. O menino ficou satisfeito por voltar à escola. Sua visita inesperada podia ser uma intrusão. E o que ia dizer a ele depois do olá – a lição no *sedra*, a parte da Torah para o dia de hoje é que o sofrimento é terrível mas o medo é pior?

Harry fez a volta e retornou para o lugar de onde tinha vindo.

Quando chegou em casa, preparou um drinque, pôs Bessie Smith no toca-discos, tentou ler um livro, mas afinal apenas deitou no sofá, na sala aos poucos invadida pela noite, desejando desesperadamente se ver refletido no espelho de outro ser humano. Ele queria sexo. Não uma viagem cheia de culpa com Della, apenas a sensação animal e inconsequente com alguém sem importância. Lembrou de um nome e passou vários minutos consultando a lista telefônica. Então ligou para a mulher.

O telefone tocou quatro vezes, um homem atendeu e, como na piada sem graça, Harry desligou e ficou por algum tempo parado, decidindo entre o livro, os discos e a garrafa. Então apanhou no cesto de papel o cartão de Akiva, rasgado ao meio. Juntou as duas partes, leu o número e fez a ligação. Uma mulher atendeu imediatamente, dizendo o número do telefone, em vez de alô. Era uma voz clara e amável, levemente impessoal, como as vozes de qualquer mesa telefônica das firmas de Manhattan.

– Quero falar com o senhor Akiva – explicou ele.

Quando chegou ao lugar combinado, fora do centro da cidade, Harry viu que o israelense tinha escolhido um restaurante *kosher*. Akiva estava sentado diante de uma mesa com alguém que parecia um velho duende malvestido.
Saul Netscher.

– Por que diabo ele está aqui?

– Ele me pediu – disse Netscher com sua voz baixa e raspante.

Pequeno, atarracado e com cabelos brancos, Saul Netscher estava usando uma gravata que não combinava com o terno marrom amarrotado. Era tão descuidado com a aparência quanto seu amigo Alfred fora rigoroso.

– O que você pretende, Saul? Está querendo ter outro enfarte?

– Isso foi há quatro anos, Harry, não seja idiota.

– Você tem delírios de juventude. É um maluco filho da mãe. Devia estar internado.

– Meu Deus, acalme-se – disse Akiva.

Quando o garçom chegou, Harry, ainda zangado, pediu fígado picado e salada. Akiva, que talvez não soubesse que existiam restaurantes *kosher* na América, preferiu costela e Netscher pediu carne cozida e uma garrafa de slivovitz.

– Ele vai ficar aqui em Nova York. Não correrá nenhum perigo. Por falar nisso, provavelmente nenhum dos dois correrá. Você vai a Israel. Se o diamante for o que dizem, você o compra logo. E traz imediatamente para cá.

– Não quero que ele tome parte nisso. Por que não compreende?

– Harry, não gosto da sua atitude desrespeitosa. Fala como se eu não estivesse aqui.

Harry o ignorou.

– E não me diga que não há perigo. Você mesmo me afirmou que é arriscado.

Akiva suspirou.

– Tudo bem, vamos falar sobre os riscos – concordou ele. – Há guerrilheiros nas vizinhanças do nosso mundo que gostariam de se apossar do diamante e usá-lo como um símbolo do movimento árabe. Sem dúvida existem outros que gostariam de ter a pedra pelo dinheiro que ela vale. Mas a segurança em Israel é excelente, podemos oferecer uma boa proteção contra eles. Você estará mais vulnerável ao lidar com os vendedores. Eles só entregarão o diamante depois de ser feito o pagamento na América. Até o final da transação, você será mantido como refém.

– Refém – repetiu Harry.

– Exato. Se tentar trazer o diamante sem pagamento, eles o matam.

– Eu já fiz muitos negócios com diamantes sem essa... estupidez. Vamos ter de propor uma transação mais rotineira.

Akiva deu de ombros.

– É assim que eles querem.

– Que se danem!

– Escute, Harry. Vai dar certo – disse Netscher. – Eles ameaçam matá-lo se você for um ladrão. Mas, meu caro Harry, você não é um ladrão.

Harry notou que uma vez ou outra a cabeça de Netscher tremia levemente e as mãos, quando não estavam cruzadas, tremiam também. Quando Harry era garoto, sua família e a de Netscher eram vizinhas na rua Noventa e Seis Leste e quase todas as tardes ele e seu pai encontravam Saul na AHM, a Associação Hebraica de Moços, na esquina da Lexington com a Noventa e Dois. Na sauna os dois homens engoliam vapor quente e discutiam sobre tudo, desde Schopenhauer a quiropodia, enquanto Harry aprendia a sobreviver num inferno infantil de respiração difícil, discussão acalorada e gigantescas virilhas cabeludas. Naquele tempo, Netscher era um Charles Atlas em miniatura, levantador de peso tão hábil que os outros o chamavam de *Shtarkeh-Moyze,* a tradução mais próxima possível de Mighty Mouse. Certa vez ele lavou com xampu a cabeça de Harry, no chuveiro, e o menino teve a impressão de que seu couro cabeludo fora arrancado. Depois disso, Harry acreditou piamente que Saul Netscher era capaz de dobrar uma barra de ferro com as mãos. Finalmente, Harry cresceu e já podia passar suas tardes do melhor modo que quisesse, e, quando seu pai casou com Essie, os encontros diários dos dois homens na AHM foram diminuindo até cessar. Mas Harry continuou a pensar em Netscher como o Shtarkeh-Moyze. Percebeu que desde seu último encontro, o Mighty Mouse tinha envelhecido.

– Vá e faça o negócio – disse Netscher. – Se notar alguma coisa suspeita na pedra – se qualquer coisa interferir com a compra –, volte para casa. Eles não nos darão trabalho se forem realmente apenas pessoas com algo para vender.

Como Harry esperava, o bife de Akiva parecia duro como pedra, mas o israelense o atacou com aparente prazer, era o único que estava comendo.

– Como entro em contato com eles?

– Eles entram em contato com você – explicou Akiva. – Eu os avisarei da sua chegada. O homem que vai procurá-lo chama-se Mehdi. Yosef Mehdi. – Akiva repetiu o nome várias vezes, falando devagar, até Harry fazer um gesto afirmativo. – Ele o levará à mercadoria.

— E se ele quiser me levar para o outro lado da fronteira?

— É mais do que provável que ele o fará atravessar uma fronteira — confirmou Akiva, calmamente. — Compreende agora por que é vital que a pessoa encarregada do negócio em Nova York seja de sua absoluta confiança?

Harry compreendia.

— Você vai depositar o dinheiro recebido dos doadores no Chase Manhattan Bank em nome de Saul. Quando eu entrar em contato com ele, e disser que vou comprar e por que preço, ele transfere os fundos para onde os vendedores determinarem.

— Isso parece bom — disse Akiva.

Netscher serviu-se de slivovitz com um largo sorriso beatífico.

Akiva terminou de retirar da tira de gordura os pedaços invisíveis de carne e disse:

— Combinado, então?

— Não ainda — respondeu Harry. — Tenho duas condições. A primeira, não vou fazer mais nada para vocês em Israel. Não gosto dos seus negócios.

Akiva inclinou a cabeça, concordando.

— E quero ter oportunidade de trabalhar no Manuscrito de Cobre de Davi Leslau.

— Não.

— Então não vou.

— Nesse caso, sinto muito, mas você não vai. Davi Leslau é um acadêmico temperamental e ciumento. Não irá compartilhar seu trabalho.

Seus olhos se encontraram.

— Foi só por isso que me telefonou, não foi?

— Foi — aquiesceu Harry.

Akiva suspirou.

— Quem disse que você é uma dádiva de Deus para todo o mundo, sr. Hopeman?

Saul Netscher sorriu.

— Para ser franco, eu disse. — O garçom estava servindo o chá. Ele pôs um cubo de açúcar entre os dentes, derreteu com um gole da bebida quente e balançou a cabeça em aprovação. — O crédito é meu. Este homem tinha ainda penugem no rosto quando veio a mim como amigo. Perturbado. Senti-me honrado. Ele ia deixar a *yeshiva* e estava confuso. Apaixonado pelo negócio de diamantes e queria estudar. Sabe o que eu disse a ele?

— Tenho a sensação de que vou descobrir.

— Você me falou sobre Maimônides — disse Harry.

— Sim, eu falei sobre Maimônides. Alguma vez já tentou saber por que o negócio de diamantes é essencialmente judeu, sr. Akiva? É porque na Idade Média não podíamos ser fazendeiros como as outras pessoas, não nos *permi-*

tiam possuir terras. Só podíamos ser negociantes. Mas trabalhar com coisas que ninguém mais comprava ou vendia, como diamantes. Estabelecemos uma forte tradição e hoje, quando qualquer pessoa completa uma transação com diamantes, seja qual for sua religião, diz *Mazel!* E a outra parte responde *Mazel un Brocha!* Palavras ídiches que significam: "Boa sorte e uma bênção." Não é uma coisa má para se desejar a alguém no fim de um negócio, não acha?

– Maimônides – lembrou Akiva, com ar cansado.

– Ah, Maimônides. O grande filósofo, escritor, advogado, médico – podia ser tudo isso porque tinha um irmão chamado Davi, que comprava e vendia diamantes. Eles criaram um padrão seguido por dezenas de irmãos judeus em todos os tempos, até hoje. Um para o comércio, mercador de diamantes, como eu. Um para Deus, erudito ou rabino, como meu irmão Itzikel. Diga-me, senhor Akiva, sabe o que aconteceu ao grande intelectual quando seu irmão Davi morreu afogado numa viagem que fizera para comprar um diamante?

Akiva balançou a cabeça.

– Quando Maimônides perdeu a ajuda do irmão, dedicou-se a outra ocupação. Entrou para o comércio de diamantes para ganhar o dinheiro que pagaria seus estudos. Eu disse ao jovem que me pediu conselho: "Você não tem irmão. Mas tem em você a força de dois irmãos." E, senhor Akiva, eu estava certo. Ele é Harry Hopeman, o comerciante de diamantes. Mas é também um estudioso e seu nome é muito respeitado pelos outros eruditos. Se eu fosse você não hesitaria em falar com Davi Leslau sobre o manuscrito.

– Diga a Leslau que eu resolvi algumas partes do texto do manuscrito – pediu Harry. – Posso identificar pelo menos um dos locais dos esconderijos.

Akiva suspirou.

– Isso é melhor do que qualquer argumento que eu poderia inventar. – Empurrou sua cadeira para trás.

– Espere – disse Harry. – Você prometeu que, se eu concordasse, ia explicar por que Leslau acha que o diamante era do Templo.

– Uma vez que está forçando seu encontro com ele, deixo a explicação a cargo de Leslau – respondeu Akiva. – Telefono dentro de algumas horas. – Dito isso, deixou um de cada lado da mesa com as sobras da refeição e partiu.

Os olhos de Netscher cintilavam. Ele enrolava miolo de pão sobre a toalha até transformá-lo em vermes cinzentos.

– E então, Saul.

– E então, Harry?

– Enterrados até a cabeça.

Netscher deu de ombros.

– Nem sabemos se ele é quem diz ser.

– Ele é.

– Como tem tanta certeza?

— Exigi provas. Ele disse que eu devia ir à Segunda Avenida, ao consulado de Israel. Fui ontem de manhã. O cônsul geral e eu já nos conhecíamos de dezenas de reuniões para angariar fundos. Trocamos um aperto de mãos, ele me agradeceu por colaborar. Depois me deu um charuto e disse que não sabia nada sobre o projeto, mas que Akiva era um ótimo funcionário e merecedor de toda cooperação possível.

— Isso é um alívio.

— É mesmo? — O velho soltou uma baforada de fumaça. — Charuto horrível — comentou. — Akiva é um *momser* de olhos frios, um filho da mãe. Tenho mais medo dele do que dos homens que você vai encontrar.

— Eu não tenho. Suponha que enquanto estão me mantendo como refém, você... bem as pessoas adoecem, acidentes acontecem...

— Diga o que está pensando. Sou um velho com um coração fraco. Posso morrer enquanto você estiver viajando, ou até agora mesmo, diante desta mesa. Tem razão. Vou deixar uma carta com meus advogados. Se alguma coisa me acontecer, eles fazem a transferência do dinheiro para você. — Netscher sorriu, não com um sorriso senil, mas doce e sadio. — Harry, nada de culpa judaica. Permitindo que eu ajude, você está me fazendo um favor, não um mal.

Harry fez uma careta. Para Netscher, eles estavam nas ameias do castelo, balançando o Mogen David, a Estrela de Davi. O mundo da aventura e do mistério não tinha limites na sua imaginação.

— Pare de fazer isso com o miolo de pão.

— Você sabe o que estive fazendo por vinte anos? Colocando ações do governo de Israel. Vendendo pedaços de papel, importunando meus amigos. Levantei um bocado de dinheiro, mais do que este negócio representa. Mas o que faz o dinheiro das ações de Israel? Desenvolvimento industrial. Talvez durante todos esses anos eu tenha ajudado a começar em Israel uma fábrica de cimento, uma fábrica de caixas de papelão. — O charuto estava apagado e ele o acendeu dando tragadas fortes e curtas — Isso significa *fazer coisas,* não apenas dinheiro. Isso significa participar, mesmo na minha idade. — Segurou o copo de brândi. — Harry, você me fez um grande bem, você me permitiu mergulhar dentro da fonte da juventude.

— Amigo do meu pai, você sabe nadar?

Netscher deu uma gargalhada.

— *L'chaim!* — Ele brindou, erguendo o copo.

Todas as cabeças se voltaram para eles e Harry concluiu que não se importava. Tomou seu drinque pensando que talvez se sentisse mais seguro se pudesse acreditar que as velhas mãos manchadas podiam dobrar uma barra de ferro.

— *L'chaim*. À vida, Saul — disse ele, com toda sinceridade.

7

O VALE DE ACHOR

— O que devo fazer para o *bar mitzvah*? – perguntou Della.
— Eu concordo com qualquer coisa que você decidir.
Ela ficou calada.
— Della, se eu pudesse, planejaria com você. Mas realmente preciso ir. Meu programa não pode ser adiado.
— O *bar mitzvah* também não. Pelo menos telefone ao seu filho para se despedir – disse ela, com amargura.

— Por favor, veja se Jeff Hopeman está no quarto? – pediu ele à voz jovem no telefone.
— Hopeman?... Ei, pernas sujas, é para você.
Harry sorriu. Ele tinha a mesma profusão de marcas de nascença.
— Alô?
— Jeff, é o papai.
— Oi.
— Como vai?
— Muito bem. Você esteve aqui na semana passada?
— Realmente, estive sim.
— Wilson achou que era você.
— Quem?
— Wilson. O cara no quarto vizinho. Por que não ficou?
— ... Você estava ocupado com o beisebol.
— Um simples treino? Eu podia ter saído.
— Eu não quis perturbar e não podia esperar. Escute, preciso viajar. A negócio.
— Quanto tempo vai ficar fora?
— Não tenho nenhuma previsão. O tempo que for necessário.
— Estará de volta em duas semanas?
— Eu não sei. Por quê?
— É quando terminam as aulas. – Jeff hesitou. – Eu não quero ir para o acampamento de verão. Mamãe disse que talvez você pudesse me arranjar algum trabalho.
— Uma ótima ideia – aprovou Harry, cautelosamente. – Mas se houver algum problema com os negócios, talvez eu fique fora uma boa parte do verão.

– Afinal, aonde você vai?
– Israel.
– Posso ir também, quando acabarem as aulas?
– Não – respondeu Harry com firmeza.
– Você me trata como um bebê. – O garoto estava furioso. – Não posso caçar, tenho de ir para o acampamento de verão. Aquele acampamento me enoja.
– Será a última vez. Eu prometo.
Jeff ficou calado.
– Vou visitá-lo quando voltar. Podemos falar então sobre um trabalho. Certo?
– ... Certo.
– Até logo, Jeff.
– Até logo.
Harry ligou outra vez, imediatamente.
– Escute. Quando terminarem as aulas, que tal você trabalhar para Saul Netscher? Pode aprender muita coisa com ele. Quando eu voltar, você vai trabalhar comigo. Combinado?
– Tudo bem.
– Vou arranjar tudo com Saul. Ele vai gostar, mas você terá que trabalhar como um mouro. Serviço de rua, limpeza, engraxar máquinas. Qualquer coisa.
– Isso é legal, papai! Aprenderei também a cortar?
– Isso leva anos, você sabe. E é trabalho duro.
– Se você fez, eu também posso fazer.
Harry riu.
– Tudo bem. Cuide-se. Eu te amo, garoto.
– Eu também te amo – repetiu o filho, obediente.
Harry suspirou.

Três dias antes de partir recebeu um envelope simples pelo correio. Não tinha nenhuma indicação do remetente, mas Harry sabia. Era um dossiê do homem com quem ia negociar.

Hamid Bardissi, conhecido também como Yosef Mehdi. Nascido em 27 de novembro, 1919, em Sigiul, Egito, filho de Salye (Mehdi) e Abou Yosef Bardissi Pasha. Seu pai foi embaixador do Egito na Grã-Bretanha durante três anos (1932-1935) e governador militar da Província de Assoiut por quatro anos (1924-1928). Desde muito jovem Abou Yosef Bardissi Pasha era amigo do conselheiro Ahmed Fuad Pasha, que em 1922 tornou-se o primeiro rei do Egito quando a Grã-Bretanha retirou seu protetorado.

Hamid Bardissi nasceu dez meses antes de Farouk, o filho do rei Fuad. Quase desde o começo de sua vida ele foi companheiro constante do príncipe. Eles estudaram juntos com professores particulares. Aos 16 anos entrou, com

Farouk, para a Real Academia Militar, em Woolwich, Inglaterra. No fim de apenas um semestre, eles foram chamados de volta ao Egito por causa da morte de Fuad.

Quando Bardissi Pasha morreu, em 1939, Hamid Bardissi herdou 7.500 feddans de algodão (o equivalente a 3.150 hectares, ou 7.780 acres). Casou duas vezes, como permite a lei muçulmana, mas deixou de viver com a primeira mulher em 1941. Sua segunda mulher, com quem casou em 1942, morreu no ano seguinte ao dar à luz um filho morto.

Embora nunca tenha ocupado cargo oficial, Bardissi era odiado e temido como todos os homens de Farouk. Ele destruía oponentes políticos sem a menor hesitação e era considerado responsável pela corrupção do partido Wafd, transformando-o, de um movimento violentamente antirrealista, numa frente de batalha política de Farouk. Consta que ele e o rei foram várias vezes marcados para morrer pela irmandade muçulmana. Se for verdade, provavelmente esse duplo assassinato foi evitado pelo golpe de estado que destronou Farouk, em 1952.

Em 26 de julho de 1952, quando Farouk, cercado pelo exército do general Naguib, no palácio Ras el Tin, concordou em abdicar, seu homem de confiança, Bardissi, estava na Bélgica, encarregado de apanhar uma coleção pequena, mas muito valiosa, de pedras preciosas da coleção Farouk, na época sendo exibida na Quadragésima Sexta Exposição Gemológica Internacional. Bardissi assinou o recibo de sete diamantes grandes, três rubis transparentes iguais, cada um pesando entre nove e dez quilates, um quarto rubi descrito como "do tamanho de um ovo de pomba, presente de Gustavo III da Suécia, em 1777, para Catarina II da Rússia", e uma bandeja contendo "pedras históricas" – joias supostamente com uma origem interessante mas de pequeno valor.

Bardissi jamais voltou ao Egito, onde vigora ainda uma ordem de prisão contra ele. Suas terras foram confiscadas pelo estado em 1954.

O rubi Catarina II supostamente figurou na coleção do tesouro iraniano, em Teerã, desde 1954, mas o governo do Irã não confirma nem nega esse fato. A coleção do tesouro iraniano nunca foi aberta para inspeção.

Os três rubis iguais foram vendidos em 1968 a um comerciante de Tóquio chamado Kayo Mikawa. Há quase certeza de que eram os da coleção Farouk. Quando questionado, Mikawa disse à Interpol que havia comprado as pedras em Londres, de um homem chamado Yosef Mehdi.

A Interpol entrou em contato com o Egito, de onde recebeu um pedido de informação sobre Bardissi. Uma vez que o Egito e a Grã-Bretanha não têm tratado de extradição, os egípcios não puderam fazer nada.

Mehdi admitiu aos ingleses que era Bardissi. Mostrou às autoridades uma carta de Farouk, de Cannes, datada de 18 de novembro de 1953, declarando que as pedras eram propriedade pessoal de Farouk e não do governo do Egito e que Farouk transferia seu direito de propriedade das joias e outros artigos para Bardissi, como recompensa por bons e leais serviços prestados. Bardissi convenceu as autoridades britânicas que era procurado como figura política e não como criminoso, e que seria condenado à morte se voltasse ao Egito.

Ele foi libertado.

Depois disso, desapareceu. Evidentemente, acredita que sua vida ainda corre perigo. Porém, no começo deste ano, em Amman, um homem dizendo chamar-se Yosef Mehdi entrou em contato com vários indivíduos notadamente simpatizantes do mundo ocidental e com conexões no ocidente, procurando informação sobre a possível venda de pedras preciosas.

No Cairo, o caso de Hamid Bardissi é definido como "atual mas inativo".

O Sistema Harry Hopeman de voar fazia de um voo internacional algo tão difícil quanto saltar por cima de um prédio num único impulso. Assim que o avião levantou voo, Harry tirou os sapatos. Com chinelos macios e um suéter confortável ele assistiu a um filme, não suficientemente bom para dar prazer. Quando passavam sobre Terra Nova ele comeu a galinha requentada e uma laranja jaffa, preferindo uma garrafa de vinho ao champanhe doce.

Passou um longo tempo estudando o dossiê de Mehdi e depois as anotações do seu pai, relendo várias vezes tudo que dizia respeito ao diamante da Inquisição. Finalmente, com os fones de ouvido ouviu Handel, para ele uma garantia de sonolência. Durante todo esse tempo ficou tomando pequenos goles de vinho. Quando faltava apenas um terço da garrafa, ele já tinha atravessado dois terços do Atlântico. Com a máscara para dormir, tentou várias trilhas sonoras, acabando por escolher os ruídos sibilantes das ondas na praia. Com os dedos dos pés dormentes, o som do mar nos ouvidos e o gosto do vinho na boca, adormeceu, como se estivesse mergulhando agradavelmente de seis mil e setecentos metros de altura.

Ele pagou o preço real do vinho no dia seguinte ao meio-dia, quando desceu do avião no aeroporto Ben Gurion e o martelo dourado o acertou bem entre os olhos.

Fazia calor. Passou vagarosamente pela alfândega e finalmente conseguiu um táxi. O motorista manejava a direção com a audácia usual e Harry lutava contra a náusea quando passavam pela ravina, fora de Jerusalém, onde a estrada era marcada com pedaços enormes de metal retorcido.

– Os veículos foram destruídos quando procuravam atravessar o bloqueio, na Guerra da Independência – informou o motorista. – Eles estavam tentando levar comida e munição para a cidade. Nas últimas guerras, os bastardos não chegaram até aqui. Mas na primeira vez, os canhões árabes estavam montados nos dois lados da estrada. Deixamos esses destroços como lembrança.

Harry fez um gesto afirmativo.

– Eu já estive aqui antes.

Cada vez que vinha a Jerusalém, os motoristas identificavam a pilha de destroços para ele.

Harry telefonou para Davi Leslau, mas o arqueólogo não ia voltar até o fim do dia. Ele deixou recado.

Seu quarto ficava na parte de trás do hotel. Da janela, podia ver um longo trecho de um maravilhoso muro antigo e uma série de construções árabes quadradas – leste de Jerusalém. A Cidade Velha convidava a um passeio, mas o sol estava alto e forte e Harry preferiu os lençóis da cama macia.

Quando acordou, a dor de cabeça tinha melhorado. Às 9:10 da manhã estava tomando seu desjejum de ovos, pita, o pão árabe, pequenas azeitonas verdes e chá gelado, quando Leslau telefonou e imediatamente concordou em ir ao hotel.

Harry e o arqueólogo se conheciam apenas por sua fama e suas publicações. Leslau era pequeno e feio, mas tinha um peito taurino. O cabelo e a barba, ruivos, precisavam ser aparados e um mecha de cabelo desbotado com fios brancos aparecia sob a gola aberta da camisa que já não era branca. Óculos de lentes espessas aumentavam os olhos castanhos e irrequietos. Tinha a pele áspera e endurecida pelo sol e pelo vento. Com seus sapatos empoeirados e a calça de brim de algodão, conseguiu fazer com que Harry se sentisse excessivamente vestido e limpo demais.

Sentaram nas poltronas de couro no saguão, entre turistas que pareciam bandos de andorinhas.

– Qual foi a passagem que você traduziu? – perguntou Leslau, puxando o lobo de uma orelha com os dedos grossos.

Harry começou a descrever a passagem.

– Sim, sim. Jesus, Josué e o maldito Jó. Meu pobre e novo amigo da América, com sonhos de imortalidade...

– Não fale assim comigo – disse Harry em voz baixa.

– Você é a quarta pessoa a identificar a *genizah* descrita naquela passagem. Não a primeira.

Harry olhou para ele.

Leslau suspirou.

– Venha, venha comigo – chamou ele.

Leslau tinha um velho Volkswagen que parecia tuberculoso ao subir a montanha, e por isso ele dirigia em alta velocidade. A estrada era cheia de ondulações, sinuosa o tempo todo.

– Já esteve nesta área antes?

– Não.

Estavam passando por plantações de bananas e frutas cítricas.

– Um clima incomum. Parece o da África. Na verdade, sudanês, como pode ver.

– Hum...

Leslau olhou rapidamente para ele.

– Apaguei toda a música do seu coração, não é? Bem, esqueça o que fiz lá no hotel. Eu sou um filho da mãe muito cáustico. Sei disso, mas estou velho demais para mudar.

– Quem foi o primeiro a identificar o local da *genizah*? – perguntou Harry.

– Max Bronstein me levou ao local quase imediatamente. Antes de receber a carta dele, eu já o havia localizado, mais ou menos. Então, uma mulher realmente brilhante da Universidade Hebraica foi consultada e no fim de uma semana indicou também o vale de Achor.

Numa bifurcação, Leslau virou para o sul, indicando com a cabeça o caminho da esquerda.

– O *tel* de Jericó fica poucos quilômetros ao norte daqui. Por mais de setenta anos foi centro de escavações interessantes. Jericó é a cidade mais velha do mundo, data do ano 8000 a.C., muito antes de existirem judeus. Os arqueólogos encontraram nove crânios humanos, envoltos em argila em vez de carne, com conchas no lugar dos olhos.

– O que eram?

– Deuses – disse Leslau.

Harry olhou para ele.

– Quando você fez a escavação das *genizot* mencionadas no manuscrito, o que encontrou?

– Não escavamos as *genizot*. Simplesmente as reabrimos pela terceira vez. As *genizot* já haviam sido escavadas.

O Volkswagen saiu da estrada principal com um tranco. Seguiram o leito seco do rio até chegar a uma escarpa de rocha, fim do caminho para o veículo.

– Até agora não encontramos nada – disse Leslau.

A seguir tirou uma lanterna elétrica do porta-luvas e os dois se afastaram do carro.

– Este é o vale de Buke'ah. O antigo vale de Achor.

Avistavam oásis com luxuriantes plantações alguns quilômetros adiante, mas Leslau o levou para o deserto. Pássaros que ele não conhecia, pequenos e negros, com cauda branca, cantavam estridentemente nas moitas de tamargueiras e nas árvores de acácias.

– Você acha que Achan e sua família foram realmente apedrejados até à morte neste lugar?

– Uma execução militar para estabelecer um exemplo? Tem o som desagradável da realidade – disse Leslau. – Os exércitos eram tão insanos como os de nossos dias. Acho que eles foram mortos aqui. – Levou Harry a uma abertura no penhasco. – Cuidado com a cabeça.

A entrada tinha menos de um metro e vinte de altura. No interior, o teto devia ser uns trinta centímetros mais alto. Leslau acendeu a lanterna e iluminou uma câmara de mais ou menos seis metros por três e meio. A outra extremidade do teto era inclinada feito um sótão. Os retângulos eram marcados por estacas no chão de terra, como jardins estéreis.

Harry agachou-se ao lado do primeiro.

– Que *genizah* é esta?

– "... Enterrada a oito côvados e meio, uma pedra brilhante", etcétera, etcétera.

– O diamante foi enterrado aqui. Mas você não encontrou nada.

– Relativamente falando, é claro. Encontramos algumas moedas francesas da Idade Média. Mais ou menos a um metro, um denier carolíngio. A dois metros e meio três moedas de menor valor, chamadas meias-peças. A trinta centímetros, encontramos a parte superior de um punhal. A lâmina era de aço mal temperado. Não era uma arma bem-feita, portanto pertencia provavelmente a um soldado comum e não a um cavaleiro. Talvez tenha quebrado quando ele a usou para cavar a terra. No punho está gravada uma cruz de Lorena.

– Cruzados franceses.

– Sem dúvida. Da segunda cruzada, acreditamos, embora não muitos tenham chegado até aqui. – Leslau iluminou o outro retângulo do tamanho de um jazigo. – Tiraram o diamante amarelo deste lugar e ele caiu nas mãos de Saladino, para ser recapturado, mais tarde, pelos cristãos.

– Que provas você tem? – perguntou Harry.

– Veja. A primeira referência histórica sobre a pedra aparece logo depois que a *genizah* foi violada. Quando Saladino doou o grande diamante à mesquita de Acre, onde conquistou a fama de general, ele próprio deixou registrado que seus sarracenos o tinham tirado dos soldados franceses, um grupo disperso do que restava do exército de Luís VII, que acabava de ser derrotado pelos turcos.

– Mas, menos de cem anos depois, o diamante amarelo foi cortado na Espanha cristã – disse Harry.

– Sim. Depois de cortado, foi doado à Igreja por Estabán de Costa, conde de Leão, que era uma espécie de funcionário da Inquisição. Ele o tirou de um judeu condenado, um relapso "cristão-novo". Ao mesmo tempo, de Costa fez questão de alardear que fora tirado da mesquita de Acre pelos cavaleiros espanhóis de puro sangue cristão por ocasião de uma das últimas cruzadas. – Leslau sorriu. – A pedra tem sido tratada como uma maldita bola de futebol pelas três religiões. Mas eu acho que o direito dos judeus é muito, muito mais antigo. Você conhece bem a Bíblia?

Harry deu de ombros.

– Deve estar lembrado que ao rei Davi foi negada a honra de construir o Templo porque tinha sangue nas mãos.

– Livro segundo de Samuel.

– Sim. Diz que Davi deixou suas plantas e seus tesouros para o filho, a fim de que Salomão pudesse construir o Templo. Mais tarde, a Bíblia descreve a herança, incluindo "pedras de ônix e pedras para serem engastadas, pedras reluzentes e de várias cores e todo o tipo de pedras preciosas".

– Crônicas, livro primeiro – disse Harry.

Leslau sorriu.

– Capítulo vinte e nove, versículo dois. Esse foi o começo do Templo. O fim foi oitocentos anos depois, quando Nabucodonosor se aproximava com sua máquina de destruição. Se podemos acreditar no manuscrito, os sacerdotes escolheram friamente, para esconder, os objetos mais sagrados e mais valiosos do seu mundo. Vamos supor que o diamante canário fazia parte do tesouro do Templo – no que eu acredito. Podia ser escondido facilmente e podia ser negociado, num futuro mais feliz, ajudando a construir uma estrutura para abrigar os objetos sagrados que sobreviveram.

– Akiva disse para meu pai e para mim, em Nova York, que Mehdi está tentando vender outra pedra. Uma granada.

– É mais difícil autenticar a granada. Só existe um diamante como aquele, mas há muitas granadas. Se ela saiu daqui, podia ser um objeto sagrado. Talvez uma das pedras retiradas das "vestes dos Filhos de Aarão" – as roupas do sumo sacerdote.

Harry concordou.

– Eles não iriam enterrar roupas comuns dos sacerdotes, que podiam ser substituídas. Mas sem dúvida esconderiam as pedras doadas pelas tribos e engastadas no peitoral do sumo sacerdote.

– Pense na esperteza dos homens que esconderam os tesouros – disse Leslau. – A primeira *genizah* era relativamente rasa. Imaginaram que, se fosse violada, os intrusos encontrariam apenas o grande diamante amarelo e não continuariam até onde estavam as pedras sagradas, mais preciosas.

Ocorreu a Harry que fora essa a técnica usada por seu pai ao esconder os diamantes no pote de vaselina.

– Como sabe que os cruzados não esvaziaram também a *genizah* mais profunda?

– A *genizah* mais profunda foi devassada muito, muito tempo depois. A única coisa que encontramos ao peneirar a terra foi um botão de cobre do uniforme do exército regular britânico, aproximadamente do começo do século

XX. – Leslau sentou-se na argila seca. – Os modernos habitantes deste vale eram pastores de cabra beduínos. Como o pasto é muito pobre, as famílias beduínas têm enormes territórios de pastagem que passam de geração para geração e raramente são invadidos.

"As autoridades israelenses são muito boas nesse tipo de coisa. Encontraram a família cujo território incluía o vale de Buke'ah. Agora estão cultivando algodão em Tubas, morando em casas pela primeira vez na sua história. Um dos velhos lembra que, quando era menino, vinha a esta caverna para enterrar contrabando."

– Contrabando?

– Sua família era de contrabandistas. Ele diz que trouxeram tabaco para este lado da fronteira para vender aos soldados britânicos. Como os britânicos podiam comprar todo o tabaco que desejassem, é de presumir que eles contrabandeavam haxixe. Ele não lembra do ano. Mas diz que os turcos haviam saído recentemente da Palestina e que os britânicos não estavam lá há muito tempo. Calculamos que deve ter sido em 1919. De qualquer modo, ele diz que quando cavava para esconder seu contrabando, encontrou objetos no solo da caverna.

– Que espécie de objetos?

– Ele não lembra muito bem. Sabe que eram utensílios de metal pesado que pareciam muito antigos e pedras de cristal colorido numa pequena bolsa de couro apodrecido. O pai dele levou tudo para Amman e vendeu para um antiquário por sessenta e oito libras esterlinas. Ele lembra da quantia. Foi a maior que a família teve de uma vez.

– Alguém falou com o antiquário?

– O antiquário está morto há trinta e dois anos.

– Acredita no beduíno?

– Ele não tem motivo para mentir. Sem que ninguém perguntasse, ele disse que, quando os soldados não tinham dinheiro, seu pai trocava a mercadoria pelos botões de cobre dos uniformes deles. – Leslau apagou a lanterna. – Vamos – disse afinal.

Mas Harry continuou sentado no escuro. Encostou a palma da mão na argila quente e dura, sem vontade de sair dali.

– Venha, venha – chamou Leslau.

Relutante, Harry saiu da caverna atrás dele.

– Esta terra – disse Leslau –, você tem de se acostumar a ela. Ontem está sempre se sobrepondo a hoje. O solo, tanta gente viveu e morreu nele. Não se pode raspar a terra para plantar uma árvore sem encontrar seus traços. O Ministério dos Transportes cava para fazer o leito de uma estrada e descobre sarcófagos de príncipes. Um fazendeiro árabe resolveu aprofundar seu porão e encontrou um mosaico que faz da sua casa um museu.

Estavam num café ao ar livre em Jericó. No outro lado de um muro de pedra, um velho árabe, de traje escuro e fez, caminhava entre suas laranjeiras.

Enquanto tomavam café, Harry pensava nos homens que, na iminência de ver o fim do seu mundo, se preocuparam em esconder sua religião em buracos feitos na terra.

– E esconderam bem – observou ele. – Um esconderijo durou quase mil anos e o mais profundo é capaz de durar eternamente.

– Pouca coisa foi recuperada – disse Leslau. – Passei meses estudando o manuscrito. Há nove anos foram descobertos alguns vasos magníficos de bronze e prata numa caverna em Jerusalém. Tenho certeza de que uma das passagens do manuscrito se refere, de modo misterioso e codificado, a esses objetos. Mas acredito que raridades realmente importantes – a Arca, o Tabernáculo, talvez as Tábuas da Lei – estão em algum lugar aqui, debaixo da terra, não muito longe de nós, esperando que alguém os encontre.

No carro, de volta a Jerusalém, os dois homens iam absortos nos seus pensamentos.

– Quero trabalhar com você – disse Harry.

– Não. – Leslau mudou a marcha, irritado. – Não preciso da sua ajuda. Tenho acesso aos melhores cérebros em Israel. Só dependo de você para comprar o diamante.

"Talvez venhamos a traduzir o manuscrito amanhã e encontrar todos os objetos que ele descreve. É quase certo, porém, que não vamos conseguir isso. Talvez nunca encontremos nada concreto. Mas o entusiasmo sobre o segundo manuscrito de cobre pode garantir a renovação da minha licença por alguns anos e estou preparado para passar o resto da vida nessa tarefa."

Leslau inclinou-se para a frente, sobre a direção, e olhou para Harry.

– O diamante vale muito dinheiro. Mas eu não dou o mínimo valor a esse detalhe. Quero que você o compre porque pertenceu ao Templo. O Templo, homem! Pense nisso.

Harry meditou por um momento e olhou para ele.

– Se você não encontrar os objetos citados pelo manuscrito, vai ficar aqui, continuar sempre à procura?

Leslau fez um gesto afirmativo.

– Você tem feito um trabalho muito importante. No caso de fracasso, por que não passar para outro objetivo?

– Quando esteve no Vaticano, por acaso teve oportunidade de observar o transporte de relíquias sagradas?

Harry sorriu e balançou a cabeça.

– Existe uma sala, no palácio apostólico, forrada de prateleiras cheias de urnas com cinzas, lascas de ossos e outros restos mortais dos primeiros santos e mártires cristãos. Um bibliotecário põe pitadas de pó dessas urnas dentro de envelopes que são enviados como cartas registradas para novas igrejas no mundo inteiro. Segundo a lei canônica, deve haver uma relíquia dentro do altar de cada igreja.

Harry bufou, enojado.

Leslau ignorou a reação dele.

– Você vê restos terrenos. Eu vejo a razão para essa lei. A Igreja reconhece a necessidade absoluta do homem moderno ter contato direto com os primórdios da sua fé.

– O que isso tem a ver com você?

– Eu reconheci o valor do pó – disse Leslau. – Mas não estou falando em passar minha vida procurando pó. O que pretendo encontrar é a verdadeira estrutura sobre a qual o Velho Testamento está edificado.

Harry disse, assim que desceu do carro:

– Eu poderia estudar o manuscrito original?

Leslau respondeu, aborrecido:

– Acho que não. *Shalom*. – Puxou a porta do passageiro e o carro partiu, com o motor tossindo.

Deprimido com a brusca despedida de Leslau, Harry ficou observando o carro se afastar. De repente sentiu o *jet lag*. Pouco adiante, um velho puxava ritmadamente uma corda para mover o leque que espantava as moscas do seu carrinho cheio de tâmaras. Harry comprou meio quilo de tâmaras e se empertigou, pensando desanimado no solitário quarto de hotel.

As instruções de Akiva eram para esperar no hotel até Yosef Mehdi entrar em contato com ele, mas resolveu caminhar, comendo as tâmaras. Aventurou-se pelas estreitas ruas transversais, gradualmente se libertando da tensão. Por trás da propaganda de turismo e da exaltação comercial, Jerusalém, a Dourada, era uma semente de verdade que perturbava sua alma.

Era uma bela cidade.

8
JERUSALÉM

Harry caminhou devagar, olhando as ruas, observando as fisionomias. Logo se perdeu e andou a esmo, mas não demorou a reconhecer o lugar e viu que estava perto da universidade. Agora tinha um destino, o museu de Israel.

Aproximou-se imediatamente de um quadro que havia visto três vezes antes. Sentou num banco, admirando a *Colheita na Provença* como quem olha para um diamante, primeiro o todo, depois uma pequena área de cada vez. As cores eram quase uma agressão, o campo amarelo, o chocante alaranjado dos grãos, o céu verde-azulado como um destino ameaçador sob o qual labutava um pequeno homem. Quase podia andar no campo e tocar a insanidade que levou Van Gogh ao suicídio dois anos depois de pintar o quadro.

Finalmente passou para a exibição de um antigo tesouro de cobre encontrado em 1960, na caverna de uma encosta íngreme a trezentos metros de altura, por um arqueólogo que procurava mais manuscritos do mar Morto no deserto da Judeia. Eram machados, cabeças de maças, coroas e cetros soberbamente trabalhados. Pertenciam ao período calcolítico, uma era pré-hebraica, mas, olhando para eles, Harry sentiu um profundo ressentimento contra Davi Leslau e uma necessidade imperiosa de ver o manuscrito.

Passeando pelo museu, Harry identificou seu pecado mortal. Queria profundamente encontrar todas as maravilhas enterradas. Ambicionava possuir a loucura criativa de Van Gogh. Desejava avidamente todas as mulheres do mundo. Era o supremo guloso, queria tudo que é belo.

O sol estava baixo no horizonte quando saiu do museu para a rua King George. Como mariposas noturnas, as prostitutas, com seus vestidos de verão, já patrulhavam as ruas de duas em duas. Harry sentiu-se em casa. Era como estar na Oitava Avenida. Jantou num pequeno restaurante na Jarra Road, onde o cozinheiro falava russo – quatro *blinis* e depois um pequeno mar de *borsch* frio com ilhas de batatas. Lá fora, quando estava fazendo sinal para o táxi, duas prostitutas se aproximaram.

– *Chaver* – disse uma delas –, pode arranjar um táxi para nós?

Eram atraentes e jovens, uma loura, outra morena. Seus olhos dançavam, desafiando-o.

Harry pensou no quarto do hotel e segurou a porta do táxi aberto para elas.

— *Bona achayot.* Venham, irmãs — disse ele.

A loura era Therese, pequena e gorducha. Kochava, a morena, era magra e musculosa. Atravessaram o saguão do hotel com grande dignidade e compostura.

No quarto, sorriram para ele.

— Tudo bem — disse Harry.

Bateram na porta. Mas não era o detetive israelense do hotel. Não era ninguém.

Bateram outra vez.

A batida era na porta que dava para o quarto ao lado. Harry a abriu e viu uma mulher alta e morena.

— Sr. Harry Hopeman?

— Sim.

— Sou Tamar Strauss. Fui designada para trabalhar com o senhor — Seu inglês tinha o sotaque israelense meio britânico. Sua pele era tão escura que à primeira vista Harry pensou que fosse negra. Talvez do Irã ou do Marrocos, pensou. Devia ter uns vinte e sete anos, corpo bem-feito, trajava um vestido azul-claro muito simples. A boca era um pouco grande, o nariz aquilino, cruel e bonito. De repente Harry se deu conta de que estava olhando fixamente para ela.

— Posso entrar? — perguntou ela. Therese, ou talvez Kochava, murmurara alguma coisa rindo baixinho. A mulher olhou pela primeira vez para o quarto.

— Ah, cheguei em má hora — desculpou-se cortesmente, sem mudar a expressão do rosto.

Harry sentiu-se como um adolescente de quinze anos apanhado atrás do celeiro.

— De modo algum.

Mas ela já estava recuando.

— Como vê, estou neste quarto. Conversaremos de manhã. Tenha uma boa noite.

— Boa-noite — disse ele, fechando a porta.

Quando voltou para Therese e Kochava, a festa terminou antes de começar. Levou um tempo enorme para explicar que elas deviam ir embora. Pagou generosamente e as levou até a porta.

— *Shalom* — disse Kochava, esforçando-se para parecer triste.

— *Shalom,* Therese. *Shalom,* Kochava. *Shalom, shalom* — repetia ele, como quem começa uma lição num estranho livro de leitura hebraico. Veja Therese e Kochava saindo. Veja Harry bater na porta do quarto vizinho, veja a porta se abrir.

A mulher tinha trocado de roupa. O vestido azul estava num cabide no closet aberto e ela vestia um penhoar azul-escuro, de corte severo. Segurava uma escova de cabelo. O cabelo, antes preso num coque, agora estava solto, descendo até os ombros como uma capa espessa e negra.

– Posso atendê-la agora.

– Um momento, por favor.

Ela fechou a porta. Quando a abriu de novo, a escova tinha desaparecido. Seus pés, finos e morenos, com unhas que pareciam conchas, estavam calçados em chinelos.

– Entre.

– Obrigado. – Ele sentou na cadeira, ela na cama. – Senhorita... Strauss, foi o que disse?

Ela balançou a cabeça afirmativamente.

– Strauss.

– Por que foi designada para trabalhar comigo?

– Acreditam que posso ser útil.

– Quem acredita?

Ela ignorou a pergunta.

– Sou antiquária no museu de Israel.

– Para que preciso de uma antiquária?

– Sou especialista em provar a não autenticidade de objetos feitos para parecerem antigos.

– Estamos falando sobre pedras preciosas, essa é a minha especialidade. Todas as pedras são antigas – de repente compreendeu como Davi Leslau se sentia. – Não quero a sua ajuda.

– Sinto, mas minhas instruções não incluem a oferta de uma escolha – retrucou ela, calmamente.

– Vim para cá fazer o que foi combinado. Não concordei em trabalhar com outra pessoa.

– Pense no assunto – sugeriu ela. – Conversaremos pela manhã.

Harry não tinha vontade de voltar para seu quarto.

– Passei a tarde toda no seu museu – disse ele. A contragosto começou a se dirigir para a porta. Estava pronto para falar sobre Van Gogh com ela.

Pela primeira vez viu riso nos olhos dela.

– Espero que tenha gostado. Boa-noite, sr. Hopeman.

– Boa-noite, srta. Strauss.

– Na verdade, sra. Strauss – disse ela, fechando a porta.

Uma hora depois, outra batida, mas dessa vez na porta da frente do quarto dela. Harry ouviu alguém entrar, um homem com voz profunda. Falaram em hebraico, mas não dava para ouvir o que diziam.

Os dois riam muito.

Depois de algum tempo, ligaram a televisão.

Harry estava deitado, ouvindo a televisão deles, muito alta, quando seu telefone tocou.
– Recepção, sr. Hopeman. Temos uma encomenda para o senhor.
– Correio?
– Acho que foi entregue pessoalmente há poucos minutos. Por táxi.
– Ligo daqui a pouco – prometeu ele.
Assim que ligou, a mesma voz atendeu.
– Quer mandar trazer, por favor?
– Sim, senhor.
Em poucos minutos o recepcionista entregou um cubo de 12 centímetros, embrulhado em papel pardo, com seu nome e o do hotel escritos à mão nos dois lados. Harry pôs o embrulho no centro da mesa.
Foi para o chuveiro, saiu e vestiu o pijama. Nesse momento a televisão foi desligada e tudo ficou muito quieto.
Encostou o embrulho no ouvido mas havia total silêncio. Três semanas atrás, uma motocicleta explodira na Jaffa Road, matando várias pessoas. Naquela tarde, Harry tinha visto as marcas na calçada. Em Israel, as bombas eram enviadas em bonecas, livros, latas de café, em pequenos embrulhos pardos e em envelopes brancos.
Harry guardou o pacote na gaveta da cômoda e o cobriu com camisas e roupa de baixo. Levou uma pesada poltrona de couro para a frente da cômoda.
Estava cansado e tentou dormir, mas começou a lembrar os eventos do dia. Finalmente, levantou-se e comeu algumas tâmaras. As frutas eram muito doces e sumarentas. Tirou o embrulho da gaveta, abriu, e não houve explosão. A caixa tinha camadas e camadas de jornais árabes que ele retirou cuidadosamente. Não havia nada nos jornais, mas no meio encontrou uma pedra do tamanho de uma uva.
Harry tirou tudo de cima da mesa, deixando só a pedra.
Tinha uma pátina escura e densa, mas alguém havia raspado duas janelas na parte de cima. Harry a ergueu para a luz elétrica e viu que a maior parte da pedra era transparente, mas não com a claridade da água.
Apanhou a lupa e os instrumentos de medição e, num impulso, também os cadernos de notas do seu pai. Abriu o último caderno e, no item final, escreveu embaixo com sua letra grande e firme.

*Aqui termina
o diário técnico de
Alfred Hopeman, filho de Joshua, o Levi
(Aharon ben Yeshua Halevi)*

Virou a página e escreveu:

Aqui começa
o diário técnico de
Harry Hopeman, filho de Alfred, o Levi
(Yeshua ben Aharon Halevi)

Os instrumentos eram velhos amigos que pareciam trabalhar sozinhos. Ele anotou as medidas e fez uma descrição breve.

Tipo da pedra, granada pirope. Diâmetro, 75 polegadas. Peso, 138 quilates. Cor, vermelho-sangue. Gravidade específica, 3,73. Dureza, 7,16. Forma cristalina, cúbica, um dodecaedro rombiforme (faces completamente desenvolvidas em todos os lados e delicadamente estriadas).

Comentários: Esta pedra está em estado bruto e não montada. Cerca de 70 por cento da granada é fissurada ou nublada, provavelmente com óxido ferroso. Sua qualidade inferior não representa uma negação da história; ao contrário, nos tempos bíblicos pouco se sabia dos métodos para avaliar a qualidade das pedras preciosas, e uma granada encontrada no deserto durante as jornadas dos israelitas e doada pela tribo de Levi para ser incluída no peitoral do sumo sacerdote provavelmente seria uma pedra igual a esta. Cortando a área defeituosa, teríamos uma pedra com cerca de 40 quilates de qualidade média, semipreciosa, segunda classe, valendo cerca de 180 dólares brutos. Esta pedra não tem a qualidade requerida para ser uma pedra Alfred Hopeman & Son.

Harry não conseguiu dormir. Seu relógio fisiológico estava desajustado. Da janela viu o muro de Jerusalém oriental banhado pela luz dos holofotes, como um cenário bíblico de Hollywood. Ligou a televisão, alternando entre os dois canais ainda no ar, um em hebraico, outro em árabe, até as duas estações encerrarem seus programas.

Estudou por longo tempo as fotocópias do manuscrito de cobre. Por mais que forçasse a vista, era impossível ler as duas palavras que permaneciam indecifráveis na passagem sobre a *genizah* do diamante amarelo.

No jazigo onde Judah foi punido por se apossar de espólios, enterrado a oito e meio côvados, uma pedra cintilante [uma palavra indecifrável] [uma palavra indecifrável]...

Voltou para o caderno do pai, procurando uma pista para as palavras na descrição do diamante feita por Alfred Hopeman. Mas não encontrou nada.

"Pai, me ajude."

Sabia o que seu pai diria se pudesse falar agora. *Du bist ah nahr.* Era o que Alfred Hopeman dizia sempre que Harry não conseguia ver alguma coisa importante. Geralmente era dito com bom humor, mas isso não alterava o significado. *Du bist ah nahr,* você é um tolo.

Leu e releu as anotações, tentando visualizar o diamante amarelo como seu pai o tinha visto.

9

BERLIM

Quatro anos depois de abrir seu ateliê e loja na mais elegante parte da Leipziger Strasse, Alfred Hauptmann foi convidado para uma reunião dos comerciantes independentes, em Antuérpia, com o fim de criar uma associação de vendedores varejistas de diamantes. A organização era respeitada pela indústria de diamantes desde que o grupo De Beers fundou o sindicato do mercado de pedras. A reunião teve boa frequência, mas os clubes de diamantes já ofereciam serviços que atendiam a quase todas as suas necessidades, e comerciantes bem-sucedidos são tão individualistas que foi grande a resistência à criação de uma nova sociedade. Além disso, ninguém tinha inclinação para organizar, nem a sede de poder dos que haviam criado a associação das companhias mineradoras que deu origem à DeBeers.

Não desapontou ninguém o fato da reunião não atingir o objetivo inicial. Houve muita negociação agradável e bem-humorada e Alfred passou algum tempo com três dos seus parentes da Checoslováquia. Ele gostava do primo Ludvik, a quem chamava de Laibel. Tinham morado juntos durante seu aprendizado em Amsterdã. Mal conhecia Karel, o irmão mais novo de Ludvik, também presente, que passou a maior parte do tempo em Antuérpia, estudando os ternos conservadores de risca de giz de Alfred, suas polainas de pele de gamo, o brilho discreto dos seus sapatos, a flor fresca na sua lapela. Seu tio, Martin Voticky, ficou satisfeito durante o almoço quando várias pessoas pararam na sua mesa para cumprimentar o jovem comerciante da Alemanha. Uma delas foi Paolo Luzzatti, de Sidney Luzzatti & Sons, uma casa de diamantes em Nápoles.

Mais tarde, no mesmo dia, quando Alfred saía do Beurs Voor Diamenthandel sozinho, Luzzatti o chamou.

– Podemos conversar?

Foram a um café na Pelikaanstraate. O alemão de Luzzatti era precário e o italiano de Alfred pior ainda, por isso conversaram em ídiche.

– Se quiser, você pode ser útil à minha companhia – disse Luzzatti. – Fomos requisitados para restaurar uma peça muito especial.

– Tenho várias pessoas na minha oficina para fazer esse tipo de trabalho – respondeu Alfred.

Luzzatti olhou para ele com ironia.

– Eu imagino. Nós também temos. Mas trata-se de um tesouro que levou uma queda e possivelmente foi avariado. É o diamante da Inquisição e a mitra onde está engastado.

– Minha família tem muito a ver com essa pedra – lembrou Alfred, extremamente interessado, mas Luzzatti o interrompeu.

– Nós sabemos. Por isso pensei em você. E sabemos também do seu trabalho na África do Sul com o sindicato. Você deve saber como avaliar a avaria numa pedra com esse quilate.

– Eu sei. Sem dúvida. Trabalhando para o Vaticano. – Assobiou, admirado.

– Sim, para o Vaticano.

A ideia era excitante.

– Será que eles me deixariam ver o diamante agora? Posso viajar para Roma diretamente daqui.

– Não, não! É uma situação muito delicada. Você compreende, a firma é judaica, a igreja é católica. Eles agem com extrema lentidão. Não sei quando vão nos entregar o diamante.

Alfred deu de ombros.

– Quando entregarem, avise-me.

Luzzatti concordou com um gesto. Pediu café fresco ao garçom.

– Diga-me, Hauptmann, gosta de morar em Berlim?

– É a cidade mais excitante do mundo – foi a resposta.

Berlim era sua cidade natal. Ele passara a infância numa casa quadrada, feia de pedra cinzenta, no Kurfürstendamm. Saiu dela, chocado e apavorado, quando tinha quatorze anos, três dias depois que seus parentes morreram queimados no incêndio de um hotel em Viena, onde tratavam de negócios. Seu tio foi o curador dos bens deixados por eles. Martin Voticky, cujo sobrenome se tornou uma versão boêmia de Hauptmann quando ele foi morar em Praga, ainda jovem, parecia a Alfred uma figura ameaçadora e estranha.

– Pode morar conosco, se quiser – disse Voticky para ele. – Ou talvez prefira um internato.

Alfred fez a escolha errada.

Seu tio tinha lembranças desagradáveis das escolas alemãs e o matriculou numa escola muito cara em Genebra, onde os alunos eram reflexos da atitude dos pais. Na Suíça, Alfred se acostumou a ouvir seu nome só quando era chamado na classe ou quando passava parte da noite jogando xadrez com um garoto chamado Pinn Ngau, um chinês que era o outro intocável da escola. Quando Pinn falava com os colegas, referia-se a Alfred como le Juif.

No fim de três anos de devastadora solidão, Alfred se formou falando francês fluentemente e sem nenhuma disposição para repetir a experiência numa universidade. Quando seu tio sugeriu sua ida para Amsterdã para aprender a cortar diamantes com seu primo Ludvik, ele concordou imediatamente.

Os anos seguintes foram os mais felizes da sua vida. Ludvik logo se tornou Laibel, o irmão que ele nunca teve. Moravam num sótão que dava para o canal Prinsengracht, três prédios abaixo de um moinho de vento com um eixo central que guinchava o tempo todo e que a princípio os impedia de dormir, mas depois era como uma canção de ninar. Não demoraram para adquirir o gosto pelo schnapps, pelas mulheres e pelo pequeno arenque defumado, o bokking, *da Holanda, embora raramente tivessem tempo e dinheiro para algo mais que o arenque. Todos os dias, exceto aos domingos, tinham aulas de matemática e ótica no instituto técnico, escolhido por Martin Voticky pelo rigor da instrução e passavam longas horas nas mesas de lapidação de uma das mais antigas casas de diamantes, trabalhando com todos os metais preciosos e várias pedras.*

Nenhum dos dois ficou famoso como cortador, mas depois de quatro anos deixaram Amsterdã com um conhecimento técnico que foi extremamente valioso para o comércio de diamantes.

Laibel voltou para Praga e para a oficina do pai. Martin Voticky estava resignado a criar espaço na sua firma para o sobrinho, mas Alfred o surpreendeu com seus sonhos pessoais. Candidatou-se a um cargo no Sindicato dos Diamantes. Dentro de algumas semanas, sentindo-se como um aventureiro cosmopolita, estava em Kimberley, África do Sul.

A cidade ficava numa planície africana, construída em volta do que sobrava da mina Kimberley. Nos tempos pré-históricos, lava derretida tinha chegado à superfície, espalhando-se e esfriando. Os mineradores logo descobriram enormes diamantes no coração azul daquele "cone" e quando Alfred a viu, a mina Kimberley estava esgotada. De 1871 a 1914, tinham retirado três toneladas de diamantes – 14.504.567 quilates –, deixando o Grande Buraco, uma abertura enorme de quase quinhentos metros de largura e cerca de mil e duzentos metros de profundidade, com duzentos metros de água no fundo. Havia uma cerca em volta da abertura. Alfred evitava olhar para ela sempre que possível.

Por causa da sua fluência em francês, ele foi designado para trabalhar na Compagnie Française de Diamant, uma das empresas do holding encarregado de catalogar, classificar e avaliar pedras brutas. Trabalhava o dia todo sob a supervisão de pessoas capazes de ler a estrutura interna dos cristais como se fosse um livro. Estudou uma enorme variedade de diamantes defeituosos, ajudando a decidir quais deles poderiam ser melhorados com o corte, quais podiam ser salvos como pedra preciosa e quais serviam para uso industrial. Foi uma rara experiência de aprendizado e o pagamento era bom, mas Alfred detestava o racismo que via todos os dias, e também o clima. Embora compreendendo que era necessário, jamais se acostumou a ver homens examinando com lanternas os orifícios do corpo de outros homens à procura de pedras roubadas.

Quando venceu seu contrato de dois anos, o diretor de operações da Compagnie Française o chamou e perguntou se gostaria de continuar com eles.

O diretor olhou por cima dos óculos quando Alfred recusou delicadamente.
– Estranho... Para onde vai então, Hauptmann?
– Para Berlim – redarguiu ele.

Não gosto dos seus planos, *escreveu o tio Martin.*

Você tinha um futuro brilhante com o Sindicato. E é tolice um homem tão jovem como você entrar para o comércio de diamantes por conta própria. Quem vai comprar joias caras de um homem tão moço? Se deseja mesmo sair da DeBeers, venha para Praga. Nosso negócio é próspero e podemos usar seu trabalho. Em dez ou quinze anos será um homem maduro e experiente e nós o ajudaremos a abrir seu negócio.

Mas Alfred insistiu e Martin cedeu. Chegou o momento. Agora você é o único responsável por sua vida – avisou ele ao chamar o sobrinho a Praga, para uma conversa. Martin trancou a porta do escritório, abriu o cofre e entregou ao atônito Alfred seu patrimônio – uma pedra enorme, com base dourada.
– Está na família há muitas gerações, passando de filho mais velho para filho mais velho. Em vez de ao seu pai, eu a entrego a você.
Martin entregou-a e contou a história da pedra, bem como todos os outros segredos da tradição do diamante da família. A narrativa durou toda a tarde e abalou Alfred até a alma, alimentando algo muito profundo, fazendo com que começasse a compreender o próprio eu. Era uma história que combinava com seus sonhos.
Finalmente, o tio entregou a ele o dinheiro que o pai havia deixado. Não era uma fortuna quando o pai morreu, e as despesas com sua educação haviam levado grande parte. Mas Alfred possuía também uma quantia menor, economizada do seu salário em Kimberley. Tinha de ser suficiente.

Alfred não podia ter escolhido melhor época para voltar à Alemanha. Durante sua ausência, o país tinha visto derrota, revolução, desemprego e fome, mas, em meados de 1920, nunca o mundo estivera tão próspero, nem tão pródigo, e investidores estrangeiros começavam a despejar grandes quantias na indústria e no comércio da Alemanha. Ele andou por Berlim, tentando resolver onde abrir sua oficina. Um homem mais velho, ou mais novo, talvez sentisse repulsa pelo que estava vendo, mas Alfred tinha uma idade em que o vício parece atraente. As avenidas eram ainda largas, claras e belas, mas exércitos de prostitutas com botas de couro verde faziam a ronda na Friedrichstrasse a qualquer hora. Bares, parques de diversões e casas noturnas tinham brotado nos bairros que ele lembrava como residenciais, onde moravam os trabalhadores e os comerciantes. Encontravam-se belas mulheres por toda parte, as mais elegantes que ele já havia visto, de pernas longas, esbeltas e sensuais.

No *Kurfürstendamm*, a larga avenida onde ele morava com os pais quando era menino, a casa de pedra cinzenta parecia não ter mudado, apenas uma das duas nogueiras-do-japão, do jardim, havia sido derrubada e a outra estava completamente crescida. Ele parou no outro lado da rua por um longo tempo, quase esperando ver abrir a porta lateral. Alfred, Alfred, venha já para dentro. Seu pai vai chegar a qualquer momento.

Finalmente a porta se abriu e da casa saiu um velho. Tinha bigode grisalho e parecia um oficial reformado do exército. Olhou atentamente para o lado fronteiro da rua no momento em que um homossexual apareceu e tocou no braço de Alfred.

– Na? – murmurou o jovem.

– Não – respondeu Alfred, e foi embora.

Encontrou apartamento num prédio, no centro de Berlim, na Wilhelmstrasse. O apartamento incluía pais substitutos no primeiro andar. Herr Doktor Bernhard Silberstein era um médico aposentado, cabelos e barba brancos, com uma tosse crônica e dedos amarelados por cigarro. Sua mulher, idosa e gorda, chamada Annalise, disse que Alfred devia jantar com eles às sextas-feiras, para receber o sábado.

– Bem, eu não sou religioso – confessou ele, embaraçado demais para agradecer a delicadeza.

– Então, nas quartas-feiras – disse Frau Silberstein, e não admitiu outra objeção.

Na primeira quarta-feira, ela serviu fígado de ganso picado com *gribiness* (torresmos feitos da gordura do ganso) como aperitivo. Depois, o próprio ganso recheado com frutas e com a pele tostada que estalava na boca, bolinhos de batata e repolho vermelho. A sobremesa foi uma torta quente de amêndoas com uma crosta delicada que fez Alfred suspirar de prazer.

– Você joga xadrez? – perguntou Herr Doktor.

– Não jogo há muito tempo.

– Vai lembrar – disse o dr. Silberstein, escolhendo as pedras pretas.

O médico era muito bom e começou a dizimar as peças brancas.

– Por que voltou para a Alemanha?

– Eu adoro Berlim. Durante anos meu sonho era voltar.

– As pessoas aqui odeiam os judeus – avisou o dr. Silberstein em voz baixa.

– É a mesma coisa em toda parte.

– Meu caro jovem, conheceu Walther Rathenau?

– Claro que sim, o primeiro-ministro. O que foi assassinado.

– Um Freikorps *marchava ao som de uma canção*. "Knallt ab den Walther Rathenau / Die Gottverfluchte Judensau." "Atire em Walther Rathenau, / Ele é um maldito judeu." Já ouviu falar dos nazistas, o Partido Nacional Socialista dos Trabalhadores da Alemanha?

– Não, não me interesso por política.
– Um pequeno partido. Verdadeiro lixo. Prometeram livrar a Alemanha dos judeus.
– Como o partido se saiu nas últimas eleições?
– Pessimamente, apenas 280 mil votos em todo o país.
– Pois então... – argumentou Alfred.

O Wertheim's, no Leipzigerplatz, era uma loja de departamentos para a realeza, um palácio de pedra, mármore e cristal. As fontes eram feitas de azulejos da fábrica de cerâmica do Kaiser e tinha oitenta e três elevadores, escadas rolantes e quilômetros de tubos pneumáticos. Agora, um arquiteto chamado Eric Mendelsohn estava construindo outra loja de departamentos para a elite, na Leipziger Strasse, para os Herpich, uma família de comerciantes. Alfred examinou o prédio. Mendelsohn o desenhou para ser construído quase todo de vidro, uma novidade jamais vista.

Dois jovens do escritório do arquiteto responderam com entusiasmo ao seu interesse. O projeto introduzia uma nova modalidade de exposição da mercadoria. À noite, luz elétrica invisível iluminaria todo o interior do Herpich's numa cintilação gloriosa.

Alfred teve uma ideia.

Um pouco adiante, na mesma rua, havia um prédio que acabava de ser desocupado por uma loja de sapatos. Ele procurou o proprietário e o homem pediu um aluguel muito mais alto do que ele esperava.

– Eu pago, se o senhor fizer algumas reformas.

O proprietário ouviu e concordou.

Enquanto eram feitas as reformas, Alfred deixou crescer o bigode. Tinha cartas de apresentação do tio Martin para os fabricantes de relógios e uma linha de joias baratas que vendiam muito bem. Em vez de usar as recomendações, Alfred deu vários telefonemas para Londres e escreveu uma série de cartas. Tinha pensado muito no tipo de mercadoria que queria vender e foi exato e específico nos seus pedidos. Sua audácia capturou a imaginação de um dos executivos do sindicato, que conseguiu informações sobre Alfred simplesmente verificando o arquivo dos antigos empregados da companhia. O homem escreveu dizendo que não podiam fornecer o que ele queria, mas mandou os nomes de vários atacadistas da Europa Central, acrescentando que a DeBeers estava recomendando a eles a extensão de crédito. Para seu grande prazer, Alfred conseguiu quase todo o estoque da sua loja simplesmente assinando promissórias, o que lhe permitiu aplicar grande parte do seu capital na decoração – espessos tapetes turcos e confortáveis poltronas antigas em volta de pequenas vitrines fechadas de vidro onde ficariam as pedras. Todo o espaço interno não espelhado era pintado de branco casca de ovo.

A noite da inauguração da loja de departamentos Herpich constituiu uma ocasião cívica. Políticos discursaram, foi cortada a fita, sendo servido champanhe. Homens e mulheres em trajes de noite passavam pelas paredes de vidro, com exclamações de admiração para as peles de vison e de marta que viam lá dentro, tudo banhado pelas luzes engenhosamente escondidas.

Os transeuntes eram atraídos por uma gigantesca lâmpada Kliegl, em plena rua. Iluminava uma parede cor de ameixa, onde as janelas da antiga loja de sapatos tinham sido fechadas com tijolos para combinar com o resto do prédio. Depois da selva de peles na loja de departamentos, aquela parede era calma e repousante. Sugeria mistério e recompensa atrás da sua nudez. Quando chegavam perto, as pessoas verificavam que a parede continha uma pequena abertura, como uma passagem para o além. Atrás do vidro, num pedestal coberto por veludo negro, via-se um diamante branco.

A única indicação do que se tratava era uma pequena placa de bronze com uma palavra gravada.
HAUPTMANN.

Alfred teve o cuidado de pagar os atacadistas com o primeiro dinheiro que entrou na loja. No começo, dois dos fornecedores puseram à prova sua pouca idade. A Irmãos Deitrich, uma antiga casa alemã, e a Companhia Koenig, uma pequena firma judia, controlavam os engastes de ouro que entravam em Berlim. Irwin Koenig pediu um preço que Alfred sabia ser estupidamente alto e a Irmãos Deitrich fez o mesmo. Sem os engastes ele não podia negociar anéis de brilhantes. Estava claro que eles haviam combinado o preço e achavam que Alfred seria forçado a pagar.

– Não, muito obrigado – disse ele calmamente para Koenig quando o fornecedor voltou. – Resolvi comprar em outro lugar.

Repetiu a mesma coisa para a Irmãos Deitrich.

Depois de uma semana cheia de ansiedade para Alfred, Koenig voltou com uma oferta razoável. Alfred usou o preço oferecido para conseguir um abatimento maior ainda dos Irmãos Deitrich e tomou providências para, no futuro, comprar os engastes em Praga, por intermédio da firma de Voticky. O negócio cresceu e logo ele contratou dois técnicos de Amsterdã, homens treinados pelo mesmo programa que ele e Laibel haviam seguido no seu aprendizado.

Desde o começo ele gostou de ganhar dinheiro. Comprou um carro esporte cor de ardósia, um dos primeiros fabricados depois da fusão das companhias Daimler e Benz, e encomendou um guarda-roupa completo num alfaiate. O dr. Silberstein, que tinha somente um terno manchado e lia as publicações do Instituto de Psicanálise, disse que ele estava compensando a solidão da infância, mas Alfred descobriu um alfaiate, o melhor da Tauentzienstrasse. O homem conhecia um camiseiro e um sapateiro que fazia também polainas. Três vezes por dia um mensageiro entregava flores frescas na loja de Hauptmann para serem usadas na lapela.

O bigode ruivo cresceu e ele o aparou para parecer uma escova, como o do homem que ele tinha visto saindo da casa da sua infância. Alfred supunha que acrescentava cinco anos à sua aparência. Exceto pelo problema que tivera com os fornecedores, a idade nunca foi um obstáculo. Num negócio como o de diamantes, quando o sucesso chegava, era melhor ser jovem.

Aprendeu a desconfiar de convites, mas certo dia Lew Ritz, um americano que estudava medicina na universidade, o convidou para uma festa. Ele gostava da companhia de Ritz, cujo apelido em ídiche era Laibel, como o primo Ludvik. Naquela noite foram de carro até a extremidade oeste da cidade, para uma casa na margem do rio Havel. A porta foi aberta por uma criada vestida só com um avental e todas as mulheres estavam simplesmente nuas. Os homens, impecavelmente vestidos, alguns deles em volta de uma dançarina que estava em Berlim com Josephine Baker. Mulheres negras eram uma novidade na Alemanha, mas ele e Ritz viram outra mulher e caminharam para ela, os dois ao mesmo tempo.

Pararam, entreolharam-se e Ritz tirou uma moeda do bolso.

A mulher era bonitinha, embora com dentes tortos. Seu corpo era esbelto e ele viu as marcas rosadas das ligas nas coxas muito brancas.

– Não – disse ele ante a moeda de Ritz. – Você se importa, Laibel?

Ritz, sem perder o bom humor, deu de ombros e se afastou.

– Eu sou Alfred.

Ela parecia pouco à vontade, talvez até mesmo zangada. Pode ser que preferisse Lew, pensou ele.

– Eu sou Lilo.
– O que está pensando neste momento?
– Que sua roupa é magnífica.
– Não tão magnífica quanto a sua – falou Alfred, muito sério.

Ela riu.

– Temos de ficar neste circo?
– A noite está fria. Acho melhor apanhar minha roupa – disse ela.

Perto da banca onde o dr. Silberstein comprava seu jornal em ídiche, jovens com camisas pardas começaram a vender um semanário antissemita, O Ataque. Eles se denominavam Tropa de Assalto, Sturmabteilung, e intimidavam as pessoas, mas seu partido recebera poucos votos nas últimas eleições.

– Só doze cadeiras na câmara – exultava o dr. Silberstein. – Eles conseguiram apenas doze cadeiras num Reichstag com mais de quinhentos membros.

– Afinal – lembrou Alfred – este é o país que deu a Albert Einstein o cargo de diretor dos Institutos Kaiser Wilhelm.

– É também o país... – o dr. Silberstein moveu o bispo para comer um peão – ... onde cidadãos esperam na frente do escritório de Einstein, na Academia Prussiana de Ciências, e do seu apartamento na Haberlandstrasse, para cobri-lo de lixo, porque Einstein é judeu.

– Loucos.

O dr. Silberstein rosnou. As noites de quarta-feira eram sagradas para eles e o jogo de Alfred melhorou rapidamente. A primeira vez que ganhou do seu senhorio foi um acontecimento e agora eles jogavam como dois tigres, sem nenhuma concessão pedida nem concedida. Bernhard Silberstein era atormentado por fantasmas. Uns financistas holandeses, quatro irmãos chamados Barmat, foram acusados de dar "presentes e contribuições" a membros do alto escalão do governo alemão. Os Barmat eram judeus e o dr. Silberstein esperava a repercussão.

– Bobagem – disse Alfred. – Não existem cristãos criminosos? E protestantes criminosos?

– Precisamos ser extremamente cautelosos. – O dr. Silberstein fez uma pausa. – Especialmente, devemos evitar qualquer envolvimento em práticas comerciais ousadas.

Agora Alfred sabia para onde a conversa estava indo. Bernhard Silberstein servia no Conselho Judaico com Irwin Koenig, o fornecedor com o qual Alfred teve problemas.

– Você já me conhece – observou Alfred. – Diga-me, acha que eu enganei aquele verme?

– Isso não importa. O importante é que ele diz que você o enganou. Segundo rabi Hillel, "Não basta evitar o mal. É preciso evitar a aparência do mal".

Alfred suspirou.

– Você gostaria de ir a uma reunião do Conselho Judaico na terça-feira à noite? – perguntou o dr. Silberstein. – Estamos planejando um programa para comemorar os duzentos anos do nascimento de Mendelssohn.

– Felix Mendelssohn, o compositor?

– Não, não. Moses Mendelssohn, o avô dele, que traduziu o Pentateuco para o alemão.

– Não posso – disse Alfred. Estudou o tabuleiro e fez um movimento que o tornou vulnerável. – Ultimamente ando muito ocupado – explicou.

Ela afirmava que, por ser circuncidado, o membro dele tinha poderes ocultos que faziam dela sua escrava. Quando afinal perdia a rigidez, ela arrulhava para ele, chamando-o de meu cavaleiro judeu, incitando-o a se erguer e lutar. Ela era dez anos mais velha do que ele. Todos a chamavam de Lilo mas seu nome era Elsbeth Hilde-Maria Krantz e seu pai era um fazendeiro criador de porcos da Westfália. Por sete anos ela trabalhou como arrumadeira, guardando sua virgindade e quase todo o dinheiro que ganhava para o dote, sem o qual *as moças da sua classe não podiam casar. Sempre que tinha um dia de folga no hotel, ia para casa e trabalhava com os porcos ou ajudava o pai a matar os animais, dependendo da estação. Tinha juntado quase todo o dinheiro que precisava quando começou a inflação. Da noite para o dia, os reichsmarks conseguidos com tanto esforço e trabalho perderam todo o valor.*

– Minha vida deixou de ter sentido – contou Lilo, os dois deitados na cama dela, o som distante de uma vitrola no andar de baixo. – Por que tinha de ser a escolha entre limpar banheiros ou feder a porco? Resolvi ser atriz.

Agora ela era balconista numa loja de tecidos. Estava na lista dos extras dos estúdios da UFA e falava vagamente de um filme em que tinha trabalhado. Alfred podia imaginar o tipo de filme.

Mas gostava da companhia dela. Iam aos cabarés, especialmente o favorito dos dois, o Tingeltangel. Às vezes ela arranjava uma mulher para Ritz, embora ele zombasse delas por dizerem "yatz", em vez de jazz, mas a maior parte das vezes eram só Alfred e Lilo. Ele a levou ao teatro, ao seu primeiro concerto. No Philharmonic Hall, Artur Schnabel a fez chorar.

Alfred deu a ela um colar, um bracelete, um casaco de pele da Herpich e às vezes lhe dava dinheiro, mas não havia nada definitivo entre eles. Alfred orgulhava-se do seu modo de vida e se achava uma pessoa formidável. Porém, uma noite eles entraram no Tingeltangel entre os shows, a tempo de ouvir o conferencier reclamar porque o bartender tinha desligado o rádio.

– Esta noite não temos música – disse o bartender. – Estão só falando e falando sobre Nova York. Quem se importa com Nova York?

– O que está acontecendo em Nova York? – perguntou Alfred, sentando na banqueta do bar.

O bartender deu de ombros.

– Algum lausig sobre a Bolsa de Valores – respondeu ele.

Alguns meses depois o zelador do prédio onde ficava a loja disse a Alfred que as coisas o faziam lembrar do ano de 1921.

– Onde o senhor estava em 1921?

– Na Suíça, ainda na escola.

O homem suspirou.

– Em 21, muitas vezes meus filhos iam para a cama com fome.

Era verdade, as crianças estavam passando fome outra vez na Alemanha. A última coisa que queriam comprar era diamantes. De repente, não havia nada para ser polido ou montado pelos holandeses. Alfred deu a eles a melhor indenização possível e os mandou embora.

Lew Ritz disse que os negócios na fábrica de chapéus do seu pai, na América, num lugar chamado Waterbury, estavam parados. Naquela primavera, Ritz se formou em medicina e voltou para casa. No dia seguinte à sua partida, chegou uma carta do tio Martin. Se Alfred quisesse, Martin tiraria Karel da sua loja

e o mandaria para Berlim para ajudar o primo. Na verdade, os negócios iam tão mal em Praga que talvez Laibel também pudesse trabalhar com Alfred.
Ele escreveu aconselhando-os a ficar onde estavam.

– Eles estão culpando os judeus – disse o dr. Silberstein.
Alfred achou que o velho doutor não parecia bem. Annalise disse a ele que o marido estava muito mal de saúde. Seu coração ia ficando cada vez mais fraco. Por isso a tosse não o deixava. Nas noites quentes, o doutor tinha dificuldade para respirar e ficava horas sentado ao lado da janela, apoiado em travesseiros.
– Eu ainda tenho um primo da Polônia, numa yeshiva em Frankfort am Main – informou o dr. Silberstein. – Os nazistas estão espancando os judeus de lá. A polícia não dá atenção às queixas deles.
– Berlim ainda é civilizada – opinou Alfred.
– Você deve ir embora. Ainda é jovem.
Alfred perdeu a paciência.
– Vamos jogar xadrez.
Os negócios iam de mal a pior. Em Capetown, um homem chamado Ernest Oppenheimer era agora o presidente da DeBeers e descobriu que tinha outros problemas além da depressão. A DeBeers havia acumulado um enorme suprimento de diamantes, um estoque tão extenso que iria desvalorizar totalmente as pedras, se o lançassem no mercado. Para piorar as coisas, foram abertas novas minas no Transvaal e em Namaqualand. Oppenheimer dissolveu o sindicato e o substituiu pela Diamond Corporation, destinada a lançar as pedras no mercado em "conta-gotas", cautelosamente, para manter os preços. Mas de que adiantava manter os preços se ninguém comprava?
Alfred acordou certo dia e descobriu que detestava ser comerciante, ir para a loja todos os dias e ficar olhando para uma porta que raramente se abria. Algumas firmas joalheiras começaram a vender o tipo de lixo que seu tio queria que ele vendesse quando fora para Berlim. Em vez disso, Alfred proporcionou a si mesmo quatro dias na Holanda e encomendou uma linha de joias Delft, azul e brancas, muito bem-feitas. Todas as joias que tinha na loja em consignação ele devolveu e liquidou o resto, exceto sete pequenos diamantes amarelos que guardou no cofre para continuar a se sentir um comerciante de pedras preciosas. Um relógio suíço substituiu o diamante branco no nicho da vitrine. A nova linha vendeu mal, mas não teria ajudado se ele tivesse em estoque uma porção de peças baratas. Nas florestas em volta de Berlim, os desempregados acampavam em barracas armadas.
– Precisamos de um homem forte para nos tirar desta encrenca – disse o zelador, olhando atentamente para o terno caro de Alfred.
Havia alguma coisa nos olhos do homem. Ele era nazista ou comunista, ou talvez seus filhos estivessem passando fome outra vez.

Paolo Luzzatti, de Sidney Luzzatti & Sons, escreveu de Nápoles dizendo que a realização do trabalho do qual tinham falado em Antuérpia, há muitos anos, estava iminente. Alfred tinha pensado muito no diamante da Inquisição. A perspectiva da mitra de Gregório era algo com que dissipar as nuvens escuras daqueles dias. Do contrário, a vida em Berlim era só trevas. Antes ele gostava de passear pela Unter den Linden. Agora, duas ou três vezes por semana havia passeatas dos SA camisas-pardas ou dos comunistas do leste de Berlim, com suas desbotadas camisas amarelas de trabalho. Sempre que as duas colunas se encontravam, começava a violência, como besouros lutando contra baratas na rua mais bonita da cidade.

As eleições de setembro foram um desastre. Os nazistas afirmaram que iam aumentar suas doze cadeiras para cinquenta. Na realidade, seis milhões e meio de alemães deram a Adolf Hitler um presente. Cento e sete cadeiras no Reichstag.

Uma semana depois das eleições, Paolo Luzzatti foi a Berlim, levando a mitra de Gregório numa sacola de pano azul com um zíper enguiçado, tipo de mochila que um encanador usaria para levar a salsicha do seu almoço.

— Uma coisa magnífica — disse Alfred quando viu a mitra.

— Sua família faz um bom trabalho.

Alfred aceitou o cumprimento com uma leve inclinação da cabeça. Os Luzzatti tinham feito um seguro muito alto para a mitra e os Hauptmann deviam pagar uma soma igual. Paolo esperou nervosamente no fundo da cena durante as negociações do seguro.

A mitra de ouro estava danificada devido a uma queda. Luzzatti espiou sobre o ombro de Alfred quando ele delicadamente retirou o diamante amarelo do engaste e o examinou com a lupa. Ambos sabiam com que facilidade um diamante pode se fraturar e ficar inutilizado, apesar da sua dureza.

— Parece que está intacto — disse Alfred. Luzzatti suspirou.

— Preciso fazer vários testes para ter certeza. Vai levar algum tempo. Enquanto eu estiver com ele — disse Alfred casualmente — posso também consertar o engaste.

Paolo olhou para ele com a testa franzida.

— Você sabe fazer isso? Tem de estar perfeito quando for devolvido ao Vaticano.

Alfred deu de ombros.

— Terei de chamar um ourives. Temos um ou dois muito bons aqui em Berlim.

Finalmente, para alívio dos dois, Luzzatti tomou o trem de volta para Nápoles e deixou a mitra com Alfred.

Apesar do seguro, ele não queria perder de vista a tiara e o diamante, e os levava para casa à noite na sacola azul e para a loja todas as manhãs. Certa noite, quando Lilo estava no seu apartamento, Alfred os mostrou a ela.

— De quem são?

– Do papa.

Ela franziu a testa. Lilo não era religiosa, mas evidentemente achou a piada de mau gosto. Especialmente feita por ele.

– Antes disso, o diamante pertenceu a um homem da Espanha. Ele foi queimado numa fogueira por ser judeu.

– Às vezes eu acho que você é louco.

Terminados os testes, ele teve certeza de que a pedra estava perfeita. Numa manhã, ele a montou na mitra. Imaginou se no Vaticano sabiam qual era a origem do formato da mitra. Seu antepassado a havia feito exatamente como o desenho que Alfred conhecia representando o misnepheth, *a mitra do sumo sacerdote*. Mas o misnepheth era de linho e essa mitra, de ouro. Fazer a limpeza era extremamente difícil e Alfred ficou grato por ter algum trabalho. Não se apressou. Experimentou e viu que não precisava chamar um ourives. Ele mesmo desamassou a área avariada, uma fração de centímetro de cada vez, com pancadas cuidadosas de um martelo que parecia inspirado pelo talento e habilidade com que seu antepassado fizera a mitra.

Por mais que tentasse, o trabalho não foi suficiente para afastar todas as preocupações. Em outubro, o novo Reichstag teve sua primeira reunião. Milhares de pessoas, na frente do prédio, clamavam por Hitler. Desobedecendo à lei, os nazistas conseguiram levar para o parlamento, às escondidas, seus uniformes da Tropa de Assalto. Trocaram de roupa nos banheiros e tumultuaram a sessão cantando e batendo os pés, gritando mais alto quando alguém tentava falar. Quando finalmente a polícia dispersou a multidão na rua, os líderes conduziram uma passeata para a Herpich, onde quebraram as vitrines e roubaram as peles.

Sentado na sua loja, Alfred os ouviu passar a caminho do Wertheim's. Eles gritavam "Juda verrecke!", Morte aos judeus! Morte aos judeus, morte aos judeus, morte aos judeus.

Lew Ritz escreveu dizendo que ia fazer seu período de interno num hospital de Nova York... Ouvi dizer que os pedidos de visto para a América cresceram muito na Alemanha. Você já pensou em vir para cá? Na esperança de convencê-lo, estou mandando um documento anexo. Vai precisar dele, pois não estão concedendo visto para quem não puder provar que não vai aumentar a fila do pão. Espero que venha. Se vier, vou levá-lo a um lugar chamado Cotton Club, e você vai descobrir que nunca ouviu o "yatz" de verdade...

O "anexo" era uma declaração assinada pelo pai de Lewis, afirmando que Alfred Hauptmann tinha emprego garantido na Companhia de Chapéus Ritz, assim que chegasse aos Estados Unidos. Alfred guardou a declaração no cofre. Mas quando escreveu para agradecer a Lew, ele lembrou que os nazistas eram apenas o segundo maior partido da Alemanha. "Paul von Hindenburg é o presidente da República da Alemanha e jurou obedecer à Constituição", *informou ele na carta, conscientemente esquecendo que Hindenburg estava com oitenta e quatro anos e dormia quase o tempo todo.*

Lilo continuou a demonstrar amizade e afeição, mas evidentemente as coisas que estavam acontecendo a preocupavam. Não arrulhava mais para seu pequeno cavaleiro judeu e às vezes, deitada no escuro, falava dos seus temores.
– *Os nazistas têm bases em várias partes da cidade. Armazéns abandonados e antigas fábricas, você sabia?*
– *Não, não sabia.*
– *Eles chamam de pontos de concentração. É onde levam seus inimigos para interrogatório. Comunistas e judeus.*
– *Como você sabe?*
– *Me contaram.*
Alfred acariciou carinhosamente a perna dela. Provavelmente era apenas uma história, mas podia ser verdade, as pessoas estavam desaparecendo. Corpos eram amiúde encontrados boiando no canal Landwehr.
Por toda a parte Alfred via uniformes nazistas. Cada vez mais camisas pardas. Hitler prometia emprego e prosperidade assim que fossem sanados os males do tratado de Versalhes de 1919 e os judeus fossem expulsos da Alemanha.
Um editorial em O Ataque, *com falsa piedade, aconselhava os cidadãos a não tentarem soluções individuais para a questão dos judeus, uma vez que era um problema do estado. Entretanto, a cada dia aumentava o número de indivíduos que tentavam suas próprias soluções. O primo polonês de Bernhard Silberstein entrou em pânico ao ver a selvageria em Frankfurt am Main e fugiu da sua* yeshiva *para morar com os parentes em Berlim. Um jovem de rosto magro e barba rala, Max Silberstein foi imediatamente identificado como um dos desprezíveis* Ostjuden, *um judeu vindo da Europa oriental para a Alemanha. Dois dias depois da sua chegada, ele foi até a banca para comprar o jornal do primo e encontrou a Tropa de Assalto vendendo* O Ataque. *Chegou em casa pálido, os olhos vidrados e um cartaz pregado nas costas: EU SOU UM LADRÃO JUDEU. No dia seguinte estava no trem, de volta para a Cracóvia.*
Foi a última gota para os Silberstein. Acertaram seus negócios e foram morar com uma médica, numa fazenda nos Montes Harz.
– *Por que você não deixa o país? – perguntou o dr. Silberstein ao se despedir de Alfred.*
– *Tenho meu negócio aqui – respondeu ele, tentando manter a calma.*
– *Vai esperar que todo mundo resolva fugir, quando for tarde demais?*
– *Se pensa assim, por que não sai da Alemanha!*
– *Seu tolo! Para conseguir o visto é preciso passar por um exame médico. Seus olhos se encontraram.*

– Esqueça seu negócio. – O dr. Silberstein estava ficando nervoso, mal podia respirar. – O que você tem de valor real que não possa levar?

Alfred pensou por um momento.

– Esta cidade. – Foi a resposta.

Mas a cidade que ele amava quase não existia mais. Os nazistas e os comunistas tinham saído das trincheiras e, quando ele andava na rua, muitas vezes tinha de mudar o seu caminho para evitar um tiroteio.

Certa manhã, quando chegou na loja, encontrou a palavra JUDEU em letras grandes, escrita no tijolo cor de ameixa com tinta branca escorrida. Alfred não mandou apagar e talvez a palavra com tinta branca tenha servido de chamariz. Várias pessoas amáveis entravam na loja todos os dias e ele vendeu um grande número das peças Delft. Os vidros da Herpich foram substituídos duas ou três vezes e novamente quebrados, e finalmente algumas das vitrinas foram fechadas com tábuas. Diziam que a família Herpich estava pensando em vender a loja para cristãos. Talvez fosse verdade. Havia um movimento para arianizar o comércio e uma tarde Richard Deitrich apareceu na loja e disse que a Irmãos Deitrich tinha comprado a loja de Irwin Koenig.

Richard Deitrich tinha o rosto limpo e brilhante e um ótimo alfaiate. Na lapela do sobretudo cinzento, uma suástica, que seria correta se ele resolvesse usar uniforme.

– Esta é uma lojinha muito bonita. Eu sempre a admirei – disse ele. – Estaria interessado em vender para nós, Herr Hauptmann?

– Não estou pensando em vender.

– Vai ser difícil para certas pessoas fazer negócio, se entende o que quero dizer. Se vender agora, pode trabalhar para nós.

– Acho que não.

– Vai valer muito menos no futuro – lembrou Deitrich, delicadamente.

Alfred agradeceu pela oferta.

Hauptmann era um nome alemão. Ele era alemão. Mas agora, nos restaurantes ou na fila da bilheteria dos teatros, ele percebia os olhares de rejeição à sua condição de judeu, que fazia dele um estrangeiro.

O apartamento dos Silberstein continuou vazio. Alfred sentia falta do xadrez das quartas-feiras e, de repente, Lilo começou a estar muito ocupada sempre que ele telefonava. Uma noite, o bartender do Tingeltangel disse que ela aparecia muitas vezes acompanhada por um camisa-parda.

Alfred telefonou e perguntou se podiam conversar. Quando ele chegou, Lilo estava de roupão, enrolando o cabelo com um líquido que cheirava a ovos podres.

– Sim, é verdade – confirmou ela. – Tenho um novo amigo.

Alfred esperava sentir raiva ou uma grande tristeza, mas não sentiu nada.

– Ele me disse que vão aprovar uma lei. Vai ser duro para as mulheres que dormirem com judeus. – Tirou o cigarro dos lábios.

– Não vamos querer isso.
Olhou para ele através da fumaça.
– Boa sorte, Lilo.
– Boa sorte para você – retribuiu ela.

No meio da noite ele lembrou que havia mostrado a ela o que guardava na mochila azul. Tentou não pensar nisso. Podiam não ter sido muita coisa um para o outro, mas foram sinceros. Alfred confiava nela.
Mas não conseguiu dormir.
Levantou antes do nascer do dia. Sentou à mesa e trabalhou febrilmente. Quando terminou, o ouro brilhava, o diamante cintilava – a mitra estava perfeita. Acondicionou cuidadosamente numa caixa maior, muito bem forrada, e embrulhou. Endereçou o volume a Paolo Luzzatti. Estava esperando na porta quando a loja do correio abriu.

Naquela sexta-feira ele foi acordado pelo telefone.
– Herr Hauptmann?
Era o zelador da Leipziger Strasse.
– Tenho uma notícia terrível. – O homem foi logo dizendo.
Alfred pigarreou.
– Houve um... hã... um roubo.
– Minha loja?
– Sim. Levaram tudo.
– ... Chamou a polícia?
– Chamei.
– Estou indo aí – disse Alfred.
Mas ficou deitado por mais vinte minutos, como se fosse domingo e não tivesse nada para fazer. Finalmente levantou-se, tomou banho, fez a barba, vestiu-se cuidadosamente e arrumou uma mala pequena.
Tomou um táxi e mandou parar na frente da Herpich porque viu dois homens da SA parados na frente da sua loja. Seguiu a pé, deu a volta na loja de departamentos e entrou numa passagem que levava à porta dos fundos do prédio de tijolos.
Estava trancada, mas ele tinha a chave. Quando abriu, viu o zelador parado na sua frente.
– Bom-dia.
– Bom-dia, senhor. – O homem deu as costas para ele e começou a varrer o chão.
A porta do corredor que dava para a loja estava arrombada. Toda a mercadoria desaparecera e o resto estava destruído. Alfred entrou no quarto dos fundos e viu que tinham tentado em vão abrir o cofre. Estava arranhado e uma

pequena parte da porta levantada, mas era um Kromer, feito com bom aço do Ruhr.

Os dois SA estavam na frente do nicho de exposição. O vidro não existia mais e a parede interna do nicho estava coberta por uma tábua, através da qual o som passava com tanta facilidade que ele ouviu os dois comentando os seios de uma mulher.

Estavam ali por causa da mulher ou por causa do joalheiro judeu? Ou teria sido outro incidente ocasional?

No momento, o mais importante era evitar que eles o ouvissem abrir o cofre. Ele começou a girar o disco e ouviu o ruído da vassoura do zelador saindo do quarto dos fundos e movendo-se para a frente da loja.

– Ei, você – disse um dos SA. – Você viu Izzie?

– Quem? – perguntou o zelador.

– Isidore. O joalheiro.

– Oh. Herr Hauptmann.

A porta do cofre estava aberta. Alfred tirou a carta de Ritz, o embrulho com a grande pedra pintada de amarelo e os pequenos diamantes, guardando tudo no bolso.

Passou sete horas na embaixada americana, na Tiergarten Platz, quase todas em salas de espera. Quando saiu, o Damstadt National Bank, onde ele tinha conta, já estava fechado para o fim de semana, mas ele tinha um visto americano. Foi direto para o Anhalter Bahnhof. Ficou na fila do guichê da primeira classe por vários minutos, mas então teve uma lembrança e foi para a fila da terceira classe. Os bancos do trem eram duros e estreitos e o vagão cheirava a corpos mal lavados, mas fora isso podia ser uma viagem qualquer de negócios para a Holanda.

Alfred tinha conhecimentos casuais em Amsterdã, mas não queria ver ninguém. Na manhã seguinte ele venderia um dos diamantes, iria para Roterdã e tomaria o primeiro navio para Nova York. Escolheu o quarto mais barato que encontrou, no quarto andar de uma pensão. Depois foi a um café frequentado por trabalhadores, comeu um prato de bokking e tomou uma caneca de cerveja. Começou a chover e, sem nenhum comando consciente, seus pés seguiram o caminho que a mente tinha esquecido, levando-o para a frente da casa onde ele e Laibel tinham morado. Mais abaixo, na margem do canal, o moinho de vento que eles amavam não existia mais.

Quando voltou para o quarto, ficou hesitando sobre o que devia fazer. Era um quarto desagradável, não muito limpo. Alfred não queria deitar naquela cama. Sentou na frente da janela e ficou olhando a chuva.

– Perdoe-me, dr. Silberstein – murmurou para os telhados úmidos e brilhantes de Amsterdã.

II
ESCONDIDOS

10

TAMAR STRAUSS

No sonho, Yoel estava vivo e servindo seu corpo com a eficiência teutônica da qual jamais conseguiu se desfazer, como de todo o resto do seu patrimônio alemão. Tamar acordou no silencioso quarto de hotel sentindo ainda o prazer imenso. Por um longo tempo ficou deitada sobre o colchão cheio de calombos, rígida com um sofrimento quase esquecido. Os tapetes cheiravam a poeira.

Quis dormir outra vez, mas o sono não veio. Tentava em vão visualizar mentalmente e com clareza o rosto de Yoel. Sua pele não era tão morena quanto a dela, mas era escura para um *yecheh*, um judeu alemão. O que a cativou na noite em que se conheceram no museu foram os olhos dele, azuis, contemplativos, estranhamente claros no rosto moreno. Não foram apresentados. Yoel a fitava do outro lado da sala.

Tamar desviou os olhos e continuou a comer sua salada.

Quando observou outra vez, aqueles malditos olhos asquenazim* estavam ainda fitos nela. Olhos atrevidos. *Beseder?* OK?, perguntavam eles.

Claro que não, seu *mamzer* arrogante, respondeu Tamar, mentalmente indignada.

Mas, traindo-a, seus olhos encontraram os dele e a luta estava perdida.

Beseder, diziam eles.

Estiveram juntos durante poucos meses. Ele estava no último ano da residência de saúde pública no Hospital Beilinson, em Petah Tikva. No seu Volkswagen vermelho, de dois anos atrás, ia vê-la sempre que tinha um tempo livre. Eles iam ao Alaska Café, na rua Jaffa, e a concertos da Filarmônica de Israel, da qual os pais dele eram sócios, o que a fazia pensar que a família devia ser rica.

Eles contendiam agradavelmente no pequeno carro vermelho. Era extremamente difícil resistir a ele e uma noite, na praia em Bat Yam, ela cedeu. Yoel a machucou. Depois, ela não podia parar de chorar. Yoel não sabia que, de acordo com a cultura na qual Tamar fora criada, ela estava destruída. Mas ele a reconstruiu. Ele a amava.

---

* Asquenazim – judeus da Europa central e oriental ou seus descendentes, geralmente de língua ídiche. (N. da T.)

Com ar de quem dá pêsames, a mãe dele lhes desejou felicidade. *Não pense que não sei o que você fez no escuro, na areia, para pegá-lo,* diziam para Tamar os olhos dela, claros e contemplativos como os do filho.

Ele visitou *ya abba,* o pai dela, levando uma versão moderna do preço da noiva, um cesto com frutas e uma garrafa de araque.

– Seus filhos serão morenos – disse *ya abba,* com malícia.

– Espero que sim – aprovou Yoel.

Uma semana depois Tamar voltou para Rosh Ha'ayin, a cidadezinha iemenita onde moravam seus pais, e encontrou intacto ainda o celofane que envolvia o cesto com frutas, as bananas negras e podres, os pêssegos e as laranjas cobertos de bolor branco. Jogou tudo fora. Naquela noite *ya abba* olhou para ela.

– Você quer o *yecheh,* esse alemão?

Ela não respondeu, o pai balançou a cabeça afirmativamente e foi abrir a garrafa de araque.

A residência de Yoel estava quase no fim. Ele propôs um estudo sobre a maternidade entre os beduínos e, para sua satisfação, foi aprovado, começando com um lugar no posto de saúde mãe e filho, no Hospital Hadassah.

Fizeram planos para morar em Jerusalém. Os pais dele a surpreenderam, oferecendo-se para comprar um apartamento, mas Tamar já havia modificado sua opinião de que eles eram ricos. Venderam o suficiente dos móveis baratos da sua loja pequena e escura para dar a eles um certo grau de conforto.

Mas receberam uma indenização da Alemanha.

O pai dele tinha estado em Mauthausen e três dos seus quatro avós e uma tia tinham desaparecido em Buchenwald. Todos os bens das duas famílias foram confiscados. O pai reivindicou a indenização depois da guerra e recentemente tinha recebido uma pequena quantia. Eles não queriam usar o dinheiro para si mesmos.

Tamar também não queria.

O sr. Strauss foi à casa deles e a levou para tomar chá. Tamar gostou dele. Era um homem calvo e cansado. Será que Yoel ia ficar assim?

Ele bateu carinhosamente na mão dela.

– Devo devolver o dinheiro a *eles?*

Assim, como dois milionários, ela e Yoel foram morar num apartamento de três cômodos, num prédio relativamente novo que dava para o YeminMoshe, tentando esquecer que fantasmas estavam pagando seu abrigo. O sr. Strauss ofereceu-se para comprar móveis holandeses por um bom preço, mas para alívio de Tamar, Yoel preferiu seguir as ideias dela. Compraram um estrado de molas, duas pequenas arcas, uma mesa baixa, alguns pufes de pele de camelo que encheram com uma quantidade enorme de números antigos rasgados do *Ha'aretz* e do *Ma'ariv.* Procuraram algumas belas peças de cobre batido para desgosto da mãe dela, *ya umma,* cujos amigos agora tinham substituído por alumínio os antigos utensílios de cobre. Yoel trabalhou arduamente em três fins de semana, pintando de branco as paredes, e ela as adornou com tapeçarias árabes de preço módico, compradas no mercado em Nazaré.

Quando terminaram, estava melhor do que em Sana'a, onde Tamar nascera.

Ya umma queria que ela usasse os trajes tradicionais iemenitas, mas o espírito prático inato em Tamar foi mais forte. Comprou um vestido que poderia usar sempre, muito simples, de lã penteada cor de lavanda que destacava o moreno da sua pele. A cerimônia foi na sinagoga de telhado de zinco em Rosh Ha'ayin. *Ya mori*, o rabino, estava ficando senil e levou uma eternidade para ler as sete bênçãos. Depois que Yoel quebrou o copo, foi servido um jantar de galinha assada, recheada à moda temani, e ovos duros, cozidos, descascados, e arroz temperado com amêndoas e passas, além de uma grande variedade de frutas, vegetais, vinhos e araques.

Assim que foi possível, os dois fugiram da festa no carro vermelho e foram direto para Eilat, onde tiveram três dias de tempo perfeito. Tamar ficou menstruada logo depois do casamento. Todas as manhãs eles embarcavam num barco com fundo de vidro para ver o coral e os peixes. Conheceram alguns hippies franceses que moravam em barracas na praia e discutiram acaloradamente sobre comunismo, mas Yoel tinha levado uma garrafa de vinho e eles foram aceitos de volta ao proletariado. Colheram coral. Ela entrou na água, ele nadou.

Quando voltaram para Jerusalém, lá estava *ya umma* parecendo uma esfinge, de pé na frente do prédio de apartamentos. Ela derramou água no chão e espalhou folhas de arruda, a antiga cerimônia de boas-vindas ao novo lar, para espanto de vários moradores do prédio. Tamar ficou comovida sabendo o sacrifício que devia ter sido fazer sozinha a longa viagem de ônibus. Insistiram com ela para ficar, mas *ya umma* beijou a filha e timidamente disse ao genro que esperava que ele tivesse muita satisfação com sua mulher. Então, reconfortada, tomou o ônibus de volta para Rosh Ha'ayin.

Para alívio de Tamar, o sexo era infinitamente melhor na sua cama. Ela se tornou participante ativa com tanta rapidez que Yoel, muito satisfeito, começou a provocá-la com zombarias. Ele fez uma grande compra, um espelho de parede, a única coisa que não combinava com a alma árabe do apartamento. Puseram o espelho onde podiam ver a pele branca e a pele morena combinando para formar uma bela criatura que era só deles.

O casamento trouxe boa sorte para Tamar. Ela progrediu no museu. Uma terrina rara, fenícia, de bronze, com a forma de cabeça de leão foi levada ao departamento de conservação para reparar uma pequena lascadura ocorrida durante o transporte.

Porém, quando Tamar a examinou, o fragmento deslocado revelou uma série de camadas estratificadas muito estranhas. Ela raspou e viu que uma camada era de cobre, com incrível aparência de nova. Outra era uma mistura de cera vermelha usada no processo moderno de solda. O exame sob a luz ultravioleta revelou que era feita de bronze genuíno, em péssimo estado, sobre uma hábil falsificação, formando uma superfície que parecia antiga e, ao mesmo tempo, incrivelmente bem conservada.

O museu iria comprar a vasilha por um preço muitas vezes maior do que o salário anual de Tamar. Uma porção de gente começou a dizer alô quando ela chegava para o trabalho, de manhã.

Era gratificante, mas ela gostava também do papel de esposa. Aprendeu que o marido não podia comer temperos iemenitas e que detestava carneiro. Ele gostava de *mishmish*, o pequeno abricó nativo, tão delicioso que os árabes têm um ditado que descreve a promessa de felicidade futura: *quando chegar o mishmish*. Yoel mandou imprimir a frase em cartões que ele entregava ao primeiro sinal de impaciência.

Seus companheiros de trabalho evidentemente gostavam dele – em parte, pensava Tamar, por sentimento de culpa, porque ele trabalhava fora da linha que levava à promoção e a uma carreira. Mas ele estava conseguindo resultados. A mortalidade infantil e materna entre os beduínos sempre foi tragicamente alta. Com sua vida nômade, o pré-natal praticamente não existia. Yoel passou os primeiros meses discutindo com a estrutura do poder, vendendo suas ideias. Compareceu várias vezes ao escritório da Comissão da Água com as autorizações necessárias do seu departamento até concordarem em instalar um aqueduto a céu aberto para os pastos de Beersheva de uma das tribos beduínas – um cano de plástico negro, feio como uma maldição, mas que distribuía bênçãos. Pela primeira vez a tribo não precisava mudar de acampamento em busca de pastos melhores. Yoel e um agrônomo do governo convenceram o velho xeque a ficar no mesmo local enquanto o governo fornecesse pasto aos seus animais. Em troca, o xeque deu ordem para que todas as mulheres grávidas comparecessem regularmente ao posto de saúde da maternidade e infância. Internar as mulheres no hospital foi a tarefa mais difícil, uma vez que era inata entre eles a crença de que todas as crianças deviam nascer na tenda do pai. Mas depois que as primeiras doze mães e seus filhos sobreviveram, a mensagem tornou-se clara.

Yoel não hesitava em ir de carro ao acampamento de Beersheva se uma mulher não aparecia para o exame periódico. Quando Tamar estava livre, às vezes ela o acompanhava para servir de intérprete. Numa dessas ocasiões, depois que ele examinou e repreendeu a paciente, recebendo a promessa tímida de que no mês seguinte ela iria ao posto, sentaram na tenda do xeque para o inevitável café com tâmaras.

O velho beduíno, intrigado, olhou para ele e falou.

– O xeque pergunta: por que você faz isso? – traduziu Tamar. Yoel disse a ela para indagar se eles não eram irmãos.

– Ele diz que não.

– Pergunte se algum dia não podemos viver como irmãos.

– ... Ele diz que não é provável.

– Diga a ele que pouco me importa o que nós somos desde que ajudemos uns aos outros e possamos viver em paz.

O xeque olhou demoradamente nos olhos do marido dela, à procura de perigos ocultos.

– Ele pergunta: e se não pudermos viver em paz?

– Então o *mishmish* não virá – afirmou Yoel.

Naquele mês de julho ele a deixou pela primeira vez, apresentando-se para os trinta dias anuais de treinamento dos reservistas das forças armadas. Ele era oficial-médico com a patente de *seren,* capitão. Tamar notou que, um pouco antes de partir, o sono dele era agitado por sonhos. Yoel admitiu que estava com medo. Tinha se apresentado como voluntário para o treinamento de paraquedista.

Depois disso, toda noite ela esperava o telefone tocar entre duas e quatro horas da manhã, quando os israelenses às vezes têm permissão de telefonar para casa. Na décima noite, o aparelho tocou.

– Nenhum problema.

Ela não perguntou do que ele estava falando. Só uma coisa poderia significar tanto alívio na voz dele. Yoel qualificou-se com cinco saltos, terminando o treinamento em vinte e um dias. Quando voltou para casa, ela costurou o dragão verde e branco no uniforme dele e admirou a boina e as botas vermelhas do grupo de paraquedistas, que eles chamavam de sapatilhas de balé.

Seu oficial-comandante era um major chamado Michaelman, cirurgião do hospital Eliezar Kaplan, em Rehovot. Em setembro, o dr. Michaelman foi a Jerusalém com a mulher para uma reunião, e Tamar e Yoel os convidaram para jantar em sua casa. Dov Michaelman era um homem magro, grisalho e de olhos tranquilos, um oficial que comandava outros médicos das unidades de combate. Eva Michaelman, gorduchinha, a boca pequena absurdamente jovem e provocante contrastando com o rosto de meia-idade. Depois do jantar, Yoel ligou o rádio, o que foi um erro. O Egito estava concentrando forças na margem oeste do canal de Suez.

– Manobras – disse o dr. Michaelman. – Isso acontece sempre no outono.

Estranhamente, o que fez Tamar sentir medo não foi tanto a notícia no rádio quanto o fato da boca quase infantil de Eva parecer de repente tão velha quanto o resto do rosto.

Tamar e Yoel foram à casa da mãe dela para um Rosh Hashaná iemenita. Para compensar, resolveram passar o Yom Kippur com os pais dele, na pequena sinagoga asquenazita.

No começo da tarde, três oficiais do exército entraram no *shul*. Abriram caminho entre os fiéis com seus xales de oração e foram até a *bima*, onde entregaram uma lista para o rabino.

O sacristão pediu silêncio.

– Estes homens devem se apresentar às suas unidades militares – disse o rabino.

O nome de Yoel não estava na lista. Da seção das mulheres, Tamar viu o marido se adiantar para fazer uma pergunta. Ela mal podia respirar. Saiu da sinagoga no momento em que as sirenes começaram a soar.

Seu sogro saiu também e ela perguntou:

– O que está acontecendo?

O sr. Strauss passou a mão na barba curta e grisalha e olhou para ela por cima dos óculos de aro de metal.

– Talvez tenha começado – disse ele.

Voltaram imediatamente para casa, mas o rádio e a televisão estavam mudos. Não funcionavam durante o Yom Kippur.

– Precisamos abastecer o carro – disse Yoel.

– Os postos estão fechados.

– Os postos árabes estão abertos na Cidade Velha.

Ela sabia que Yoel ia procurar saber notícias, além de encher o tanque de gasolina.

Às duas e quarenta da tarde, o rádio voltou à vida com um pronunciamento das forças de defesa de Israel. Às quatorze horas, os exércitos do Egito e da Síria haviam desfechado ataques ao longo do canal de Suez e nas colinas de Golan. "Devido às atividades da aviação síria no setor de Golan, as sirenes podem ser ouvidas em todo o país. São alarmes reais... Foram dadas ordens para a mobilização das reservas. Por ser um estado de emergência, todos aqueles que não tiverem necessidade, não devem sair de casa..."

Quando Yoel voltou, ela estava ouvindo as mensagens que interrompiam as músicas e as notícias. "Jacinto Roxo, Jacinto Roxo, por favor apresente-se às dezesseis horas no local de concentração."

– Qual é o nome de código da sua brigada?

– Bom Livro. Não é idiota?

– Não – murmurou ela, com voz trêmula.

Olhos nos olhos, ouviram quando o rádio chamou Bom Livro.

– Muito bem – disse ele.

– Posso ajudar você a arrumar tudo?

– Só vou vestir o uniforme e apanhar meus objetos de toalete. Não preciso fazer nada mais.

– Sim, precisa.

No banheiro, ela parou por um momento com o diafragma na mão e então o guardou outra vez na caixa, no armário sobre a pia. Fizeram amor depressa demais, sem verdadeiro prazer. Quando sentiu a semente de Yoel dentro dela, Tamar murmurou no ouvido dele o que tinha feito.

– ... Ah, tolinha...

Tamar notou que ele estava aborrecido.

– ... Por quê?

– Em poucos dias isto estará terminado. Então teremos de arranjar um jeito para as despesas de uma gravidez e de um filho. – Mas ele a beijou.

– Acha que fizemos um filho? – perguntou ela, enquanto ele vestia o uniforme.

Yoel deu de ombros, já com o pensamento distante. Tamar sentiu que pelo menos uma parte dele estava impaciente para partir, gostando da ideia do perigo tanto quanto ela a odiava.

– Yoel.

Ele a beijou de um modo que dizia muito mais do que o sexo apressado que acabavam de fazer.

– *Shalom*, Tamar.

– Espero que sim – disse ela.

A cidade assumiu uma aparência diferente. Todas as manhãs, quando ela saía para o trabalho, homens velhos manejavam pás, enchendo grandes sacos de areia. O tráfego civil diminuiu muito. Grande parte dos carros, como o Volkswagen vermelho, coberto de lama, foram levados para o exército por seus donos. O prédio de apartamentos tinha um abrigo no porão. As mulheres levaram colchões para o abrigo e Tamar ajudou a cobrir com fita adesiva as janelas e a costurar as cortinas de blecaute. No museu, as funcionárias cortavam lençóis para fazer ataduras.

A atividade ajudava. Com base na experiência passada, todos esperavam uma guerra curta, uma defesa relâmpago contra o invasor, seguida de uma vitória rápida e total.

Mas, durante três dias, as notícias foram estranhamente vagas. Quando começaram a chegar os feridos ao hospital Hadassah, o noticiário passou a descrever francamente a catástrofe provocada pelo ataque de surpresa e pelas novas armas russas usadas pelo inimigo. Os egípcios estavam solidamente entrincheirados no lado leste do canal e os sírios infligiam pesadas perdas em Golan.

Todos tentaram continuar uma vida normal. Com um senso de oportunidade quase ridículo, o acaso fez com que Tamar descobrisse outra falsificação;

dessa vez, um quadro. A radiografia de um retrato supostamente feito há mais de um século revelou que fora pintado sobre uma paisagem. Ela retirou uma amostra muito pequena da pintura original e a análise química mostrou a presença de titânio, um ingrediente só usado a partir de 1920. O quadro original não tinha mais de algumas décadas de existência.

Tamar foi chamada pelo diretor.

– O que a fez suspeitar da autenticidade do quadro? – perguntou ele.

Tamar deu de ombros.

– Notei traços de pigmento granulado. Uma ou outra pincelada diferente. Em certo lugar havia transição confusa de uma tonalidade para a seguinte.

O diretor balançou a cabeça, concordando.

– Sra. Strauss, a senhora tem talento. Sabe como distinguir a maçã numa carroça de laranjas. Nem todos possuem essa habilidade – afirmou ele, pensativo.

Dessa vez ela recebeu aumento de salário e deixou de ser assistente técnica; era agora uma curadora. O cargo era parte de um procedimento segundo o qual cada nova aquisição do museu devia passar por suas mãos. Numa situação normal, Tamar teria ficado exultante. Agora, ela mal se dava conta. Todas as noites seu despertador tocava às duas da manhã e ela ficava acordada até às quatro. Mas o telefone não soou nem uma vez.

Recebeu duas cartas. Bilhetes frios, sem qualquer poesia. Yoel dizia que estava bem e que ela não devia esperar nenhum telefonema. As linhas estavam reservadas "para soldados com problemas pessoais, como doença na família, o que, se Deus quiser, não vamos ter". Ele não dizia onde estava nem fazia qualquer outra menção à guerra.

No fim da semana, as coisas começaram a mudar nas duas frentes. Kissinger vinha tentando um cessar-fogo, recusado por Sadat. De repente, os egípcios estavam ansiosos para concordar. As forças de defesa de Israel estavam no interior da Síria, avançando pela estrada de Damasco, e uma manhã Tamar acordou ouvindo a notícia de que Israel tinha atravessado o canal e estava levando a guerra ao Egito. Esperava-se um cessar-fogo dentro de poucas horas.

Tamar foi agradecer a Deus no Muro das Lamentações.

Quando chegou, viu que centenas de outras pessoas tiveram a mesma ideia. A fila dava voltas. Os que estavam atrás esperavam pacientemente, parecendo pequenos demais ao lado da pedra enorme. Várias sensações a assaltaram, mas talvez viessem de dentro dela mesma, apertada como estava entre um velho de barba grisalha que soluçava e um garoto assustado.

Ela passou por uma abertura no meio da multidão e chegou mais perto. Todos estavam agindo com muita consideração. Ninguém se demorava mais do que alguns minutos, dando lugar aos que vinham atrás. Empurrada e puxada, ela chegou finalmente aos blocos de pedra aquecidos pelo sol.

Todos na fila estendiam as mãos para tocar reverentemente as pedras, chorando de gratidão, muitos escrevendo preces e enfiando os pedaços de papel nas rachaduras do muro, confiando na lenda segundo a qual esses pedidos seriam atendidos pelo Senhor. O único papel que Tamar encontrara era uma lista de compras. Escreveu atrás, pedindo o filho que até então lhe fora negado. Pôs o papel numa abertura entre as pedras, esperando, com um vago senso de humor, que os lados da lista não fossem trocados, que não acabasse recebendo ovos, pão, queijo, maçãs e um arenque.

Afastou-se, cedendo lugar a outra mulher. A multidão era uma rede que ela forçou até conseguir uma abertura que a levou para uma corrente de som alto como a dor, um ruído de *shofar* nos seus ouvidos. Um grupo de hassidim poloneses dançava de mãos dadas, entoando seu canto de triunfo, tirado do salmo – *Confio na misericórdia*. Homens grisalhos e com barbas longas, e meninos, vestidos exatamente como seus antepassados, com *streimels* debruados de pele e túnicas longas e negras, compartilhavam o manto de êxtase tecido pelas vozes e pelos corpos. Tamar viu um paraquedista entrar na roda, girando e batendo as botas no chão, com a cabeça inclinada para trás e os olhos, como os de todos os outros, procurando o céu. Finalmente ele deixou a roda e parou, rindo e ofegante. Tamar o reconheceu.

– Major Michaelman – chamou ela. – Dov Michaelman!

O major olhou para ela, o sorriso congelou nos seus lábios e se partiu, dando lugar a uma dor intensa que a atingiu como uma bala. Tamar compreendeu imediatamente.

Centenas foram enterrados com honras de heróis no cemitério militar das forças de defesa de Israel. Moshe Dayan e o rabino-chefe de Israel, Shlomo Goren, fizeram extensos discursos. Ela via os lábios se movendo, mas não ouvia as palavras. Durante a semana de *shiva*, os pais de Yoel sentaram com ela, sem sapatos, mudos e atordoados, respondendo com monossílabos às pessoas que falavam com eles. Iam para casa no começo da noite e voltavam na manhã seguinte. A família de Tamar veio de Rosh Ha'ayin, mas no terceiro dia as forças abandonaram *ya abba* e ele começou a beber. No fim do período de luto, quando foram todos para casa e não voltaram mais, Tamar abençoou o silêncio.

O cheque de dez mil libras, do seguro, chegou imediatamente. Tudo que dizia respeito aos veteranos mortos foi atendido com rapidez pelo governo, incluindo as cartas de pêsames do capelão-chefe, do comandante da divisão de paraquedistas e do general Elazar informando que seu marido, de abençoada memória, fora agraciado com uma promoção póstuma e descrevendo as circunstâncias da morte do major Strauss. Ela deu as cartas ao pai dele, que as mandou emoldurar e dependurou na sombria loja de móveis, acima da mesa onde ele conferia suas contas e comprovantes de pagamento.

Tamar depositou o dinheiro do seguro e combinou com o banco para enviar cinquenta libras por mês para sua família.

Tudo à sua volta continuava a existir, menos ele. O apartamento era agora uma extravagância para uma pessoa e os Strauss podiam fazer bom uso do dinheiro que tinham dado a Yoel para comprá-lo. Antes de ter tempo de mudar de ideia, Tamar o pôs à venda. Boas moradias eram raras e o apartamento foi vendido imediatamente.

Alguns dias depois, ela convidou o sr. Strauss para almoçar. Quando saíam do restaurante, ela relatou o que tinha feito e tentou dar a ele o cheque da venda do imóvel, mas Strauss olhou para ela com os olhos cheios de lágrimas, agitando as mãos, empurrando o vazio.

Em seguida, o velho homem se afastou rapidamente pela rua Yaffa, como se estivesse fugindo dela.

Tamar compreendeu: o dinheiro por sangue continuava a chegar a eles, vindo de novos fantasmas. Mas pertencia a eles. Tamar abriu uma conta no banco no nome dos pais de Yoel e mandou o comprovante pelo correio.

Os novos proprietários queriam que ela saísse do apartamento o mais depressa possível, mas Jerusalém estava superpovoada e os preços, muito altos. Era difícil encontrar um bom quarto. No seu dia de folga ela saiu para procurar. Os rostos na rua pareciam suavizados, ainda com a sensação de ter sobrevivido, e sua depressão aumentou até ela entrar na Cidade Velha. Seguiu pela Via Dolorosa e entrou numa loja de presentes chamada Abdulla Heikal Ltd., onde um exército de Cristos com o pescoço quebrado pendia de umas quinhentas cruzes de oliveira. Uma foto de Nasser com manchas de umidade, lembrança de uma guerra anterior, arreganhava os dentes muito brancos acima das cabeças de dois homens vestidos com *kaffiyeh*, que discutiam acaloradamente. Afinal, um deles suspirou e ergueu as duas mãos abertas. Eles sorriram, o negócio foi feito e o homem que tinha cedido inclinou a cabeça e saiu apressado da loja.

– Quer alguma coisa?

Não, a não ser – disse ela em árabe, num impulso de momento – que ele soubesse de um bom quarto para alugar.

– Não, mas que tal um pufe da melhor pele de camelo, uma pechincha?

Tamar balançou a cabeça e o homem se desinteressou dela. Nesse momento, o outro homem reapareceu, carregando uma caixa de papelão cheia de bolsas de mulher.

Alguns minutos depois, quando Tamar voltava pela Via Dolorosa, o homem das bolsas a alcançou.

– Ele disse que você está procurando um quarto.

Tamar olhou para ele desconfiada, arrependida do seu ato imprudente.

— Veja o quarto. Depois resolva. — O homem escreveu o endereço num bloco de notas e entregou a ela, Ahmed Mohieddin. A trilha do Poço, uma travessa da Aquabat esh-Sheikh Rihan.

A Aquabat esh-Sheikh Rihan era mais estreita do que a Via Dolorosa, outra fonte de vielas. Pediu informação a quatro pessoas para encontrar a trilha do Poço, uma pequena abertura entre dois prédios. A porta de Ahmed Mohieddin era horrível, mas as casas árabes, em geral com péssima aparência externa, muitas vezes têm um interior agradável. Um corredor escuro a levou a um pátio cheio de sol com folhagens plantadas em tubos perto do poço que dava o nome à rua. A mulher de Mohieddin a acompanhou na escada de pedra até o quarto com janelas em arco e uma brisa fresca. Não tinha água corrente, a privada era fora da casa, mas Tamar pagou à mulher um mês adiantado.

Na primeira noite no novo quarto, deitou-se na posição fetal, tentando eliminar todo movimento, toda capacidade para ouvir e sentir.

Ele estava morto. Ela continuava viva,
Ninguém mais achava estranho.

Tamar era amadora em todos os vícios. Andar a pé era mais fácil. Começou a dar longos passeios pela Cidade Velha nas horas quietas da noite. Quando seus nervos finalmente começaram a exigir provas de que a terra era habitada, ela entrou num café perto do portão Jaffa, uma caverna escura cheia de árabes fumando e jogando cartas e *shesh-besh*. Evidentemente, era território masculino. Tamar sentou numa mesinha no lado de fora e tomou xícara após xícara de café enriquecido com *hee*, ouvindo o amálgama de sons — vozes e riso masculinos, o gorgolejo de muitos narguilés, o clique-clique-clique das pedras do *shesh-besh*. Ela e um homem que, pela roupa, parecia americano eram os únicos nas mesas ao ar livre. Ele era jovem, talvez um pouco mais velho do que ela, com a caixa da câmera na cadeira ao lado e uma Leica pendurada no pescoço. Tamar desviou os olhos e saiu rapidamente, seguindo por ruas sinuosas calçadas com pedras, onde a única luz era a da lua e seus passos os únicos sons.

Na noite seguinte, quando ela chegou, ele já estava lá e Tamar retribuiu ao cumprimento delicadamente. O homem apanhou a Leica e focalizou o rosto dela.

— Por favor, não.

Ele atendeu. Levantou-se, entrou no café e começou a andar entre os jogadores, tirando muitas fotos.

— Um bom lugar — disse ele, quando saiu. Tamar concordou e ele sentou à mesa dela e pediu café. Ele era fotógrafo de modas em Londres, e sempre chegava alguns dias antes dos modelos para escolher o cenário. — Eu a estive observando. Tão triste.

Quando ela começou a levantar para ir embora, o homem estendeu a mão.

— Acredite, não estou querendo ser importuno — disse ele, gentilmente. — Acontece que sou, por essência, contrário à infelicidade.

Tamar ficou tomando café em silêncio. Quando ele lhe pediu para mostrar a cidade, Tamar o levou pelas ruas estreitas, mostrando a torre de Davi, o bairro armênio, o bairro judeu reconstruído depois de ser arrasado pelos jordanianos em 1948. Ele não fez nenhuma pergunta pessoal e, no fim do passeio de duas horas, tudo que ela sabia sobre ele, além da ocupação, era o nome, Peter — uma companhia agradável. Num restaurante árabe na rua do Chain, ele pagou *dolma* em folha de uva e cuscuz e perguntou se ela queria araque.

Tamar balançou a cabeça.

— *Scotch,* então?

— Fico enjoada.

— Ah. Eu também. — Tirou um maço de Camels do bolso e abriu, mostrando comprimidos que pareciam grandes cerejas. — Deve tomar dois. Um não adianta.

— O que é isso?

— Felicidade.

Tamar recusou, mas ele tomou dois com café para mostrar como era fácil.

Tamar tomou e não sentiu nada. Nem mesmo quando terminaram o jantar e saíram para a rua. Ela era imune à felicidade.

— O que eu preciso encontrar agora é um belo jardim árabe com uma bonita fonte. Conhece algum lugar assim?

— Sem fonte. Um jardim com um poço. Muito bonitinho.

Quando chegaram ao jardim de Mohieddin, ela estava levemente feliz.

Não sentia mais os dedos dos pés.

Uma dormência deliciosa em volta da boca.

Apreciação nova e especial do modo como o luar prateava as pedras, criando sombras.

Ele olhou para o pátio e assobiou.

— Espere até ver isto tudo enfeitado com mulheres altas e magras, envoltas em malhas transparentes. Como é lá dentro?

— Feliz? — perguntou alguém, quando subiam a escada.

Quem?

— Feliz, feliz, feliz.

Quem tinha perguntado? Quem tinha respondido?

O ar parecia geleia. Ela caiu para trás através do líquido espesso e aterrissou na cama.

Rindo!

E o viu flutuar num balé livrando-se das roupas.

Ele parecia maior do que Yoel, mas menos cabeludo, interessante. A felicidade era a amnésia total, sem dor, sem sensação, pensou ela, vendo o rosto branco e desconhecido acima do seu.

Começando a balançar para cima e para baixo.
Balançando.
E depois flutuando para longe. Ele repetiu a dança, agora vestindo a roupa, apanhou a câmera e desapareceu da vida dela.
Tamar continuou deitada, rindo até adormecer.

De manhã, apavorada, ela perguntou a todo mundo no museu se sabiam de outro lugar para morar; cheia de culpa, inventou uma praga de baratas.
A gerente da loja de presentes franziu o nariz – *pefh!* – mas sorriu. Está com sorte. Um quarto no apartamento da minha filha Hana Rath, na bela rua Rashi. Ao cair da noite, Tamar era outra vez uma residente da parte judia da cidade. Mesmo que o homem voltasse à casa de Mohieddin com sua felicidade, não a encontraria.
Mas ela detestou o novo quarto.
A julgar pelo pequeno tamanho e pelos adesivos de mau gosto nas paredes, devia ter sido um quarto de criança. Dvora, o bebê expulso do quarto, sofria de cólicas e chorava a noite toda no berço ao lado da cama dos pais. Eli Rath era um caminhoneiro mal-humorado que roncava e se revoltava contra o seu casamento, com um estômago doente. Os Rath discutiam por qualquer coisa; política, sexo oral, a comida que ela fazia. As palavras iradas passavam pela parede muito fina, levando Tamar a se viciar nos horríveis cigarros locais.
Vinte e dois dias depois de encontrar o homem chamado Peter, sua menstruação, que nunca falhava, não tinha aparecido.
Ela esperou mais quatro dias para ter certeza e então foi a uma clínica em Tel Aviv, onde deitou com as pernas abertas e os pés em estribos de metal por não mais de cinco minutos, enquanto uma máquina barulhenta sugava para fora o filho que ela havia pedido no muro de pedra. Naquela noite, no quarto do bebê na rua Rashi, a hemorragia já era menor que a da menstruação e quase não sentia dor, mas no quarto ao lado a criança chorava fracamente outra vez e Hana Rath a acalentava murmurando: "Dvoorehlehhh... Dvoorehlehhh, meu amor..." Deitada de costas, Tamar fumava os cigarros fortes, olhava para os animais pregados nas paredes e amaldiçoava Deus.
No dia seguinte, em vez de ir para o trabalho, foi ao escritório de recrutamento, um pouco abaixo, na mesma rua Rashi e se apresentou como voluntária para servir o exército.

Ela fez treinamento para operador de rádio. O serviço em organizações da ativa geralmente era reservado a mulheres mais jovens, mas ela, com muito tato, convenceu seus superiores de que os poucos anos de diferença não faziam dela uma velha doente e as circunstâncias do seu alistamento a favoreciam. Então recebeu ordens para se apresentar no Campo 247, em Arad.

O posto ficava no deserto, a alguns quilômetros da cidade, numa enorme área cercada por arame farpado com barracas marrons muito limpas em volta de duas construções fechadas. Os prédios eram bem conservados, com gramados e jardins que em nada desmereciam o Moguen David sobre o portão. Um dos recintos internos abrigava uma unidade de engenharia, uma companhia de sapadores. No outro moravam cerca de vinte homens que não usavam uniforme.

O rádio ficava numa pequena cabana e o oficial com quem ela ia trabalhar, chamado Shamir, em breve voltaria ao seu estúdio civil de gravações. Ele não se interessava por pessoa alguma que não vivesse para grunhidos e trinados de baixa frequência. No primeiro dia ela perguntou a ele sobre o grupo de civis.

– Eles trabalham para o Sistema de Água.
– Ah, é? O que eles fazem?
– Trabalho sujo – disse ele, sem tirar os olhos do equipamento de rádio.

Era um campo pequeno. Tinham um bom *shekem*, uma combinação de correio e câmbio, e um clube aonde todos iam quando estavam de folga. Depois de uma semana ela conhecia praticamente todo mundo, incluindo os homens com roupas civis. Não fez mais perguntas sobre eles porque logo percebeu que não trabalhavam para o Sistema de Água e nem eram civis. Notou que, além dos veículos do exército, eles dirigiam dois carros com placas civis, um jipe Willys cinzento e uma caminhonete Willys bege. O portão para os prédios internos só se abria quando era apertada uma campainha do lado de dentro. Um pequeno aviso na cerca dizia que pertenciam ao Quarto Destacamento de Táticas Especiais e seu chefe era um major magro e moreno como Tamar, queimado de sol. O nome dele era Ze'ev Kagan e os homens do destacamento saltavam para obedecer às suas ordens. Nos três primeiros dias, quatro deles disseram casualmente para Tamar quem era o pai dele.

Grupos de homens saíam a pé do acampamento para treinar no deserto e às vezes ela via uma ou duas mulheres do destacamento *Chen* com eles. Uma tarde ela perguntou a uma das mulheres como se conseguia isso.

– Não tem problema. É só pedir. Eles gostam quando uma *Chen* os acompanha nos treinos.

Ela deixou que o capitão Shamir a sobrecarregasse com o trabalho dele, além do seu. Começava a se sentir outra pessoa, retirando e repondo as células da sua vida passada, e aos poucos seu subconsciente começava a aceitar que Yoel estava morto. Havia momentos em que podia ver claramente o rosto dele, mas outros em que só com esforço recriava seus traços particulares e depois tentava juntá-los para formar um rosto. A essa altura, seu corpo começava a exigir as coisas que ele lhe ensinara a precisar e tinha dificuldade para dormir. Quando dormia, sonhava muito com Yoel, quase sempre sexualmente. Fazia treinamento físico todas as manhãs, mas não era suficiente.

Quando ela entrou na sala de Operações, Ze'ev Kagan estava sentado a uma das mesas, escrevendo à máquina. O oficial do dia era o capitão que comandava os engenheiros. Ouviu o que Tamar tinha a dizer e fez um gesto afirmativo.

– Ze'ev. Você vai começar a treinar seus homens pela manhã. A tenente pode ir com vocês?

Kagan olhou para ela.

– Não posso mandar ninguém trazê-la de volta se quiser desistir.

– Não vou desistir.

Ele sorriu, como quem não acredita.

– Para mim, está bem. – E voltou para a máquina de escrever.

Tamar foi com eles três dias seguidos. Os homens usavam macacões sem nenhuma identificação. No primeiro dia andaram quinze quilômetros, mas daí em diante, o major acrescentava cinco quilômetros a cada dia.

Quando voltava, Tamar permanecia um longo tempo no chuveiro quente, mas seus músculos ficaram rígidos e doloridos.

No terceiro dia, Kagan os conduziu por um terreno difícil de areia áspera e por encostas rochosas, num passo acelerado, e ela se arrependeu de ter ido. Finalmente ele mandou parar e foi até onde ela estava com um jovem louro chamado Avram, escolhido no meio da fila de homens.

Ele a tirou da fila e a levou para a frente, para caminhar ao seu lado.

– Eu estou bem – disse ela, contrariada.

– Não estou pensando em você.

Tamar compreendeu que ele a queria na frente para ser vista por todos aqueles que achavam que não seriam capazes de ir até o fim.

Kagan não falou mais com ela. Era um homem grande, mas seu perfil era adunco e feio como o de um pássaro. Tamar sentia o cheiro do próprio corpo e, quando ocasionalmente eles se tocavam, o corpo dele era firme e sólido.

Naquela noite Tamar sonhou com ele e, a partir de então, às vezes a figura masculina do sonho era Yoel, outras vezes não era.

Uma manhã, ela estava pronta para sair com eles, mas Shamir entregou-lhe uma quantidade enorme de mensagens que deviam ser enviadas. À noite, Kagan foi até a mesa dela, no *shekem*.

– Onde você esteve? – ele quis saber.

Tamar explicou e ele perguntou se ela poderia sair com eles no dia seguinte.

– Ainda não resolvi.

Kagan olhou para ela.

– Quero que vá – disse sucintamente.

O rosto dele era tão escuro quanto o dela, mas tinha os olhos cinzentos, como os de um asquenazita.

Havia um código implícito no campo. Com homens e mulheres vivendo tão perto, tinham cuidado para não complicar a vida militar com relacionamentos pessoais. Mas era comum casais saírem juntos à noite, quando estavam de licença.

Ele demorou tanto para convidá-la que Tamar pensou que havia se enganado.

Foram a Tel Aviv, a um pequeno hotel numa nesga de praia. O som do mar entrava pela janela aberta. Quando Kagan tirou a roupa, ela viu que o corpo dele era incrivelmente branco da cintura até o meio das coxas e, no princípio, ávida como estava, pensou que era bem melhor do que o dos sonhos, mas logo ficou claro que havia alguma coisa errada. Tamar teria se deixado dominar pela autocompaixão se não fosse pela pena que sentiu dele, e teve de conter um impulso insano de rir dos dois, como se estivesse vendo dois comediantes lutando desajeitadamente numa tela distante.

Ela fez o possível para ajudá-lo, mas tudo em vão.

Ele disse que estava fazendo análise. O psicanalista o encorajou a sair com ela e advertiu que não devia ficar arrasado se falhasse.

Então pediu desculpas!

Quando Tamar achou que podia falar, segurou a mão dele e o fez sentir o resultado das marchas nos músculos das suas pernas. Tinha lido alguma coisa sobre esse tipo de problema, disse cautelosamente. Não era incomum e estava certa de ser temporário. As coisas iam melhorar para todos.

– Quando? – perguntou ele, como uma criança exigindo resposta.

Ela tirou um cigarro do maço de Nelsons na mesa de cabeceira e, quando ele se inclinou para acender, viu os olhos dele amorosos, cheios de paixão e mais alguma coisa que a fez imaginar como podia ter pensado em achar graça, em rir dele ou dela mesma. A fumaça do cigarro forte passando pela garganta fez subir lágrimas aos olhos dela e Tamar os tocou às cegas, com a maior ternura que conseguiu transpor para os dedos trêmulos.

– Quando o *mishmish* chegar – disse ela.

Tamar precisou apenas de três semanas para conseguir o que os psiquiatras não tinham conseguido.

Ela ajudou Ze'ev Kagan tremendamente. Era um motivo para viver.

Ele não era o tipo de homem que preferia. Seu marido tinha trabalhado arduamente para dar aos beduínos saúde e pasto permanente. Ela sabia que Kagan envenenava os poços para apressar a partida das tribos de beduínos suspeitas de passarem informações aos países árabes. Ele distribuía haxixe aos viciados que eram informantes.

Kagan era encarregado do trabalho sujo. Só Deus sabia o que mais ele fazia, o que já havia feito.

Viram-se com frequência durante quatorze meses. Finalmente, ele ficou sério demais. Exigia mais do que ela podia dar. Tamar terminou o relacionamento assim que saiu do exército e voltou para seu trabalho no museu.

Quando Kagan a procurou e convidou para trabalhar com ele por um breve período de tempo, Tamar pensou que era brincadeira. Mas depois que ele explicou qual seria sua missão, resolveu pensar no assunto. Finalmente ela concordou em tirar suas férias acumuladas. Fez a mala e se hospedou no quarto do hotel, ao lado do de Harry Hopeman.

O americano telefonou convidando-a para o café da manhã. Tamar se vestiu e bateu na porta entre os dois quartos. Cumprimentaram-se discretamente. No restaurante do hotel, esperou que ele fizesse o pedido, depois disse que sabia que Hopeman não queria sua ajuda.

– Nenhum de nós teve escolha. Fui designada para trabalhar com você.

– Eu gostaria de falar com seu superior.

– Sr. Hopeman. Eu fui chamada para que isso não fosse necessário. Eles não querem que os conheça.

Harry franziu a testa.

O rosto dele não era bonito, mas a vitalidade dos olhos o tornava interessante. Tamar notou as mãos quando ele passava manteiga no pão. Havia vários mitos sobre mãos. Dov Michaelman era um ótimo cirurgião e tinha dedos curtos e grossos. As mãos desse homem eram belas, com dedos longos. Ela as imaginou desatando nós intrincados, enfiando a linha numa agulha. Tocando uma mulher. Sorriu dos seus tolos pensamentos. Certamente aquelas mãos eram desajeitadas e ineficientes.

Aborrecida, viu que ele tinha interpretado mal o seu sorriso. Um americano mimado, decidiu ela, dinheiro demais, sucesso demais. Muitas mulheres sorrindo para ele.

– Tenho trabalho para fazer no meu quarto – disse ela. – Não vou importuná-lo enquanto esperamos o contato.

Ele tirou do bolso um pequeno embrulho quadrado e o pôs sobre a mesa.

– Não creio que seja uma longa espera – disse.

11

O MONSENHOR

— Parece Gila County, Arizona.
— Como disse?
Sobressaltou-se ao ouvir a voz dela, capaz de silêncios que duravam muitos quilômetros.
— Quente.
Ele não tirou os olhos da estrada estreita. Um caminhão com reboque vinha na direção contrária. Logo adiante, um garoto árabe seguia oscilando para cima e para baixo, montado num burro. Harry freou. O caminhão passou rugindo. Eles passaram pelo garoto. Harry segurou o câmbio de quatro marchas e um lado da sua mão encostou nela, de leve.
— Perdão. — Sua mão formigava.
Do Iêmen ou do Bronx, um *kvetch* é um *kvetch*. Assim que ela entrou no carro, pediu a ele para desligar o ar-condicionado. Ia deixá-los doentes, insistiu ela. Era melhor que aprendesse a viver com o calor.
O ar que entrava pela janela era como a explosão de uma caldeira.
Naquela manhã, ele encontrou uma mensagem. Era breve e direta, escrita com a mesma letra do pacote que continha a granada. Dizia para Harry se registrar num hotel em Arad.
— O norte é frio. Há neve no topo do Hermon o ano todo.
— Mas Arad é sul, não norte — disse ele.
— Sim. Arad é no sul. — Ela sorriu. — Está vendo? Nós *podemos* concordar.

Uma cidade plana castigada pelo sol. As ruas cheias de soldados e veículos.
— Espere, por favor! — exclamou ela quando passaram por um hotel. — Quero ir ali. Venha, eu pago um café.
— Não é o nosso hotel.
— Eu sei, eu sei. Venha.
No café, um balconista de meia-idade, com a cabeça raspada e um bigode de turco, bateu duas vezes com a mão aberta no balcão.
— Ah-*hah*! — O nome dele era Micha e ele apontou um dedo enorme para Harry. — Trate de ser bom para ela. Esta é especial.

Harry ficou assistindo ao encontro dos dois. Onde está Itzak? Num kibbutz, no norte. Onde está Yoav? É contador em Tel Aviv. Onde está o capitão Abelson? Ainda aqui, agora é major.

– E Ze'ev? – perguntou Micha. – Nunca mais apareceu. Como vai Ze'ev?
– Acho que vai bem.
– Acha? Ah-ha.

Pela primeira vez Harry a viu ficar embaraçada.

– Só Micha pode dar tanto sentido a um ah-ha – disse ela.

Micha serviu café para os dois, por conta da casa.

– O campo agora é maior?

Micha deu de ombros.

– Vi muitos soldados nas ruas.
– De outro lugar. Em manobras.
– Ora! Arad cresceu.

Micha balançou a cabeça numa triste afirmativa.

– Mas você já foi a Dimona? Imigrantes russos, americanos, chineses, marroquinos. Muitos vegetais diferentes numa panela. Muitos problemas. – Ele foi atender outros fregueses.

Harry observou-a discretamente enquanto ela tomava café. Uma inimiga da tecnologia de refrigeração, mas sua blusa começava a ficar molhada de suor. Olhou para o outro lado.

– É uma antiga freguesa da casa?
– Eu estive num acampamento militar aqui perto. Vinha aqui muitas vezes.

Com Ze'ev, pensou ele. Que foi banido com um ah-ha.

Acabaram de tomar o café, acenaram um adeus para Micha.

– Tantos soldados. Manobras. Eles não viriam aqui, sabe? A gente que você vai encontrar – disse ela, no carro. – Tiveram medo de encontrar com você em Jerusalém. Não iriam sentar-se no meio de todos esses soldados israelenses.

Harry bufou. Estava tendo o cuidado de não perguntar as opiniões dela.

Encontraram o hotel. Não havia nenhuma mensagem para ele. Falaram pouco durante o jantar. Ela recomendou galinha. Ele pediu vitela, que estava dura.

Um pouco antes do anoitecer, um camelo saiu do deserto e começou a comer as flores de um canteiro atrás do hotel. O recepcionista o espantou com palavrões e pedras.

De manhã, quando atravessou o saguão para encontrar com ela, outra carta o esperava na recepção.

– Bom-dia.
– *Boker tov.*
– Que tal os ovos daqui?
– Frescos.

Ele pediu ovos. Entregou a carta para ela e a observou enquanto lia. Dizia para ir a Jerusalém e esperar novamente no hotel.

– Então, você estava certa.

Ela ergueu os olhos.

– Você não acha difícil dizer isso para uma mulher – observou.

Harry deu de ombros.

– Certo é certo.

– Também não parece perturbado com esse... vaivém.

– Talvez não seja um vaivém. Quando se negocia objetos pequenos mas muito valiosos, é aconselhável que se evite fazer negócio num lugar inseguro.

– Agora voltamos a Jerusalém e esperamos no hotel?

– Agora voltamos a Jerusalém. Se telefonarem e eu não estiver, eles telefonam outra vez. Quer me mostrar a cidade?

Ela sorriu.

– Será um prazer.

Na viagem de volta, Harry disse que não conhecia a Via Dolorosa e nem as igrejas.

– Não gosto da Jerusalém oriental. Há coisas mais interessantes para ver na Cidade Nova.

– Bem, eu quero ver a Via Dolorosa.

Ela concordou. Mas quando chegaram a Jerusalém alegou que estava com dor de cabeça.

Harry foi sozinho. Entrou na Cidade Velha pelo portão de Herodes, literalmente caminhando do oeste para o leste, por um labirinto de ruas estreitas. Ruas repletas de pessoas barulhentas em brigas e pechinchas. A não ser pelas antenas de televisão nos antigos telhados de pedra e pelos anúncios de Coca-Cola e da máquina de costura Singer, Harry tinha certeza de que a cidade estava exatamente como no tempo das cruzadas.

Não demorou para ser abordado.

– Guia, senhor? Via Dolorosa e as igrejas. Sete libras.

O guia árabe já conduzia um grupo de cinco turistas. Harry pagou as sete libras. Seguiu uma família francesa – mãe, pai e filha adolescente – e dois garotos americanos para os quais a filha dos franceses lançava olhares disfarçados. A primeira estação da cruz, onde Jesus foi sentenciado à morte, era agora uma escola primária. O guia mostrou, gravados nas pedras do pavimento, os traços dos jogos dos soldados romanos.

Passaram pela segunda estação, onde Jesus recebeu a cruz; e a terceira e a quarta, onde ele caiu e encontrou sua mãe quase desmaiada. A quarta estação era agora uma igreja armênia, de onde naquele momento saía uma procissão de sacerdotes.

– Todas as sextas-feiras de manhã, a esta hora – disse o guia –, sacerdotes de todo o mundo, hóspedes dos franciscanos e da igreja russa ortodoxa de Jerusalém, revivem a crucifixão de Nosso Senhor.

"Notem os trajes diferentes, cada um indicando uma ordem religiosa. Os dois senhores com batinas brancas e solidéus também brancos são abades cistercenses, mais conhecidos como trapistas. Os de cinzento são franciscanos. O homem de azul é capuchinho. O clérigo negro com o grande chapéu vermelho é um cardeal visitante."

Havia ainda um padre de terno e sapatos tropicais brancos e colete negro, e vários com trajes comuns.

O padre que carregava a pesada cruz de madeira desempenhava muito bem o seu papel. Tropeçou e quase caiu. Cambaleou e voltou o rosto para o lado dos turistas. Seu rosto estava tão crispado pelo esforço que Harry não o reconheceu.

Mas logo não teve dúvida. Deu um passo no sentido da procissão.

– Peter.

O homem que carregava a cruz parecia mesmerizado por uma experiência tão intensa e tão particular que Harry recuou.

Quando a procissão seguiu pela Via Dolorosa, na direção da quinta estação, ele foi atrás.

– Senhor! – chamou o guia, agitado. – Ainda não. Primeiro vamos entrar nesta igreja armênia.

Harry apenas sacudiu a mão no ar. Seguiu os sacerdotes nas nove estações que faltavam e depois sentou pacientemente na igreja do Santo Sepulcro, vendo Peter Harrington ajudar o cardeal a distribuir comunhão.

Quando terminou a missa, ele se aproximou de onde o padre se despedia dos outros e tocou-o no ombro. O padre se voltou e Harry cumprimentou:

– Olá, padre.

Viu a breve chama de prazer nos olhos do outro, além de alguma coisa que o perturbou. A desconfiança desapareceu imediatamente, mas era a confirmação de que tinha encontrado a oposição sob a forma de um amigo.

É claro que foram jantar.

Peter Robert Harrington descobriu os prazeres voluptuosos da comida e da bebida quando estava ainda no último ano da Mount Saint Mary's, em Baltimore. Carne de siri e cerveja alemã pareciam indulgências sem perigo. Naquele tempo ele precisava de algumas indulgências, trabalhava arduamente. Uma grande capacidade para o estudo e um intelecto sólido o conduziram ao *Collegio Americano del Nord*, para a licenciatura em Teologia Sagrada. Em Roma, sucumbiu totalmente à arte clássica e à cozinha italiana. Depois da ordenação, oito meses tediosos como assistente de pastor numa igreja em Baltimore ajudaram bastante – carne de siri não era mais tão irresistível depois de ter experimentado ossobuco com nhoque.

Mas foi mandado de volta a Roma e para o Colégio da América do Norte.

A princípio ele pensou em fazer graduação em teologia, que seus superiores chamavam de "rainha das ciências". Para seu prazer, os orientadores encorajaram seu interesse pela arte e ele foi matriculado na Academia di San Luca, onde, no fim do curso, defendeu sua tese ("Objetos da arte sagrada como símbolos dos manuscritos dos primeiros Pais da Igreja") com erudição suficiente para permitir que passasse a usar o chapéu de quatro pontas de seda negra, adornado com o pompom roxo, a *biretta* de doutor.

Foi designado para trabalhar no *museo* sob as ordens do administrador do patrimônio da Santa Sé. No seu trabalho diário, tinha contato com doadores e gerentes de galerias, pessoas que habitualmente jantavam em bons restaurantes.

Quando pela primeira vez, na privacidade do confessionário, ele falou na sua fraqueza, Fra Marcello o consolou. "Certamente está se preocupando em excesso com isso. Procure rezar mais, jante com mais sensatez e pare antes da quarta dose de bebida".

Mas, quando ele voltou várias vezes, confessando que tinha bebido demais ou sentido um prazer intenso com a comida, como se fosse um sacramento, o sorriso desapareceu da voz que vinha do escuro confessionário.

Seu confessor deu-lhe como penitência meia hora de meditação, todas as noites, sobre o pecado da gula e um rosário todos os dias dedicado à intenção de que seus apetites fossem controlados. Além disso, o padre Harrington impôs uma autopunição. Cada vez que pecava, jejuava por duas semanas, privando-se de sobremesa e pão, coisas de que ele gostava muito. Começou a correr todas as manhãs, combatendo sua fraqueza com exercício, abstinência e oração.

Certo dia ele viu outro corredor matinal na Piazza Bologna, um jovem americano. Naquela tarde, o cardeal Pesenti os apresentou. Alguma coisa surgiu entre os dois, tornaram-se amigos quase imediatamente. Durante a estada de Harry no Vaticano, jantaram juntos várias vezes, em diversos restaurantes. Discutiam amistosa e constantemente, cada um reconhecendo no outro uma mente sólida e aberta, ao mesmo tempo uma atração e um desafio. Com o padre, Harry aprendeu tudo sobre comida e vinhos.

E ensinou ao padre Harrington muita coisa sobre diamantes.

O padre o levou a um lugar na rua Rei George V. Era um bar americano, do tipo que existe em muitas cidades do mundo, dedicado a tomar os dólares dos turistas.

– É o único lugar onde servem uísque irlandês.

Cada um deles pediu um uísque duplo.
– *L'chaim, chaver.*
– À sua saúde, padre.
– Não sou mais padre. Sou monsenhor há quase dois anos, Harry.
– Amanhã, o chapéu vermelho.
– Não, não. Cometi o erro de ir ao quartel-general quando era um oficial subalterno. Qualquer soldado podia ter me avisado.
– Na verdade, você não se importa com promoção, Peter. Eu vi seu rosto quando estava carregando a cruz. – Inclinou-se para a frente. – Você nasceu com sorte, é um dos escolhidos.
– Obrigado, Harry – agradeceu Peter, suavemente. Harrington o estudou por um breve espaço de tempo e depois olhou para o menu. – Recomendo o *goulash*.
– Israel não é um país criador de gado.
– Esta carne vem de Chicago, de avião.
O *goulash* estava quente e bem temperado.
– Melhor do que o *goulash* de Chicago – comentou o padre.
– Bem, aqui eles usam carne importada.
O monsenhor riu, mas não com os olhos.
– Lembra-se da vitela em Roma?
Harry suspirou.
– No Le Grand. Ainda é maravilhosa?
– Sim, é. – Monsenhor Harrington usou o guardanapo. – Já viu o diamante?
– Não.
– Nem eu. Há duas semanas estou esperando como um idiota no Instituto Pontifício da Bíblia.
– É como se alguém de fora já tivesse resolvido tudo e nos mantém na espera, como reservas – queixou-se Harry, e olhou para o velho amigo. – A polícia pode fazer alguma coisa por vocês?
– Não fora da Itália.
– Estava no seguro?
– Qual é o museu que faz seguro? Quando é alguma coisa em trânsito, tudo bem. Mas dentro dos muros do museu? Nunca. Nossos objetos e quadros não têm preço. O pagamento anual do seguro seria absurdo – concluiu ele, tristemente.
– Mesmo assim, estão tentando comprá-lo de volta.
Monsenhor Harrington deu de ombros.
– Nós queremos o Olho de Alexandre. Não é uma questão de dinheiro. Embora eles tenham uma nota de compra, para nós é como pagar o resgate de um filho sequestrado. Quer saber o que não entendemos, Harry?
– Se quiser me dizer.

– Não entendemos por que não está trabalhando para nós.

– Esse diamante tem um grande valor para a história judaica.

– É nosso! Uma pedra que foi roubada de nós!

– Foi roubada mais de uma vez. Eu gostaria que lembrasse disso, Peter.

– Será que me enganei com você? É o tipo de homem que compra objetos roubados?

– O sangue é mais espesso do que a água – frisou Harry. – Mais espesso até do que água benta. No momento, não pode me obrigar a trabalhar para vocês. Não podem me botar numa fogueira nem me prender.

– Isso é bobagem – disse monsenhor Harrington, aborrecido. – É uma história antiga. Seu povo nunca se liberta de ontem.

– Nós *aprendemos* com o passado. Vamos olhar para ontem, monsenhor. Como foi que a Igreja conseguiu o diamante? A quem pertencia antes de pertencer à Igreja?

– Você parece um sionista falando sobre Israel.

– É isso, exatamente a mesma coisa! Precisamente por isso tenho de comprar esse diamante. Algo precioso nos foi tomado, e agora vocês nos condenam por querer reaver esse objeto e ficar com ele.

O padre balançou a cabeça.

– Ele é nosso. Há uma bela mitra no meu museu, com um buraco enorme onde o diamante devia estar. Essa mitra é usada por *papas*. Eu vou ganhar de você, Harry.

– Não, Peter – disse ele suavemente.

– Sim. Por minha vocação, é claro, para a Igreja. Mas especialmente por mim. Isso não soa muito cristão, certo?

– É muito humano. Tem a minha simpatia.

– A confiança dos Hopeman. Que jesuíta você seria, Harry! Pena que não seja católico.

– Eu também nasci com sorte. Um dos escolhidos.

Seus olhos se encontraram, os dois abalados pela amargura que agora os separava.

– Acho melhor eu pedir uns dois brândis para nós – falou Peter Harrington, tristemente.

– Neste país as sobremesas não são grande coisa. Mas perdemos ótimos tipos de pão quando fazemos penitência por excessos.

O canto da boca de Peter estremeceu. Ele inclinou a cabeça para trás e riu. Harry riu também.

– Oh. Judeu louco, filho da mãe – disse Peter.

Ele pediu os drinques. Outra vez seus olhos se encontraram e Harry voltou a rir, reagindo à tensão. Ambos sacudiam o corpo de tanto rir. Tinham os músculos do estômago doloridos.

O padre apontou um dedo trêmulo.

– ... ganhar de você.

– Aposto... um traseiro de porco *não-kosher*, monsenhor. – Harry conseguiu dizer com clareza.

– O que esperava?... *Importado!*

Olharam um para o outro rindo sem parar. Harry inclinou o corpo para a frente. O *bartender* ria com eles sem saber por quê.

12

MASSADA

De manhã, quando a mulher iemenita telefonou, a cabeça de Harry martelava uma mensagem urgente: *não beba com padres*. Tomou aspirina com suco de tomate e aceitou a oferta dela para ser sua guia. Ela o levou ao museu, onde as galerias eram frescas e tranquilas; ali os guardas a chamavam pelo nome e a tratavam como se fosse da realeza. Ela sabia do que estava falando, seus comentários iluminavam os belos objetos, proporcionando imenso prazer a Harry. No fim de uma manhã extremamente agradável, ele estava animado e sentindo-se melhor.

– Onde vamos almoçar? – perguntou.

Tomaram um táxi para o portão Jaffa e ela o levou a uma pequena casa de pedra com meia dúzia de mesas na calçada.

– É mais fresco aqui fora.

– Eles não gostam de mulheres lá dentro.

Escolheram a única mesa na sombra. A pedido dele, ela escolheu o almoço, uma variedade de saladas que comeram usando pedaços de pita como colher e chá de menta.

Dentro do café os homens riam e falavam alto. Estavam jogando com dados e pedras. Ela disse que o jogo se chamava *shesh-besh* e, quando explicou como era jogado, Harry deduziu que era gamão.

– Pensei que você não gostava desta parte de Jerusalém.

– Eu adoro. Mas morei neste bairro uma vez e foi uma péssima experiência para mim. – Observou-o. – Resolvi trazê-lo aqui porque ontem à noite lembrei que não podemos fugir das coisas que tememos.

– Eu faço isso o tempo todo – afirmou Harry.

O garçom ofereceu a Harry um narguilé. Dois árabes sentaram-se diante da mesa ao lado, fumando seus cachimbos d'água, que gorgolejavam a cada sopro. Harry recusou.

Depois falou sobre monsenhor Harrington.

– As pessoas que pediram a você para trabalhar comigo – pode pedir-lhes que o vigiem para nós?

– Sim, vou pedir.

– Começo a pensar que preciso de todas as facilidades – continuou ele. – Você é divorciada?

– Meu marido morreu – disse ela, e tomou um gole de café.

Caro senhor Hopeman.
Por favor, vá a Massada e espere lá até entrarmos em contato.
Quero agradecer sua admirável paciência e cooperação. Sinto ter sido necessário atrasar nossa transação, mas tenho certeza de que compreende.
Espero ansiosamente poder conhecê-lo.
Sinceramente,
Yosef Mehdi.

Ela não pareceu surpresa.
– Massada é no deserto, longe de tudo. Ônibus de turismo levam grupos até lá, mas poucos durante o verão. E não haverá soldados para assustar nossos amigos.
– Teremos de acampar?
Ela pensou por um momento.
– No lado da montanha que dá para o mar Morto, há uma pousada onde podemos ficar. Mas geralmente está ocupada por turistas jovens e Mehdi pode não querer se aproximar de você na frente deles. No lado do deserto, há uma casa de madeira, usada ocasionalmente por um guarda florestal dos Parques e Reservas Naturais. Se estiver vazia, talvez eu consiga permissão para usá-la.
Meia hora depois, ela telefonou para o quarto dele.
– Tudo arranjado – assegurou.

Voltaram de carro para Arad. Enquanto ela fazia compras, Harry levou o carro alugado a um posto, encheu o tanque e mandou verificar a água e o óleo. Depois comprou uma garrafa de brândi israelense. Então foi ao encontro dela com as provisões.
Não muito distante de Arad, saíram do asfalto e entraram numa estrada de pedras soltas e areia que estalavam sob as rodas. Passaram por dois camelos imóveis e ele perguntou se havia outros seres vivos no deserto. Uma porção, disse ela, gazelas, víboras, hienas e bandos de chacais. Recentemente um leopardo negro foi visto não muito longe desta rodovia.
– Pare na próxima elevação – ordenou ela.
Subiram uma pequena colina e ele parou. Uns oito ou nove quilômetros adiante, Massada surgia claramente do vasto nada varrido pelo vento.
– Está vendo os terraços cortados no topo? Ali, à esquerda? Foi onde o velho rei Herodes sentou-se numa noite quente com um gordo *chatichah* em cada joelho.
– Um gordo o quê?

– *Chatichah*. Deixe-me ver... – Ela sorriu. – O que vocês, americanos, chamam uma bela peça.

Ele sorriu também e mudou a marcha. O carro saltou para a frente, descendo a estrada péssima e sinuosa. Massada cresceu. Logo ele pôde ver, com expectativa crescente, que a montanha era uma colmeia com as aberturas negras das cavernas de profundidade apenas suspeitada. Só então sentiu que ir até ali não fora uma estupidez.

A cabana de madeira tinha uma geladeira velha, mas funcionando, um fogão de duas bocas, uma privada com pouca força na descarga e um chuveiro enferrujado. Os móveis eram primitivos ou estavam quebrados. A cama era um catre do exército.

– É bonita – comentou ele. – Vamos ficar com ela.

Harry estava descarregando as provisões do carro quando levantou a cabeça e viu uma fila de soldados armados. Carregou a caixa para a cabana e a pôs no chão.

– Devo supor que são israelenses?

Ela olhou pela janela e depois foi até a porta. Eram uns vinte soldados, incluindo duas mulheres. Harry tinha feito o serviço militar na infantaria americana e os observou com simpatia quando eles pararam na sombra da cabana, sentindo as pernas doloridas, os pulmões em fogo, a mochila pesada nas costas. As duas *Chens* eram atraentes, apesar das manchas de suor na roupa e dos cantis cobertos protegidos por três camadas de malha, que engrossavam suas cinturas. Ele foi até o carro e apanhou a máquina fotográfica.

O oficial que estava falando com Tamar gritou em hebraico, depois em inglês.

– Nada de fotos! Nada de fotos!

Harry guardou a câmera, mas o homem continuou gritando. Harry olhou para ele.

– Fique calmo.

Tamar disse alguma coisa, asperamente.

O oficial deu uma ordem e os soldados gemeram. Alguns minutos depois, tinham partido.

Quando voltaram para a cabana, trabalharam em silêncio, guardando os suprimentos.

– Não foi exatamente uma lição de democracia, foi?

– Prometi a ele ficar com seu filme – disse ela.

– Eu nem disparei o obturador.

– Vou precisar do filme.

– Jesus Cristo.

Harry saiu e apanhou a câmera no carro. Retirou o filme e o entregou a ela.
– Sinto muito o desperdício – justificou ela.

Harry começou a procurar outro filme na sacola. Finalmente, jogou tudo no chão – roupa de baixo, camisas, dropes, meias, brochuras, filmes e várias sacolas de roupa para lavar, endereçadas a Della.

Ela leu as etiquetas e fitou-o.
– Você manda sua roupa suja para a América?

Harry não conseguiu pensar numa boa resposta.
– Meu Deus!
– Não é ela quem lava. Ela manda lavar fora.

Tamar apanhou uma frigideira e um bule e começou a lavar na pia.
– O chão está imundo. Temos uma vassoura.
– Estou acostumado a um pouco de desordem. Minha mulher e eu somos separados.
– Quem diabo está interessado na droga da sua vida, sr. Hopeman? – indagou ela, esfregando a frigideira com vigor.
– Você, até a raiz do cabelos – disse ele, com brilhantismo. Apanhou um cobertor que estava dobrado sobre a cama. Pôs dois pães pita e algumas bananas na mochila, sentindo-se mais do que nunca como um marido fugindo de casa, saiu e apanhou a garrafa de brândi no carro. Então, seguiu pela trilha que levava a Massada.

Harry sabia que a trilha era chamada de Rampa Romana porque fora construída pela Décima Legião para chegar ao pequeno grupo de judeus, a última resistência armada da Judeia contra Roma.

Diziam que as vigas de madeira usadas pelos romanos para sustentar a trilha ainda podiam ser vistas. Sem nenhuma dificuldade, Harry encontrou algumas depois de percorrer um terço do caminho.

Parou e examinou. Estavam manchadas pelo tempo, claro, mas pareciam firmes. Preservadas pelo sal e pelo ar seco há dois mil anos.

Harry olhou, perplexo. Madeira de verdade, instalada por mãos humanas como as suas, ligando-o ao que tinha acontecido há vinte séculos.

Ali perto havia rochedos cinza-avermelhados, montanhas truncadas cujos topos pareciam decepados por uma cimitarra natural. Uma visão pontilhada de cavernas.

A cena era semelhante no topo do platô. Céu e pedra. Semiestruturas rentes ao chão, como porões de prédio bombardeados, e aqui e ali um teto de pedra intacto. O vento soprava quente e seco e, fosse por causa do vento ou da escalada, ele sentia dificuldade para respirar. Entrou numa das pequenas estruturas de pedra. Dentro fazia frio e estava escuro.

Alguma coisa pequena passou correndo, e ele se assustou.

— Desculpe. *Shalom, shalom*, seja lá o que for.

Sentou para tomar fôlego e, quando seus olhos se acostumaram à pouca luz, viu que as paredes e e o teto eram cobertos por uma espécie de argamassa espessa, macia e agradável ao toque, evidentemente antiga. O chão era de terra batida, frio, mas seco. Abriu o cobertor para tomar posse do lugar.

Quando saiu para explorar, teve a estranha sensação de estar sendo vigiado. Ridículo, pensou.

Mas olhou para cima e viu que não era ridículo. Um bode bem preto estava parado numa ruína delineada contra o céu, observando-o com a cabeça inclinada para o lado.

Harry bateu as mãos, pensando que o animal ia fugir, mas ele não se moveu nem baliu. Ou seria um *méé* – afinal, o que os bodes fazem? Continuou a andar. Quando olhou para trás, o bode tinha desaparecido.

A cabana que escolhera era uma entre muitas iguais, na beirada de um penhasco. Lá embaixo, uma garganta rochosa ia até a pousada dos jovens, um barracão a mais ou menos dois quilômetros dali.

Mais além, o mar Morto cintilava como chumbo derretido.

Não viu nenhum sinal de vida na pequena pousada. Partindo de perto da cabana, um cabo subia até Massada. Harry viu o trenzinho abandonado embaixo. O encarregado sem dúvida fora para casa, para Dimona ou Arad.

Ele estava envolto por um silêncio solitário naquele ambiente cor de laranja, exceto pela voz do vento. Sozinho com Massada.

Ele andou a esmo. O que a princípio pareciam estruturas similares, na verdade eram diferentes. Algumas das casas de pedra eram longas e baixas, provavelmente armazéns. Outras eram como a escolhida por ele, cada qual com uma pequena lareira aberta num canto da parede. Outras ainda tinham degraus que desciam para o que obviamente era o local dos banhos rituais, mas que agora estava seco. Ele não ia precisar das *mikves* para se lavar. Havia duas estruturas modernas de pedra, uma para homens, outra para mulheres, identificadas pelos símbolos horríveis de todos os banheiros. Harry entrou, abriu uma das torneiras e lavou as mãos e o rosto com a água fria, depois molhou a cabeça.

Na ponta norte do pequeno planalto estavam as ruínas do palácio. Parte do assoalho era de mosaico, com desenhos geométricos simples. Desceu uma escadaria para o terraço do meio e compreendeu por que Herodes o tinha construído. Era o único lugar em Massada protegido tanto do sol quanto do vento forte.

Harry parou no lugar calmo e frio feito por um rei morto e olhou para os quilômetros de costa e de campos. Um inimigo seria visto muito antes que pudesse chegar perto.

De onde estava, Harry via três – não, quatro – das ruínas quadradas do acampamento dos romanos. Eram oito acampamentos ao todo, erguidos em toda a volta de Massada e ligados por vários quilômetros de muro de pedra, que ele também via perfeitamente.

Setenta anos depois da morte do rei Herodes, uma guarnição romana de Massada foi aniquilada por um ataque tipo comando de um pequeno grupo de judeus. Quatro anos depois de tomarem a fortaleza, os judeus de Massada eram o último obstinado baluarte contra o poder de Roma. O governador romano, Flavius Silva, marchou para Massada, à frente da Décima Legião e milhares de tropas auxiliares e camponeses. Ele cercou a montanha com seus acampamentos e com o muro, fechando todas as saídas.

Mesmo assim, foram necessários quinze mil homens e três anos sangrentos para conquistar os defensores do forte, que eram 960, contando mulheres e crianças. Quando, finalmente, a Rampa Romana foi completada e o fim estava próximo, os judeus preferiram o suicídio a se tornarem escravos dos romanos.

Harry olhou para baixo, para os campos. Nenhum sinal de vida. Se havia alguma, deviam ser animais pequenos e insetos. Mas ele estava inquieto quando deixou o frio terraço de Herodes e caminhou para a quente superfície de Massada.

O sol tinha desaparecido quando ele chegou à casa de pedra que agora era sua. Com a noite, manifestou-se uma fria brisa. As pequenas bananas, compradas ainda verdes por Tamar, naquela tarde, já começavam a pintar. Ele descascou uma e a comeu. Estava bem doce.

O bode negro reapareceu.

Quando chegou perto, Harry jogou as cascas da banana, que o animal comeu satisfeito. Quando Harry deu a segunda mordida na fruta, o bode soltou gases.

– Seu porco, suma daqui! – gritou.

Mas o bode deitou sobre a barriga. O senso do ridículo venceu a irritação e Harry começou a rir. A digestão do animal continuou acidentada. Era isso que os bodes faziam, ele lembrou. Então a fome foi mais forte, e ele e o animal de digestão difícil compartilharam um pão enquanto a luz desaparecia por completo.

A brisa soprava pequenos demônios de pó.

As pedras à sua volta aos poucos se transformaram no que parecia ser ferro negro.

Mas não por muito tempo. Uma lua incrível veio flutuando preguiçosa do horizonte e Harry sentiu-se como um pastor. A claridade era tão forte que logo ele passou a enxergar como se fosse dia. O luar amaciava a superfície de pedra. Harry abriu a garrafa de brândi israelense e tomou um longo gole. Achou tão bom que parou apenas para respirar e tomou outro. O mar Morto parecia sólido bastante para se andar sobre ele. Na extremidade mais distante, na Jordânia, ele via luzes duplas em movimento, faróis de carros. Imaginou que tipo de homem era o distante motorista árabe.

Levou a garrafa para a casa de pedra, deitou no cobertor e bebeu mais um pouco, até o chão frio e duro parecer macio e cálido. Sentou para tirar a camiseta, jogou os tênis longe, tirou a bermuda e a cueca e deitou confortavelmente nu para dormir.

O que o acordou foi a tosse. Sua garganta estava seca e o calor era intenso. Quando saiu da pequena casa de pedra, a lua estava coberta por uma fina nuvem de poeira que parecia vir do leste, trazida por um vento fraco. Estava em toda a parte. Harry foi até o banheiro, molhou a camisa e a enrolou na cabeça. Quando chegou na cabana, a camisa estava quase seca.

– Harry!

– Aqui em cima – disse ele, vestindo a cueca.

Ela também estava tossindo. Harry a levou até a casa de pedra e ofereceu o brândi. Tamar tomou um gole e estremeceu, mas a tosse passou.

– O que é isso?

– É o que chamam de *sharav*. Uma elevação barométrica vinda do Egito.

– Por que diabo não ficou lá embaixo?

– Fiquei com medo de que você resolvesse descer pelo outro lado da montanha. Não muito longe daqui um religioso americano ficou perdido e morreu.

Harry segurou o rosto dela com as duas mãos e a beijou. Suas línguas se encontraram. Certa vez ele tinha lido a pergunta de um jovem num jornal: "O beijo francês é pecado mortal?" A resposta da colunista de meia-idade foi: "Não, não é pecado mortal. Mas é um convite claro para a atividade sexual." Quando se beijaram outra vez, sua língua explicou a pergunta e a resposta. Ela não protestou quando Harry a ajudou a tirar a roupa, menos a camisa.

– Como era mesmo o nome do religioso americano? – perguntou ela, com voz sonhadora. – Um bispo?

Ele ia se importar com isso quando sua camiseta caiu no cobertor?

Desabotoou a camisa dela e encostou o rosto num seio, depois no outro. Sua língua sentiu a maciez dos mamilos. Entre seus lábios, pareciam maiores do que ele esperava.

Os dois respiravam com dificuldade, tanto por causa do *sharav* quanto de paixão. A casa de pedra estava cheia de pó e muito seca. A única umidade era a do centro das pernas dela e, quando ele o tocou, Tamar deu um salto. Harry a abraçou e a fez deitar, acariciando-lhe um lado do corpo e descobrindo uma verruga incrível.

– Não!

Suas bocas encontraram-se frenéticas. Ele a acariciou até Tamar dobrar os joelhos, erguendo-os até encostá-los nos seus ombros. Ele sentiu o ritmo como as batidas do coração de um gigante. Então, mais rápido, um leve som aspirado de cada vez. Braços prenderam sua cabeça. A boca sensível estava no seu pescoço, os dentes mordendo de leve. Ela acompanhou o ritmo. Muito habilidosa, pensou ele, vagamente.

– Sim, por favor – pediu ela.

Ele queria fazer daquilo uma jornada voluptuosa. Tentou pensar em outras coisas. Os impostos, um diamante para o ator. Os romanos esperando lá embaixo. Ele não podia respirar quando – oh, Senhor, cedo demais – ela gemeu e ele caiu da montanha.

Ficaram deitados ofegando, um puxando a boca do outro com os lábios, até ele perceber que estava com todo o peso em cima dela. Ela ergueu o braço e, com a ponta do dedo, delineou as pálpebras, o nariz, as narinas, o interior dos lábios. Depois passou a língua.

– Bispo Pike – disse ela.

Quando Harry acordou outra vez, seu relógio marcava quatro e quarenta. Estava sozinho. Lá fora o calor era opressivo, mas o ar estava claro, o *sharav* terminara. Sobre a planície, lá embaixo, a poeira soprava como névoa.

Ele tomou um longo banho de esponja no lavatório, o que ajudou bastante. Quando voltou, olhou por cima do muro perto da Rampa Romana e viu Tamar na frente da cabana de madeira. A luz pálida era cruel com seus quadris, pesados mesmo para as pernas longas. Ela estava inclinada diante de uma panela, sobre uma rocha, lavando a cabeça. Havia escurecido. Na próxima vez ele queria ver sua boca, a curva do nariz, os olhos às vezes sorridentes, às vezes sérios.

As correntes de ar em Massada eram estranhas e ele ouviu o ruído da água quando ela esvaziou a panela e depois o som da panela batendo na rocha.

O sol começava a aparecer.

Na casa de pedra ele tirou a granada da mochila e a segurou diante dos olhos, focalizando a janela na luz do sol. A pedra brilhou como... o quê?

Como o olho aquecido de um Deus benevolente.

Glória, glória, queimando cheia de luz, pensou ele. Era o mais próximo que podia chegar de uma bênção, mas estranhamente reconfortante, e ele voltou a dormir.

13
EIN GEDI

Quando ele desceu a Rampa Romana, carregando a mochila, não encontrou Tamar e nem o carro, mas havia um bilhete na porta da cabana: *Volto logo. Suco de laranja na geladeira. T.*

A geladeira era talvez a mais velha que Harry já tinha visto, uma Amkor, a resposta israelense à General Electric. Ele tomou o suco de laranja, olhando para o sutiã limpo em cima da mochila dela e a roupa lavada e seca, dobrada e empilhada no parapeito da janela, com as meias enroladas e calcinhas de algodão em cima. Um livro muito lido, escrito em árabe, estava no chão, ao lado da cama. O tubo de pasta estava enrolado.

Harry estava sendo indiscreto outra vez.

Por falta de coisa melhor para fazer, ele apanhou as fotocópias do manuscrito de cobre na mochila. Deitado na cama, começou a estudá-las. Mas já havia examinado aquelas cópias vezes sem conta. O que elas diziam era ininteligível para ele.

Ficou satisfeito quando ouviu o carro. Ela entrou, com muito calor, mas animada, o cabelo preso num coque como na primeira vez que ele a vira, e como gostava. Tamar estava de short e uma velha camisa do exército com as duas pontas amarradas num nó sob os seios.

– *Erev tov*. Você é um dorminhoco.
– *Shalom*. Aonde você foi?
– A Arad, para telefonar. Seu amigo, o monsenhor, teve mais sorte do que nós.
– O quê? – Harry sentou na cama.
– Sim, ele se encontrou com alguém a noite passada, em Belém.
– Mehdi?

Ela deu de ombros.

– Um homem gordo de meia-idade. Eles se encontraram na frente da igreja da Natividade, às oito e quarenta e cinco da noite, e conversaram por cerca de meia hora. Então, o monsenhor entrou na igreja. Acendeu três velas e rezou durante mais ou menos uma hora. Alguns minutos depois, ele tomou um *sherut* de volta para Jerusalém.

– E Mehdi?
– Ele saiu de Belém num Mercedes com motorista, registrado em nome de uma companhia importadora de Gaza. É quase certo que o registro é falso.

O carro foi para o sul. Seguiram-no por algumas centenas de quilômetros, quase até Eilat, onde ele atravessou a fronteira para a Jordânia.

Concordaram que se Mehdi o procurasse, seria em Massada e não numa cabana de madeira na base da montanha. Depois do desjejum com queijo, pão pita e café tão forte que Harry quase não conseguiu tomar, ele subiu outra vez a Rampa Romana. Apesar do calor, havia turistas no platô. O teleférico estava funcionando, partindo da base no lado leste, onde dois ônibus estavam parados ao lado da estrada. Ele juntou-se a um grupo de judeus suados de Chicago, sentados na sombra de um antigo armazém, ouvindo seu rabino contar a história dos zelotes. O rabino confundiu vários fatos importantes, mas aparentemente só Harry notou. A narrativa terminou e o grupo de Illinois entrou no trenzinho e flutuou para fora da sua vida. O carro voltou com um grupo de Reading, Pensilvânia. O rabino da Pensilvânia era jovem e mais bem preparado do que seu colega de Chicago, mas tinha um estilo tão pedante e severo que Harry teve vontade de ficar no banheiro dos homens até ele acabar. Não viu nem sinal de Mehdi.

Foi uma tarde muito longa.

Quando desceu para a cabana, Tamar tinha feito o jantar, salada e *falafel* tão temperado que Harry comeu apenas o suficiente para não a ofender, acabando depois com as bananas para satisfazer a fome. Ela fez uma careta quando ele misturou leite em pó no café.

O ar estava pesado na casa de madeira. Ao cair da noite, levaram o cobertor para fora, ela apanhou sua guitarra e começou a cantar em árabe. Ela tocava melhor do que cantava mas sua voz tinha uma qualidade que o encantou. Harry deitou ao lado dela, aguentando a azia enquanto a noite chegava.

– Sobre o que é a canção? – perguntou ele.

– Uma jovem que vai casar. Na noite anterior, ela pensa no seu homem. Será velho? Será moço? Gosta de beber? Vai bater nela?

Harry sorriu e Tamar balançou a cabeça.

– Você não pode compreender – disse ela.

– O que há para compreender?

– A cultura. Moças obrigadas a casar quando são jovens demais. Tendo filhos antes que o corpo esteja preparado. Velhas quando chegam à minha idade.

Harry viu que ela falava sério.

– Como você escapou disso?

– Por pouco. Um professor convenceu meu pai de que eu devia ir para uma escola secundária. Meu pai cedeu, dizendo que eu poderia arranjar emprego numa loja. Mas não gostou quando fiz o exame para a universidade. Disse que nenhum homem ia casar com uma mulher muito instruída.

Harry tocou o rosto dela.

– Fiquei sem falar com meu pai durante três anos. Foi muito doloroso para nós dois.

Pobre Tamar.

– Pais – disse ele, pensando em Jeff. – Quando eu era menino, meu pai me mandava para o acampamento de verão todos os anos, como eu agora mando meu filho. – Ela não sabia o que era um acampamento de verão e ele explicou. – Meu pai queria que eu aperfeiçoasse minha queda para línguas e eu tinha de escrever uma carta por dia para ele, em hebraico. Ele nunca me escreveu, mas todos os dias eu recebia de volta a carta que tinha enviado na véspera, com a gramática e a ortografia corrigidas.

– Pobre Harry.

Ele apanhou a guitarra. Só sabia tocar alguns acordes de banjo. Tocou uma versão dos anos 20 de "I Found a Million-Dollar Baby in a Five-and-Ten-Cent Store" e ela acompanhou batendo palmas. Harry teve de explicar o que era uma criança de um milhão de dólares e, depois, o que era uma loja de cinco e dez centavos. Pediu a ela para lhe ensinar a canção árabe.

– Mais tarde. – Tirou a guitarra da mão dele e a pôs cuidadosamente no chão, ao seu lado.

– Doce Harry – disse ela um pouco depois.

Soltou o cabelo, que fez cócegas em Harry quando ela se ajoelhou sobre ele. Beijou-o muitas vezes, com beijos rápidos e úmidos.

– Apenas tenha prazer – disse ela. – Não se preocupe com a gramática e a ortografia. Não precisa ser perfeito. – Mas foi.

Na manhã seguinte o ar estava quente. Harry pensou que iam ter outro *sharav*, mas Tamar balançou a cabeça.

– É só um dia quente.

– Mehdi não virá com este calor.

– Pode ser exatamente isso que ele estava esperando – disse ela, pensativamente.

– Para o diabo com ele. – Harry estava um pouco confuso. Foi para o carro e ligou o ar-condicionado. Quando saiu, foi pior ainda. Entrou na casa de madeira e disse que ia se refrescar no mar Morto.

Ela fez uma careta.

– Não vai gostar. O sal entra em todos os orifícios do seu corpo. Qualquer pequeno corte queima como fogo. – Sorriu vendo o desânimo dele. – Tudo bem. Vou levá-lo a um lugar melhor, Harry.

Ela o levou de carro dezesseis quilômetros ao norte, para um pequeno bosque em Ein Gedi.

Quando saíram do carro debaixo das palmeiras, sentiram o ar mais fresco. Ela o trouxe por uma trilha até uma queda-d'água que, brilhando ao sol, caía num remanso sombreado.

— As chuvas do norte penetram a terra. No inverno, a cachoeira fica enorme. Agora está pequena.

Harry não precisava ouvir nenhuma desculpa pelo lugar. Num instante tirou a roupa, mergulhou na piscina natural e levou um choque. A água estava morna.

Ela riu.

— Águas termais.

Tamar deixou a roupa dobrada cuidadosamente na margem. Peixes pequeninos passavam entre suas pernas. Ele deitou no fundo arenoso, deixando a água bater no seu rosto. Tamar tinha levado sabonete e estava lavando a cabeça na cachoeira. Lavou a cabeça dele também. Era um belo lugar para fazer amor, mas ela desviou o rosto quando ele tentou beijá-la.

— Há um kibbutz aqui perto. E uma escola agrícola da Sociedade de Preservação da Natureza. Pode aparecer alguém a qualquer momento.

— Você é prática demais — queixou-se ele, com um sorriso.

O ar secou os corpos deles rapidamente. Harry se vestiu, sentindo-se melhor.

— Você não é um homem prático?

Tamar voltou-se para ele, abotoando a camisa.

— Harry, você não vai estragar tudo, vai? Não agindo como um homem prático. Levando a coisa com seriedade demais.

Isso o apanhou de surpresa. A última coisa que pretendia era levar as coisas a sério com ela.

— Não quero me sentir assim com ninguém — disse ela. — Nunca mais.

— Seremos amigos. Gostamos de nos usar mutuamente — reconheceu ele. — Essa é uma descrição prática?

Ela sorriu.

— Muito prática.

— Então, não se preocupe com responsabilidades.

— Nada de ortografia ou gramática — recomendou ela. Beijou-o de leve na boca no momento em que três homens carregando pás apareceram, acompanhados por outro que empurrava um carrinho de mão cheio de mudas de bananeira. Trocaram *shaloms* amistosos. Tamar sorriu inocentemente para ele.

Voltando ao carro, Harry admirou as belas tamareiras.

— É isso que seu nome significa.

— Sim, *tamar*, a palmeira. Há muito tempo este lugar era chamado de Hazazon-Tamar, o lugar em que eles podam a palmeira. Eu nunca tive problema para lembrar o nome, quando estudava geografia. Eu pensava nele como o lugar em que meu cabelo é cortado.

Harry deixou o oásis com relutância. Dirigiu de volta para Massada lentamente, espalhando o vapor que se erguia do solo como uma fumaça trêmula e cintilante. Esperava que Mehdi não tivesse aparecido nesse espaço em que eles estavam fora. Na verdade, pouco se importava com isso. O homem estava se tornando uma abstração. Harry quase duvidava da sua existência.

Voltaram ao platô, levando frutas, pita e uma jarra de limonada. Tamar aproveitou para escrever um relatório para o museu, na sombra fresca do terraço de Herodes. Achando que devia ficar onde pudesse ser visto, Harry escolheu uma sombra perto do ponto de desembarque do trenzinho. Começou a estudar outra vez as cópias do manuscrito.

Estava mais ou menos no meio quando um trecho o fez parar. Leu outra vez e outra vez mais.

Correu para o terraço de Herodes.

– Pode traduzir esta frase, por favor?

Tamar leu.

– Parece ser *haya karut*.

– Não *haya koret*?

– Talvez seja *haya koret*. Uma vez que não há aí nenhuma vogal, podemos escolher.

– Exatamente. – Harry esqueceu o calor. – Muito bem. Até agora eu estava vendo isto como *haya koret*, a forma ativa do verbo. – Mostrou suas notas. – Foi assim que traduzi esta passagem.

No lugar onde as árvores são podadas perto da prensa de vinho no fundo da menor das duas colinas a leste, um guardião de ouro, enterrado em argila a vinte e três côvados.

– Se traduzirmos como sendo *haya karut*, em vez de *haya koret* – a forma passiva do verbo, ao invés da ativa – e se acrescentarmos uma vírgula, então teremos:

No lugar onde as árvores são podadas, perto da prensa de vinho no fundo da menor das duas colinas a leste, um guardião de ouro, enterrado em argila a vinte e três côvados.

Tamar olhou para ele.

– O lugar onde as árvores são podadas?

Ele fez que sim, com deliberada calma.

– Hazazon-Tamar. Onde a palmeira é podada – explicou.

Dominado o primeiro entusiasmo, eles discutiram. Harry queria voltar imediatamente para Jerusalém para dizer a Davi Leslau que tinha descoberto a localização de uma *genizah*.

– Temos de esperar aqui por Mehdi.

– E se ele não vier?

– E se vier? Depois de milhares de anos na terra, mais uns poucos dias não fazem diferença para a *genizah*.

– Nesses poucos dias outra pessoa pode chegar à mesma tradução.

Tamar olhou para ele.

– Você não compreende – disse ele.

– Acho que estou começando a compreender.

Naquela noite só trocaram as palavras necessárias. Ela abriu latas de cozido gorduroso de carneiro para o jantar, seguido de mais café forte e espesso. Harry não fez nenhum comentário, mas ela percebeu a reação.

– Amanhã você pode preparar a comida – permitiu ela calmamente.

Tamar dormiu virada para a parede, como uma esposa zangada. Ele se equilibrou na ponta da cama estreita, evitando os quadris dela que tinha aprendido a admirar muito. Ela roncou, um som desagradável. Harry pensou que ela não precisava se preocupar com a possibilidade dele levar a sério aquela aventura.

De manhã ele voltou bem cedo para Massada. No relativo frescor de uma das casas de pedra ele estudou as cópias do manuscrito. Cada um dos pequenos enigmas podia ser resolvido por meio de uma chave como a que Tamar tinha fornecido, com o nome de uma antiga comunidade do deserto.

Harry não sabia o bastante para isso.

Leslau sabia mais e também não tinha conseguido decifrar.

Encarou o fato de que, na realidade, não queria ajudar Leslau. Era pouco provável que esse trabalho viesse a ser seu, mas Harry o desejava.

Um homem atarracado e musculoso apareceu na Trilha da Serpente, com calça bege e camisa branca sem mangas, aberta no pescoço. Tinha a pele escura, e um bigode bem aparado, no estilo árabe, adornava seu lábio superior. Caminhou pelo platô com o passo descuidado de um turista, na direção de Harry.

Quando chegou perto, parou e cumprimentou inclinando a cabeça.

– *Shalom* – respondeu Harry.

– Oi. – O homem tocou o batente da porta da cabana. – Estas paredes são belas, não são? Simples e sólidas. Eles sabiam o que estavam fazendo.

– Elas duraram.

O homem olhou em volta.

– Foi esperto esperando na sombra.

– Eu sou Hopeman.

– O quê?

– Harry Hopeman. De Nova York.

– Oh. – Apertou a mão de Harry cautelosamente.

– Lew Friedman. Cincinnati.

Harry sentiu-se mais ofendido do que ridículo.

– Ei, lá está ela. EMILY? – Acenou para uma mulher loura. – Ela veio de carro pelo lado mais fácil enquanto eu subia pela Serpente.

– Muito inteligente. Divirtam-se. *Shalom-shalom.*

Sozinho outra vez, Harry sentou no confortável chão de terra com as pernas cruzadas como um aprendiz árabe. Mesmo sabendo que tinha tanta chance de decifrar outra passagem do manuscrito quanto de destruir Massada, voltou a estudar uma por uma, tentando sinônimos e mudando a pontuação enquanto esperava pelo homem chamado Yosef Mehdi para levá-lo ao lugar em que poderia comprar o diamante Kaaba ou, talvez, ser crucificado por seus pecados.

Três ônibus com turistas chegaram, um depois do outro. Um garotinho perguntou se ele estava vendendo alguma coisa. A maior parte das pessoas apenas olhava dentro da casa de pedra, de passagem, como se ele fosse um animal pouco interessante do zoológico.

No meio da tarde, todos tinham ido embora. A porta do teleférico se abriu, dando passagem a um único passageiro, um homem grande que caminhou para ele bufando e com uma expressão de prazer tão angustiado que Harry teve certeza de que ele fora a Massada só para poder dizer eternamente aos amigos do templo que havia posto seus *tefillin* no mais antigo *shul* do mundo. Usando o *kipah* negro inclinado para o lado com a galhardia de um chapéu de mosqueteiro, ele segurava nas duas mãos uma sacola com o *tallit* de veludo azul exibindo a estrela judaica bordada com fio de prata, o tipo de volume que seu pai carregava. Era quase certo que, além de um *siddur*, o xale de oração e um conjunto de filactérios enrolados, a sacola continha provavelmente uma caixinha de chicletes, uma laranja ou uma maçã, talvez um tubo de Tums. Harry sorriu para o homem que se aproximava.

– É ali adiante.

– O quê?

– A sinagoga.

O homem pôs a sacola com o *tallit* no chão e ergueu a mão gorducha de unhas feitas.

– Eu sou Mehdi, sr. Hopeman. – Foi o que disse.

Acomodou-se no chão de terra com uma série de rosnados e suspiros e sorriu tristemente.

– Você não tem problema de peso. Não pode imaginar o que é.

Harry balançou a cabeça, fascinado.

– Está com o diamante?

– Aqui comigo? Não.

– Onde posso vê-lo?

Mehdi olhou para longe.

– Há dificuldades.

Harry ficou na expectativa...

– Precisamos concordar num lance mínimo.

Harry ficou chocado.

– Um lance mínimo?

– Sim. Dois milhões, trezentos mil dólares.

Ele balançou a cabeça.

– A hora própria para falar sobre o lance mínimo foi antes de eu sair de Nova York.

O homem balançou a cabeça afirmativamente, pedindo desculpas, murmurando que não fora possível.

– Escute. Nos últimos vinte anos você vendeu pelo menos quatro pedras preciosas. Tem ainda um número de diamantes que sem dúvida pretende vender no futuro, um de cada vez.

Mehdi piscou os olhos, calmamente.

– Parece saber muita coisa a meu respeito.

– Eu sei. – Inclinou-se para a frente. – Prometo uma coisa. Se eu for tratado injustamente, farei tudo que estiver ao meu alcance para tornar extremamente difícil você vender diamantes em qualquer parte do mundo ocidental.

– Eu também sei quem você é, sr. Hopeman. Conheço sua posição na indústria de diamantes. Mas não gosto de ameaças.

– Eu não faço ameaças – disse Harry. – Na sala da diretoria de qualquer bolsa de diamantes há uma longa mesa de conferências. Em volta dela reúne-se um grupo especial de juízes. Se uma queixa contra alguém for aceita por esse tipo de tribunal, esse alguém pode ser barrado por todos os mercadores de diamantes do mundo. Isso não quer dizer que não pode descarregar suas pedras através de canais menos escrupulosos. Mas o lucro vai ser de centavos por um dólar.

"Você me trouxe do outro lado do mundo. E me causou grandes inconveniências e muito desconforto. Prometeu que em troca eu poderia examinar o diamante Kaaba e oferecer meu preço por ele. Espero que me permitam fazer isso." Tirou a granada da pasta e a pôs perto de Mehdi. "Sem nenhum valor."

– Claro – disse Mehdi.

– Você a descreveu como uma pedra de interesse histórico. Tem alguma prova? Algum tipo de documento?

O homem balançou a cabeça.

– Sempre constou do inventário como uma pedra da era bíblica.

Harry disse com desdém:

– Não exatamente sem valor. Eu ofereço cento e oitenta dólares por esta granada.

Mehdi balançou a cabeça.

– É sua, um presente. Como vê, acredito em você. Vamos confiar um no outro.

– Confiar? – A intuição, que podia ser uma praga ou uma bênção, cresceu em sua mente. – Você está me guardando como reserva. Ninguém vai pagar esse preço. Eu acho que já está negociando com outro comprador e que essa conversa de preço é pura política.

– Que imaginação! Está presumindo demais, sr. Hopeman.

– Talvez.

– Eu peço desculpas por toda essa inconveniência. De verdade. Vá para um hotel, onde ficará mais confortável. Entrarei em contato dentro de dois dias. Prometo solenemente.

– Não, não. Estou farto de esperar nos lugares mais estranhos. Escreva para mim aos cuidados da American Express, Jerusalém.

Mehdi balançou a cabeça, concordando.

– Ficarei mais oito dias em Israel. Sua carta terá uma semana e mais um dia para chegar às minhas mãos. Se eu não tiver notícias suas dentro desse prazo, volto para Nova York e registro uma queixa. – Tentou olhar nos olhos de Mehdi. – A política arruinou sua vida uma vez. A política pode arruiná-lo de novo.

Mehdi levantou-se com dificuldade. Harry não podia dizer se o que via nos olhos dele era admiração ou desdém.

– *Shalom*, sr. Hopeman.

– *Salaam aleikhum*, sr. Mehdi. – Trocaram um aperto de mãos.

Quando o trenzinho deixou o platô, ele apanhou suas coisas e desceu a rampa. Tamar ergueu os olhos rapidamente quando ele entrou na cabana de madeira.

– Alguma coisa?

Ele contou.

– Acha que estamos com problemas?

– Acho que ele fechou negócio com os árabes. – Olhou para a cabana primitiva e suspirou. Pelo menos ia poder sair dali. Dessa situação.

– O que eles podem oferecer que nós não podemos?

Harry já estava jogando a roupa usada na sacola.

– Honra – respondeu ele.

Quando passavam pela periferia de Jerusalém, Harry perguntou se ela queria ir para o hotel.

– Não, para o meu apartamento – disse ela, informando onde ficava. O carro parou na frente de um velho prédio de pedra numa rua de velhos prédios de pedra.

– Quer que ajude com sua bagagem?

– É só uma mala pequena. O violão não é pesado.
– Tudo bem. Telefono logo.
Ela sorriu, sem ressentimento.
– Adeus, Harry.

Quando ele telefonou, o escritório de Davi Leslau estava fechado.

Em geral Harry era um hóspede muito exigente em qualquer hotel. Agora, o quarto lhe parecia incrivelmente limpo e espaçoso. Tomou um longo banho de chuveiro e depois pediu o jantar no quarto, minuciosamente. Galinha cozida, salada de cogumelos e champanhe. Depois do jantar, os lençóis brancos e o bom colchão eram uma experiência sensual.

Mas ele não dormiu.

Ouvia o elevador. Uma voz no corredor. O zumbido do ar-condicionado. O ruído metálico de um motor elétrico em algum lugar do prédio. Sozinho em Massada não sentira nenhuma solidão. Em Jerusalém, de repente, sentiu-se abandonado.

Levantou e apanhou seu caderno de notas. Abriu na descrição do diamante da Inquisição e começou a ler o que Alfred Hopeman tinha escrito, quarenta anos atrás, em Berlim.

Tipo de pedra, diamante. Diâmetro, 4,34 centímetros. Peso, 202,94 quilates. Cor, amarelo-canário. Gravidade específica, 3,52. Dureza, 10. Refração única, 2,43. Forma cristalina, hexatetraedro-octaedro, este diamante foi formado pelo crescimento simultâneo de dois cristais hemiedrais.

Comentários: Esta pedra é de boa qualidade mas deve seu enorme valor ao tamanho e à história.

Quando não cortados, os diamantes octaedrais são invariavelmente estriados com cavidades triangulares. Não existem tais cavidades neste diamante cortado. As 72 facetas são maravilhosamente lisas. É boa a proporção do pescoço à cinta e da cinta à mesa. A pedra tem fogo, mas nem o fogo nem a cor amarelo-canário são mostrados em todo seu potencial na forma briolette, uma pedra cortada em forma de pêra unida por facetas em todos os lados. Porém, o diamante inspira uma admiração reverente, oferecendo o melhor trabalho do período. Foi cortado cerca de quinhentos anos atrás pelas mãos de um mestre artesão.

14

UMA PEDRA PARA O SANTO PADRE

A criança parecia um melão amadurecendo no ventre da sua mulher, obrigando Anna a se mover pesadamente quando trabalhava. Porém, o assoalho da pequena casa estava tão limpo quanto o de qualquer outra em Ghent. Seu filho Isaac estava bem agasalhado e era alimentado regularmente e sempre havia fogo em brasas ou em chamas no fogão.

– Por que você não descansa? – perguntou Vidal, irritado.
– Eu estou bem.

A campainha na porta da frente tocou e ela saiu da oficina do marido.

Ele suspirou. O pequeno diamante branco na mesa à sua frente estava coberto por marcas de tinta que ele alterava constantemente, seguindo os novos cálculos no quadro-negro. Ele sabia, melhor do que ninguém, que sua mente não trabalhava com rapidez. Não era fraca, graças ao Altíssimo, mas também não era o tipo de mente que permitira ao seu irmão Manasseh ser rabino e um estudioso, ou que havia mostrado ao seu falecido tio Lodeyck, que descanse em paz, os segredos do corte de diamantes, que eram a salvação da sua família nesses tempos difíceis. As mãos de Julius eram firmes e hábeis, mas precisava repetir dezenas de vezes os cálculos, antes de ter certeza do seu plano para cortar uma pedra.

Anna voltou.
– É um monge.
– Um beneditino, da abadia?
– Um dominicano, Julius. – Ela estava preocupada. – Ele diz que vem da Espanha.

Ninguém, a não ser Anna, tinha permissão para ver sua oficina. Ele foi à sala da frente, onde o visitante esperava ao lado do fogo.

– Um bom dia para o senhor, eu sou Julius Vidal.

O homem, dizendo que seu nome era Fray Diego, entregou um presente a Vidal, duas latas de vinho espanhol. Julius estava acostumado com os trajes marrons e macios dos monges locais e o hábito negro do frade o fez reviver o choque antigo.

– Fiz uma longa viagem para vê-lo, desde o priorado em Segóvia. Nosso prior, Fray Tomás, deseja contratá-lo para preparar um diamante em León.

Julius franziu a testa.
– Talvez um diamante de propriedade do conde De Costa?
– O diamante foi doado à Santa Madre Igreja.
– Por quem?
Fray Diego franziu os lábios.
– Por Estabán de Costa, conde de León. Será um presente para nosso Santíssimo Padre, em Roma.
Vidal balançou a cabeça afirmativamente, certo de que o frade sabia que por duas vezes o conde De Costa o chamou à Espanha e ele por duas vezes recusou.
– Seu prior me honra muito.
– Não. O senhor já cortou um diamante usado pelo papa.
Vidal balançou a cabeça.
– Eu era jovem, ainda aprendendo minha profissão. Fiz as marcas onde meu primo me mandou fazer. Cortei onde meu tio mandou cortar. Preparar uma pedra como a que foi descrita pelos enviados do conde De Costa exige a arte de um Van Berquem.
– Lodewyck van Berquem está morto.
– Seu filho Robert, meu primo e mentor, está vivo.
– Em Londres, como deve saber, prestando serviço de joalheiro a Henrique VII. Os ingleses lançaram um encantamento sobre a Holanda. Usam seus produtos e artesãos como se pertencessem a eles – disse o monge, secamente.
– Espere até ele terminar o trabalho para o rei Henrique – aconselhou Vidal.
– Não temos tempo. O papa Alexandre nasceu em Valência e está velho e doente. O presente deve ser dado enquanto um espanhol ainda for pontífice. – *Fray Diego balançou a cabeça.* – Não está ansioso para sair deste lugar, senhor? O senhor é da nossa bela Toledo, não é?
– Agora sou daqui. – *Tirou um manuscrito emoldurado da parede e estendeu para o monge. Assinado por Philip da Áustria, concedia a proteção de Hapsburg e Burgundy a Julius Vidal e sua família, seus bens e seus herdeiros.*
O frade leu o documento, visivelmente impressionado.
– Seu pai não foi Luis Vidal, um curtidor de peles em Toledo?
– Meu pai está morto. Ele era comerciante de peles e empregava muitos curtidores. – *Para fazer um couro que os espanhóis não viam desde que expulsaram os judeus, ele teve vontade de acrescentar.*
– E o pai dele foi Isaac Vidal, um comerciante de lã de Toledo...
Julius não disse nada. Ficou de sobreaviso.
– ... cujo pai foi Isaac ben Yaacov Vitallo, rabino-chefe em Gênova?
Os dois se entreolharam. A pele de Vidal começou a formigar.
O religioso pressionou.

— É verdade que seu bisavô era Isaac Vitallo, rabino-chefe de Gênova?
— E o que tem isso?
— Sabe o nome todo do meu prior em Segóvia?
Vidal sacudiu os ombros.
— Ele é Fray Tomás de Torquemada.
— O grande inquisidor?
— Ah. Ele mesmo. Que me deu ordens para dizer ao senhor que Dom José Paternoy de Mariana está preso nas masmorras em León.
Vidal balançou a cabeça.
— O nome não significa nada para o senhor?
— O que devia significar?
— Um antigo professor de botânica e de filosofia da ciência na Universidade de Salamanca?
— E então? – resmungou Vidal. Estava farto daquele padre.
— Bisneto de um tal Isaac Yacov Vitallo, rabino-chefe em Gênova?
Vidal riu.
— Sua inquisição vai ter de escolher alguém melhor do que eu para servir de testemunha – disse ele. – Nunca ouvi falar desse... parente. Mas, se eu o conhecesse, não diria nada.
Fray Diego sorriu.
— Não vim procurar uma testemunha. Temos provas suficientes.
— Do quê? – perguntou Vidal.
— Ele é um converso e um cristão relapso.
— Um judaizer? – perguntou, secamente.
O frade balançou a cabeça, assentindo.
— Na primeira vez ele foi privado da sua posição de professor e condenado a usar o manto dos penitentes, o sanbenito, durante dezoito meses. Esta é a segunda ofensa. Sem dúvida será libertado pelo fogo num Ato de Fé.
Vidal controlava-se com esforço.
— Viajou de tão longe para me dizer que vão queimar outro judeu?
— Nós não queimamos judeus. Queimamos cristãos que condenam a si mesmos comportando-se como judeus. Recebi ordens para informá-lo que... – O frade escolheu cuidadosamente as palavras. – Se cortar a pedra do papa, vamos tratá-lo com alguma clemência.
Vidal disse, zangado:
— Pouco me importa. Ele não é meu parente.
Os olhos de Fray Diego diziam que ele não gostava de ser tratado desse modo por um judeu.
— Dom José Paternoy de Mariana era filho de Fray Anton Montoro de Mariana que, antes da sua conversão ao cristianismo e subsequente ordenação, era o rabino Feliz Vitallo de Castela. Fray Anton era filho de Abrahem Vitallo,

comerciante de algodão em Aragão. Que era filho de Isaac ben Yaacov Vitallo, rabino-chefe de Gênova.

– Eu não irei!

Fray Diego fez um gesto de quem pouco se importa. Tirou um pergaminho da bolsa e o pôs na mesa.

– Em todo o caso, tenho ordens para entregar este salvo-conduto para a Espanha, assinado pelo próprio Fray Tomás, e esperar um período razoável, enquanto o senhor pensa na mensagem. Eu voltarei, senhor.

Quando ele partiu, Vidal ficou parado na frente do fogo. Durante a doença final de Lodewyck van Berquem, alguém perguntou a ele seu estado de saúde. Julius lembrava a resposta do tio. Um judeu ainda respira e sente. Portanto, há esperança.

Levou para fora as duas latas deixadas pelo frade e as esvaziou. O vinho espanhol parecia sangue na neve.

Anna veio dos fundos da casa.

Ele suspirou. Quando a abraçou, sentiu o movimento do seu futuro filho.

– Preciso ir a Antuérpia falar com Manasseh – disse, com a boca no cabelo da esposa.

– É claro que está fora de cogitação – disse seu irmão.

Julius sentiu um alívio imenso e balançou a cabeça afirmativamente.

– Mesmo assim eu gostaria que tivéssemos poder para ajudar esse De Mariana – continuou o irmão.

– O que uma pessoa pode fazer por outra? – perguntou Julius, com amargura. – Sem dúvida o maldito dominicano está mentindo. Se De Mariana fosse de fato nosso parente, nós saberíamos.

– Não lembra dele? – indagou Manasseh, com voz calma.

– ... Você lembra?

– Do pai dele. Lembro de ouvir nosso pai amaldiçoar um primo, um rabino que se tornou padre depois da carnificina de 1467, quando tantos se converteram para continuar vivos.

Ficaram sentados na pequena sinagoga, em silêncio.

Uma velha entrou carregando uma galinha depenada num cesto de junco. Mostrou para Manasseh o baço da ave e esperou ansiosamente enquanto ele decidia se a galinha era kosher ou não.

Julius observou com ressentimento. Ele era o irmão mais velho. Devia lembrar de coisas que Manasseh não podia. Aquela troca dos papéis reafirmava a certeza da lentidão da sua mente.

Logo depois a mulher saiu da sinagoga, satisfeita.

Manasseh suspirou e tornou a sentar.

— Na Espanha ela seria queimada por perguntar se a ave é suficientemente limpa para ser comida.

— Nós não estaríamos vivos se um parente não tivesse agido por nós. Se ele tem o nosso sangue...

Seus olhos se encontraram. Manasseh segurou a mão de Julius, uma coisa que não fazia desde que eram meninos. Julius viu, com terror, que o rabino de Antuérpia estava extremamente assustado.

— Sobre Anna e meu Isaakel...

— Ficarão aqui, conosco.

Ele bateu carinhosamente na mão do irmão.

Uma nevasca cobriu a estrada cheia de buracos, permitindo que ele levasse Anna para Antuérpia de trenó com um mínimo de desconforto. Quando chegou o momento de Julius partir, Anna agarrou-se a ele e Julius a afastou. Anna saiu do quarto tão depressa quanto permitia seu corpo pesado. Julius sabia que ela tinha medo de ter a criança quando ele estivesse longe.

Com esse sombrio pensamento, ele seguiu pela Jodenstraat, afastando-se da casa de Manasseh. Seu cavalo era forte. Julius sempre tinha uma boa montaria porque era um mohel além de cortador de diamantes e viajava pelo campo para realizar o bom ato da circuncisão para as famílias com um novo filho homem.

Seus bisturis estavam na bolsa da sela, com os instrumentos da sua profissão de cortador de diamantes e, como já havia combinado, parou em Aalte naquela noite, na casa de um comerciante de queijos cuja mulher dera à luz um menino sete dias atrás. Na manhã seguinte, Vidal ergueu, da cadeira reservada para o profeta Elias em todas as cerimônias de circuncisão, o bebê gordo e saudável e o pôs no colo do padrinho, para a cirurgia. Quando ele fez o *periah*, que consistia em empurrar para baixo a pele do pequenino órgão a fim de expor a glande, o colo do padrinho tremeu.

— Firme — resmungou ele. Seu bisturi cumpriu o pacto de Abraão e o bebê berrou quando perdeu parte da pele externa. Vidal mergulhou um dedo na taça de vinho e deu para o bebê sugar, recitando as bênçãos e dando a ele o nome do avô morto, Reuven.

Os parentes choraram e exclamaram *Mazel tov!*, aquecendo o coração de Julius. Por causa das suas duas profissões, todos se referiam a ele como Der Schneider, o cortador. Manasseh sempre insistia para que ele tivesse mais cuidado com a circuncisão do que com os valiosos diamantes. E por que não? Envolvendo o pênis pequenino num pano de linho limpo, ele pensava que as mães das crianças sempre sabiam quais eram as pedras mais preciosas que Der Schneider *cortava*.

Ele chegou ao porto de Ostende no meio da tarde. Foi fácil encontrar o Lisboa, uma galeota portuguesa malconservada com velas latinas. Seu coração se confrangiu quando viu a tripulação mal-encarada levando a carga para o navio. Mas não havia nenhuma outra embarcação para San Sebastian e a viagem por terra, atravessando inúmeros pequenos baronatos belicosos, era impraticável.

Seu desânimo cresceu quando, depois de pagar a passagem e embarcar, descobriu que Fray Diego, cuja companhia ele esperava evitar, tinha reservado passagem no mesmo navio. Havia mais três passageiros, cavaleiros espanhóis que já estavam bêbados, alternando a belicosidade com convites sexuais gritados para os marinheiros.

Julius amarrou a rédea do cavalo no poste existente para esse fim e se instalou no convés, numa cama de palha, preferindo a companhia do animal. O Lisboa zarpou com a maré. A água gelada vinda do mar do Norte e borrifada pelo vento logo lhe tornou impossível dormir no convés. Aguentou quanto pôde o frio cortante, depois empilhou a palha em volta do animal e foi para a pequena cabine de popa, onde já estavam os outros. Quando abriu a porta, quase vomitou. Ficou o mais distante possível dos cavaleiros, aproximando-se do frade que praguejava. Virando o rosto para a parede, Vidal dormiu.

Vidal viajava bem por mar, mas de manhã os acessos de vômito dos outros o deixaram enjoado. Nos três dias seguintes, o navio enfrentou as ondas oleosas do canal da Mancha com um grupo de passageiros em péssimo estado. As refeições eram de peixe com pouco sal e pão embolorado. Julius gostava do vinho verde dos portugueses, mas observou que o sofrimento dos cavaleiros aumentava depois de beber, por isso comeu o que foi possível do pão e se contentou com pequenos goles de água com o gosto dos barris.

Quando deram a volta nas ilhas do Canal, o vento parou. O mal-estar dos passageiros diminuiu ao começar o trabalho pesado dos remadores. Com as costas curvas, eles movimentavam o barco sobre o mar calmo e liso à custa unicamente da força humana.

Fray Diego tinha contado aos cavaleiros que Julius era judeu. Eles falavam alto, dizendo que eram cristãos antigos e comentando a importância da limpeza, da pureza do sangue. Embora o grupo fedesse como gado, quando ele entrava na cabine todos tapavam o nariz por causa do Foetor Judaicus, "o fedor judaico". Um deles contou uma história interminável sobre um hebreu que roubou algumas hóstias consagradas da igreja. O ladrão levou as hóstias para sua sinagoga, pôs uma sobre o altar e a feriu com uma faca afiada. O sangue pingou no altar. Assustado, o homem jogou as outras hóstias no forno, para se livrar da prova do furto e o vulto de uma criança subiu ao céu. O judeu então confessou seu crime às autoridades. Ele foi torturado com alicates em brasa e depois queimado.

Vidal tentava ignorá-los. Alguns tripulantes tinham moedas do reino de Espanha. Julius negociou com eles e maravedis e dineros substituíram os deniers de cobre que levava nos alforjes da sua sela. Na quarta noite o vento voltou. Ele saiu da cabine para escapar ao ar viciado e foi até o convés, onde encontrou um dos cavaleiros, o contador da história, retirando seus alforjes do meio da palha.

Julius pensou no filho que ia nascer.

O homem desembainhou a espada. Na mão esquerda, desdenhosamente solta fora da amurada, ele segurava as sacolas de Julius com os preciosos instrumentos.

— Jogue no mar — disse Vidal, desesperado — e depois explique a Torquemada.

Fray Diego aproximou-se do homem, falando rapidamente. O cavaleiro, muito pálido e de repente sóbrio, devolveu os alforjes.

Depois disso as coisas melhoraram. Eles não zombavam mais quando ele fazia suas preces no convés. Apenas o evitavam. O dominicano não se cansava de dizer que o teriam matado e atirado ao mar se não fosse a intervenção do seu bom e fiel amigo, Fray Diego, o qual apreciaria uma palavra de louvor dita no ouvido certo. O frade era pior que o enjoo de mar.

O vento continuou. Na manhã do nono dia, a galeota chegou ao extremo sul da grande baía de Biscaia e atracou em San Sebastian sob uma forte chuva espanhola.

Fray Diego saiu da cabine de popa o tempo suficiente para dizer a ele que iam aportar também em Gijón.

— Fique a bordo até lá. É perto de León.

Julius permaneceu mudo. Levou o cavalo para fora do navio pela prancha de carga e os dois se afastaram do mar. O cavalo suportara bem a viagem. Quando a terra firme parou de ondular sob seus pés, Vidal montou. O ar era mais fragrante e suave que o frio de Ghent.

Ele comprou duas cebolas de um camponês mal-encarado com olhos malévolos. Quando chegou a um pequeno bosque de pinheiros, numa encosta, desmontou e sentou-se, encostado no tronco de uma árvore, de onde podia ver uma planície repleta de gado, um trigal e um bosque de oliveiras.

Julius queria estar com o filho nos braços para mostrar a ele. Veja, Isaac, a terra onde seu pai nasceu. Eles o expulsaram, mas não é culpa da terra. Não é linda? Estas cebolas espanholas não são boas?

Não eram tão boas quanto ele lembrava. O que elas precisavam era impossível, um pedaço do pão feito por sua mãe, quente ainda.

Eles o chamaram Júlio.

Isso mudou quando chegaram aos Países Baixos. Seu pai, tendo deixado todo o capital na Espanha, tentou em vão conseguir trabalho como sapateiro e luveiro comum. As guildas consentiam em vender mercadoria para os ju-

deus, mas não que fizessem parte delas. Quando o pai morreu, o irmão da sua mãe assumiu a responsabilidade pelos dois sobrinhos estrangeiros. "Esqueça Júlio. Você deve ser Julius", disse o tio com firmeza. Ele próprio havia criado o precedente quando deixou a Itália como Luigi, estudou matemática em Paris como Louis e então, quando viu que um judeu jamais conseguiria um cargo acadêmico, foi para Bruges para se tornar Lodewyck, cortador de diamantes.

Vidal suspirou. Tomou água num regato para acompanhar as cebolas e tornou a montar. A chuva parou, o sol apareceu e em Vitória ele conseguiu comprar pão de três peregrinos que iam a pé ao santuário de San Juan de Compostela. Sem dúvida Julius era diferente a ponto de despertar as suspeitas dos homens e logo depois viu-se cercado por guardas da Inquisição. Ele ficou apavorado, mas o salvo-conduto de Torquemada inspirou respeito.

Duas vezes mais, nas quatro horas seguintes, foi abordado por homens armados e mostrou seu documento. Na terceira vez, no fim da tarde, estava chegando a León e os soldados eram de De Costa. Eles o escoltaram a galope. Era estranho ser um dos velozes cavaleiros. Julius gostou da sensação da paisagem passando rapidamente e dos sons à sua volta. Mas animais e pessoas fugiam para salvar a vida na frente das patas cruéis e indiferentes.

Julius devia ser tratado como hóspede. Deram-lhe um quarto espaçoso onde encontrou comida e vinho. Ele tinha esquecido da água de rosas. Os holandeses usavam só sabão, que Anna fazia com as cinzas da lareira.

Naquela noite ele foi chamado. O conde era um homem grande e solene, com um eterno sorriso de superioridade.

Vidal sabia quem era De Costa por intermédio dos refugiados que moravam em Antuérpia. Durante anos ele se dedicou a fornecer provas de que certos conversos *ricos continuavam a ser judeus, secretamente. Os bens desses* conversos *eram sempre confiscados e De Costa já havia comprado muitas propriedades por preços bem convenientes. Isabel de Espanha era especialmente agradecida àqueles que facilitavam o trabalho da sua Inquisição, uma vez que esses aproveitadores eram os únicos que pagavam altos impostos sem reclamar. De Costa foi feito conde em 1492, o ano da expulsão total dos judeus.*

Alguns anos antes, ele havia adquirido o grande diamante amarelo e uma boa extensão de terras, a propriedade de um converso *relapso chamado Don Benvenisto del Melamed. Melamed, um cristão-novo, armador, a quem a coroa devia uma elevada soma pelos navios da armada, comprou o grande diamante amarelo da família de um cavaleiro que o havia roubado no saque da grande mesquita do Acre, durante as cruzadas. Em vez de doar o diamante às majestades católicas, ou à sua Igreja, o armador cometeu um erro fatal. Ficou com a pedra.*

De Costa considerou esse ato de egoísmo como prova de que Melamed continuava a ser judeu e o armador foi denunciado anonimamente, condenado por várias acusações e finalmente queimado para a purificação da sua alma cristã. O casal real, com uma dívida enorme subitamente cancelada, permitiu que seu leal e religioso súdito, De Costa, se apossasse discretamente dos bens do infeliz executado na fogueira.

O conde mostrou a Vidal sua mansão de pedra, Julius não perguntou sobre o antigo dono.

Numa sala enorme estavam os artefatos das cruzadas, adquiridos por De Costa com a paixão de um colecionador – espadas sarracenas, mouriscas e cristãs, escudos e armaduras de várias nações, e uma coleção de flâmulas rotas em antigas batalhas.

– Este é o meu favorito – disse ele.

Da ponta do saiote de uma sela militar pendia o que Vidal pensou serem dedos humanos secos, até perceber que eram todos circuncidados.

– Os pênis maometanos – confirmou De Costa com um largo sorriso.

– Como sabe que eram todos muçulmanos? – perguntou ele, chocado.

De Costa sobressaltou-se. Aparentemente não tinha pensado nisso. Com uma gargalhada, bateu forte nas costas de Julius como um cumprimento por seu senso de humor.

Na manhã seguinte, Julius foi conduzido a uma casa no centro de León. Era uma das infames prisões secretas da Inquisição. Vista de fora podia ser tomada por uma residência imponente. Dentro, estava cheia de soldados e monges dominicanos.

Um frade que se apresentou como alcalde, ou alcaide, governador da prisão, examinou seu passe.

– Sim, o prisioneiro De Mariana está aqui.

Passaram por uma série de corredores até chegarem a uma porta. Atrás dela, alguém tossia. A porta foi aberta e Vidal viu uma cela muito pequena. O urinol fedia, mas o resto da cela estava limpo. No chão, viu material para escrever, uma bacia com água para se lavar, um pedaço de sabão, uma navalha e uma banqueta de três pernas. Um homem magro, de cabelos brancos, estava deitado no catre. Acordou com o ruído das chaves nas fechaduras. O rosto pálido estava barbeado mas tinha os olhos azuis inflamados.

– Eu vim para ajudá-lo.

O homem permaneceu mudo.

– Sou Julius Vidal, cortador de diamantes de Ghent, nos Países Baixos. Disseram que somos parentes.

O homem pigarreou.

– Eu não tenho parentes.

– O avô do meu pai era Isaac ben Yacov Vitallo.
– Não sei de nenhum parente.
– Não é nenhum truque. Eu tenho uma habilidade de que eles precisam. Acho que posso salvá-lo.
– Não estou condenado, portanto não preciso ser salvo.
– Eu vim para salvar seu corpo. Você pode tomar conta da sua alma.
O homem olhou para ele.
Julius sentou na banqueta.
– Você sabe tudo sobre seus antepassados, a família Vitallo?
– Eu descendo de conversos. Todo mundo sabe disso, por que vou negar? Meu pai morreu como um bom padre em Cristo. E eu dei meu único filho à Santa Madre Igreja.
– Um filho?
– Uma filha. Minha Juana, irmã da misericórdia.
Vidal fez um gesto afirmativo.
– Estranho que as vidas de pessoas da mesma família sejam tão diferentes. Meu irmão é rabino. Nascemos em Toledo, onde milhares de judeus foram mortos, acusados de serem responsáveis pela Morte Negra. Mais de cento e cinquenta anos depois, ainda tínhamos medo.
– Eu nunca tive medo quando era criança – disse De Mariana, como para provar alguma coisa importante. – Dizem que Toledo foi fundada por judeus. Sabia disso?
– Sabia.
– Eu acho que é uma mentira judaica – disse o velho, ardilosamente.
– O nome vem de Toledot, a palavra hebraica para "gerações". Uma bela cidade. A casa do meu pai ficava perto da sinagoga.
– Hoje é uma igreja. Eu conheço Toledo muito bem.
– Talvez esteja falando da igreja de Santa Maria Blanca, na antiga sinagoga, perto do Tejo – disse Vidal. – Já era igreja quando morávamos lá.
– A sinagoga mais nova também se tornou uma igreja. Eu já assisti a missas nessa igreja.
– Existe ainda o cemitério judeu?
De Mariana pareceu desinteressado.
– No verão, quando meu pai ainda estava na sinagoga, meu irmão e eu brincávamos entre os túmulos. Pratiquei meu hebraico lendo o epitáfio de um menino de quinze anos. "Asher Aben Turkel. Morto em 1349.

Esta pedra é um memorial
Para que a geração futura possa saber
Que debaixo dela está uma bela flor em botão
Uma criança muito querida

Perfeita em conhecimentos
Conhecedor da Bíblia,
Estudante de Mishná e da Guemara
Ele aprendeu com o pai
O que o pai aprendeu com seus mestres:
Os estatutos de Deus e suas leis."

– Que Deus me acuda. Começo a acreditar em você. Como é que um judeu está aqui e vivo?

– Pode acreditar em mim. – Vidal pôs a mão sobre a dele e sentiu o calor. – Você está doente. Tem febre – afirmou, preocupado.

– É a umidade deste lugar. Sem fogo, às vezes minha roupa fica úmida. Vai passar. Já passou antes.

– Não, não. Precisa de tratamento. – Vidal foi até o portão, chamou o alcalde, e disse que o prisioneiro estava doente e precisava dos serviços de um médico. Com alívio, viu o homem balançar a cabeça afirmativamente.

– Acho melhor eu sair agora, para que cuidem de você.

– Volte. Volte, mesmo que seja uma mentira – pediu De Mariana.

Fora da prisão, velhos estavam sentados ao sol e crianças gritavam, correndo atrás de um cão. Havia um mercado ao ar livre, na praça pequena e agradável. Julius estava com fome e parou num quiosque onde uma mulher vendia feijão cozido.

– Esse feijão tem carne de porco?

Ela olhou para ele com desprezo.

– Queria carne por esse preço?

Julius comprou uma porção de feijão. Tinha um sabor que ele quase havia esquecido. Comeu com prazer, agachado perto de uma parede aquecida pelo sol e cheia de cartazes com avisos. Um Auto de Fé, ou *Ato de Fé*, seria realizado dentro de alguns dias. Uma vaca leiteira, pronta para reprodução, estava à venda. Bem como um carneiro e um cão, e aves vivas ou mortas e limpas. Um Ato de Fé pedia à população para entrar em contato com o escritório do tribunal da Inquisição...

... você sabe ou ouviu falar de alguém que observa o Sabbath de acordo com a lei de Moisés, vestindo roupas novas e limpas, trocando a toalha de mesa e os lençóis da cama a partir da noite de sexta-feira, ou que tenha purificado a carne que come, sangrando-a dentro d'água, ou que corta o pescoço do gado ou das aves que come, recitando certas palavras e cobrindo o sangue com terra, ou que come carne na quaresma ou em outros dias proibidos pela Santa Madre Igreja, ou que pratica o grande jejum, andando descalço nesses dias, ou que faz orações judaicas à noite pedindo perdão uns aos outros, os pais pondo as mãos nas cabeças dos filhos sem fazer o sinal da cruz e sem dizer nada além de "Seja abençoado por Deus e por mim", ou que abençoa a mesa segundo o costume judaico, ou que recita os salmos sem o *Glória Patri*, ou mulheres que durante o resguardo de quarenta dias após o parto não entram numa igreja, ou que circuncidam seus filhos ou dão a eles nomes judeus, ou que depois do batismo lavam o lugar onde estava o óleo e a água, ou qualquer pessoa que no seu leito de morte se volta para a parede para morrer e depois que morre é lavada com água quente e todo pelo é raspado do seu corpo...

Quando terminou de comer, ele saiu à procura de armas. Julius nunca havia usado uma espada e não saberia como usá-la. Mas Der Schneider *não teria problemas com um pequeno punhal. Comprou uma adaga curta de aço de Toledo e prendeu na cintura. Em outra barraca procurou até encontrar uma pele de carneiro bem curtida. Levou a pele para a prisão e soube que o médico já tinha partido, depois de sangrar De Mariana e aplicar ventosas no seu peito. Agora ele estava mais fraco do que antes, quase sem forças para falar.*

Vidal o cobriu com a pele de carneiro e saiu para enfrentar o diamante.

De Costa pôs o diamante na mesa e sorriu.

– É especial – disse Vidal. Era muito maior do que qualquer outra pedra com que já havia trabalhado.

– Quanto tempo?

– Eu trabalho devagar.

De Costa olhou para ele, desconfiado.

– É importante demais para ser feito às pressas. Exige grande precisão e os cálculos tomam tempo.

– Então, devemos começar imediatamente. – Era claro que ele pretendia assistir ao trabalho.

– Preciso ficar sozinho quando estou trabalhando.

De Costa não escondeu o aborrecimento.

– Vai precisar de material especial?

– Eu trouxe tudo – disse Julius.

Mas foi pior quando ficou sozinho.

A pedra estava na sua frente como um ovo opulento. Ele a detestou assim que a viu. Não tinha a menor ideia do que fazer com ela.

No dia seguinte, De Mariana não parecia mais forte depois da sangria, mas ficou satisfeito quando viu Julius.

O prisioneiro estava muito corado e com acessos de tosse, agora com catarro espesso e cinzento.

Vidal resolveu parecer animado.

— Vai ficar bom rapidamente quando eu o levar para Ghent, onde um judeu pode pelo menos respirar livremente.

Os olhos azuis atravessaram Julius como punhais.

— Eu sou cristão.

— Mesmo depois... disto?

— O que isto tem a ver com Jesus?

Vidal olhou para ele, atônito.

— Então, meu sábio cristão, qual era a natureza do seu suposto judaísmo?

De Mariana pediu a ele para apanhar algumas folhas de papel empilhadas no chão.

— O sangue da minha vida, "Um Herbário da Flora Conhecida".

Ele mostrou que em cada página havia um diagrama das plantas, bem como o texto com o nome em latim e o nome vulgar, o habitat, as variedades e sua utilidade para o homem.

— Eu estava preparando uma parte sobre as plantas do período bíblico. As traduções são péssimas. Para ter certeza da precisão do que ia descrever, comprei um manuscrito.

— Uma Torah?

— Sim, comprei abertamente. Todas as minhas traduções eram feitas por um padre hebraísta. Durante algum tempo não tive nenhum problema. Mas eu conheço mais do que a maioria das pessoas tudo que se relaciona com as propriedades medicinais das ervas. Meus colegas, meus alunos, sempre que alguém se sentia mal, me pediam um paliativo. Não sou médico, mas acabei agindo como se fosse. Certo dia, na frente da minha classe, um bispo visitante disse que era um estudo tipicamente judeu. Eu sou um professor severo, talvez independente demais...

— Foi acusado por um dos seus alunos?

— Eu fui preso, primo. O padre que traduzia para mim tinha morrido. Eu era um cristão-novo que possuía um manuscrito hebreu. Eles me levaram para as masmorras, exigindo minha confissão para escapar do inferno.

"Como eu podia confessar? Finalmente eles me obrigaram a assistir à tortura de outros. São três os métodos preferidos. Com a garrucha, o prisioneiro é dependurado pelos pulsos numa roldana alta, com pesos nos pés. Vão levantando devagar e o deixam cair de repente, em geral deslocando os braços ou as pernas. Com a toca, ele é amarrado e deitado. Eles mantêm sua boca aberta, enfiam um pedaço de pano na garganta e vão derramando água de uma jarra. Quando chegou a minha vez, eles usaram o potro. Fui amarrado numa roda de madeira com cordas em volta do corpo, dos braços e das pernas. Os nós iam apertando cada vez que eles giravam a corda."

Sorriu tristemente.

– *Eu pensei que fosse capaz de ser um mártir corajoso por meu Cristo. Na segunda volta da roda eu estava confessando tudo que eles queriam ouvir.*
A cela ficou silenciosa.
– Qual foi o seu castigo?
– Fui demitido da faculdade e obrigado a andar em público, durante seis sextas-feiras, flagelando meu corpo com um chicote de junco. E proibido de ter qualquer cargo público ou emprestar dinheiro ou ter uma loja, até mesmo ser testemunha num julgamento. Disseram que, se eu caísse outra vez no mesmo erro, seria condenado à fogueira e me fizeram usar o sambenito durante seis meses. Tudo que gastaram comigo na prisão foi debitado a mim mesmo, e minha mulher e eu vendemos uma pequena fazenda para pagar o que eu devia à Inquisição.
Vidal pigarreou.
– Sua mulher está viva?
– Acho que está morta. Estava velha e doente e eu a fiz sofrer muito. Depois de cumprir a sentença, minha roupa de penitente foi para a igreja da minha paróquia para ficar exposta permanentemente com os sambenitos de outros judaizers convictos. A vergonha que ela sentiu... – Suspirou. *– Houve outras catástrofes, pequenas e grandes. Embora não estivesse terminado, meu herbário foi incluído no Índex de Livros Proibidos.*
– Não chegou a terminar o livro? – perguntou Vidal.
– Sim, terminei. Não precisava mais do manuscrito confiscado, pois tenho as minhas traduções. Voltei a escrever. Achei que podia ser publicado em outro país. Ou na Espanha, quando acabasse esta loucura.
– Vai publicá-lo em Ghent, primo.
De Mariana balançou a cabeça.
– Não vão me deixar sair daqui.
– Eles prometeram.
– Prometeram me libertar?
– Disseram que agiriam com clemência especial.
– Não, não. Você não entende. Para eles, clemência especial pode significar um rápido estrangulamento antes da fogueira. Eles acreditam que a chama é necessária para limpar a minha alma, para entrar no paraíso. Não seria tão difícil se eles não acreditassem no que fazem, senhor.
Vidal começou a ficar nauseado.
– Não consigo entender uma coisa. Se você estava trabalhando em casa, em segredo, como chegou a isto pela segunda vez?
De Mariana levantou o corpo na cama, furioso. Seus olhos estavam em fogo.
– Não foi a minha Juana quem me acusou! Não foi a minha filha! – exclamou.

Em toda sua vida, Vidal só tinha visto três diamantes tão grandes. O primeiro foi um diamante de forma irregular de Carlos, o Valente, depois duque de Borgonha. Foi cortado por Lodewyck antes de Vidal ser seu aprendiz. Passados alguns anos, quando o levaram para limpar, Julius ficou encantado com as facetas simétricas que cobriam totalmente a frente e as costas da pedra.

– Como fez isso, tio?

– Cuidadosamente – respondeu Lodewyck.

E com sucesso. O fulgor da pedra, que era chamada então de Florentina, revelou aos poderosos e ricos que um judeu de Bruges tinha descoberto o segredo de transformar pequenas peças de gemas raras em maravilhas cintilantes.

Vidal era aprendiz há vários anos quando seu tio terminou uma segunda pedra muito grande para o duque. Era outro diamante raro, fino e longo, de quatorze quilates. Van Berquem o facetou e engastou num anel de ouro que o duque deu de presente ao Papa Sisto, em Roma, para ser usado nas cerimônias. Julius teve permissão para fazer uma parte do trabalho com o esmeril.

Sete anos depois, quando o duque de Borgonha comprou outra pedra grande, o aprendiz era quase um artesão e numa posição melhor para participar do trabalho. Eles cortaram a pedra curiosa, irregular, formando um triângulo, aproveitando ao máximo sua linha natural. Vidal e o primo Robert fizeram o plano, sob a orientação cuidadosa de Lodewyck, e foram eles que facetaram o diamante. Montaram a pedra numa criação exclusiva de Vidal, duas mãos de ouro cruzadas, para fazer um magnífico anel de amizade que o duque de Borgonha deu a Luís XI da França como penhor de lealdade.

Lodewyck e Robert receberam 5.000 ducados e fama, mas deram a Vidal crédito suficiente para ganhar a proteção do duque de Borgonha.

Agora ele estava sozinho e desprotegido, olhando há horas para aquele diamante amarelo, do mesmo modo como tinha estudado a pedra menor e triangular com o tio e o primo.

Abriu áreas para observação na pele áspera, como Lodewyck tinha ensinado. A luz que entrava pelas janelas espanholas atrás dele atravessava bem a pedra mas não era suficiente, e ele a ergueu para a chama combinada de uma dúzia de velas, até sua mão tremer de cansaço.

Olhar para a pedra era como um sonho, um mundo de luminosidade onde explodia a chama de velas incontáveis. Mas a beleza dourada terminava numa falha tão pronunciada que Julius gemeu quando a viu. A claridade quente e amarela ficava branca, e perto da parte inferior do diamante a brancura opaca se tornava feia e sombreada. A imperfeição era importante e Julius ficou preocupado, mas sua responsabilidade limitava-se à aparência exterior da pedra – a forma e as facetas. Para conseguir uma forma graciosa, os ombros da pedra precisavam ser removidos. Ele examinou a textura, como se a pedra fosse um *pedaço de madeira, fazendo linhas com tinta ao longo dos lugares que podiam ser aparados.*

Seria muito fácil arruinar aquela pedra.

Quando os soldados chegaram para levar o diamante ao lugar seguro onde ficaria até o dia seguinte, a pedra estava cheia de marcas de tinta. Ele virou o rosto para que os olhos não traíssem seus pensamentos.

– Ele está pior – disse o alcalde.

Quando Vidal entrou na cela, viu os olhos do primo mais fundos, a boca e o nariz cobertos de feridas. Banhou o rosto quente de febre e pediu ao alcalde para chamar o médico.

De Mariana falou com dificuldade.

– Parte do meu manuscrito. Escondido. Quer trazer para mim?

– É claro. Onde está?

– Na casa do jardim. No terreno da minha casa. Vou fazer um mapa. – Mas seus dedos estavam fracos demais para guiar a pena.

– Não faz mal. Basta me dizer como chegar lá. – Vidal escreveu o que o primo ditou, parando uma vez ou outra para fazer uma pergunta.

– Numa caixa verde. Debaixo dos vasos de cerâmica, no lado norte. – Sua respiração era quase estertorante.

– Eu vou encontrar, não se preocupe. – Mas hesitou. Aquilo ia levar horas. – Acho que não devo deixá-lo.

– Vá. Por favor – disse De Mariana.

Julius nunca usava o chicote nem as esporas no seu cavalo, mas agora a tentação era grande demais. Fez quase toda a viagem com o cavalo a meio galope. Várias vezes, quando atravessava uma floresta, ele saía da estrada e parava por algum tempo entre as árvores. Mas não estava sendo seguido.

Quando chegou à pequena cidade de De Mariana, a porta da igreja estava aberta. Quando passou por ela, Julius olhou para dentro e viu uma fileira de sambenitos, as túnicas sem mangas usadas pelos penitentes acusados pela Inquisição, dependuradas acima dos bancos, como roupa no varal. Imaginou qual daqueles sambenitos seria o de De Mariana.

Quando viu a casa, compreendeu pela primeira vez que De Mariana era um homem rico. Era uma propriedade de bom tamanho, mas evidentemente malconservada. Nenhum camponês trabalhava na terra e os pastos estavam vazios. A casa grande, estilo mourisco, ficava bem afastada da rua. As cortinas das janelas estavam fechadas. Vidal não podia dizer se ainda era habitada.

A casa do jardim ficava exatamente onde o primo havia dito, um barracão comprido com telhado baixo. Dentro, entre uma profusão de material e contêineres, havia uma mesa com os restos de plantas mortas por falta de água. Uma cadeira confortável estava de frente para os bosques e os pastos de oeste e o ar vibrava com o canto dos pássaros. Qualquer homem gostaria de sentar ali e ver o sol se pondo sobre suas terras.

Encontrou os papéis depois de procurar por algum tempo. A caixa não estava fechada à chave. A página de cima parecia tratar de vários tipos de cardos, e Julius achou pouco interessante.

Foi até a casa e bateu na porta com a aldrava. Um criado atendeu.

– A senhora dona Maria?

– Quer ver dona Maria?

– Sim – disse ele, feliz por saber que ela estava viva. – Diga que sou Julius Vidal.

A velha senhora andava devagar e com dificuldade. Tinha um rosto delicado, o nariz fino.

– Senhora, sou parente do seu marido.

– Meu marido não tem parentes.

– Senhora, ele e eu temos os mesmos antepassados. Os Vitallo de Gênova.

Ela fechou a porta na cara dele. A casa estava silenciosa.

Depois de alguns momentos, Vidal montou e partiu.

Uma fúria terrível crescia dentro dele. Mas, quando chegou à prisão em León, outras preocupações o esperavam. Pela primeira vez não aceitaram seu passe para entrar na prisão. Ele esperou que o guarda chamasse o alcalde.

– Ele não está mais aqui. Ele morreu – disse o frade.

– Morreu? – Vidal olhou atônito para o homem.

– Sim. Quando o médico estava fazendo a sangria. – O alcalde deu as costas para Julius.

– Espere. Alcalde, onde estão as coisas dele? Havia alguns papéis. Coisas escritas.

– Não sobrou nada. Tudo foi queimado – avisou o homem.

No lado de fora da prisão, um grupo de soldados de De Costa o esperava e o escoltou até a casa. Com seu parente morto, Vidal já não era um refém obrigado a prestar serviço. Agora era mais um prisioneiro e menos um hóspede.

Deixaram-no com a pedra e ele tirou das sacolas os frascos, pacotes e instrumentos, mas quando examinou seus cálculos, suspirou, desejando que seu tio o tivesse escolhido para ser o rabino e Manasseh o aprendiz.

Enfrentando a maior superfície que já havia facetado, no seu desespero, Julius havia dividido o diamante com linhas imaginárias, tratando cada parte como se fosse uma pequena pedra e dispondo cada grupo de facetas de modo que pudessem interagir umas com as outras, como se fossem facetas únicas numa pedra menor.

E se o resultado final tivesse falta de brilho?
Lodewyck, seu filho da mãe. Diga-me o que devo fazer.
Mas Lodewyck nunca mais lhe daria as respostas. Finalmente, Julius amoleceu a resina e a usou para fixar o diamante com firmeza na extremidade de um suporte de madeira, o dopp. Prendeu o dopp no torno e chanfrou levemente o diamante, fazendo marcas rasas onde calculou que devia ser cinzelado. Mas não conseguiu apanhar o martelete e fazer os cortes. Os dedos não obedeciam à mente.

Ouviu movimento lá fora. Olhou pela janela e notou uma porção de gente passando na rua.

– O que aconteceu? – perguntou ao guarda que estava na porta.
– Vieram para ver o espetáculo, o Ato de Fé. É uma coisa que deve ser vista.
– O jovem soldado olhou para ele, esperançoso. – Não estaria interessado em assistir, senhor?
– Não – respondeu ele.

Voltou para a pedra. Não sabia se tinha mudado de ideia porque achava que devia haver uma testemunha para a maldade ou porque fervia dentro dele algo cheio de veneno, que o fazia responder ao mal com a mesma força que desprezava nos outros. Aproximou-se do guarda.
– Vamos assistir – propôs.

A procissão formou-se na catedral, conduzida por civis com forcados e mosquetes.
– Os comerciantes de carvão – disse o soldado. – Eles são respeitados porque fornecem a madeira para queimar os criminosos.

Estabán de Costa, o conde de León, liderava um contingente de nobres que levavam o estandarte da Inquisição. Em seguida vinha um grupo de dominicanos, carregando uma cruz branca. Atrás deles, uns vinte prisioneiros, os homens marchando separados das mulheres. Seus pés estavam nus e eles vestiam sambenitos amarelos com cruzes desenhadas na frente e atrás em tinta vermelha. Depois deles vinham, com passo arrastado, dois homens e uma mulher, os condenados, vestidos em sambenitos brancos, com desenhos de demônios e chamas. A mulher, de meia-idade e desgrenhada, tinha os olhos vidrados. Mal podia andar. Um jovem, nem bem um homem ainda, tinha na boca algo parecido com uma mordaça. O último prisioneiro andava com os olhos fechados, movendo os lábios.
– Por que o jovem está amordaçado?
– Ele é um pecador não arrependido, senhor, e temem que estrague o Ato de Fé com suas blasfêmias.

Guardas da Inquisição, com uniformes pretos e brancos, carregando uma cruz verde coberta de crepe negro, formavam a retaguarda da procissão. O povo andava atrás deles.

Na praça tinham erguido um estrado de madeira e um patíbulo. O dominicano subiu no estrado e começou imediatamente a rezar a missa. O povo continuava a encher a praça, alguns orando, acompanhando a missa, outros parando no mercado ao ar livre para comprar comida e bebida. Terminadas as orações, foram lidos os nomes dos criminosos. Quando era chamado um nome, o prisioneiro erguia bem alto uma vela apagada, como reconhecimento da sua vergonha pública.

Os três condenados foram levados para o patíbulo e amarrados às estacas, enquanto um inquisidor lia a relação dos seus crimes. Teresa e Gil Lanuza eram mãe e filho, heréticos relapsos condenados por conspirar para realizar a circuncisão de uma criança. A mulher tinha confessado, mas o filho não. O outro homem era Bernardo Ferrer, um praticante de sodomia.

Um murmúrio ergueu-se da multidão. Um carrasco atrás de Teresa de Lanuza passou o garrote no pescoço dela. O rosto da mulher se crispou e logo ela morreu. Três dominicanos deixaram o estrado e subiram no patíbulo, carregando archotes acesos. Um de cada vez parou perto de Gil de Lanuza, falando animadamente e passando a chama do archote perto do rosto dele.

– Estão tentando convertê-lo – murmurou o soldado. – Mostram como são as chamas.

De onde estava, Vidal viu o tremor que percorreu o corpo do herético. Um padre retirou a mordaça e o jovem murmurou alguma coisa. O padre voltou-se para a multidão com a mão erguida.

– Meu filho, o que você disse?

– Eu me converto à verdadeira fé.

A multidão vibrou de alegria. Ao lado de Vidal, o choro de uma mulher assustou a criança que ela tinha nos braços; a criança começou a chorar também.

– Louvado seja o Senhor nas alturas – celebrou o soldado, com voz rouca.

Os dominicanos se ajoelharam.

– Meu filho – disse o padre –, à qual fé você se converte? Sob qual lei você morre?

– Padre, eu morro na fé de Jesus Cristo.

O dominicano levantou-se e abraçou o rapaz.

– Você é nosso irmão – exclamou. – Nosso amado irmão.

Os olhos do jovem estavam arregalados. Sua boca tremia. O carrasco atrás dele o estrangulou.

Os comerciantes de carvão começaram a carregar os fardos de galhos secos, achas de lenha e carvão. Manejavam o material com facilidade, empilhando em volta dos dois condenados e debaixo do assoalho do patíbulo.

Logo eles terminaram.

Todos olhavam para o último condenado. Os olhos de Bernardo Ferrer estavam fechados para a realidade.

– Não vão dar a ele a chance de se arrepender? – perguntou Vidal.
O soldado olhou discretamente para a mulher com a criança.
– O crime dele não tem perdão, senhor.
Um inquisidor inclinou a cabeça e o carrasco se adiantou com um archote aceso. Assim que o fogo a tocou, a pira incendiou-se. A madeira seca estalava com pequenas explosões.

Vidal tentou fugir e abandonar a praça, mas a multidão compacta o impediu. Ele olhou para a vítima ainda viva.

Ferrer, amarrado na estaca, inclinou-se para a frente, como se quisesse ir ao encontro das chamas.

A fumaça subiu. Atrás do ar aquecido, as três vítimas pareciam dançar amarradas nas estacas.

As chamas elevaram-se pelas frestas do assoalho do patíbulo, alcançando os galhos secos em volta das vítimas. Uma serpente de fogo atravessou os galhos empilhados e se arrastou até a bainha dos sambenitos. Ferrer agora estava gritando, mas a voz se perdia em meio aos estalidos do fogo.

Seu cabelo explodiu formando um halo.

As cordas queimaram e o condenado caiu. Momentos depois, o assoalho ruiu debaixo dele com um chuveiro de fagulhas.

Tão pouco tempo para queimar um homem?

Vidal terminou a oração pelos mortos. Ao lado dele, a mulher abraçava a criança com força. O soldado fez o sinal da cruz e a multidão começou a voltar para casa.

Foi uma coisa estranha. Quando ele voltou para o diamante – talvez por ter visto o pior que os homens podem fazer – Julius não sentia mais medo.

Apanhou o martelo e o cinzel e deu duas batidas fortes. Os ombros irregulares da pedra eram finos demais para serem cinzelados aos poucos. Partiram-se e o que sobrou podia ser agora trabalhado. Era o que Julius queria, redondo e gracioso, uma forma com possibilidades.

Tirou das sacolas as partes de uma pequena roda de esmerilhar, movida por pedal, e a montou. Um frasco continha pó de diamante, sempre recolhido e guardado depois do corte e do polimento. Pôs um pouco do pó numa vasilha pequena e acrescentou óleo de oliva, formando uma pasta espessa que passou num disco de cobre chamado esmeril, a peça cortante da roda de esmerilhar.

Aproximou-se da porta.
– Quero velas. Todas as que puder arranjar.

Espalhou as velas pela sala. As chamas combinadas mal forneciam a luz de que ele precisava, mas eram suficientes para fazer o modelo bruto, o primeiro contorno raso das facetas maiores.

Acionou o esmeril e, pela primeira vez, levou a pedra à etapa cortante. Em pouco tempo, a pressão aplicada fez com que o pó de diamante com óleo penetrasse a textura do macio disco de cobre, transformando-o numa lixa eficiente.

Esse era todo o segredo descoberto por Lodewyck e que a família guardava: nada corta diamante a não ser diamante.

Julius passou a noite inclinado sobre a roda, esmerilhando.

No fim da noite, tinha marcado as facetas principais e esperou impacientemente o sol para ver melhor e começar a parte mais delicada do corte. À primeira luz do dia, começou a trabalhar, com pequenas e cautelosas variações, nas facetas maiores e a cortar as menores em volta das margens externas do diamante, formando um desenho que Lodewyck chamou de briolette.

A pedra era agora um pedaço de mineral cinzento, metálico.

Ao meio-dia, um criado bateu na porta com o almoço, mas Vidal o mandou embora. Trabalhou sem parar, podendo agora visualizar o que devia ser feito.

Quando a luz diminuiu, ele parou, tendo chegado ao ponto em que a iluminação perfeita era crucial para o resto do corte. Pediu comida e água para se lavar, deitou na cama e adormeceu antes de comer e de usar a água, até ser acordado pela luz do dia.

Nessa manhã alguém tentou abrir a porta trancada e depois bateu com força.

– Vá embora.

– Sou eu. Quero ver meu diamante.

– Não está pronto.

– Abra a porta imediatamente.

– Desculpe, senhor. É muito cedo ainda.

– Judeu imundo, vou arrombar a porta. Você será...

– Meu senhor, essa atitude não vai salvar o diamante do papa. Preciso trabalhar sem ser perturbado – declarou ele, sabendo agora que só o sucesso permitiria que saísse vivo do país.

De Costa foi embora, furioso.

Eram grandes os perigos. A pedra tinha de ser esmerilhada na direção da textura, como se usa uma plaina na madeira, para não avariar o diamante nem o disco do esmeril. Ele podia esmerilhar partes do diamante, mas não podia repor o que tinha tirado: portanto, precisava ter muito cuidado para não cortar demais. E tinha de parar o esmeril de tempos em tempos para esfriar a pedra e o disco, pois se a fricção provocasse excesso de calor, a superfície da pedra poderia lascar, soltando o que Lodewyck chamava de "flocos de gelo".

Contudo, a pedra estava tomando forma.

Gradualmente, a cor cinza metálica da superfície se transformava numa pedra amarela.

E a pedra amarela ficava mais transparente.

Na manhã do quarto dia, ele terminou a última faceta. De outro frasco tirou a mais fina cinza de osso, e passou o resto do dia polindo manualmente o diamante.

Naquela noite, ele levantou e olhou para a pedra por um longo tempo. Então recitou o Hagomel, *a prece de agradecimento.* Pela primeira vez em sua vida teve certeza de que Lodewyck fizera a escolha certa, Manasseh não poderia ter trabalhado com aquela perfeição.

O pó de diamante foi recolhido com uma pena até o último grão. Ele desmontou a roda, lavou-se e vestiu a roupa de viagem. Quando tudo estava guardado nas sacolas, abriu a porta.

De Costa estava bebendo há dois dias. De repente ele viu o judeu de pé na sua frente, com o diamante na mão.

O conde apanhou a pedra. Quando conseguiu focalizar os olhos, começou a rir de alegria.

– O que você quer? Uma virgem? A mais hábil prostituta da Espanha?

Mesmo bêbado e eufórico, o conde evitou cautelosamente falar em dinheiro.

– Fico feliz por tê-lo servido. Agora volto para casa, senhor.

– Primeiro vamos comemorar.

Criados entraram com mais garrafas. De Costa pôs o diamante na frente das velas, girando-o de um lado para o outro.

– Você me fez feliz, judeu.

Começou a falar febrilmente.

– Eu não fui sempre nobre. Mesmo agora, muitos ainda zombam do meu sangue, mas serei duas vezes nobre, pelo menos Cavaleiro de Malta. O papa espanhol já fez, de leigos, cardeais, por muito menos.

Vidal esperou, a princípio sombrio, depois com apreensão crescente. Seria fácil para De Costa mandar matar alguém diante de quem estava falando tão abertamente.

O homem parecia estar quase insensibilizado pela bebida. Julius encheu o copo de De Costa.

– Com sua licença, senhor. À sua saúde e felicidade.

Encheu o copo do conde várias vezes. De Costa mantinha o mesmo nível de embriaguez por um tempo incrível. Outra garrafa estava quase vazia quando o conde finalmente escorregou da cadeira.

Vidal ficou de pé e olhou para ele com desprezo.

– Seu porco – murmurou.

Não havia guardas na sala. A mão de Julius pousou no cabo da adaga de Toledo.

Para si mesmo, disse que era loucura. Finalmente agora estava livre para escapar. Valeria a pena arriscar a vida?

Olhou para o diamante sob as velas. No amarelo aveludado de cada faceta que ele tinha feito, um corpo parecia estar queimando.

Tirou a arma da cintura e se inclinou sobre o homem deitado no chão. O conde fez um único movimento, gemeu baixinho e ficou imóvel. Nobre ou não, seu sangue estava nas mãos de Vidal.

Só de manhã um soldado encontrou o conde. O homem ficou paralisado de espanto. A princípio pensou que um animal tinha começado a devorar seu comandante. Ele gritou.

Estabán de Costa se mexeu e passou a língua seca nos lábios.

Lembrou do diamante e o procurou, alarmado, mas logo viu a pedra ao lado das velas gastas. Estendeu a mão para ela e uma dor, a mais intensa que já havia sentido, pareceu partir seu corpo ao meio.

Olhou para baixo e seus gritos fizeram coro com os do guarda. Mas seu membro ensanguentado parecia pior do que realmente estava. De Costa fora circuncidado, não castrado.

Só mais tarde ele encontrou o bilhete, quando o choque já tinha passado, mas não a dor.

Aqui está outro para a sua sela
Julius Vidal.

Vidal cavalgou incansavelmente a noite toda e grande parte da manhã, preferindo ir para Ferrol, certo de que seus perseguidores seguiriam para Bilbao e Gijón, os portos mais próximos.

Se não encontrasse nenhum navio em Ferrol, seu plano era voltar e se esconder nas montanhas.

Mas havia um barco da Guilda dos Tecelões com dois mastros, que estava sendo carregado com fardos de lã espanhola que se transformaria em tecido holandês. Julius comprou a passagem e esperou a bordo, vigiando a estrada a leste até a âncora ser levantada e o navio sair do porto.

Quando perderam a terra de vista, ele sentou no convés, sentindo uma fraqueza imensa.

Olhou para a vela, redonda e enfunada como a barriga de Anna.

Que a essa altura devia estar lisa outra vez.

Encostou num fardo fedorento de algodão oleoso, vendo as velas prenhes levarem-no para seu novo filho.

III
A PROCURA

15

MEA SHE'ARIM

Uma mulher atendeu o telefone no escritório de Leslau e disse que o professor não estava.
– Preciso falar com ele. Sou Harry Hopeman.
– Harry o quê?
– Hopeman.
– Ah, *kayn* – Evidentemente, o nome não significava nada para ela.
– Posso encontrá-lo em outro telefone?
– Ele não tem telefone em casa.
– Ele está trabalhando em casa? Dê-me o endereço, por favor.
Uma pausa.
– Garanto que ele vai considerar minha visita importante.
– Rohov Chevrat Tehillim – informou ela, com relutância. – Número vinte e oito.
– Obrigado. Em que parte da cidade fica isso?
– Em Mea She'arim – disse a mulher.

Há mais de um século, um grupo de hassidim lituanos e poloneses deixaram o bairro judeu de Jerusalém. Fora da Cidade Velha, construíram um bairro murado que, segundo diziam, continha exatamente cem unidades residenciais e que por isso ficou conhecido como "os cem portões", ou Mea She'arim. Hoje, a maior parte do muro original desapareceu. Superpovoado por gerações para as quais o controle da natalidade é pecado, Mea She'arim tornou-se uma favela, extrapolando as próprias fronteiras, e em volta cresceram bairros similares de pietistas.

Procurando a rua Chevrat Tehillim, rua da Sociedade do Salmo, Harry via claramente os exemplos de observância religiosa. Numa parede um aviso enorme, impresso em inglês, hebraico e ídiche, dizia:

> FILHA JUDIA!
> A Torah a obriga
> a se vestir com recato.
> Não toleramos
> pessoas passando

por nossas ruas
vestidas imodestamente.
– *Comitê para Guardar a Modéstia.*

Na quadra seguinte, outro aviso multilíngue atacava o governo de Israel por permitir que corpos humanos, criados pelo Altíssimo, fossem profanados por autópsias e outros exames post-mortem.

Não havia placas com os nomes das ruas. Todas eram iguais, prédios de pedra mal construídos, com lojas no andar térreo sob os apartamentos. Harry olhou em volta, desanimado. Dois garotos brincavam furiosamente de pegar, os protetores de orelhas tatalando quando corriam. Uma mulher jovem passou com uma trouxa de roupa lavada, mas evitou olhar para ele. Na sombra de um prédio próximo estava sentado um velho com cafetã preto e um *streimel*. Ele indicou com precisão onde ficava a rua, mas, quando Harry a encontrou, viu que as casas não eram numeradas.

Entrou numa loja de artigos religiosos, apenas para perguntar onde ficava a casa, mas seus olhos foram atraídos por alguns solidéus magnificamente bordados e ele passou alguns minutos escolhendo vários para o *bar mitzvah* de Jeff. O proprietário disse que o número vinte e oito era o prédio ao lado da loja.

– Quem está procurando?

– O professor Leslau.

O homem olhou para ele de modo estranho.

– Terceiro andar. O apartamento da esquerda.

A escada do número vinte e oito era estreita e escura. Alguém estava cozinhando peixe. Quando chegou na frente da porta esquerda, no terceiro patamar, Harry bateu. Não havia campainha. Depois de um longo silêncio, quando ele se preparava para bater outra vez, uma voz de mulher perguntou quem era.

– Preciso falar com o professor Leslau.

Um pouco depois, Leslau apareceu na porta aberta.

– Hopeman. Como me encontrou aqui?

Harry falou do homem da loja.

– Ele indicou este apartamento? – Leslau apertou os lábios. – O sujo filho da mãe.

Atrás dele Harry viu uma mulher que devia ter uns quarenta e poucos anos. Estava com um lenço na cabeça e o corpo magro escondido sob um vestido folgado com mangas compridas.

– Esta é a sra. Silitsky. O sr. Hopeman.

Harry cumprimentou-a gravemente. A mulher não usava maquilagem. Tinha um rosto angular, de andorinha, nariz agudo.

– Convide o cavalheiro para entrar – proferiu ela.

– Vou levá-lo para meu apartamento – disse Leslau.

– Como quiser.
– Mas, posso vê-la mais tarde, Rakhel?
Ela fez que sim com a cabeça.
– Um bom dia, sr. Hopeman.
– Um bom dia, sra. Silitsky.
Harry acompanhou Leslau ao andar de baixo e a uma porta à direita.
– Eu não entendo. Por que ele me mandou ao apartamento errado?
– É complicado. – Leslau sacudiu a mão no ar, como para afastar um aborrecimento. – O que posso fazer por você?

O cinismo nos olhos castanhos desapareceu quando Harry começou a falar, substituído por interesse crescente e depois por um entusiasmo meio relutante.

– Um guardião do ouro. Qual é a primeira coisa em que você pensa quando ouve a palavra guardião?
– Os querubins dourados que guardavam o Tabernáculo.
– Está absolutamente certo – proclamou Leslau, em voz baixa. – Vamos fazer um passeio a Ein Gedi.

Andaram cinco quadras até onde estava o Volkswagen de Leslau.
– Por que não deixa o carro mais perto?
– Eu deixava. Mas retalharam os pneus.

O proprietário da loja onde Harry tinha comprado as *yarmulkahs* passou por eles. Leslau manteve silêncio, mas o homem virou para trás e disse um palavrão. Harry ouviu claramente. O homem chamou Leslau de *noef*, homem que vive com prostituta.

Quando chegaram a Ein Gedi, Leslau dirigiu devagar na estrada principal, indo e voltando, à procura de duas colinas que combinassem com a descrição no manuscrito. Entraram depois numa estrada secundária que atravessava o kibbutz e passava pela escola de agronomia.

– A cidade antiga devia ficar perto da água – disse Leslau. – As colinas que queremos devem estar a leste das fontes.

Havia duas colinas a noroeste. Um grupo de colinas estendia-se para nordeste, na direção das montanhas baixas, num padrão tão irregular que Harry ficou preocupado. Parecia impossível separar duas colinas das outras. Mas Leslau balançou a cabeça e apontou.

– Lá estão elas.

Tiveram de deixar o carro e andar uns quinhentos metros até a base da colina menor. A maior ficava uns 400 metros abaixo. A região parecia virgem, sem qualquer ponto de referência.

– Pode ser aqui – disse Leslau. – Se eu encontrasse pelo menos um querubim, começaria a procurar o outro imediatamente. Escondido em algum lugar entre os dois está *aron hakodesh*, a Arca da Aliança.

Embriagados com a expectativa e as possibilidades, quase esqueceram de almoçar, mas, na viagem de volta a Jerusalém, Harry se deu conta de que estava com fome. Comeram num pequeno café árabe, a princípio falando pouco, cada um absorto nos próprios pensamentos e sonhos.

Mas, quando tomavam café, Harry olhou intrigado para Leslau.

– Por que um professor do seminário da Reforma mora em Mea She'arim?

Leslau fez uma careta.

– Quando vim para Israel, me pareceu uma inspiração acertada. Eu queria absorver a riqueza cultural da cidade e levá-la de volta para meus alunos.

– Estudantes nascidos na América nunca poderiam compreender completamente.

Leslau concordou.

– A religião em Mea She'arim é passada de uma geração para outra como uma joia de família, exatamente do modo que foi recebida. Eles até se vestem como os seus antepassados se vestiam na Europa. Suas preces jamais mudam, nem na inflexão. Nem seu código terrível.

– É isso que faz o bairro curioso e encantador – comentou Harry suavemente. – Eles têm direito de viver como quiserem.

– Mas em Mea She'arim, todos devem viver como eles querem.

– Nenhuma lei dos homens ou de Deus diz que não se pode mandar para o inferno um judeu religioso, um *frumer Yid*. É a química entre a ortodoxia e os pensadores livres que mantém o judaísmo em eterna efervescência.

– A srta. Silitsky e eu temos um relacionamento.

– O que tem isso? Só interessa a vocês, Davi – assegurou Harry, gentilmente.

– Interessa a todo o Mea She'arim. – O arqueólogo estava pálido. – Ela é uma *agunah*, não uma mulher livre.

– Uma *agunah*? – Uma mulher casada cujo marido está desaparecido mas não comprovadamente morto. Harry sentiu como se estivesse mergulhando num seriado ídiche, nas páginas do *Jewish Daily Forward*.

– O marido dela, Pessah, desapareceu há anos. Ela não consegue localizá-lo. De acordo com a lei talmúdica, sem o consentimento dele, ela não pode pedir divórcio e nem casar outra vez por sete anos.

– Contrate um advogado. Reclame com as autoridades, como faria em Cleveland.

– Em Israel o divórcio é concedido pelas autoridades civis. Rakhel é *persona non grata* junto aos líderes na religião que ela professava. Eles a expulsaram antes de nos conhecermos.

– O que ela fez?

– Mea She'arim é controlado por uma seita como o *Naturei Karta*, os Guardiões da Cidade. Eles acreditam que Deus só vai criar o verdadeiro estado judeu depois de enviar seu verdadeiro Messias. Eles condenam Israel, feito pelo homem, como espúrio. Por isso não pagam impostos nem mandam os filhos para as escolas do estado. E não votam. Em 1973, o governo de Golda Meir estava com sérios problemas e fez um apelo por um voto de confiança no seu partido trabalhista. Rakhel votou pela primeira vez na vida.

"Ela e Pessah Silitsky brigaram amargamente por isso e por outras coisas. Ela começou a comprar jornais e os lia quando o marido não estava em casa. Dolorosamente e contra sua vontade, ela começava a pensar de um modo novo e assustador."

Leslau permitiu-se um sorriso.

– Mas pode-se dizer que ele a deixou por causa do *cholent*. Ela faz um *cholent* maravilhoso, à moda antiga. Uma vez que é proibido acender fogo no sábado, na tarde de sexta-feira ela juntava carne e vegetais numa panela. Tudo ficava cozinhando lentamente sobre uma espiriteira durante a noite de sexta-feira e no sábado, criando uma ótima refeição para o fim do *Shabbat*. Numa sexta-feira à noite, quando ela ia se deitar, uma perna da mesa da cozinha deslocou-se e o *cholent* derramou. Pior ainda, o álcool em chamas espalhou-se no tapete, na parede e nas cortinas da cozinha. O marido saiu do quarto e a encontrou procurando apagar as chamas.

– E então?

– É proibido apagar fogo no sábado – Leslau deu de ombros. – No dia seguinte chegou o rebe. Ele perguntou se a vida dela estava em perigo. Ela respondeu que não sabia. Nesse caso, disse ele, havia cometido um pecado grave. Além disso, fora informado que ela comprara alimentos em lojas fora do bairro. Ele mesmo havia concedido às lojas de Mea She'arim o *glat kosher*, o certificado de pureza impecável. Uma vez que ela havia comprado comida em outro lugar, em lojas não inspecionadas pelo rebe, ele não podia garantir que a mulher de Pessah Silitsky não havia servido *trayfs*, comida *não kosher*, na sua própria casa.

"Naquela tarde, Pessah voltou mais cedo do trabalho. Pôs na mala algumas coisas de valor e se foi. Ela nunca mais o viu."

Eles se entreolharam.

– Eu não sabia que ainda aconteciam coisas como essas – afirmou Harry.

Leslau empurrou a cadeira para trás.

– Acontecem no curioso e encantador Mea She'arim.

– Você é bem-vindo se quiser trabalhar na escavação – declarou Leslau com relutância ao parar o Volkswagen na frente do hotel. Harry balançou a cabeça e depois tentou não se ofender com o alívio que viu nos olhos de Leslau quando apertou sua mão.

Ele sabia que o arqueólogo estava agradecendo. Ficou embaraçado.

– *Shalom*, Davi. Manterei contato.

Jantou sozinho no restaurante do hotel. Quando subiu para dormir, o quarto não parecia mais um refúgio luxuoso. Deitou-se e pensou no Leslau gordo e de meia-idade e na sua ortodoxa sra. Silitsky. Estranhos Romeu e Julieta. Porém o relacionamento deles tinha uma surpreendente força de sentimentos contidos. Mais do que nunca, Harry sentiu a solidão.

Impulsivamente, telefonou para a mulher.

Ninguém atendeu. Em Nova York a manhã ia adiantada. Talvez Della estivesse fazendo compras. Ou talvez estivesse com alguém, num apartamento que ele não conhecia. Experimentou a ideia como quem experimenta um dente inflamado com a ponta da língua. Seria melhor se não houvesse nenhuma dor.

Depois de algum tempo, apanhou a lista telefônica de Jerusalém e encontrou Strauss, Tamar.

Ela pareceu surpresa ao ouvir sua voz.

– Posso ir até sua casa?

– Estou ocupada, me preparando para voltar ao trabalho amanhã.

– Suas férias ainda não terminaram.

– No momento não posso fazer nada por você. Por que tenho de usar todo meu tempo de férias?

– Faça uma viagem comigo, me mostre Israel.

– Bem... – Ela hesitou. – Acho que não quero.

– Isso quer dizer que não tem certeza se quer ou não. Deixe-me ir até aí. Podemos discutir o assunto.

Ela concordou, quase com indiferença.

No meio da noite ele acordou e viu que seus corpos estavam encaixados como duas colheres. Ele ancorou na terra, pondo a mão sob o seio pesado de Tamar.

Ela fez um movimento.

– O que foi? – Depois ficou calada.

– Quer fazer uma coisa para mim?

Ela começou a atender o pedido, sonolenta, e ele riu.

– Não é isso. Quero que peça a seus chefes para encontrar um homem chamado Pessah Silitsky.

Ela sentou na cama e fitou-o.

– Não podia esperar até de manhã?

– Pensei nele neste momento.

– Oh, Senhor!

Harry levantou-se e foi ao banheiro. Quando voltou, ela estava no seu lado da cama, fazendo um ruído suave, não exatamente roncando.

Harry gostou do colchão no lado dela. Em poucos minutos estava dormindo.

16

UMA VIAGEM DE ÔNIBUS

O que ele queria era um hotel confortável de temporada, talvez uma boa praia, mas Tamar pôs algumas coisas na mochila e foram ao hotel dele para Harry fazer o mesmo. Ela recomendou-lhe que levasse o mesmo tipo de roupa que tinha usado em Massada.

– Para onde vamos? – perguntou.
– Por que não me deixa fazer uma surpresa?
– Nada de acampamento outra vez.
– Não vamos acampar... não exatamente.

Pararam numa casa de frutas e ela comprou um saco plástico enorme cheio de laranjas, do tipo que os americanos chamam Jaffa e os israelenses chamam Washington. Tomaram um *sherut* para Tel Aviv. Na frente de um hotel de péssima aparência, que dava para o Mediterrâneo, juntaram-se a um grupo que esperava na calçada.

Harry ficou alarmado.

– Não vou fazer nenhum passeio turístico – avisou, em voz baixa.

Ela sorriu.

Algumas pessoas do grupo eram de meia-idade e havia uma meia dúzia de estudantes. Harry notou que todos carregavam cantis.

– Pelo menos vamos para o norte, onde é mais fresco?

Um homem que estava perto ouviu a pergunta e disse alguma coisa em hebraico ao companheiro, que olhou para Harry com um largo sorriso.

Um ônibus velho, que em algum tempo fora pintado de azul, virou a esquina e parou com um gemido na frente deles.

– Ouça o motor. Rabugento como um *dybbuk* – resmungou o homem perto de Harry. As janelas eram opacas, de sujeira e de idade, o veículo pairava no alto, em cima dos maiores pneus-balão que Harry já tinha visto na vida.

– Quanto tempo vamos ficar dentro dessa coisa?
– Venha – convidou ela.

Dentro do ônibus, o ar era quente e viciado. Desde menino, Harry jamais conseguiu viajar de ônibus sem ficar enjoado. Depois de muita luta, que lhe custou um arranhão no dedo, ele abriu a janela.

– Shimon, aqui tem dois lugares. Aqui – gritou estridentemente uma garota do grupo de estudantes.

Um homem recolheu o dinheiro das passagens e informou que era Oved, o guia. Apresentou Avi, o motorista, que bateu a porta do ônibus como quem arma uma ratoeira. Ouviram aplausos desanimados quando o ônibus suspirou, saltou para a frente e se pôs em marcha. Ao seu lado, Tamar abriu um livro sobre os etruscos. Harry se sentiu enganado. Em vez do interlúdio sonhado, voltava exatamente ao ponto de partida com aquela mulher, enfrentando desconforto e uma situação que praticamente não podia controlar.

– Onde diabo estamos indo? – indagou afinal.

Tamar virou uma página.

– Ao Sinai – disse ela.

O campo podia ser, sucessivamente, a Flórida, Kansas, Califórnia. Pararam num acampamento militar o tempo suficiente para apanhar um capitão e três soldados com Uzis, uma guarda armada, que Tamar disse ser necessária porque estavam viajando longe da proteção do governo. Enquanto Harry cochilava, Avi, o motorista, saiu da estrada. Quando ele acordou e olhou para fora, os campos tinham se transformado em areia e rocha, sem nenhuma marca, tudo plano. Longe, ao leste, colinas negras deformavam a linha do horizonte, lembrando a paisagem de Montana.

– Sinai? – perguntou para Tamar.

Ela balançou a cabeça.

– Neguev.

Passaram por um homem vestido de negro sacolejando nas costas de um camelo. O homem mal olhou para eles, apesar dos chamados dos estudantes americanos e das fotografias tiradas através dos vidros sujos das janelas. Meia hora depois chegaram a um oásis, onde uma única família de beduínos dirigia uma espécie de área de descanso no deserto. O almoço foi uma salsicha que parecia corda, gordurosa e muito apimentada, e uma garrafa de refresco de laranja quase quente, que deixava por muito tempo na boca um gosto de remédio. O grupo de estudantes não teve dúvida em reclamar em voz alta. Harry mastigou e engoliu, percebendo que estava agindo como um desagradável americano.

Um menino que morava no oásis pediu uma carona até o povoado mais próximo. No ônibus, Tamar conversou com ele muito à vontade, em árabe.

– O nome dele é Moumad Yussif. Tem quatorze anos. No ano que vem vai casar e começar a ter muitos filhos.

– Ele não passa de uma criança.

– A futura esposa deve ter onze ou doze anos. Era assim, mesmo entre os judeus, quando eu nasci.

– Você ainda lembra do Iêmen?

– Não muito. Morávamos em Sana'a. Uma cidade. A vida era difícil para os judeus. Às vezes havia manifestações violentas e nós ficávamos no nosso pequeno apartamento até a comida acabar, com medo de sair para a rua. Na esquina havia um minarete. Todas as manhãs o *muezim* me acordava, como um despertador: *"Alaaaaaaaaaa Akbar!"*

O garoto na frente do ônibus reconheceu as palavras. Sorriu timidamente e disse alguma coisa.

– Ele quer um cigarro.

Um soldado que estava perto do jovem árabe, na frente da porta, estendeu um maço de cigarros. O garoto tirou uma pistola niquelada do bolso e apontou. Puxou o gatilho, a chama saltou do cano da arma. Um isqueiro.

– Jesus Cristo – murmurou Harry.

O soldado quase morreu de rir. O garoto puxou o gatilho mais uma porção de vezes, acendendo cigarros para os guardas armados. Dentro de pouco tempo chegaram ao povoado, ele disse *Salaam Aleikhum* e saltou do ônibus.

Naquela tarde, começaram a sentir o cansaço da viagem. Os estudantes, quase deitados nos bancos, começaram um jogo, inventando companhias americanas que fariam fortuna em Israel.

Rav-Aluf Motors.* "O que é bom para a Rav-Aluf Motors, é bom para o país."

Kissen Tel Excavations, Ltd.**

Avdat General Supplies.*** "Basta você pedir, que nós Avdat." Todos gemeram com o trocadilho infame.

– Afula Brush Company**** – disse Harry, surpreendendo a si mesmo.

A garota no outro lado da passagem, ao lado de Tamar, olhou para ele com aprovação.

– Nada mau. Quer ser um homem da Afula Brush?

– Eu tenho um emprego, eu viajo com ela. Ela é Tamar. Eu sou Harry.

– Eu sou Ruthie. Ele é Shimon. Ele é israelense. Ela é sua mulher?

– Ela é minha dama. Ele é seu marido?

A garota sorriu, aceitando a reprimenda tácita.

– Ele é o meu capricho passageiro – disse, beijando o companheiro no rosto.

O ônibus entrou numa série de desfiladeiros onde as rochas lançavam longas sombras. Quando saíram dos desfiladeiros, em Eilat, a noite tinha escondi-

---

* O jogo consiste em palavras inventadas que, quando pronunciadas em voz alta, soam como uma frase comum, em inglês. Rav Aluf – Have a laugh = Dê uma risada, ou divirta-se.

** Idem – Kissen Tell – kiss and tell = beije e conte.

*** Idem – Avdat – have that = temos isso.

**** Idem – Afula Brush – awfully brash = horrivelmente atrevido. (N. da T.)

do o mar Vermelho, mas ouviam as ondas enquanto seguiam ao longo do porto em forma de meia-lua. Passaram por um hotel moderno muito iluminado, sem diminuir a marcha; então Avi, o motorista, finalmente parou na frente de um pequeno motel à beira-mar, onde as acomodações estavam incluídas no preço da passagem.

O jantar foi *schnitzel* e sopa de cevada. Comeram sem prazer, famintos demais para reclamar. Mas os quartos eram pequenas celas escuras, as camas tinham lençóis sujos e manchados.

– Vamos – disse ele.

– Aonde?

– Vamos para aquele hotel grande que vimos. Podemos voltar de manhã, antes da partida do ônibus.

– Não quero ir para outro hotel.

– Droga – reclamou, zangado. Sentou na cama e olhou para ela. – Vou viajar naquele ônibus idiota e comer essa comida horrível. Mas por que não dormir numa cama decente esta noite?

Ela saiu do quarto e fechou a porta.

No primeiro momento, Harry pensou em ir sozinho para o outro hotel. Mas quando saiu do quarto, atrás dela, não levou sua mochila. A praia ficava no outro lado da rua. Ele a encontrou sentada na areia, abraçando os joelhos e sentou ao lado dela. A maré estava alta e por cima das ondas eles viam as luzes do outro hotel.

– O que há de errado com aquele hotel, Tamar?

– Não é um bom lugar. Foi onde passei minha lua de mel.

Depois de algum tempo, Harry foi ao escritório do motel e, com uma boa gorjeta, conseguiu duas mantas limpas e uma garrafa de vinho branco. Harry voltou para a praia, estendeu as mantas na areia e abriu a garrafa. O vinho não era mau. Tomaram vinho, a lua apareceu de trás das nuvens para que pudessem ver as ondas que marulhavam na praia.

– Quer que eu faça alguma coisa? – perguntou ela, com o rosto no ombro dele.

Harry balançou a cabeça.

– E você?

Tamar beijou a mão dele.

– Apenas fique comigo.

Deitaram nas mantas e se abraçaram.

– Eu podia amar você – propôs ele, durante a noite. As palavras saíram instintivamente e o apavoraram. Ela continuou calada. Talvez estivesse dormindo.

Não foi tão ruim quanto em Massada, mas de manhã ele estava com os músculos um pouco rígidos. Tomaram o decente café da manhã que até o mais pobre restaurante de Israel oferece – azeitonas, fatias de tomate, ovos e chá – e voltaram ao ônibus. Uma estrada larga e sem buracos os levou para o sul. Depois de duas horas de viagem, desceram do ônibus em Sharm' e Sheikh para esticar as pernas e ir ao banheiro.

As Forças de Defesa de Israel forneceram o almoço, uma salada. Os jovens soldados *Tsahal* foram gentis e amistosos, mas havia armas demais à vista, sob a luz do sol. Harry ficou satisfeito quando as autoridades aprovaram seu roteiro e o ônibus saiu do acampamento militar. Passaram por um campo repleto de ossos brancos, onde alguns camelos haviam atravessado o arame farpado para um campo cheio de minas. Oved, o guia, distribuiu tabletes de sal e aconselhou economizar a água dos cantis. Os jovens americanos começaram a cantar suas canções sobre neve, frio e fogueiras ao ar livre. Passaram para cantos de Natal, informando o deserto com sua névoa baixa e trêmula de calor que Cristo, o Salvador, tinha nascido.

Uma velha senhora israelense, sentada sozinha no banco da frente, virou para trás e olhou zangada para os cantores.

– Eu gostaria de ver neve – disse Tamar.

– Nunca viu?

– Duas vezes. Mas quando chega a nevar em Jerusalém... – Sacudiu os ombros. – Uma ninharia e desaparece num segundo. Eu gostaria de ver a neve alta e... você sabe.

A nostalgia cresceu dentro dele com uma intensidade incomum.

– Você ia gostar, eu sei – assegurou ele, observando o belo polegar que penetrava a casca da laranja.

– Pensei que fossem judeus, esses jovens.

– Acho que são.

Ela estava empilhando os pedaços de casca de laranja no colo.

– Por que cantam sobre Jesus?

– Este é um ambiente intimidador. Talvez estejam tentando algo familiar.

– Canções cristãs são familiares? – Tamar acabou de descascar a laranja e deu a metade a ele.

– É claro. Umm... Boa. – As laranjas eram menores que as de Nova York, mas muito mais doces, talvez amadurecidas nas árvores e não num engradado de madeira. – A maioria das crianças aprende as canções de Natal na escola. A América é um país cristão.

Ela balançou a cabeça afirmativamente.

– Quando você fica surpreso, diz "Jesus Cristo!" Já percebeu isso?

Ele sorriu.

– Acho que sim. Que tal outra laranja?

Dessa vez Tamar deu a ele para descascar.

– Do mesmo modo que meu pai ainda chama Deus de "Alá". E muitas vezes eu vi judeus ocidentais supersticiosos baterem na madeira para dar sorte.

– O que tem isso?

– É um costume cristão. Os antigos cristãos batiam na madeira, pedindo a bênção de Deus, porque a cruz da crucificação era de madeira.

Harry partiu a segunda laranja ao meio sem a habilidade com que Tamar tinha dividido a primeira. O suco escorreu e ele não tinha com que limpar o líquido açucarado das mãos.

– Nós não escolhemos nossos costumes ou a nossa língua. Nós os herdamos.

– Uma expressão britânica e americana que não suporto – disse Tamar – é foda-se.

Harry chupou a laranja cuidadosamente. Os estudantes tinham parado de cantar.

– Nesta parte do mundo temos palavras para fazer amor, é claro. Mas nem o árabe e nem o hebraico têm uma expressão que diga a alguém, como ofensa, "Eu o detesto, vá fazer amor". Devia ser uma bênção, não uma praga. "Que Deus o toque e permita que você faça amor." Nos meus momentos mais felizes eu gostaria de dizer para todo mundo: "Fodam-se, todos vocês! Foda-se, mundo!"

Harry pensou que os estudantes nunca iam parar de aplaudir.

Uma hora depois, quando Harry estava farto de ver quilômetros e quilômetros do bonito litoral, o ônibus parou numa bela casa de praia. Oved, o guia, disse que podiam tomar banho de mar por uma hora. O andar principal da casa estava fechado e era terreno proibido, mas no subsolo havia dois vestiários e um banheiro com água corrente. Ele chegou na praia antes de Tamar e, quando correu e mergulhou, a fadiga e o suor pegajoso da pele desapareceram. Harry nadou para longe, a fim de exercitar os músculos, depois se voltou para olhar a cidade como um peixe a veria, quadrada e branca, com telhados de ardósia. Se não fosse pela guarda armada, podia passar por um subúrbio da Flórida. Não era a grandeza da arquitetura que a distinguia, mas o fato de estar completamente isolada. O dono, fosse quem fosse, dominava uma vasta extensão de deserto e de mar. Harry viu dois soldados israelenses, armados, no pátio da vila, gritando e fazendo gestos para ele voltar, como guarda-vidas apitando nervosos para um adolescente sair da água.

Ele nadou de volta lentamente, aproveitando a frescura do mar. O grupo de turistas era um estudo de contrastes. Os estudantes exibiam os corpos firmes e bem-feitos e espirravam água para todos os lados. A velha israelense estava com um vestido muito gasto e desbotado e um capacete de explorador. Ela agachou-se até ficar com a água pelo pescoço e começou a balançar, sonhadora, como Harry lembrava de ter visto fazerem as velhas senhoras em Coney Island.

Tamar, com um maiô inteiro negro, estava deitada de costas na beira da água. Harry deitou ao lado dela com a cabeça na coxa bronzeada e firme. O sol estava forte e a água quente rodopiava em volta deles.

– Esta viagem quase começa a fazer sentido.
– Só quase?
– Só quase.
Oved, o guia, peludo como um urso, aproximou-se deles, estragando tudo.
– Isto é bom, não é?
– Muito bom. Quem é o dono desta casa?
– Antigamente era de Farouk. Quando ele fugiu, o governo a confiscou e *nós* a tomamos nos Seis Dias. Agora é pouco usada, só pelos turistas.

Harry observou a casa com os olhos semicerrados contra o sol. Não importava para onde ele fosse, era seguido por um rei morto. Imaginou se Farouk alguma vez teria levado o diamante da Inquisição para essa casa.

– Por que as sentinelas? Há algum perigo de ataque?
Oved sorriu.
– É por causa dos tubarões. Estas águas estão cheias deles. Afinal, este é o mar Vermelho.

Harry não queria nem pensar em nadar outra vez. Os estudantes estavam apanhando conchas, algumas belas, mas a vencedora foi tirada das ondas pela velha senhora, sem precisar mudar de posição dentro da água, um pedaço de coral do tamanho de uma toranja. A única lembrança que Harry levou para o ônibus foi uma queimadura de sol. As pontas carnudas dos dedos leves de Tamar, passando loção nos seus ombros, deixaram-no excitado. O cheiro da loção contrastava com o cheiro das cascas de laranja quando Avi, o motorista, entrou numa estrada lateral cheia de pedras e o ônibus seguiu aos saltos. Harry estava quente e cansado, com os ombros doloridos, e maravilhosamente vivo.

– O que é aquilo? – perguntou ele, no mesmo instante em que Oved, o guia, informava que a imponente estrutura era o mosteiro de Santa Catarina. Parecia uma fortaleza ou prisão de pedra, literalmente no fim da estrada. Ficaram sentados no ônibus parado, por um tempo longo e pouco confortável. – Por que não entramos? – Harry quis saber.

– Só há um portão, que fica trancado do meio-dia à uma hora da tarde e das três e meia às seis e meia, enquanto os monges descansam e fazem suas orações – informou Oved. – É a rotina do mosteiro há cem anos.

Às seis e trinta e dois da tarde, um anônimo braço escuro abriu o postigo e eles desceram do veículo e passaram pela porta estreita em fila indiana. Oved os conduziu ao pátio e depois por uma escada, para mostrar a outra única entrada e saída do mosteiro, um elevador suspenso por uma corda presa nos altos muros de pedra. Um monge com capuz marrom passou por eles como se não existissem.

– Eles fazem voto de silêncio? – indagou Tamar.

Oved balançou a cabeça, negativamente.

– Mas só alguns deles falam hebraico ou inglês. Estão acostumados com a presença ocasional de turistas, que não consideram nenhuma bênção especial.

Explicou que o mosteiro fora construído no século V por Justiniano, no sopé da montanha que os árabes chamavam de Jebel Moussa, um local onde se acreditava que Deus tinha se revelado a Moisés na sarça ardente. A biblioteca do mosteiro continha uns dez mil volumes, incluindo o famoso *Codex Sinaiticus*.

– O que significa isso? – perguntou alguém sentado num banco de trás.

Oved disse, um pouco embaraçado:

– Tem a ver com o Novo Testamento. Um comentário, eu creio.

– Não – esclareceu Harry. – É o Velho Testamento escrito em grego.

– Por que eles copiaram o Velho Testamento? – Tamar quis saber.

Harry não pôde deixar de responder, embora fosse evidente o ressentimento de Oved, o guia.

– Não existia ainda o Novo Testamento. Mas os primeiros cristãos queriam que seus serviços religiosos fossem diferentes dos serviços dos judeus. Em vez de usar os manuscritos em rolos, eles dobraram folhas de papiro ou velino e costuraram. Os códices foram o começo dos livros, como os conhecemos hoje.

Oved olhou furioso para ele e recomeçou sua palestra.

– O *Codex Sinaiticus* original foi tirado de Santa Catarina em 1844 e levado para o museu imperial de São Petersburgo. Em 1933, um grupo inglês o comprou do governo soviético por cem mil libras. A metade desse dinheiro foi doada por crianças nas escolas e o *Codex* seguiu para o museu de Londres.

– Podemos ver a cópia que eles têm aqui? – perguntou Harry.

– Impossível – respondeu o guia, com satisfação.

Ele os levou para baixo, para uma pequena sala que parecia um depósito de ferramentas, mas, em lugar de ferramentas, algumas estantes continham fileiras e mais fileiras de crânios humanos, enquanto outras tinham ossos empilhados, separados e arrumados com precisão: fêmures aqui, tíbias ali, costelas lá, colunas vertebrais e ossículos das mãos e dos pés mais adiante.

A estudante chamada Ruthie saiu correndo da sala com uma exclamação abafada, seguida por alguns dos outros.

– O único esqueleto montado é de Santo Estêvão – disse Oved. – Os outros ossos são restos mortais dos monges que serviram neste lugar por mil e quinhentos anos. Quando um monge de Santa Catarina morre, é enterrado até a carne ser decomposta. Então os ossos são desenterrados, limpos e guardados com os dos seus predecessores.

Tamar segurou a mão de Harry e saíram do ossário. No pátio, Avi, o motorista, tentava convencer os jovens e pálidos americanos a comprar um jantar de biscoitos e o resto da salsicha gordurosa servida no almoço da véspera. Ele disse que iam passar a noite em dois dormitórios, um para as mulheres, outro para os homens.

– Uma regra do mosteiro. De qualquer modo, só vamos dormir algumas horas, para chegarmos ao topo da montanha ao nascer do sol.

Harry e Tamar apanharam o saco de laranjas e foram para o telhado plano do mosteiro. A noite estava muito escura. A lua cheia, enorme, que tinham encontrado em Massada, era agora uma pequena lasca prateada e muito alta. Fizeram amor pela primeira vez, com um desespero febril, assombrados ainda com o espetáculo dos ossos. A segunda vez foi melhor, cada um muito atento aos prazeres do outro. Mas a mente de Harry se agitava célere com ideias em que ele não queria pensar. A despeito do melhor esforço de Tamar, Deus nem por um momento pôs a mão no ombro dele e disse: Foda-se, Harry Hopeman.

Para ele, a ponta da bota explorando o lado do seu corpo era a prova definitiva de que o guia trabalhava para alguém que odiava turistas.

– Levante-se. Se vai conosco ver o nascer do sol, venha agora.

Tamar acordou assim que ele tocou no rosto dela. Com os olhos semifechados, calçaram os sapatos e depois desceram a escada tateando.

Os turistas estavam reunidos no pátio.

– Alguém aqui tem uma lanterna elétrica? – perguntou Oved.

Ninguém respondeu.

– Ora, tudo bem. Isso significa que só temos duas. Eu sigo na frente com uma e Avi atrás com a outra. Vamos embora.

Seguiram a luz da lanterna como mariposas sonolentas. O solo era quase todo de grandes rochas alojadas entre rochas gigantescas. De repente, Harry torceu o tornozelo.

– Jesus Cristo! – rosnou ele para Oved. – Vá mais devagar, os outros estão ficando para trás.

– Estamos quase nos degraus. E então ficará mais fácil – informou o guia.

Os degraus eram lajes de pedra encravadas na encosta da montanha, uma acima da outra. Oved disse que os monges tinham passado a vida fazendo duas trilhas na encosta menor, uma subida com 1.700 degraus e uma descida com 3.400. Era uma escada tirada do pior pesadelo de um cardiologista. Começaram a subida interminável.

Harry estava acostumado a correr, mas Tamar não, e não havia nenhum trecho plano. Resolveram não se apressar, e que fosse ao diabo o nascer do sol.

O guia ia bem na frente. Os estudantes subiam correndo e outros passavam por eles como fantasmas. Depois de algum tempo, Harry lembrou que um dos fantasmas levava uma lanterna e ficou preocupado, pensando que Avi tinha desistido de tomar conta dos retardatários.

Ainda estava escuro quando chegaram ao fim dos degraus. A trilha era mais larga e o céu começava a clarear. Assim que foi possível enxergar para onde estavam indo, começaram a andar mais depressa. A despeito de sua declarada indiferença, na verdade, Harry queria ver o nascer do sol do ponto mais alto da montanha. No último quilômetro, ele segurou a mão de Tamar, puxando-a para chegarem a tempo.

O topo da montanha era um platô de pedra com mais ou menos meio acre, circundado por outros picos. Harry sabia que eram montanhas antigas, gastas pelo tempo. Mas tudo que podia ver era uma sucessão de penhascos alcantilados, solitários, varridos pelo vento e solene e impressionantemente belos. Bem se podia imaginar que deviam ser habitados por Deus.

– Muito obrigado por me trazer até aqui.

Ela o beijou.

Lutando contra a força do vento, aproximaram-se dos outros. Todos estavam em silêncio, pois o sol começava a se levantar no horizonte. A luz era bela, mas empalidecia comparada ao lugar em que estavam.

Só então Harry percebeu que o grupo ficara menor.

– Onde está todo mundo?

– Só nós conseguimos – disse Shimon.

Harry aproximou-se de Oved.

– Acho melhor você descer. Seus turistas estão espalhados por quilômetros e quilômetros.

– Alguns até já voltaram – informou Oved, calmamente. – Vão encontrar o caminho para o mosteiro.

Harry olhou para ele.

– Acho melhor voltarmos. Este filho da mãe vai arranjar encrenca – sugeriu Avi, o motorista, em hebraico.

– Isso seria prudente – concordou Harry, também em hebraico.

Os dois homens começaram a voltar lentamente pela trilha.

– Eu também vou – disse ele para Tamar, e ela partiu com ele.

A uns cem metros abaixo, encontraram o guia e o motorista ajudando o casal de meia-idade a terminar a subida.

– Eles dizem que são os últimos. Todos os outros voltaram para Santa Catarina – comunicou Avi.

– Vou descer um pouco mais, por segurança.

Aparentemente não havia mais ninguém. Mas Tamar tocou o braço dele.

– Lá adiante. Está vendo?

Desceram a trilha correndo.

Era a velha senhora israelense, sentada numa pedra. Tamar parou.

— É uma velhinha orgulhosa. Acho que só um de nós deve ajudá-la.
Harry concordou.
— Você espera aqui.
A velha senhora estava pálida.
— Tudo bem, *chaverá*?
A mulher olhou para ele e se levantou com esforço.
— Eu estava só descansando para continuar a subida.
— É claro. Posso acompanhá-la?
Depois de dar dois passos, ela se apoiou pesadamente em Harry. Quando chegaram quase no topo, ela ofegava como um animal de carga.
Então a velha senhora o empurrou. Era evidente que estava recuperando as forças. Caminhou rapidamente para onde os outros esperavam, sem palavra de agradecimento.

Quando voltaram ao mosteiro, Tamar foi para o dormitório e deitou na cama que havia desprezado na noite anterior. Harry não estava com sono.
No pátio, um monge trabalhava com um ancinho. Não havia folhas caídas, nem pedras, nem lixo. Ele fazia desenhos ondulados na terra, como as linhas na areia de um jardim japonês.
— Fala inglês?
— Um pouco.
— Seria possível ver a biblioteca?
— Acontece que eu sou o bibliotecário. Sou padre Haralambos. — Seu inglês era excelente.
— *Haralambos*. "Brilhos de alegria". Eu sou Harry Hopeman, padre.
— Conhece grego?
— *Poli oligon*, não grande coisa.
O monge largou o ancinho e caminharam para uma das portas pesadas, todas iguais. Os livros enfileiravam-se nas paredes brancas.
— Posso ver a cópia do *Codex Sinaiticus*?
O padre Haralambos tirou o volume de um gabinete e o pôs na mesa. Harry abriu cuidadosamente. Era exatamente como o original que ele vira em Londres, escrita grega uncial feita a mão sobre velino com tinta marrom. As primeiras linhas eram como as de um Velho Testamento recentemente editado pela Sociedade Editora Judaica. *No começo, Deus criou o céu e a terra...*
Ergueu os olhos e viu que o monge o observava.
— Está aqui há muito tempo, padre?
— Muito tempo.
O rosto de Haralambos era estreito e tranquilo. Harry teve a impressão de ver força nos olhos castanhos e brilhantes, mas depois compreendeu que era

apenas serenidade. Imaginou se teria alcançado também essa tranquilidade se tivesse ficado na *yeshiva*...

– Alguma vez teve vontade de estar no mundo lá fora? – perguntou, impulsivamente.

O monge sorriu.

– Não é uma das minhas tentações. Não gosto do que nos vem lá de fora.

– Por exemplo?

– Esta manhã encontramos um objeto para controle de natalidade no telhado do mosteiro. Que tipo de pessoa age desse modo – num lugar como este?

– Uma pessoa que não acha que isso é errado, padre.

Voltou a examinar o *Codex*.

– Acho que era assim que os romanos agiam antes da queda da sua civilização. E os meus gregos e os seus hebreus. Pode ver o paralelo?

– Tento não ver – disse Harry.

Fora dos muros, quando esperavam para entrar no ônibus, a velha senhora, sem uma palavra, pôs na mão dele o coral que tinha apanhado no mar Vermelho. Harry começou a protestar, mas Tamar tocou no seu braço.

– Deve aceitar – disse ela.

Exaustos, em silêncio, começaram a viagem de volta. Quando chegaram na costa, a brisa entrou pelas janelas abertas, acrescentando areia ao desconforto. A tarde estava no fim quando Avi entrou num posto Paz para abastecer. Enquanto os outros iam ao banheiro, Harry procurou um telefone.

Não havia nenhuma carta de Mehdi. O funcionário da American Express disse que não tinham nenhuma correspondência para o senhor Hopeman.

Algumas horas depois chegaram a Tel Aviv e saíram da prisão, o ônibus azul com os estúpidos pneus-balão.

– Nunca me senti tão cansada – disse ela no táxi que os levou para Jerusalém.

– Nem eu.

– Minha culpa.

– Tem toda razão.

Riram por um longo tempo.

– Ah, Harry. É divertido estar com você.

No hotel, ele sentiu a mesma sensação de luxo de quando voltou de Massada, mas dessa vez era melhor.

Tomaram um longo banho de chuveiro, um lavando o outro. Tamar ficou horrorizada quando ele se excitou com a esponja quente e cheia de sabonete. Harry se apressou a tranquilizá-la. Sua carne estava disposta, mas o espírito estava fraco. Tamar jantou com o roupão dele. Satisfeito, Harry notou que o garçom que levou o serviço de quarto não tirava os olhos dela.

Estavam com tanto sono que não deu para terminar a sobremesa.

Antes da manhã, ele acordou e ficou imóvel, pensando. Então começou a sentir um fedor que parecia vir da sua mochila. O coral, presente da velha senhora, sem dúvida continha minúsculos animais que agora estavam se vingando. Harry o pôs no lado de fora da janela, onde só podia incomodar os pássaros, e fechou os vidros.

Tamar estava nua com o lençol entre as pernas. Naquele instante, Harry descobriu o que queria fazer com a granada vermelha. Foi até a cômoda e a tirou debaixo das camisas.

Ele ia polir a pedra. Fazer um engaste simples. Dependurar num cordão de ouro...

Pronto.

– Me deixe em paz – disse ela, em hebraico.

Empurrou a pedra que estava entre seus seios e a granada caiu no carpete e rolou para longe.

Harry sentou numa poltrona e ficou vendo a luz que chegava devagar, brincando com o corpo dela, o que o comoveu mais do que o nascer do sol no monte Sinai.

17

O JOVEM RABINO

Ele vestiu a calça que usava para correr, calçou o tênis, depois embrulhou a roupa suja e a endereçou para Della. Tamar dormia ainda quando ele saiu do quarto. Depois de enviar o pacote de roupa para Nova York, parou piscando, os olhos contra o sol, olhando para um garoto que vendia pretzels na porta do correio.

— *Chaver,* onde posso encontrar um lugar para polir uma pedra? Você sabe, um lugar onde vendem joias?

— Tem uma loja fora da Cidade Velha. Fazem coisas com as pedras de Eilat. Perto do portão Jaffa.

— *Todah rabah.*

Harry começou sua corrida. Correr em Jerusalém era diferente de correr em Westchester. Nas calçadas ele desviou de um grupo de padres, de velhos judeus, crianças, um árabe gordo empurrando um carrinho cheio de pedras. Diminuía o passo para atravessar as ruas, mesmo quando estava protegido pelo sinal. Tinha aprendido a ter medo dos motoristas de Jerusalém.

Já estava fazendo muito calor. Quando ele encontrou a loja, estava molhado de suor. O proprietário arrumava anéis e braceletes numa bandeja.

— Saiu dos Jogos Olímpicos para comprar minhas joias?

— Pode me vender um pouco de pó de carborundo?

— Para que quer carborundo?

— Para polir pedras. É meu passatempo.

— Passatempo! Traga a pedra que eu faço o polimento por um bom preço.

— Eu mesmo quero polir.

— Eu não uso pó. Uso pano de carborundo.

— Melhor ainda, se tem algum para me vender. E preciso de ácido acético.

— Tenho só oxálico.

— Ótimo. Alumina em pó, para o acabamento?

— Escute aqui, é caro demais. Não tenho muito e só posso comprar em Tel Aviv. Eu vendo joias, não suprimentos.

— Só preciso um pouco. Pago o que o senhor pedir.

O homem deu de ombros e foi apanhar as coisas pedidas. Fez a conta num papel, depois mostrou para Harry.

— Está ótimo. Eu agradeço. — Pagou em dólares. — Primeira venda do dia.

O homem apertou a tecla da caixa.
— Isto é uma venda? — perguntou.

Quando entrou no quarto, Harry pensou que Tamar ainda estava dormindo.
Aplicou algumas gotas de ácido na granada. Depois de alguns minutos, começou a esfregar a pedra vigorosamente com o pano de carborundo.
— O que você está fazendo?
— Polindo.
Ela levantou-se, vestiu o robe dele, apanhou a roupa e a escova de dentes e foi para o banheiro. Harry continuou o polimento ouvindo o chuveiro.
— Fique com o roupão. Fica muito melhor em você do que em mim.
Ela franziu a testa.
— Não seja bobo. — Dependurou o roupão no closet. — Essa poderia mesmo ser uma verdadeira pedra bíblica?
— Sem provas, isso não importa.
— *Se fosse* — como teria sido usada?
— Podia ser parte do tesouro do Templo ou pertencer a um dos reis. A única pedra descrita na Bíblia que combina com a cor dela é a esmeralda do Peitoral.
— Isso não é uma esmeralda.
Ele riu.
— Não, mas a classificação das pedras geralmente era errada. A pedra da tribo de Levi era provavelmente muito parecida com esta.
— Oh, eu adoraria pensar que é a pedra da tribo de Levi. Minha família é levita.
— A minha também.
— É mesmo? — Sentou ao lado dele. Harry sentiu o perfume do seu sabonete. — Não é extraordinário? Veja como minha pele é escura perto da sua.
— Sim.
— Falamos línguas diferentes. Temos costumes diferentes. Porém, tudo indica que há milhares de anos nossas famílias pertenciam à mesma tribo.
Harry levantou, foi até a pia e deixou a pedra debaixo da água corrente durante um longo tempo. O ácido tinha removido parte da áspera camada externa.
— Vou fazer um broche para você — disse ele, erguendo a pedra para a luz.
Tamar ficou imóvel.
— Harry, eu não quero seu robe. Nem um broche.
— Eu quero lhe dar coisas.
— E não quero nada de você.
Harry sabia o que ela estava dizendo. Tocou o cabelo dela.
— Às vezes você quer.
Tamar corou.

– Isso é diferente. – Os dedos longos e morenos seguraram o braço dele. – Não é você. Nunca mais me entregarei a ninguém desse modo. Não posso correr o risco da dor.

Estava na hora de recuar. Harry começava a compreendê-la, a sintonizar com o medo que ela sentia.

– Não posso nem pagar o café?

Ela disse, aliviada:

– Pode me pagar o café, por favor.

– Ainda é cedo. Sinto ter acordado você.

– Não, eu já estava acordada. Falei com Ze'ev no telefone. Eles acharam o homem que você queria encontrar, Silitsky.

– Hah, Pessah Silitsky. Onde ele está?

– Em Kiryat-Shemona.

– Acho melhor informar Davi Leslau – disse Harry.

– Por favor, Harry – disse Leslau, nervoso. – Tem de fazer isso por mim.

Estavam sentados em cadeiras de lona numa barraca suja, no sopé da colina menor, perto de Ein Gedi. Harry ouvia os homens trabalhando lá fora, numa série de trincheiras rasas que se entrecruzavam na encosta. O acampamento o desapontou, os homens nas trincheiras podiam estar instalando canos de esgoto. Leslau disse que até então não haviam descoberto coisa alguma de interesse arqueológico.

– Você deve ir pessoalmente a Kiryat-Shemona. É você que quer casar com a sra. Silitsky.

– Por isso mesmo. O marido não vai gostar de me ver. Não vou conseguir fazer com que mude de ideia sobre o divórcio. Qualquer coisa que eu diga às autoridades será suspeita, porque sou a parte interessada. – Escreveu no bloco de notas. – Aqui está o número da escola de campo da Sociedade para a Preservação da Natureza. Posso ficar a tarde toda perto do telefone.

Leslau aguardou, ansioso.

Resignado, Harry estendeu a mão para o papel.

– Nunca esquecerei isso – prometeu Leslau.

O monte Hermon adquiria formas fantasmagóricas no horizonte a noroeste à medida que o carro se aproximava do vale Hula. Por sorte a estrada era reta e ele podia olhar para os picos cobertos de neve que cresciam delineados contra um céu de Gauguin.

Kiryat-Shemona era uma pequena comunidade agrícola, com prédios novos de apartamentos e casas miseráveis. Harry parou um homem que atravessava a rua.

– *Sleekhah*. Pode me dizer onde encontro um rabino?

– Rabino asquenazita ou sefardita?
– Asquenazita.
– Rabino Goldenberg. Na segunda rua, entre à esquerda. Terceira casa do fim da rua, à direita.

Era uma casa pequena com a tinta cinzenta descascada. Um homem jovem e grande, com uma barba castanha brilhante, abriu a porta.

– Rabino Goldenberg? Meu nome é Harry Hopeman.

A mão do rabino envolveu a dele.

– Entre, entre. Americano?
– Nova York. O senhor?
– Recebi a *smicha* na Yeshiva Torah Vodaath. Fica em Flatbush.
– Eu estudei por algum tempo na Yeshiva Torat Moshe, em Brownsville.
– A yeshiva do rabino Yitzhak Netscher! Quando saiu de lá?
– Há anos. Só fiquei alguns meses.
– Ah, um desistente. E desistiu em favor do quê?
– Colúmbia.

O rabino Goldenberg disse, com um largo sorriso:

– Um lugar maior, mas uma faculdade mais fraca. – Indicou uma cadeira. – O que está fazendo em Kiryat-Shemona?
– Procurando justiça – adiantou Harry.
– Tem uma lâmpada?
– Falo sério. Tenho uma amiga que é *agunah*.

O sorriso desapareceu.

– Muito amiga?
– Não, ela e um amigo meu é que são muito bons amigos.
– Compreendo. – Os dedos do rabino subiram para a barba castanha. – O marido era soldado? Desapareceu em ação?
– Não, ele apenas fugiu.

O rabino suspirou.

– Só pode haver divórcio se ele pedir. É uma das poucas falhas no nosso belo conjunto de leis antigas. A não ser que consiga encontrá-lo, nada posso fazer.
– Soubemos que ele está em Kiryat-Shemona. Seu nome é Pessah Silitsky.
– Silitsky? – Ele ergueu a voz. – Channah-Leah!

Uma mulher jovem apareceu na porta da sala, dando mamadeira a um bebê. Seu vestido tinha manchas úmidas nos ombros, resultado do regurgitamento do bebê, e, apesar do calor, tinha um lenço na cabeça. Ela não olhou para Harry.

– Conhece alguém chamado Pessah Silitsky? – perguntou o rabino, em ídiche.
– Aqui, Herschel?

– Sim, aqui.

Ela deu de ombros.

– Peretz, do escritório municipal, deve saber.

– Sim. Peretz deve saber. Quer telefonar a ele para mim?

Ela fez um gesto afirmativo e saiu da sala.

– Peretz conhece todo mundo. – Foi até a estante de livros. – Enquanto isso, vejamos o que Maimônides diz sobre esse tipo de *tsimmes*.

– Ótimo. Eu gosto dele. Temos a mesma profissão.

O jovem rabino fitou-o atentamente.

– Médico, advogado ou filósofo?

– Diamantes.

– Ah, o Hopeman dos diamantes? Quinta Avenida?

Harry fez que sim com a cabeça.

– Muito bem. – Voltou para os livros. – Aqui está, *O livro das mulheres*. – Sentou-se e começou a virar as páginas, cantarolando baixinho. Não uma melodia hebraica. Depois de algum tempo, Harry reconheceu a música, "Hard Day's Night".

A mulher voltou.

– Peretz diz que ele é contador no escritório de uma indústria de laticínios.

O rabino Goldenberg disse:

– Ah, o escritório da indústria de laticínios. Vamos falar com ele.

O escritório era pequeno e atravancado. Numa das mesas, uma mulher trabalhava num livro-caixa. Na outra, um homem magro e de traços comuns empilhava várias folhas de formulários. O cabelo sob o *yarmulkah* começava a fugir da testa, mas a barba loura era ainda espessa. Parecia mais moço do que a senhora Silitsky. Harry imaginou se esse era o caso ou se o estilo ortodoxo das roupas de Rakhel Silitsky a fazia parecer mais velha.

– Você é Pessah Silitsky? – perguntou o rabino Goldenberg em ídiche. O homem balançou a cabeça, assentindo. Um empregado veio da outra sala e pôs mais formulários no balcão. Quando ele abriu a porta, ouviram o ruído metálico das centrífugas que separam a nata do leite.

– Eu sou o rabino Goldenberg. Este é o sr. Hopeman.

– Como vai? – disse Silitsky.

– Com boa saúde, graças ao Santíssimo.

– Abençoado seja Seu nome.

O rabino olhou para a mulher na outra mesa.

– Podemos conversar lá fora? É um assunto pessoal.

Desconfiado, Silitsky levantou e eles saíram da sala. Os três homens se afastaram da fábrica.

– É sobre sua mulher – disse o rabino Goldenberg.

Silitsky fez um gesto de assentimento, sem demonstrar surpresa.
– Este homem diz que você fez dela uma *agunah*.
Silitsky olhou para Harry. Estavam chegando a um banco na sombra de um pinheiro.
– Vamos sentar – sugeriu Harry, que acabou ficando no meio dos dois, uma posição pouco confortável.
– É uma coisa terrível fazer de uma mulher uma *agunah* – disse o rabino. – Um ato pecaminoso.
– Você é o professor americano?
Harry compreendeu que o homem o estava confundindo com Davi Leslau.
– Não. Amigo dele.
Silitsky mostrou pouco interesse.
– Eu também tenho amigos. Eles me contam as coisas.
O rabino Goldenberg começou a enrolar a barba no dedo.
– Quando a deixou?
– Há dois anos. Mais ou menos isso.
– Manda dinheiro para ela?
O homem negou, balançando a cabeça.
– Então – disse o rabino, suavemente –, como é que ela vive?
Silitsky ficou calado.
– Acho que ela trabalha numa padaria – disse Harry.
O rabino Goldenberg suspirou.
– Os sábios dizem que um homem deve honrar sua mulher mais do que a ele mesmo.
– Todos zombavam porque eu não podia controlar minha mulher – explicou Silitsky, falando devagar. – Os sábios dizem também que a mulher deve honrar muitíssimo o marido e respeitá-lo. Estou certo?
– Ah, você conhece a lei? – indagou o rabino.
Silitsky deu de ombros.
– Então deve saber que quando um homem casa, a lei judaica o obriga a dar dez coisas à mulher. Sete são ordenadas pelos escribas. Mas a Torah – a *Torah*! – diz que o marido deve à mulher sua comida, suas roupas e sua vida sexual. – Inclinou-se na frente de Harry. – Quer voltar para a cama dela como marido?
Silitsky sacudiu a cabeça, negando.
– Então, dê-lhe a liberdade – ordenou o rabino.
Silitsky estudou atentamente os próprios sapatos.
– Concordo.
– Por acaso você não é um *Kohen*?
– Sim, sou um *Kohen*.
– Ah. Sabe que, quando um *Kohen* renuncia à sua mulher, não pode mais voltar a casar com ela?

– É claro que sei.

O rabino balançou a cabeça afirmativamente.

– A próxima sessão da corte rabínica será na tarde desta quinta-feira. Você pode comparecer perante o *Beth Din* às duas horas, para se divorciar dela?

– Posso.

– Você fugiu uma vez antes. Desta vez vai agir como gente, cumprindo a promessa?

Silitsky olhou para ele.

– Eu nunca tive intenção de demorar tanto para fazer isso. No começo, eu estava muito zangado e depois... – Assumiu um ar de pouco caso.

O rabino disse:

– O tribunal dos rabinos vai se reunir na minha sinagoga. Sabe onde fica?

– Sim. Eu frequento a sinagoga do rabino Heller, o pequeno *shul* polonês.

O rabino Goldenberg sorriu.

– Mas na quinta-feira virá à minha?

– Estarei no seu *shul*. – Silitsky levantou-se, evidentemente aliviado. Apertou as mãos dos dois.

Harry olhou para o homem que se afastava.

– Isso é tudo? – As palmas das suas mãos estavam úmidas.

– Não. Ele concordou. Existe ainda a questão do divórcio.

– Vai ser concedido?

– É quase certo.

– O rebe dele em Mea She'arim...

Os dedos do rabino Goldenberg voltaram para a barba com um gesto irritado.

– Sr. Hopeman, nós temos um papa? O rebe dele é um rabino, como somos eu e meus colegas. Ela vai receber um *guet*, o certificado de divórcio, através de um *Beth Din* autorizado, e noventa e um dias depois poderá casar de novo.

Voltaram para o carro.

– Quer ouvir uma coisa louca, rabino? O homem que estou representando – o amigo da sra. Silitsky... Até algumas semanas atrás eu nem o conhecia. O que estou fazendo aqui?

O rabino sorriu.

– Isso faz da sua missão uma *mitzvah* muito maior, um ato muito mais valioso.

Seguiram de carro pelas ruas silenciosas. Harry lembrou de uma visão diferente da cidade nos noticiários da televisão.

– O lugar onde os terroristas mataram aquelas crianças fica perto daqui?

– Não fica longe – disse o rabino Goldenberg. – Não há nada para ver. Um prédio de apartamentos. Os buracos de balas foram fechados e o prédio pintado. É muito importante libertar os mortos.

— Concordo — assegurou Harry com convicção. — Acha que alguém pode ajudar uma pessoa a fazer isso?

O rabino sorriu.

— Outra *mitzvah*?

— Não. Estritamente, um ato de egoísmo.

— Acho que é uma coisa que nós todos temos de fazer por nós mesmos.

Chegaram à pequena casa verde.

— É possível que algum dia seja designado para uma congregação em Nova York?

— Estou em casa, sr. Hopeman — disse o rabino. Saiu do carro e apertou a mão de Harry. — Vá com boa saúde.

— Fique com boa saúde, rabino Goldenberg.

Harry seguiu para o correio, que ficava a poucas quadras. Encontrou o telefone público, mas era de um tipo que ele não conhecia. Tinha de pagar a ligação interurbana com fichas compradas no guichê dos selos. Quando depositou as fichas na abertura, através da pequena janela de vidro, ele as viu cair uma a uma na caixa de moedas. Mas não era o número certo de fichas e o telefone continuou mudo. Teve de pedir ajuda.

Finalmente, deu sinal de linha. Quando atenderam na escola, Harry não precisou explicar nada. *"Aqui está o seu telefonema, professor"*, alguém disse em hebraico.

— Alô, Davi? — Teve de se conter para não gritar. — "Mazel Tov!", disse apenas.

Chegou ao escritório da American Express, em Jerusalém, no fim da tarde. Uma mulher estava fechando a porta de vidro.

— Espere. Já está fechando?

— Estamos fechados. Não podemos ficar abertos ininterruptamente.

— Estou esperando uma carta.

— É mesmo? Volte amanhã.

— Por favor, meu nome é Hopeman, não pode verificar? É muitíssimo importante.

Ela concordou com um suspiro.

— Lembro do nome. Está aqui. — Abriu a porta. Logo voltou com o envelope e não aceitou a gorjeta. — Agora deixe-me ir para casa fazer o jantar, está bem?

— Está bem.

Era a mesma letra apertada do outro bilhete. Harry abriu e leu ali mesmo na calçada. Dizia apenas que às oito da noite, no dia seguinte, um carro cinzento o apanharia perto do moinho de vento Yemin-Moshe. Harry entrou num restaurante e telefonou para Tamar.

— Recebi a carta.

– Ah, é? Quando é o encontro?
– Amanhã à noite.
– Ótimo.
– É mesmo. Quer passar a noite comigo?
– Gostaria muito.
– Por que não faz a mala e fica comigo por algum tempo?

Ela se manteve calada.

– Vou partir assim que terminar o negócio, Tamar. Tenho poucos dias em Israel.

– Tudo bem. Me apanhe dentro de meia hora – assentiu ela.

Naquela noite, deitado na cama, Harry a via passar esmalte incolor nas unhas dos pés com grande concentração. A primeira coisa que ele tinha notado era o cuidado que Tamar tinha consigo mesma.

Ele falou dos orifícios de bala cobertos pela tinta em Kiryat-Shemona. E o que o jovem rabino tinha dito sobre libertar os mortos.

Tamar parou o que estava fazendo.

– E daí?
– Só isso.
– Está me dizendo que eu não quero libertar Yoel? Eu disse adeus a ele há muito tempo. E não é da sua conta.

Harry olhou para ela.

– Meu Deus. Acabo de fazer sexo com você – disse ela.
– Gostou?
– É claro – afirmou triunfante.
– Mas não permite a você mesma sentir qualquer outra coisa. Éramos três pessoas na cama.

Tamar atirou o pequeno vidro de esmalte, acertando o rosto dele e depois a parede. Avançou para ele com as unhas em riste e Harry a abraçou e a fez deitar, prendendo as mãos dela contra o colchão.

Tamar chorava furiosamente.

– Me largue, seu filho da puta!

Mas Harry tinha medo de que ela lhe arrancasse os olhos, ou que fosse embora. Seu rosto começou a doer.

– Eu simplesmente não quero você. Será que não entende?
– Não é essa a questão. Dê a você mesma uma chance para sentir. Depois, diga-me para ir embora e que não quer me ver nunca mais.
– Você é louco. Não me conhece. Por que está fazendo isso comigo?
– Eu acho que desde que ele morreu você esteve com muitos homens. Provavelmente demais para uma pessoa como você.

Tamar olhou para ele, incrédula.

— Quero que diga uma coisa em voz alta. Quero que diga: "Harry jamais fará coisa alguma para me magoar."

— Eu odeio você! Foda-se! – gritou ela.

Bem-vinda à minha cultura, pensou ele tristemente. Lágrimas apareciam entre as pálpebras fechadas de Tamar. Ele as beijou. Quando ela virou a cabeça, Harry de repente duvidou de si mesmo. Era incompreensível que Tamar não partilhasse o sentimento que o atormentava. Ele ficou imóvel, apenas segurando as mãos dela. Não tentou fazer amor, ou sexo, ou falar. Concentrou-se no que estava sentindo, querendo transmitir a ela. Mesmo assim, era uma espécie de tentativa de violência, pensou ele, estar ali deitado ao lado do corpo rígido dela, querendo – com a mente, com a vontade, com sua PES [Percepção Extrassensorial] ou com uma prece – fazer com que seus sentimentos penetrassem bem fundo na alma dela.

18

O CARRO CINZENTO

Assim que Harry a soltou, Tamar vestiu-se apressadamente e o deixou sem dizer uma palavra. Ele passou a noite em claro e de manhã estava se sentindo péssimo. O modo mais idiota de se preparar para uma negociação importante.

Saiu e correu até ficar exausto. Não havia nenhum lugar bom para correr. Jerusalém era quase toda de asfalto ou pedras, e lascas de pedra começavam a bater nas suas canelas. Voltou para o hotel, tomou um demorado banho quente, depois pediu ovos cozidos e torradas. Antes de ir para a cama, pediu para ser acordado às quatro horas da tarde.

Dormiu até essa hora, portanto talvez tivesse valido a pena todo o esforço. Teve de se barbear com cuidado por causa da equimose no rosto.

Às cinco e meia bateram na porta e, quando ele abriu, lá estava Tamar.

– Entre.

Ela sentou numa cadeira e tirou um livro da bolsa.

– Estou contente por você ter voltado.

– Eu prometi ir com você.

– Mas não é obrigada.

– Não foi para você que prometi.

Harry compreendeu.

Os dois ficaram sentados, lendo.

– Já jantou?

– Não estou com fome.

Ele também não estava.

– Mesmo assim, acho que seria bom comer alguma coisa.

– Não, prefiro não comer, obrigada.

Harry desceu sozinho para o restaurante. Comeu sem vontade um sanduíche de galinha, como se estivesse alimentando uma fornalha.

Depois subiu para o quarto e leu mais um pouco. O quarto cheirava ainda a sexo, mas agora era como se estivessem numa biblioteca pública.

O bairro conhecido como Yemin-Moshe, em honra de Moisés Montefiore, o fundador da Nova Jerusalém, ficava a pouca distância do hotel e eles foram a pé. O moinho de vento lembrava os da Holanda. Durante a amarga luta antes da formação do estado de Israel, o moinho serviu de posto para atiradores e finalmente os britânicos explodiram a parte superior, uma manobra que os judeus chamaram jocosamente de Operação Dom Quixote. Desde então, além de parecer simplesmente absurdo, o moinho com telhado chato é um ponto de referência especialmente estranho.

Fica no meio de uma pequena área aberta limitada por três ruas.

— Ele não disse em qual rua devíamos esperar. — Harry estava preocupado.

Ficaram na rua Hebron. Os carros passavam por eles. Começava a escurecer e logo quase não podiam ver claramente o tráfego.

Um Peugeot aproximou-se.

— Acho que é azul — disse ela.

Era cinzento, mas passou por eles. E depois, vários outros.

Alguns minutos depois das oito horas, um carro saiu da noite como uma aparição. Harry sabia o que era quando viu os canos de escapamento com a forma de chifre de carneiro, mas mal podia acreditar. O carro parou junto da calçada. Dois homens estavam no banco da frente. Um deles, pequeno e de bigode, desceu.

— *Mistair* Hopeman?

— Sim.

O homem olhou para Tamar.

— *Sair*. Disseram que estaria sozinho.

— Está tudo bem. Ela está comigo.

— Sim, *sair* — disse o homem, em tom de dúvida, e abriu a porta traseira. Harry achou que a cor do carro podia ser descrita como pêssego. Deixou Tamar entrar primeiro e os dois sentaram no banco macio, uma espécie de pele de gamo.

A porta fechou com uma batida surda e eles saíram, levados pela força silenciosa da qual já ouvira falar. A pequena geladeira continha soda, mas nenhum vinho ou bebida mais forte. Talvez Mehdi fosse um muçulmano praticante. Havia frutas e queijo e Harry se arrependeu de se ter obrigado a comer o sanduíche de galinha, no hotel.

Harry apanhou o tubo de comunicação. Através do vidro que os separava ele viu o homem ao lado do motorista endireitar o corpo, todo atenção.

— *Sair?*

Não pareciam árabes.

— Como é o seu nome? — perguntou Harry.

— Meu nome? Eu sou Tresca, *sair*.

— Tresca? É um nome grego?

O homem virou para trás e olhou para ele.

— Talvez seja um nome judeu — disse ele, e o motorista riu.

Harry sorriu.

— Tresca. Será que estou enganado ou este automóvel é um Duesenberg modelo SJ?

Com um largo sorriso de dentes muito brancos, o homem disse:
– Não está enganado, *sair*.

Harry teve a impressão de que estavam indo para o sul e logo depois teve certeza, quando começou a reconhecer o caminho. Era a estrada que tinha percorrido para visitar a escavação de Leslau, a mesma por que tinham passado no ônibus de turismo.

– Um belo carro – disse Tamar.

Harry rosnou. O automóvel o preocupava. O dono do Duesenberg tinha feito uma coisa que ele jamais conseguira. Isso mudava completamente sua atitude para com Mehdi.

Passaram a poucos quilômetros de Ein Gedi. A estrada parou de fazer curvas como um rio e ficou reta como uma flecha, com deserto negro dos dois lados. Sem diminuir a marcha, atravessaram alguns povoados distantes entre si quilômetros de terra árida – fachadas baixas, borrifos de luz amarela, poucas pessoas, sempre árabes, vistas rapidamente.

Duas vezes passaram por veículos de transporte do exército israelense e outra vez por um jipe. Harry não notou nenhuma reação dos homens no banco da frente. Tinha certeza de que os papéis deles estavam em ordem.

Quando se aproximaram de outro povoado, o motorista freou de repente, mas dominou bem a direção e a desaceleração foi suave. Tresca abriu o porta-luvas e Harry viu de relance o cano grosso e escuro da arma.

Um caminhão de uma tonelada estava parado em ângulo no lado da pista, bloqueada por um grupo de homens que gritavam todos ao mesmo tempo. Tresca abriu a porta e desceu agilmente do carro.

Voltou e guardou a arma.

– O caminhão matou uma cabra. Agora o motorista e o pastor discutem sobre o preço.

O motorista tocou a buzina. O grupo de homens abriu passagem. O belo carro passou pela carcaça sangrenta, e, pelo vidro traseiro, Harry viu o povoado desaparecer. Não estavam sendo seguidos.

Quanto mais viajavam, mais quente ficava. Estavam na estrada há menos de uma hora, mas sua camisa já grudava no corpo. Tamar dormia no canto do banco. Harry viu que a noite anterior havia deixado olheiras escuras no rosto dela.

Um pouco antes de aparecerem as luzes de Eilat a distância, o carro diminuiu a marcha. Saiu da pista e entrou numa trilha esburacada. O Duesenberg seguiu seu caminho até chegar atrás de umas dunas altas e parou.

Tresca abriu outra vez o porta-luvas, o coração de Harry disparou loucamente, mas o homem só tirou uma chave de parafusos e uma placa amassada com letras em árabe. Desceu do carro e trocou as placas. Voltou, enxugando o rosto com o lenço. Guardou as placas azuis do território ocupado por Israel no porta-luvas.

– Bem-vindo à Jordânia, *mistair* Hopeman – disse ele.

A casa de Mehdi ficava a vinte minutos das dunas, num caminho malconservado. A sala de estar tinha um abençoado aparelho de ar-condicionado, mas era pobremente mobiliada, pelos padrões ocidentais. Vassouras de junco, bandejas de cobre e tiras de pano ornamentavam as paredes de argamassa. Numa mesa de centro havia um cesto com frutas ao lado de um bule de bico longo sobre um braseiro de carvão.

Mehdi estava à espera deles, apesar do adiantado da hora. Aparentemente, não estranhou a presença de Tamar. Com um largo sorriso, ofereceu café forte e amargo em pequenas xícaras. Só depois de servir três vezes cada um, ele acedeu aos protestos de ambos garantindo que estavam satisfeitos.

– Vão descansar, hem, antes de ver a pedra?

Deixe-me ver agora, Harry teve vontade de dizer.

– Oh, se não se importa, preciso examinar à luz do dia.

– Eu sei. – Mehdi bateu palmas uma vez.

Tresca os levou aos fundos da casa, para uma ala sem ar-condicionado. O quarto de Tamar era ao lado do seu.

Ela disse boa-noite e fechou a porta.

O banheiro ficava no corredor. Não tinha água quente, mas a água do chuveiro estava morna. Como um mau hóspede, só tarde demais Harry lembrou que tinha usado água demais. Enquanto se enxugava, viu pela janela as luzes de um navio no mar Vermelho.

O colchão não era novo e tinha um buraco no centro. Ele deitou no escuro, nu e suando, pensando no diamante amarelo. Estava quase adormecido quando ouviu abrir-se a porta.

Alguém atravessou o quarto e deitou ao lado dele.

– Fico contente que tenha vindo, Tamar – murmurou ele.

A mão delicada tocou sua perna e uma felicidade enorme o invadiu. Os narizes deles se encontraram. Harry sentiu um perfume forte e suas mãos encontraram ombros magros e seios como pequenas frutas carnudas.

Estendeu a mão para a lâmpada.

A criatura não devia ter mais de doze anos. A hospitalidade de Mehdi, pensou Harry, atônito.

Harry levantou da cama e abriu a porta. A menina continuou deitada, rígida, olhando para ele com olhos castanhos que o faziam lembrar de outra pessoa.

– *Saidi?* – murmurou ela.

– Fora.

Os olhos castanhos quase fecharam, o rosto pareceu se dissolver e ela começou a chorar exatamente como a criança que era. Harry percebeu que a menina estava com medo de se mover, aproximou-se e levou-a pela mão até o corredor. Esperando que ela não fosse punida, ele fechou a porta e deitou de novo.

Depois de um tempo, levantou-se e bateu de leve na porta entre os dois quartos.

Tamar atendeu, abrindo apenas uma fresta.

– O que é?

– Você está bem?

– É claro. Esta é uma casa árabe. Nosso anfitrião nos protege com a própria vida enquanto estivermos aqui.

A porta fechou-se e ele voltou para a cama. A porta tornou a se abrir.

– Obrigada por se preocupar comigo.

Harry disse que não precisava agradecer.

De manhã, ele acordou com um ruído ritmado que depois identificou como o som de um rádio a todo volume. O calor continuava insuportável e o soprano ululava sem parar. Harry sentiu uma urgência tremenda de encontrar Mehdi e pedir para ver o diamante, mas vestiu o short e os sapatos de corrida. Tresca, com um paletó branco de algodão, estava arrumando a mesa na sala de jantar.

– Pensei em ir à praia. É permitido?

– Certamente, *sair*. – Tresca largou bandeja e copos e acompanhou Harry para fora da casa.

Um barco pesqueiro branco estava parado ao longe sobre a água azul. Não havia nenhum outro sinal de vida. Harry andou até chegar à areia dura, depois começou a correr. Atrás dele, Tresca corria com seu paletó branco de servir a mesa.

– Agora nós voltamos – disse Tresca, depois de mais ou menos oitocentos metros.

Harry fez como se estivesse lutando boxe. Por uma fração de momento pensou em fingir que ia dar um bom soco na cabeça do homem, ou talvez um pequeno tapa. A respiração de Tresca não estava nada acelerada. Harry teve a impressão de que, se quisesse, aquele homem podia dar uma boa surra nele. Fez a volta obedientemente e começou a correr na direção da casa.

Meia hora depois foi servido um bom café da manhã próprio para o calor, vegetais picados e iogurte, *khumus* e *tekhina*, pão, queijo e chá.

– Comam, em nome de Deus – disse Mehdi.

– *Bismillah* – cumprimentou Tamar. Ela sempre traía a tensão falando demais. Tresca, com outro paletó branco, foi apanhar café fresco para ela.

— Ele é um criado notável — comentou Tamar.
— Hem? Sim, é claro.
— Não é egípcio.
— Albanês — disse Mehdi. — Eu tive antepassados albaneses. Farouk também tinha, sabiam?
— Quando eles se tornaram egípcios? — perguntou Tamar.
— No começo do século XIX. Os mamelucos revoltaram-se contra o Império Otomano no Egito e os turcos mandaram tropas de choque albanesas contra eles, comandadas por um jovem oficial chamado Mehemet Ali. Ele dominou a rebelião e então deu as costas para os otomanos e se declarou dirigente do Egito.
— O senhor descende de um dos seus homens? — perguntou ela.
— Meu bisavô era um dos seus soldados da infantaria. Antes de terminar, eles tomaram Nubia Sennaar e Kordofan, construíram Khartum, tomaram a Síria e quando Ali Pasha ficou velho, venceram os turcos que antes mandavam neles. O enteado e sucessor de Ali chamava-se Ibrahim e o filho dele, Ismail; e o filho de Ismail foi Ahmed Fuad, pai de Farouk.

Tamar fez menção de fazer outra pergunta.
— Acho que eu gostaria de aproveitar a boa luz do dia — disse Harry, como que casualmente.

Mehdi inclinou a cabeça, assentindo.
— Com licença.

Tomaram café num silêncio nervoso, até ele voltar. Trazia nas mãos uma pequena caixa de oliveira. Dentro estava um pé de meia marrom, de homem. Mehdi segurou a ponta da meia e a virou de cabeça para baixo. Um dos maiores diamantes que Harry já tinha visto rolou na mesa, na direção dele. Mesmo com a pouca luz da sala de jantar, a pedra cintilava ao lado de uma manteigueira de metal. Harry a apanhou, dominando o tremor dos dedos.
— Preciso de uma mesa na frente da janela, no lado norte da casa.

Mehdi outra vez assentiu com um gesto.
— Terá de ser no meu quarto — disse ele, como quem se desculpa.
— Se não se importa.
— É claro que não. Quer mais alguma coisa?
— Talvez que desliguem o rádio, se for possível — disse Harry.

Mehdi devia pelo menos ter mandado arrumar a cama. A luz do norte que entrava pelas janelas iluminava a camisola roxa de mulher entre os lençóis amarrotados.

Mas o deixaram sozinho. Harry sentou-se e contemplou o diamante.

O historiador superou o especialista em pedras preciosas, e quase com reverência Harry pensou nas eras e nos eventos aos quais aquele diamante havia sobrevivido.

Depois de algum tempo, foi até a janela e viu Tresca sentado na sombra, descascando pepinos. O outro criado, que chamavam de Bardyl, estava no telhado da casa, atrás de um muro baixo. Quando Harry abriu a janela, Tresca continuou a descascar os pepinos, mas a mão de Bardyl desapareceu atrás do muro baixo.

Harry ficou satisfeito. Sentia-se mais à vontade quando havia segurança.

Tirou da sacola um bloco de papel muito branco, um pedaço de camurça e um pequeno envelope marrom que continha um diamante canário de meio quilate, da mais bela cor. Passou a camurça nos dois diamantes e os pôs sobre o papel branco, de modo que a luz batia suavemente no papel e refletia nas pedras.

No diamante pequeno, a tonalidade era perfeita. Tirou da sacola um vidro de iodeto de metileno que fora diluído com benzina em Nova York até adquirir a densidade exata do canário de meio quilate. Pôs um pouco da solução num copo de vidro e mergulhou nela o diamante pequeno. O pequeno canário desapareceu. O índice de refração do líquido era igual ao da pedra; assim, os raios de luz, em lugar de se curvarem, passaram em linha reta através do líquido e da pedra, tornando-a invisível.

Quando ele mergulhou o diamante da Inquisição no líquido, a pedra não desapareceu completamente como a outra. Ele viu bolhas petrificadas no interior e uma leve tonalidade leitosa. Mas uma falha teria aparecido como um farol numa noite escura. Era evidente que o diamante não tinha nenhuma.

Eu devia ter dito a você, seu pai havia murmurado.

"Que diabo, papai", ele censurou o homem cuja morte chorava ainda. "Devia ter me dito o quê?"

Tirou os dois diamantes da solução, enxugou-os, apanhou os instrumentos e preparou-se para tirar as medidas. O diamante da Inquisição rolou na sua palma, rico, pesado e brilhando com o reflexo da luz.

Harry tocou o briolette.

Um dos seus antepassados havia criado aquilo!

Na base da pedra havia pequenos cortes, feitos com precisão. Obra de outro antepassado, pensou ele, que incrustou o diamante na mitra de Gregório.

19

A FUNDIÇÃO DO CANHÃO

Toda vez que Isaac Hadas Vitello ia ao palácio ducal, dava seu nome completo, e todas as vezes eles o anunciavam como o joalheiro judeu do povoado de Treviso. O cheiro do palácio, pedra úmida, cheiro de corpo mal disfarçado por perfumes extrafortes e o cheiro do poder primitivo o envolviam e viravam seu estômago.

O doge ouviu com um sorriso morno e olhos frios.

– Sim, você tira vantagem da nossa boa natureza – disse ele, como quem repreende uma criança estúpida. – Devido à nossa estima, você não é obrigado a usar o chapéu amarelo. Você e sua família podem morar numa boa casa como cristãos em vez de viver no Gietto. Mas tudo isso não é suficiente. Você me importuna por causa de judeus mortos.

– As procissões de enterros são atacadas entre o Gietto e o cemitério, no Lido, Vossa Graça – protestou Isaac. – Nem podemos enterrar nossos mortos protegidos pela noite, uma vez que, por lei, os três portões do Gietto são trancados ao cair da noite e só abertos de manhã quando o sino toca na torre de San Marco. Queremos a proteção dos nossos soldados.

– Uma coisa simples – disse o doge. – Entre em contato comigo sempre que um dos seus morrer.

– Não gostaríamos de incomodá-lo com tanta frequência – disse Isaac. Ambos sabiam que isso significaria o pagamento de um suborno maciço cada vez que tivessem de enterrar um judeu. – Seria melhor se Vossa Graça desse ordem para que nos fosse cedida uma guarda para cada funeral. Não estou certo, Vossa Graça?

– Hum... – O doge olhou para ele pensativamente. – Ouvi dizer que quem usa um anel de jacinto não pode ser atacado pela peste nem pela febre. Sabe alguma coisa a respeito, joalheiro?

Isaac conteve um suspiro de alívio.

– Já ouvi falar. Sei onde se pode obter um bom jacinto. Vou fazer um anel para o senhor.

– Se assim deseja – disse o doge, sem demonstrar entusiasmo. – De qualquer modo, não precisa mais se preocupar com os funerais no Lido. A condotta vence no fim do ano.

– *Vossa Graça?* – A condotta, *ou conduta,* era o contrato pelo qual os judeus tinham permissão para morar em Veneza. Há vários séculos vinha sendo renovada periodicamente, em geral depois de uma demonstração de relutância por parte das autoridades e o subsequente pagamento de subornos. – Certamente não vai haver nenhum problema com a condotta?
– A Igreja beatificou Simão de Trento.
Isaac olhou para ele sem compreender.
– Tem havido milagres no túmulo. Os mudos, os cegos e os paralíticos foram curados, mortos voltaram a viver. A criança é agora são Simão.
Mais de cem anos atrás, um pregador ardente e antissemita fizera o sermão da quaresma em Trento, na fronteira com a Alemanha, ao norte de Veneza. O padre disse aos camponeses que os judeus praticavam um ritual de assassinato e avisou a todos para terem cuidado com os filhos na proximidade da Páscoa dos judeus.
Na quinta-feira do Maundy, ou semana santa dos judeus, uma criança de vinte e oito meses desapareceu. As casas foram revistadas, mas não encontraram nem sinal do menino até a segunda-feira da Páscoa, quando alguns judeus horrorizados descobriram o pequeno corpo flutuando no rio. Homens, mulheres e crianças foram torturados até alguns confessarem que o menino morrera assassinado para que seu sangue fosse usado na Páscoa dos judeus. Os líderes da comunidade judaica foram arrastados para a fonte da igreja local, batizados e chacinados, e uma onda de terror de longa duração varreu a Europa. Mais de cinco anos depois do incidente, em Portobuffole, uma cidadezinha perto de onde Isaac morava, três judeus foram acusados de assassinato ritual e condenados à morte na fogueira.
– Você tem de compreender o Senado – disse o doge conciliadoramente. – Mesmo sem esta beatificação, para muitas pessoas piedosas, a presença dos judeus é uma afronta.

Caminhando pela Fondamenta della Pescaria, o antigo mercado de peixe ao lado do rio Canareggio, Isaac olhou para a linha irregular desenhada contra o horizonte pelo bairro murado, imaginando a luta daquele povo para viver como prisioneiro. Era uma ilhota insalubre cercada de canais. Antigamente o local pantanoso era a sede do Gietto Nuovo, "a nova fundição de canhões". O nome permaneceu. Quando foi decidido que os judeus deviam morar ali, os donos da ilha haviam construído estruturas precárias. O direito de propriedade há muito tempo fora anulado. No Gietto eles pagavam aluguéis 30 por cento mais altos do que em qualquer outro lugar de Veneza. O bairro era pequeno demais. Logo se estendeu para a exígua área adjacente, Gietto Vecchio, *"a velha fundição",* e depois disso não podia crescer mais, a não ser para cima. As casas de madeira originais foram acrescidas de andares sobre andares mal construídos, até se transformarem em verdadeiras armadilhas nos casos de incêndio, em que tremiam e balançavam com o vento. As ruas estreitas e sinuosas eram circundadas por vielas que continham uma dúzia de poços públicos, o único suprimento de água potável para quase mil e duzentas pessoas.

Isaac foi até a pequena ponte na entrada do Gietto e cumprimentou o guarda do portão com uma inclinação da cabeça. Eram quatro guardas, todos cristãos, encarregados de evitar que qualquer habitante do Gietto saísse durante a noite, cuidar para que todos usassem o chapéu amarelo, a marca da maledicência dos judeus, proibir que tivessem qualquer contato com mulheres cristãs e garantir que os judeus não cobrassem juros mais altos do que os determinados por lei, sobre dinheiro emprestado.

Isaac entrou na sinagoga e sentou na sala de espera enquanto o bedel saiu apressado para cumprir sua ordem. Os líderes da comunidade entraram no shul e sentaram, alguns olhando para ele com ressentimento. Isaac e o médico do doge eram os únicos judeus em Veneza que podiam morar fora da fundição de canhões. Mas sua consciência estava em paz. Aceitava os privilégios, mas sempre trabalhava para defender os interesses dos judeus. Inclinou-se para a frente e olhou para eles.

– Grande problema – foi avisando.

Voltando para Treviso, o cavalo galopava nervoso, sentindo a inquietação de Isaac. Suas terras ficavam bem além da cidade, que ele sempre evitava atravessar. O solo era calcário pobre, uma parte da planície rochosa do Adriático, entre a costa e os alpes venezianos, que pareciam purpúreos ao longe. A chuva caía perpendicularmente no solo calcário e escoava para o mar, de modo que, no verão, Isaac e sua família tinham de irrigar a terra constantemente. A terra pertencia ao doge, que a alugara certo de que, nela, Isaac jamais poderia cultivar coisa alguma.

Elijah estava arando a terra para o vinhedo. Eles cultivavam o solo durante todo o brando inverno, tentando convencer o campo a reter um pouco da umidade. Na primavera, os vinhedos lançavam gavinhas verdes e retiravam a força dos minerais da terra fina, cheia de carapaças de antigos moluscos terrestres, ossos de animais, pedaços de metal romano e as cascas quitinosas de incontáveis gerações de insetos. Quando chegava o outono, surgiam cachos de uvas grandes e misteriosas, quase negras, com frágeis flores azuis e repletas de suco doce e almiscarado – o único sangue, pensou ele tristemente, de que precisavam e que desejavam para comemorar a Páscoa.

Elijah acenou para o pai e puxou as rédeas, fazendo parar os bois. Ele não sorria com frequência, e foi com tristeza que Isaac fez voltar o olhar sofrido do filho quando contou os eventos daquele dia.

— Eu não me importo — disse Elijah, surpreendendo o pai. — Quero ir para um lugar em que possamos ser donos da nossa terra.

— Esse lugar não existe. As coisas são melhores para nós do que seriam em qualquer outra parte do mundo. Aqui, eu sou o joalheiro do doge.

— Você tem algum dinheiro?

— Sim, e daí?

— Deve haver algum estado. Algum país.

— Não há. E se houvesse? O que seria dos outros, dos que vivem no Gietto? A maioria tem muito pouco ou nada.

Mas o filho não estava disposto a ceder.

— Podíamos ir para o leste.

— Eu já estive lá. A vida é um inferno agora, sob o domínio dos turcos.

— Mais para o leste.

Isaac franziu a testa. Seguir o itinerário de Marco Polo era um sonho infantil de Elijah, mas agora ele se tornara quase um homem.

— Os Polo chegaram a Cathay há trezentos anos, não ontem — disse ele, secamente. — Os ocidentais que se aventuram naquela região são mortos, sejam eles cristãos ou judeus. É preciso nos contentarmos com o que temos. — Mudou de assunto. — Acaso possuímos um jacinto?

Elijah desviou os olhos.

— Eu não sei.

— É sua responsabilidade agora — disse Isaac. — Arar a terra é um prazer, um trabalho que enaltece. As pedras preciosas são o seu negócio. Preciso de um jacinto para o doge. Veja se temos algum e me informe imediatamente.

Cavalgando para a casa, na frente dos bois, Isaac se arrependeu da severidade das suas palavras. Queria poder ainda apertar o filho contra o peito, dizer o quanto o amava. As coisas nunca foram fáceis para Elijah. Logo depois que ele nasceu, Isaac deixara Veneza na sua primeira longa viagem para comprar diamantes. Viajou para o Levante — Constantinopla, Damasco, Cairo, Jerusalém — e voltou com algumas das mais belas pedras que já tinha visto, joias que o livraram da semiprisão na fundição. Mas a compra dessas pedras o manteve longe de casa por mais de quatro anos. Quando voltou, a quase menina que tinha deixado como esposa era uma mulher estranha e durante semanas o filho chorava ao vê-lo. Depois disso, Isaac fez mais duas viagens, mas nunca ficou longe de casa mais de dezoito meses. Três outros filhos e duas filhas vieram em seguida, Fioretta, Falcone, Meshullam, Leone e a pequena Haya-Rachel, todos com pequena diferença de idade, de modo que tinham uns aos outros. De todos os seus filhos, Elijah, o primogênito, era o único sem companhia. Elijah tinha somente dois bois, a terra pobre alugada e seus sonhos absurdos.

Seriam os sonhos tão absurdos?

No meio da noite, Isaac enfrentou o ato de que, concordando ou não com o desejo do filho de deixar Veneza, os judeus tinham recebido ordem para partir.

Levantou da cama silenciosamente, para não perturbar a mulher que dormia. Era uma noite sem lua e, mesmo àquela hora, ele, um judeu de Treviso, jamais se arriscaria a ser visto cavando a terra perto dos estábulos. Encontrou a pequena sacola de pele de cabra exatamente onde a havia enterrado. Dentro dela estava a grande pedra amarela, comprada na sua terceira viagem. Representava a soma dos lucros de gerações de mercadores de diamantes chamados Vitallo. Era uma fortuna mais modesta do que as de outras pessoas, até mesmo do que a de alguns judeus, mas uma riqueza muito além do que qualquer um dos seus antepassados poderia imaginar. Ele a comprou por um preço baixo num país e num ano em que o diamante foi avaliado em muito menos do que realmente valia. Mesmo assim teve de usar praticamente toda a sua reserva de capital. Com essa pedra, ele podia levar sua fortuna e fugir, se fosse necessário. Podia também ficar sem nada se fosse vítima de roubo, e uma vez ou outra ele verificava se a sacola enterrada continuava intacta.

Se tivesse de deixar Veneza, será que o diamante poderia comprar alguma espécie de segurança em sua vida?

Oitocentos mil judeus expulsos da Espanha haviam deixado o país sem ter para onde ir. Alguns chegaram à costa da África, onde os árabes violentaram suas mulheres e, procurando objetos valiosos, talvez engolidos, abriam os corpos dos homens. Outros foram para Portugal, onde compraram o direito de existir com tudo que tinham, e seus filhos e filhas foram batizados à força na frente dos pais. Milhares foram vendidos como escravos, milhares cometeram suicídio. No porto de Gênova, vários navios com exilados famintos foram impedidos de desembarcar seus passageiros. Ricos e pobres, os judeus morreram de fome na entrada do porto. Os corpos em decomposição deram início à peste que tirou a vida de vinte mil genoveses.

Isaac estremeceu. Pôs o diamante na sacola e enterrou outra vez, sem esquecer de eliminar os sinais da escavação.

Muitos oravam freneticamente. Outros jejuavam, como se pudessem forçar a misericórdia de Deus com o autossacrifício. Isaac sabia, por experiência, que não valia a pena dar ouvidos aos que torciam as mãos e passavam o tempo todo lamentando o destino em altas vozes. Conhecia uns poucos homens de espírito firme que sabiam o que era o perigo.

— Acha que desta vez estão resolvidos? — perguntou o rabino Rafael Nahmia.

Isaac fez um gesto afirmativo.

— Eu também acho que estão — disse Judah ben David, o médico do doge.

— Já disseram isso antes — observou o rabino.

– *Nunca depois da beatificação de Simão de Trento* – lembrou Isaac. – *Nunca disseram isso até o ano do seu Senhor de 1588.*

Os bancos eram a maior esperança dos judeus.

Muitos judeus moravam nas cidades-estados desde o tempo dos romanos, quando não sofriam nenhuma restrição. Eram fazendeiros, camponesas, mercadores e artesãos, mas, à medida que surgiam os grandes centros de comércio e indústria, os trabalhadores cristãos começaram a se ressentir e a temer a competição dos trabalhadores infiéis, e as guildas dos artesãos se formaram como sociedades semirreligiosas. Lentamente, mas com firmeza, os judeus foram obrigados a abandonar a competição, relegados a trabalhos sujos e degradantes que ninguém queria, ou esotéricos e especializados, como a medicina e o comércio de diamantes, nos quais seus serviços eram extremamente requisitados.

Enquanto isso acontecia, a Igreja começou a reconhecer que a usura entre os cristãos era um problema muito delicado. Embora o empréstimo de dinheiro fosse proibido como pecado, mercadores, príncipes e religiosos se dedicavam a ele em grande escala, e os juros eram proibitivos, às vezes acima de 60 por cento. Toda a sociedade dependia do dinheiro emprestado. Os camponeses se endividavam quando a colheita era má; os habitantes das cidades, por motivo de doença ou para comemorar um casamento. Embora a Igreja condenasse o empréstimo com fim lucrativo, não emprestava dinheiro sem cobrar juros. Mas reconhecia que os empréstimos eram essenciais para a sobrevivência dos pobres.

A maior parte dos judeus da época, banidos do comércio e proibidos de vender mercadoria nova, viviam precariamente da venda de objetos usados e roupas velhas. A Igreja convidou algumas das famílias judias mais antigas, antes de comerciantes bem-sucedidos, a se tornarem banqueiros, um acordo que seria muito vantajoso para ela. Os usurários cristãos não queimariam no inferno. Os banqueiros judeus podiam ser controlados, uma vez que eram mínimas as suas liberdades civis. A cidade recebia uma taxa anual pelo privilégio concedido de operar os bancos, e a Igreja, um pagamento substancial dos banqueiros cada vez que a condotta *era renovada.*

A nova taxa de juros foi determinada em 4 por cento, mas logo se tornou evidente que, com os subornos necessários e as demais despesas, não era suficiente para a sobrevivência dos bancos, e os juros passaram para 10 por cento com garantia e 12 por cento sem garantia, uma taxa justa para a economia veneziana. Depois de alguns anos, tanto a Igreja quanto o povo esqueceram a antiga taxa de 60 por cento e se uniram no ódio e no desprezo pelos usurários judeus. Logo começaram a exercer tanta pressão que os juros baixaram gradualmente até 5 por cento e o que fora oferecido às antigas famílias como um privilégio se transformou num ônus impossível. Uma vez que os três bancos de Veneza constituíam a única razão pela qual os judeus eram tolerados na cidade, o povo do Gietto mantinha o apoio aos bancos como um imposto especial, que teria de ser aceito, e anualmente conseguiam cinquenta mil ducados para capitalizar os empréstimos de três ducados aos pobres cristãos.

– Acha que arriscarão viver sem os bancos? – perguntou o rabino.

– Eles odeiam mais do que amam nossos empréstimos – disse Isaac. Perto deles, o som das preces cresceu febrilmente.

– Precisamos de um milagre – disse o rabino, com amargura – para compensar o milagre do túmulo de são Simão de Trento.

No dia seguinte, Isaac foi chamado ao palácio ducal.

– Precisamos dos seus serviços, Vitallo – disse o doge.

– Vossa Graça?

– Na coleção do Vaticano, há um belo diamante amarelo. É grande, uma pedra filha da mãe. É chamada Olho de Alexandre, em honra do papa Alexandre VI, pai dos Bórgias.

Isaac assentiu, balançando a cabeça.

– Um dos grandes diamantes. Sei da existência dele, é claro. Foi cortado por antepassados.

– Agora o Vaticano deseja uma mitra para o papa Gregório, onde será montado o Olho de Alexandre. A habilidade do meu joalheiro é muito conhecida – disse o doge, com orgulho. – Pediram-me que o designasse para esse trabalho.

– Uma honra enorme, Vossa Graça. Estou extremamente desolado.

O doge olhou para ele.

– Desolado por quê?

– Nós, os judeus, recebemos ordem de deixar Veneza.

– Mas é claro que você fica para fazer o trabalho.

– Eu não poderia.

– Vai ficar. Eu ordeno que fique.

– Ficar, quando os outros são obrigados a sair, seria uma morte em vida para mim e para minha família. – Olhou para o doge. – Outras formas de morte não nos assustam.

O doge foi até a janela e se pôs a contemplar o mar.

O tempo foi passando. Isaac esperava, sabendo que não fora dispensado. Via, por cima da cabeça do doge com o chapéu de seda, símbolo da sua autoridade, inúmeros pontos de sol dançando na água. Quantos quilates no mar? Deus era o mais perfeito artesão de facetas. Nenhum mortal cortador de diamantes podia sequer fazer a tentativa de igualar essa habilidade.

Finalmente o doge voltou-se para ele.

– Talvez eu possa ajudar os seus judeus. Alguns membros do Senado sentem ter de fechar os bancos. Eu posso influenciar os outros.

– Vossa Graça terá para sempre a nossa gratidão.

O nobre ergueu a mão.
– Compreenda perfeitamente. Não me importo nada com a gratidão dos judeus. Exijo um trabalho que ganhe para mim a gratidão do Vaticano por fornecer-lhes o artesão. – Moveu a mão com desprezo, dispensando o joalheiro.
Isaac correu para o Gietto. Foi direto à sinagoga e procurou o rabino Nahmia.
– Alcançamos o seu milagre – anunciou, exultante.

Isaac foi procurar em Nápoles um ourives. Salamone da Lodi era um judeu extremamente talentoso que fora aprendiz de Benvenuto Cellini nos últimos anos de vida do mestre. Cellini o escolheu como agradecimento ao seu aprendizado sob a orientação de Graziadio. Muitos consideravam Da Lodi o sucessor do seu mestre. O napolitano era um homem gordo, um beberrão que conhecia as marcas mais íntimas de todas as prostitutas, mas Isaac se sentia melhor trabalhando com um judeu. Juntos resolveram fazer um desenho baseado na mitra usada no Templo pelo sumo sacerdote. Ficaram preocupados com a quantidade de ouro de que iam precisar, mas, quando chegou a hora, receberam dinheiro para todo o material, sem nenhuma reclamação. Procuraram manter o custo baixo e, para que a tiara não ficasse pesada demais para o papa Gregório, Da Lodi derreteu o ouro e fez fios muito finos, os quais teceu na forma de uma coroa antes que os fios soltos do forro estivessem frios. O resultado foi uma mitra tão delicada e rica que encantou Isaac. Com admiração reverente, ele pensou no trabalho misterioso de Deus – criar uma coisa tão bela motivado pelo medo, pela ambição do doge e pela feiura de Salamone Da Lodi.

A mitra encantou o doge, que a pôs sob guarda armada e ordenou que Isaac trabalhasse no palácio ducal quando fosse engastar o diamante.
– Eu só trabalho na minha oficina, Vossa Graça – disse Isaac com firmeza. Já tinham se desentendido sobre isso antes.
– Então sua oficina e sua casa devem mudar para o Gietto.
– Eu não posso morar no Gietto, senhor.
– Não posso garantir a segurança da sua casa em Treviso – alegou o doge.
Isaac achou que era exagero, mas reconheceu que a violência estava no ar. Com a chegada da Páscoa, um fervor se apossou do povo. Padres locais pregavam as intenções criminosas dos que tinham crucificado Jesus. Por toda a parte viam-se pessoas com medalhas e escapulários com a imagem tosca do bebê de Trento, cuja morte era lamentada como se tivesse acontecido na véspera e não há um século, e os judeus atraíam olhares ferozes quando se aventuravam fora do Gietto. Havia uma demanda clamorosa para que todos os judeus de Veneza fossem obrigados a comparecer aos sermões para conversão, como os judeus das outras cidades-estados.
O doge fez uma declaração.

Foram tomadas medidas para que nenhum não cristão possa prejudicar a solenidade mais importante do ano católico. Os portões do *Gietto* serão fechados, trancados e guardados desde o amanhecer da quinta-feira santa até as nonas, na tarde do sábado seguinte. Durante esse tempo, todas as janelas do *Gietto* que se abrem para fora ficarão seladas, e nenhum judeu deverá ser visto fora do *Gietto* durante o período da Paixão, sob pena de incorrer na mais severa penalidade determinada pela lei.

Um grupo de soldados ficaria alojado nos prédios externos da fazenda em Treviso. Isaac detestava ter os guardas tão perto, quase dentro de casa. Uma semana antes da chegada dos soldados, ele desenterrou a pequena sacola de pele do esconderijo perto do curral. Receava que algum soldado resolvesse pescar truta num dos regatos de leito calcário e descobrisse seu diamante cavando a terra à procura de minhocas para isca.

No dia seguinte ao que a mitra e o diamante chamado Olho de Alexandre lhe foram entregues, Isaac chamou Elijah na oficina e trancou a porta. Pôs os diamantes um ao lado do outro na sua mesa de trabalho e sorriu do espanto do filho.

– Dois? – disse Elijah.

– Este é meu. Algum dia será seu e dos seus irmãos e irmãs.

– Quanta terra ele pode comprar... – Elijah tocou a pedra preciosa que era a sua herança. – São quase do mesmo tamanho.

– Porém, um é muito mais valioso. Qual deles?

Isaac tinha ensinado o filho sobre pedras preciosas como ensinava a Guemara, desde que ele era pequeno. Elijah sentou no chão, perto da cadeira do pai, e apanhou a lupa.

– O deles – concluiu, desapontado. – A não ser por uma parte escura no pescoço, é perfeito. O melhor que já me mostrou.

– Você aprendeu bem. Deve aprender mais. Tudo que eu tenho para ensinar.

Elijah se manteve calado.

– A partir de agora – disse Isaac, gentilmente – você vai trabalhar menos na terra e estudar mais as pedras preciosas. Não terá muito tempo para plantar.

O menino o surpreendeu, deitando a cabeça no seu colo.

– A terra é o que eu quero – pediu ele, a voz abafada pela perna do pai, e num tom de desespero.

Isaac tocou os cabelos revoltos.

– Precisa aprender a usar melhor o pente. – Acariciou a cabeça do filho. – Eles têm um número enorme de pessoas que trabalham na terra. Mas sabem muito pouco sobre pedras preciosas. O conhecimento é a nossa única força. Será sua única proteção. – Levantou o rosto de Elijah e mostrou o diamante do Vaticano. – Este foi cortado por um parente seu.

– Onde ele mora?

– Morreu há muito tempo. Três gerações antes do meu nascimento. – Contou como Vidal fugiu de Ghent, depois que o terror da Inquisição chegou à Holanda, e foi para Veneza, refugiando-se no Gietto. – Ele ensinou a arte de cortar diamante ao seu tetravô.

– Qual dos nossos parentes descende diretamente dele?

Isaac balançou a cabeça.

– Nenhum. Houve uma praga na cidade. Por algum motivo, só os que moravam no Gietto foram poupados. As pessoas ressentidas jogaram imundícies por cima do muro. Panos infectados, usados para limpar as pústulas da peste. Centenas morreram no Gietto superpovoado, inclusive Vidal, sua mulher e seus filhos.

– Miseráveis!

Isaac abraçou o filho demoradamente. Os ombros de Elijah iam ser mais largos do que os seus. As lágrimas no seu rosto foram um choque.

– Por que não nos deixam em paz? – exclamou Elijah.

– Eles dizem que é porque Jesus não vive mais.

– Eu não o matei!

– Eu sei. Eu também não – bradou Isaac asperamente.

Naquele ano, o décimo quinto dia do mês de Nisan chegou cedo no seu calendário e a Páscoa judaica caiu um mês inteiro antes da Páscoa cristã. Na véspera do dia santo, a terra estava imaculadamente limpa, os pratos e os talheres do Pesach substituíam os de uso diário, e o pão ázimo da padaria do Gietto estava empilhado na cozinha, coberto por um pano alvo, esperando o pôr do sol e o seder. Dos fornos vinham os aromas de pudins, aves e do cordeiro pascal, assado com temperos e ervas. Durante o dia, todos os judeus chegavam com garrafões e botelhas para encher com o bom vinho do Pesach que os Vitallo haviam obtido das suas uvas no último outono.

Era a quarta-feira santa. Os homens da guarda revezavam-se para receber a bênção na igreja da cidade. Isaac e Elijah trabalhavam na prancheta de desenho, enquanto os primeiros insetos da estação recebiam o calor da primavera com zumbidos frenéticos. Ele estava fazendo os desenhos preliminares, planejando os detalhes da colocação da pedra. Inserir o diamante na mitra não seria difícil, mas Isaac trabalhava metodicamente com o maior cuidado.

Elijah, entediado e inquieto, olhava pela janela, para as montanhas que começavam a ficar cobertas de verde.

– Se as videiras não forem logo podadas, será tarde demais.

– Vá – resmungou Isaac.

O menino só perdeu o tempo suficiente para apanhar a faca de podar, que ele mantinha afiada como uma navalha, e correu para o vinhedo.

Logo depois, Isaac suspirou e largou o carvão. Era um dia bonito demais para ficar dentro de casa. Lá fora, o sol estava quente e a brisa trazia o cheiro do mar. Ele subiu numa pequena colina, atrás da casa, de onde gostava de olhar sua terra. No pátio, as crianças menores ajudavam a mãe a vender o vinho. Os guardas andavam de um lado para o outro, experimentando a safra, e Isaac sorriu vendo que sua mulher os vigiava atentamente. Fioretta, a menina mais velha, estava entrando na adolescência.

Nuvens altas e brancas passavam no céu e por toda parte a vida despertava. O solo estava úmido, mas ele sentou assim mesmo e ficou vendo o filho podando as videiras na encosta.

Dois meninos menores subiram até o topo da colina e correram direto para o vinhedo.

Um homem idoso apareceu correndo esbaforido atrás deles. Por que estaria o velho perseguindo as crianças? E por que levava uma foice se faltavam meses ainda para ceifar o campo?

Isaac via perfeitamente os meninos, até as manchas de cinza nas testas deles. Os dois correram direto para seu filho e pareciam estar tentando bater nele. Elijah os manteve a distância sem dificuldade, enquanto esperava chegar o velho.

Homens de todas as idades apareceram no topo da colina.

– Não! – gritou Isaac.

No pátio, Fioretta deixou cair uma garrafa de vinho. Os soldados apanharam suas armas.

Isaac saiu correndo.

Viu o velho alcançar Elijah. A lâmina da foice cintilou, mais brilhante do que o sol no mar. Elijah nem tentou usar a faca de podar. Quando a foice cintilou outra vez, seu brilho tinha a cor de rubi, o mais terrível aspecto de todos.

Elijah foi enterrado, no terceiro dia do Pessach, no cemitério do Lido. O doge providenciou uma guarda especial e, alguns dias depois, foi à quinta de Isaac.

– Não pode dizer que não foi avisado, Vitallo.

Isaac olhou para ele.

– Mesmo assim, um grande infortúnio, é claro... O homem que feriu seu ombro, o que os guardas também feriram, morreu, você sabia?

Isaac fez que sim com a cabeça.

O doge assumiu um ar de desprezo.

– Um velho camponês.

Parecia pouco à vontade. Estava acostumado a ver cinzas nas cabeças dos cristãos uma vez por ano. Evidentemente, cinzas nas cabeças de judeus vestidos com roupas rústicas eram um exemplo do seu barbarismo.

– Isso vai atrasar seu trabalho?
– Trinta dias, Vossa Graça.
– ... Precisa de tanto tempo?
– Sim, Vossa Graça.
– Então quero o trabalho feito assim que terminar esse prazo, compreendeu?
Quando o doge saiu, Isaac sentou no chão e começou a rezar.

O ferimento no ombro era doloroso, mas ele podia usar o braço. Na manhã do trigésimo dia, tirou a roupa de saco e aparou a barba. Trancou a porta da oficina e pôs a mitra sobre a mesa. Depois sentou por um longo tempo com a mão na cadeira vazia, olhando pela janela para a colina.

Finalmente, apanhou a pedra e a engastou na mitra de Gregório.

Dois dias depois, eles foram expulsos da velha casa. Não podiam levar tudo que haviam acumulado durante os anos em Treviso. Puseram o que foi possível na carroça puxada por um cavalo e passaram pelo vinhedo onde os camponeses do doge já estavam trabalhando.

O chapéu novo era o melhor que ele pudera pagar. Talvez fosse sua imaginação, mas, quando chegou na cidade, foi como se o cavalo, a carroça fechada, ele e a mulher, Fioretta, Falcone, Meshullam, Leone e a pequena Haya-Rachel se tivessem desmanchado no ar e tudo que o guarda do portão viu foi a cor amarela do chapéu quando eles seguiram para a pequena ponte e passaram pelo portão do Gietto.

IV
ENCONTRANDO

20

GEMATRIA

— Dois milhões e trezentos? – Apesar da péssima qualidade da ligação, dava para perceber a decepção na voz de Saul Netscher.
– Nosso amigo provavelmente não venderia, nem que pudéssemos pagar. Acredito que ele quer mais alguma coisa. Talvez um perdão do Egito. Ou, quem sabe, um cargo no governo.
– Como você sabe disso?
– ... É o que eu ia querer se fosse ele.
– Ele não é você. Continue tentando, Harry. Ofereça qualquer coisa razoável. Talvez ele queira ser prefeito de Nova York.
Harry sorriu.
– Não acredito que ele queira. É um homem muito inteligente – afirmou. – Meu filho está por aí?
A nove mil quilômetros de distância, Netscher suspirou.
– Espere um momento.
– Alô, papai.
– Jeff. Como vai, menino?
– Trabalhar é melhor do que o acampamento.
– Como Saul está te tratando?
– Bem. – A voz ficou cautelosa. – Você tinha razão.
– ... Quando eu disse que ia trabalhar como um escravo?
– É isso.
Jeff riu.
– Bem, você parece ótimo. Trate de não esquecer que diamantes industriais e pedras preciosas são negócios diferentes.
– Quando vai voltar?
Harry hesitou.
– Não vou demorar. – Tamar o observava. – Dê lembranças minhas a sua mãe.
– Tudo bem, papai. Até breve.
– Tenha juízo, Jeff.
Harry desligou e olhou para Tamar. Eram quase onze horas em Nova York, mas em Jerusalém apenas quatro. Tinham sido levados de carro para Jerusalém, no escuro, deprimidos e com sono.

— Quando você fala com ele, seu rosto muda. E sua voz tem mais calor.
Harry rosnou. A análise o deixou embaraçado.
— Acha que pode encontrar a casa de Mehdi outra vez? — perguntou Tamar.
Harry olhou atentamente para ela.
— Por quê?
— Por nada especial.
— Mesmo que seus amigos consigam roubar a pedra, eu não poderia ajudar. Não sou receptador de objetos roubados.
— Nós fomos a Entebe para salvar judeus, não invadimos para roubar diamantes. Apenas me ocorreu que eu não poderia encontrar a casa se quisesse.
— Eu também não. — Não da estrada. Podia encontrá-la indo pela praia. Quando permitiram que saísse para correr na praia, Harry teve certeza de que Mehdi deixaria a vila logo depois deles.
— Falei com a menina árabe enquanto esperava na casa dele.
— É mesmo?
— Ela disse que você a expulsou.
— Quantos anos ela tem?
— Quinze.
— Parece mais nova.
Tamar aproximou-se de onde ele estava sentado.
— Você é um homem bom.
— Porque não transo com crianças?
— Porque é um homem bom.
— Obrigado. — Era bom ouvir Tamar dizer isso.
— Você vai voltar para casa.
— Daqui a alguns dias. Depois de ter certeza de que não podemos comprar o diamante.
Ela segurou o rosto dele entre as mãos.
— Eu vou deixar de trabalhar para Ze'ev. Vamos ser bons um com o outro, Harry Hopeman. Assim, quando você partir, será a despedida de dois bons amigos.
Harry olhou pensativamente para ela.
— Certo.
Tamar o beijou. Harry despiu a sonolenta boa amiga e a levou para a cama.

De manhã, ela foi correr com ele, vestindo o short de Massada e uma camiseta velha com as mangas arrancadas e na parte da frente algumas letras em hebraico que ela traduziu com prazer. Propriedade do Departamento de Educação Física. Tamar não quis dizer de quem ganhara a camiseta. Tinha boa resistência, não fazia esforço para correr e ria muito, dentes brancos e maravilhosos iluminando o rosto moreno. Para se concentrar na corrida, Harry evitava olhar para ela. Tamar tinha uma aparência muito saudável e, ao correr, tudo se movimentava, o cabelo voava para trás, os seios se erguiam e abaixavam como as marés, as pernas longas pareciam dois pistões, subindo e descendo, subindo e descendo enquanto se desviavam dos carros. Entravam na multidão, passavam por crianças que zombavam deles, por velhos judeus escandalizados, árabes incrédulos, espantados lojistas que interrompiam suas discussões, maliciosos vendedores ambulantes e uma variedade de infelizes religiosos que jamais conheceriam nem mesmo mulheres mais comuns, muito menos a glória que era Tamar Strauss.

Finalmente entraram num pequeno parque e sentaram exaustos na sombra de um grande cacto.
Ela enxugou o suor do rosto com o braço nu.
– Escute – pediu ela. – Ontem à noite, eu disse que tudo devia ser agradável entre nós dois, nada mais de brigas. Mas há uma coisa que preciso desabafar.
Harry recostou-se e fechou os olhos.
– Mmmmm?
– Eu não sou uma prostituta.
Ele abriu os olhos.
– Quem disse que você era prostituta?
– Você, na noite em que me deixou tão zangada.
– Não. Está enganada.
Tamar apoiou o rosto na mão.
– Numa coisa você estava certo. Desde que perdi meu marido, tenho medo de me permitir... sentimentos. Acho que devo enfrentar isso. E um dia qualquer tomar alguma medida.
– Fico contente.
– Mas sou viúva e tenho vinte e seis anos. Acha que devo viver como uma virgem?
– Deus me livre – disse ele.
– Falo sério. Os homens americanos são obcecados por sexo, mas, bem no fundo, vocês querem mulheres virgens.
Harry ergueu a mão.
– Tudo que eu disse foi que...
– Você disse que eu provavelmente já estive com muitos homens. "Para alguém como você", acho que foram essas as suas palavras.
– Nós todos estamos virando uns malditos autômatos sexuais. Não há mais paixão na nossa paixão, muito menos amor. Só uma porção de sobe e desce mecânicos.
– Acho que tem razão – assentiu ela, calmamente. – Mas... – Os olhos castanhos prenderam os dele. – Como você sabe que houve mais homens na minha vida do que mulheres na sua?

Harry apenas olhou para ela.
– Pense nisso – disse Tamar.

Ela saiu para apanhar algumas coisas no apartamento. Havia mensagens quando ele voltou para o hotel. Davi Leslau tinha chamado duas vezes mas não deixou o telefone e disse que ia ligar novamente. Monsenhor Peter Harrington telefonou de Roma.

Harry ligou imediatamente para Peter, mas no museu do Vaticano disseram que monsenhor Harrington não voltaria mais naquela tarde.

Harry tirou da sacola a granada e passou quase duas horas polindo a pedra que começava a brilhar como uma enorme gota de sangue escuro. Quando o telefone tocou, ele estava tentando resolver se antes de partir daria a pedra a ela como estava ou engastada num anel, ou se seria melhor mandar pelo correio num broche.

Era Leslau.

– Quais as novidades, Davi?
– Boas e más.
– Encontrou a *genizah*?
– Essa é a má.
– Merda. Qual é então a boa?
– Rakhel acaba de receber o *guet,* é uma senhora divorciada. Vamos nos casar assim que a lei permitir, dentro de uns noventa dias.
– Uma notícia boa mesmo. *Mazel Tov.*
– Graças a você. Que tal jantar conosco? Para comemorar?
– Vou levar uma mulher – avisou ele.

A ortodoxia de Rakhel Silitsky tinha sobrevivido aos seus problemas. Por causa dela, comeram num restaurante *kosher,* onde vidros com ovos amarelos não galados enfileiravam-se no balcão atrás do lugar em que os homens preparavam a comida. Logo os quatro estavam conversando como velhos amigos.

Leslau ouviu filosoficamente a história da negociação do diamante amarelo.

– A escavação também foi um fracasso. Não encontramos nem sinal do que estamos procurando.

– É possível que simplesmente não esteja lá? – perguntou Rakhel.

Leslau cobriu a mão dela com a sua.

– Está lá, meu amor, quase posso sentir. Escondido há tanto tempo. Tão bem escondido por aqueles espertos *momsers* que simplesmente não podemos encontrar.

– Talvez alguma indicação que deixamos passar no manuscrito – disse Harry. – Uma chave que abre todas as passagens. Tem tantos números – medidas, quantidades de objetos. Será que estavam fazendo um jogo com a gematria?

– O que é gematria? – perguntou Tamar.

– Um método antigo de criptografia judaica – disse Harry. – A cada letra do alfabeto é atribuído um valor numérico – *aleph* é um, *bel* é dois, *guimel* é três, e assim por diante, com valores maiores atribuídos a combinações de letras. Os estudiosos inventaram a gematria para fazer interpretações místicas das passagens da Bíblia, e faziam coisas incrivelmente complexas com ela. Na yeshiva, nós a usávamos como um jogo, em exercícios simples. Por exemplo, o seu nome – disse ele para Tamar. – O valor numérico das letras é 640. Podemos ver o versículo 640 da Bíblia e verificar se há alguma mensagem especial para você.

Todos riram da expressão de Tamar.

– Para dar um exemplo melhor: o Livro do Gênesis tem exatamente 1.534 versículos. Na yeshiva, tínhamos uma frase mnemônica para esse número, *Ach ladhashem*: Somente para o Senhor, uma vez que as letras da frase têm um total numérico de 1.534.

"Ou tomemos a palavra hebraica para gravidez, *herayon*. Seu valor numérico é 270. São precisos nove meses para ter um filho, certo? E há trinta dias em cada mês solar. Trinta vezes nove é igual a *herayon*, uma gravidez."

– Não há nenhuma gematria no manuscrito de cobre – resmungou Leslau. – A gematria não foi usada efetivamente até o tempo dos cabalistas, centenas de anos depois do tesouro do Templo ser escondido.

– Às vezes, as pessoas fazem testes muito complicados para descobrir uma falsificação – lembrou Tamar. – Vocês estão fazendo a mesma coisa? Será que a resposta poderia ser bem simples?

– Eram uns homens muito inteligentes e espertos – salientou Harry.

– Veja como dispuseram os dois esconderijos em Achor, com a *genizah* que contém o diamante amarelo num plano mais raso e os objetos religiosos a uma profundidade bem maior. Talvez tenham invertido todas as indicações no manuscrito. Um trecho diz que a *genizah* fica perto da base da menor das duas colinas. Talvez na verdade esteja na base da colina mais alta.

– Tentamos escavar lá também. Não há nada. Às vezes saio da minha barraca – disse Leslau –, e no deserto converso com os caras que esconderam aquelas coisas. Eu digo: "Qual é o seu problema? Eu sei que tinham de esconder bem. Mas estão fazendo um jogo? Será que querem que os encontremos algum dia?"

Ninguém sorriu.

– Estamos numa festa de noivado – indagou Harry – ou num funeral?

O rosto de Leslau se iluminou.

– É uma festa de noivado. Não há dúvida sobre isso. – Beijou Rakhel no rosto.

Harry empurrou a cadeira para trás.

– Pois então vamos comemorar – disse.

O telefone estava tocando quando Harry girou a chave na fechadura, mas parou antes dele abrir a porta.

Os dois tiraram os sapatos.

– Ah – respirou Tamar, aliviada.

Tinham ido a uma boate. Dançaram e beberam muito vinho. A moda da nostalgia chegou a Jerusalém sob a forma de uma volta ao ídiche e tinham cantado canções ídiches durante horas com alguns soldados, canções que Harry pensava ter esquecido.

– Uma festa e tanto.

– E tanto – concordou Tamar. – São bastante agradáveis aqueles dois.

– Uma sorte terem se encontrado.

– É mesmo.

Ela sentou-se na frente do espelho e começou a escovar o cabelo.

– Quero você – disse ele.

Tamar conteve um bocejo.

– Tudo bem – anuiu afavelmente.

Harry ficou de pé atrás da cadeira e olhou pelo espelho para os olhos dela.

– Permanentemente.

– Harry, é o vinho.

– Não.

– Esqueça. Assim nenhum de nós vai ficar embaraçado de manhã.

– Alguma vez já desejou tanto alguma coisa a ponto de não poder nem pensar em ficar sem ela?

– Já.

Harry tocou no pescoço dela.

– Você não me quer do mesmo modo.

Ela balançou a cabeça.

– Mas... – Segurou a mão dele. – Estive pensando que a vida será muito menos alegre quando você for embora. Você me fez... sentir viva.

– Então, por que devo deixá-la?

– Como acha que podia dar certo? Você e eu? *Ya Allah!* De planetas diferentes – disse ela.

O telefone tocou.

Era Peter Harrington.

– Harry?

Ele não queria interromper a conversa para falar com Peter Harrington. Mas Tamar mandou-lhe um beijo na ponta dos dedos e foi para o chuveiro.

– Alô, Peter.

– Você ainda está aí. Isso significa que me venceu, certo?

– Não, que droga. Significa apenas que você perdeu menos tempo do que eu.

– É uma pena, Harry... Que hipócrita eu sou. Não percebe que estou tentando disfarçar a alegria da voz?

Harry sorriu.

– Não se sinta culpado. Até um monsenhor é humano. Você está definitivamente fora do negócio?

– Na verdade eu nunca estive nele.

– Peter, tenho a impressão de que eu também não estive.

– Continua sendo material roubado, Harry.

– Foi roubado durante a Inquisição – lembrou ele, irritado. Estava farto de discutir o assunto.

Evidentemente, Peter também estava.

– Se você não conseguiu comprá-lo, quem sou eu para achar que posso? Venha a Roma, Harry. Vou levá-lo a novos restaurantes.

– Tentarei ir o mais breve possível. Estou ainda na lista dos condenados do cardeal Pesanti?

– Ele está mais calmo, porém muito interessado no que acontece aí.

– Diga a Sua Eminência que não está acontecendo nada. Tudo parece uma droga. Quando eu tiver uma resposta definitiva, telefono.

Peter hesitou.

– Deus o abençoe, Harry.

Era a coisa mais próxima a um aperto de mão pelo telefone e Harry ficou grato por isso.

– Tchau, bom amigo padre.

Desligou o aparelho. Começou a folhear a Bíblia do hotel, anotando o número de versículos em cada capítulo do Gênesis.

O versículo 640 estava no capítulo 24, versículo 48. Uma decepção. *E prostrando-me adorei ao Senhor e bendisse ao Senhor Deus de Abraão que havia me conduzido ao caminho certo, levando a filha do irmão do meu senhor para seu filho.*

Que relação isso podia ter com Tamar? A gematria não lhe dizia nada.

O versículo 650 teria sido interessante: *Chamaram, pois, Rebeca e lhe perguntaram: Queres ir com este homem? E ela respondeu: Irei.*

Mas o versículo 650 não era o versículo 640 e ele largou a Bíblia, sentindo-se enganado.

Ela saiu do banheiro só com a toalha. Estava molhada, escorregadia, e sua boca cheirava a água fria e pasta de dentes americana.

– Poderia dar certo? – indagou. Os castanhos olhos iemenitas estavam sorrindo.

Harry tinha de ser tão honesto quanto ela.

– Eu não sei. – Tirou a toalha e começou a enxugá-la.

– De uma coisa tenho certeza. – Ela o abraçou. – Harry jamais fará nada para me magoar – disse.

21

ROSH HA'AYIN

Era como acordar quando era menino, ali deitado, sentindo-se maravilhosamente bem sem saber por que e então lembrando que as aulas tinham terminado na véspera.

Eles foram calmamente casuais. Na superfície, era como todas as outras manhãs que tinham passado juntos.

Lendo o *Jerusalem Post* enquanto tomava café, viu um artigo que citava um ministro chamado Kagan, criticando a corrupção no *Mifleget Ha'avodá*, o partido trabalhista.

– Este político tem o mesmo sobrenome que seu amigo Ze'ev.

Tamar olhou para o jornal.

– É o pai dele.

– Um membro do gabinete? Pode ser primeiro-ministro algum dia?

– Não há chance. Ele fez muitos inimigos políticos. É um dos antigos líderes do Irgun no *Likud*, o partido da unidade. – Ela passou manteiga na torrada. – Ze'ev é que pode ser primeiro-ministro algum dia, eu acho.

Harry sorriu.

– Ze'ev é apenas um oficial de campo graduado do exército.

– Ele já está no primeiro degrau da escada. Seu antecessor é ministro da Polícia. Uma vez membro do gabinete, há tendência de progredir. E o pai dele tem tantos amigos quanto inimigos. Não está fora de questão – concluiu ela.

Nenhum dos dois tocou no assunto da noite anterior.

No Ford inglês alugado, foram pela velha estrada de Tel Aviv para Beit Jimal, onde ela conhecia um mosteiro de irmãos salesianos que faziam e vendiam vinho. Caminhando entre o vinhedo, onde os frades trabalhavam ao sol, Harry se perguntava o quê, na sua sensual alma judia, gostava tanto do árido ambiente da vida monástica.

Um jovem frade americano os fez provar dois tipos de vinho, tinto e branco, ambos secos e bons. O frade era de Spokane, moderno e bem-humorado, e ele e Harry conversaram sobre política americana. Os frades faziam um queijo em tijolos, parecido com o munster, porém mais amarelo. Harry comprou quatro garrafas de vinho e um bloco de queijo tão grande que Tamar resmungou.

— O que o jovem e amável democrata veio fazer num lugar como este? — perguntou ao frade de Spokane.

— Eu vim à procura de alguma coisa.

— Encontrou?

— Acho que sim — disse o frade.

— Sorte sua. Gosta daqui?

— De tudo, menos do inverno. Todo mundo fica com a garganta inflamada, nariz vermelho e tenho vontade de fazer um cartaz dizendo: Fungue se Você Ama Jesus.

— Por que não fez?

— Não conhece nosso prior. Eu não sou louco, só um fanático religioso.

Ele riu até chegarem ao carro.

— Para onde vamos? Que tal subir as colinas da Galileia?

— Harry, acho que não há qualquer chance de dar certo — disse Tamar, com firmeza.

Harry compreendeu.

— Ontem à noite você me fez acreditar que eu tinha uma chance.

— Acho que vou levá-lo a Rosh Ha'ayin.

— O que é isso?

— É onde minha família mora — disse ela.

— Podemos dar este queijo a eles — propôs Harry.

— Não, meus pais são *kosher*. Se quiser, podemos parar para almoçar em Petah Tikva e ali comprar um pedaço de queijo *kosher* para eles.

— Posso escolher uma boa bebida para seu pai. O que ele gosta de beber?

— Araque. Acontece que meu pai é alcoólatra.

Quando chegaram em Rosh Ha'ayin, entraram numa rua não calçada e passaram por casas miseráveis.

— Na Segunda Guerra Mundial, era um acampamento militar britânico — informou ela. — Depois foi um *ma'barah*, acampamento temporário para imigrantes iemenitas. Alguns anos antes de chegarmos aqui, o governo fez do acampamento provisório uma cidade permanente.

Harry diminuiu a marcha. Uma menina de mais ou menos quatro anos estava sentada no meio da rua, mexendo na terra seca.

— Pare aqui — disse Tamar. Desceu do carro. — Habiba, meu bem, como vai você? — indagou, em hebraico. — Tem sido uma boa menina, minha doce sobrinha?

O nariz da menina estava escorrendo. Isso não perturbou Harry, mas uma mosca pousou no rosto dela e caminhou para o olho esquerdo. Tamar tirou um lenço de papel da bolsa e limpou o nariz da sobrinha, espantando a mosca.

– Eu costumava sentar ali mesmo. Imagino que me parecia muito com ela.

– Então, Habiba, logo você será uma mulher e tanto. Uma puro-sangue – brincou Harry.

A menina sorriu hesitante, sabendo que Harry falava com ela, mas sem entender a língua dele. A mosca voltou, ou talvez fosse outra, da lata de lixo na frente da casa vizinha.

Tamar segurou a mão da sobrinha e as duas o levaram a uma casa com telhado de zinco e uma horta com pimenteiras e ervas. Uma mulher gorda que estendia roupa no varal deixou cair o vestido molhado que segurava e os cumprimentou com alegria.

Tamar a apresentou como *ya umma*, que em árabe quer dizer "a mãe". Harry gostou disso e da mãe dela. *Ya umma* os levou para dentro e ofereceu biscoitos de painço com mel e café doce, chamado *quishr*, feito com a casca e não com o grão do café. Ela falou com Tamar em rápido hebraico enquanto segurava a impaciente Habiba entre os joelhos e limpava o rosto dela com um pano molhado. Não se voltou para ele enquanto falavam, mas Harry surpreendeu olhares rápidos e discretos quando ela pensava que ele não estava vendo.

– A senhora tem uma bela neta.

Ela agradeceu timidamente.

– É filha da minha caçula, Yaffa. Fico com ela porque Yaffa trabalha em Petah Tikva. – Olhou para Tamar. – Vão ficar para a refeição da noite e ver seu pai?

Tamar fez um gesto afirmativo.

– E vamos levar Habiba para um passeio, assim a senhora poderá fazer seu trabalho.

A mãe sorriu feliz.

– Possam seus lábios ser beijados.

Tamar levou Harry ao rio Yarkon, perto da casa.

Sentaram na margem, enquanto Habiba jogava pedras na água verde e espessa. Harry não achou o rio grande coisa, mas Tamar o amava.

– O segundo maior rio de Israel – disse ela, muito séria. – Agora está muito poluído pela Tel Aviv. Eles tiram tanta água, abrindo canais para toda parte, que o pobre querido não tem força suficiente nem para chegar ao mar. Mas eu costumava sentar aqui e ver meu irmão e minha irmã brincando, pensando nos lugares por onde o rio passava, nas pessoas que bebiam dele, nos campos que irrigava.

– Você teve uma infância feliz?

Ela olhou para Habiba.

– Tive. Eu não sabia que as mulheres tinham uma vida diferente em outros lugares.

– Sua mãe parece feliz.

– Não. É só o modo dela. Seu útero foi retirado quando minha irmã nasceu e ela é considerada uma mulher prejudicada por só ter três filhos.

Habiba aproximou-se muito da água para atirar uma pedra. A tia chamou a atenção dela.

– Quando chegamos aqui – disse Tamar – não havia nem seis mil habitantes. Desde então, quase não houve mais imigração de iemenitas. Cada ano uma porção de gente, homens e mulheres, deixa este lugar, como eu deixei. Contudo, agora a população é de quase treze mil pessoas, porque todas as famílias têm muitos filhos.

– Sua irmã mora aqui?

– Sim, ela e o marido, Shalom, moram numa rua próxima à dos meus pais. Eles trabalham na mesma fábrica de suéteres.

– E seu irmão?

– Ibrahim vive em Dimona. Dirige um caminhão para as minas de fosfato Oron. – Hesitou. – Já ouviu falar do movimento dos Panteras Negras?

Harry balançou a cabeça afirmativamente.

– Ibrahim é um Pantera Negra. Provavelmente é o menos feliz de todos nós.

– E seu pai?

– *Ya abba?* – Ela sorriu e encostou a mão no rosto dele. – Você vai ver.

O pai era um Gunga Din iemenita. Era magro, com músculos fortes desenhados sob a pele morena, escurecida pelo sol.

– Eu sou Yussef Hazani. Bem-vindo em minha casa, em nome de Deus – disse ele, olhando atentamente para Harry e aceitando a mão estendida como se tivesse sido mergulhada em algum exótico veneno ocidental. Perguntou alguma coisa para Tamar, falando rapidamente em árabe. A única palavra que Harry reconheceu foi *nasrani,* que quer dizer cristão.

– Não, ele é judeu – retrucou a filha, irritada, em hebraico. – Dos Estados Unidos.

Ele se voltou para Harry.

– Afinal, você também é judeu.

– Sim.

– Então, por que não mora aqui?

– Bem, acontece que moro lá.

Ya abba balançou a cabeça com desprezo e saiu da sala. Eles sentaram e esperaram enquanto o velho se lavava ruidosamente, espirrando água e bufando.

A chegada de Yaffa e Shalom tornou-se uma diversão bem-vinda. A exclamação de prazer de Yaffa foi um eco da alegria da mãe quando vira Tamar. Abraçou a irmã e Harry reparou que estava grávida de quatro ou cinco meses. Era uma mulher grande, mas de corpo bem-feito. As mulheres da família Hazani tinham propensão para engordar. Tinha unhas de acrílico em dois tons, vermelho e prata, e um marido com um sorriso nervoso.

O velho reapareceu e recitou a oração de graças sobre o pão, dando início a um bom jantar. Harry suspeitou que estavam comendo a galinha do *Shabbat* com alguns dias de antecedência, cozida num molho que apreciou, mas, como era de esperar, excessivamente temperado. Comeram pita fresco e salada de tomates maduros, alface e uma das suas fraquezas especiais, grandes pedaços de abacate. Ele elogiou a salada e Hazani fez um gesto de aprovação.

– Do kibutz Einat, onde eu trabalho. Eu trago de lá tudo que podemos comer. Aqui em Rosh Ha'ayin só precisamos cultivar pimentões e ervas, coisas que eles não plantam no kibutz.

– O que faz o senhor no kibutz Einat?

– Tudo que precisa ser feito.

– Os outros homens dizem que *ya abba* é o melhor trabalhador da terra em Israel – disse Yaffa.

– Eu não sabia que os *kibbutzim* empregavam pessoas de fora.

– Antigamente não empregavam – confirmou Hazani. – Hoje é menor o número de jovens que vêm para o kibutz, por isso eles têm de empregar pessoas como eu. – Ergueu as mãos fechadas. – Yooh! Eu trabalho o solo do *Eretz*!

Harry concordou.

– Deve fazer isso com grande prazer.

Hazani sorriu com desdém.

– Aqui podemos ser judeus. Os árabes gostariam de acabar conosco, mas se eles vierem, todos os judeus lutarão lado a lado. Em Teman, quando eles corriam pelas ruas matando judeus, nós ficávamos nos nossos apartamentos, sem nada para comer, tremendo atrás da porta trancada. É isso que jamais esqueceremos.

– Meu pai tinha essas mesmas lembranças.

Hazani ficou calado por um momento, depois disse.

– Em que país?

– Alemanha.

– Yooh. Outro *yecheh*. – Ele e a filha mais velha trocaram um olhar. Voltando-se para Harry, perguntou: – Ele fugiu de avião para a América?

– Não. De navio.

– Hah. Nós tomamos um navio da Holanda para Aden. Lembra, minha velha?

Ya umma balançou a cabeça afirmativamente, sorrindo.

– Saímos de Sana'a com uma caravana de camelos que levava café para a Holanda. Minha mulher e eu caminhamos a pé, carregando nosso filho Ibrahim, ainda um bebê. Esta – e indicou Yaffa – ainda não tinha nascido, ela é a nossa sabra. Sentamos Tamar nas costas de um camelo, em cima de um saco de grãos de café que deixou marcas no seu pequeno *takhat*.

Todos se entreolharam sorrindo. Evidentemente era uma história muito repetida. Harry estava fascinado.

– Quanto tempo andaram a pé?

– Só um dia. Tivemos problemas. Na primeira parada para fazer as orações virados para Meca, eles notaram que eu não me ajoelhei. Começaram a murmurar e tive certeza de que seríamos mortos e roubados. Quando chegamos na cidade, comprei uma braçada de *kat* e os condutores dos camelos caíram em cima da erva e mascaram até quase a inconsciência. Então apareceu um caminhão e eu paguei um *riyal* ao motorista para nos levar até Hodeida.

– E ficou livre de problemas?

Hazani sorriu.

– Não, não. Mas pelo menos não estávamos mais sozinhos. Era como se todos os *Yehudi* de Teman estivessem em Hodeida. A Agência Judaica nos disse que, se pudéssemos chegar a Aden, por nossa conta, eles nos levariam até *Ha-aretz*. Assim, um grande número de famílias entrou com dinheiro e pagamos o dono de um barco a vela para nos levar até a costa do mar Vermelho.

– Ai – gemeu *ya umma*. – Tanta gente num barco tão pequeno. O mar nos fazia vomitar. Vimos tubarões. Viajamos cinquenta e três horas e acabamos com a farinha de painço que levamos para comer. Mães que tinham leite nos seios alimentaram crianças estranhas até o leite acabar. E quando finalmente chegamos a Aden? – Balançou a cabeça. – *Ya fakri, fakra*, pobres de nós, que tempo foi aquele.

Ya abba tomou ruidosamente seu café.

– O pessoal da Agência Judaica nos levou em caminhões para um campo extenso, onde vimos um monstro prateado com forma de pássaro! Quem já tinha ouvido falar de uma coisa daquelas? Abriram um buraco no lado dele e nos mandaram entrar. Disseram que o monstro nos levaria à Terra. *Nos levaria voando!* Quase morremos de medo.

– Mas entraram nele? – perguntou Harry, agora divertindo-se com a história.

– Que eu perca meus olhos, está louco? Eu era o homem mais assustado de todos. O pessoal da Agência Judaica insistia conosco. Disseram que o Egito não permitia *Yehudi* no canal de Suez. Se não deixássemos que a coisa nos levasse, nunca chegaríamos a *Yisrael*.

"No nosso grupo havia um *mori* muito conhecido; é assim que nós, temânis, chamamos nossos rabinos. O nome dele era Shmuel e ele foi rabino aqui durante muitos anos. Já morreu, que sua alma descanse no paraíso. *Mori*, dissemos, o que vamos fazer? Ele puxou a barba."

Hazani puxou a barba, para demonstrar.

– "Eu chegarei a *Eretz Yisrael*", disse o rabino, "do modo como meu avô, que descanse em paz, muitas vezes descreveu. Chegarei lá na companhia de todos os *Yehudim* do mundo, dançando atrás de um asno no qual o Messias estará montado." Pode imaginar. Ficamos ali parados no sol quente, como idiotas. Então um homem – um homem insignificante, vendedor de cabras, não sei que fim levou – disse: "Por meu nome e minha fama, não vou deixar que histórias de avôs ou avós me impeçam de chegar em *Yisrael*. Vou entrar nesta coisa voadora, pela *Torah* viva. Pois não está escrito que a *Sagrada Shekhinah* disse a Moisés: 'Vocês viram o que fiz no Egito, e como os fiz subir nas asas de uma águia e os trouxe para mim?'" E o vendedor de cabras entrou no pássaro com a mulher e os filhos, que tremiam de medo. "Está escrito" – murmurou *ya mori*. E entrou também.

"Então nós todos entramos depressa, cada um temendo ser deixado para trás com a família. O pessoal da Agência Judaica nos prendeu nas cadeiras. Éramos todos prisioneiros. Ouvimos um barulho, como faria o Inominável se ele resolvesse rugir. A barriga enorme da coisa voadora estremeceu e ficou tensa como se, depois de sermos engolidos, estivéssemos sendo digeridos e prestes a ser expelidos com nossos brados e preces no campo calcinado pelo sol. A coisa se moveu. Avançou para a frente. Subiu no ar.

"O que mais posso dizer? Dentro de uma hora estávamos vendo Hodeida lá embaixo, de onde tínhamos levado mais de dois dias de barco até Aden. Logo, no meio de todo tipo de estalos, uma voz forte como a de um anjo disse que estávamos voando sobre o deserto no qual nossos antepassados haviam lutado há mais de três mil anos. Antes de termos tempo de engolir a bile, fomos levados para a Terra nas asas de uma águia."

Todos em volta da mesa estavam satisfeitos.

Harry olhou para Tamar.

– Que modo maravilhoso de virem para Israel.

Hazani inclinou-se para a frente.

– Deixe-me dizer uma coisa, americano. Qualquer modo é um modo maravilhoso quando se vem para Israel.

Enquanto as mulheres tiravam a mesa, o pai acendeu um narguilé. Ofereceu o cachimbo de água para Harry, que balançou a cabeça, imaginando se a recusa seria falta de educação. Com alívio, viu Shalom recusar também.

– Então, o que *você* faz? – perguntou o anfitrião.

– Eu vendo joias.

– Ah, um vendedor. Numa loja?

– Às vezes – assentiu Harry, divertido.

– Em Teman, eu fazia joias. É o que a minha família sempre fez.

– Por que não faz agora?

Hazani fez uma careta.

– Quando viemos para cá, a Agência Judaica me arranjou um emprego. Um lugar em Tel Aviv que faz filigranas de cobre. A maioria dos empregados é de mulheres. Operam uma pequena máquina que faz rapidamente imitações das joias temânis. Eu disse ao chefe que eu podia fazer a mão joias verdadeiras. Ele me perguntou por que ia me pagar para fazer do modo mais lento, quando os turistas americanos pagavam bem pelas imitações. "Porque as minhas são mais bonitas", disse eu, mas ele riu.

Hazani balançou a cabeça.

– Eu não gostava da máquina e era uma longa viagem de ônibus para o trabalho. Fiquei feliz quando consegui emprego no kibutz, muito mais perto. O caminhão deles me apanha e à tardinha me traz de volta.

– Tem aqui algum trabalho seu de joalheria?

– Sim. Eu sei onde está – disse Shalom. Saiu da sala e voltou com duas peças feitas pelo sogro, um broche de cobre e um brinco de ouro.

Harry as examinou.

– Belas.

– As pessoas não veem a diferença.

– Algumas ainda veem. Algumas ainda estão dispostas a pagar por um bom trabalho de artesanato. Talvez eu possa ajudá-lo a descobrir essas pessoas.

Tamar, de pé atrás do pai, fez um sinal negativo.

– Eu o aviso se souber de alguém – prometeu Harry.

Hazani sacudiu a cabeça afirmativamente, mas com ironia.

– Eu posso ajudá-lo a vender aquelas peças. Por que você não me deixou continuar? – perguntou mais tarde, no carro.

– Deixe meu pai em paz, por favor. Ele já se adaptou à vida que leva. Tem saúde, trabalha ao ar livre. Se começar a ganhar mais dinheiro, vai gastar com araque.

– Se fizer o trabalho que prefere, vai ser mais feliz.

– Outras coisas, além do trabalho, o tornam infeliz. Eu ajudo.

Harry tocou o braço dela.

– Como você o faz infeliz?

– "Torah para mulheres é loucura." Ele costumava dizer isso aos gritos. Ele me proibiu de sair de Rosh Ha'ayin. Antigamente isso era o bastante, a palavra do pai era lei. Eu o desafiei e fui para a universidade. Ele ficou dois anos sem falar comigo.

– Sim, mas agora? Meu Deus. Uma curadora do museu. Ele deve estar estourando de orgulho.

Tamar sorriu.

– Ele não está estourando de modo algum. No meu segundo ano de faculdade, ele teve uma breve esperança. O sobrinho de um dos seus velhos amigos queria casar comigo. Benyamin Sharabi. Era dono de um táxi, um partidão. Ele me visitava no dormitório da universidade e levava presentes, frutas de cacto, laranjas, pão de painço com *hilbeh*. Sempre alguma coisa para comer. Mas eu o mandei embora. Ele casou com a filha de um rabino e pensei que meu pai ia morrer. Ele odiou Yoel desde o começo, porque não era iemenita.

– Problema dele – comentou Harry. – Não é sua responsabilidade aplacar os preconceitos do seu pai. – Harry queria reconfortá-la, mas não sabia como. – Além disso, ele tem mais dois filhos.

– Todos nós o traímos. Ele viu Yaffa sob a *chupeh* matrimonial, com um sorriso irônico, já com Habiba dentro dela. Em outros tempos, isso teria sido a condenação e a ruína para ela, uma desgraça. Agora, quase está esquecido. E seu único filho, Ibrahim, carrega cartazes nas passeatas de protesto no *Shabbat*, em vez de ir à sinagoga. – Tamar balançou a cabeça. – Ele não compreende o que aconteceu com sua vida.

Harry parou o carro no acostamento e desligou o motor. Estavam na periferia industrial de Tel Aviv, diante de uma pequena fábrica.

– Por que me trouxe aqui?

– Eu queria que visse o que eu sou, além de curadora de aquisições.

– Eu podia ver o que você é. – Olhou para a fábrica, que parecia ser de plásticos. Tinha escolhido o lugar errado para parar, tão romântico quanto a área industrial de Nova Jersey. – Pode dar certo.

– E sua mulher?

– Ela não vai gostar – afirmou ele com franqueza. – Mas não ficará surpresa.

– Harry, estou pronta para casar outra vez.

– Eu sei.

– Pois é. Estou com medo. Quero que prometa que seremos livres para mudar de ideia. Se acontecer, o outro deve aceitar a situação sem criar problemas. Eu não suporto cenas.

– Por Deus, Tamar... Tudo bem. Eu prometo.

– Mais uma coisa. Meu marido nunca vai precisar se preocupar comigo. Fique sabendo. Nem por um momento.

– Nem a mulher que viver comigo como esposa.

Ela sorriu.

– Que seus lábios sejam beijados – disse Tamar, como *ya umma*.

– Uma ideia muito legal – aprovou ele.

Logo ouviram outro tiro.
— Não gosto que matem os pássaros — lamentou Tamar.
— Nem eu.
— Sabe o que é uma codorniz?
— Sim. — Ele sorriu. — Nós também temos codornizes.
— Em agosto, bandos de pequenas codornizes chegam ao Sinai, vindas da uropa. Sempre fizeram isso, está na Bíblia. Elas atravessam todo o Mediterâneo, um longo voo para pássaros tão pequenos. Quando finalmente chegam praia, estão exaustas. Os árabes armam redes em volta de el-Arish e as apaham para matar e vender. Os pássaros lutaram tanto para sobreviver à travesa do oceano que não podem fugir dos homens.
— Algum dia não haverá mais nenhuma para ser apanhada.
— Isso já aconteceu com algumas espécies. No Sinai havia grande número e íbex — você sabe, cabras das montanhas. Agora quase desapareceram, bem mo as gazelas e os antílopes. A caça os exterminou. Mas no Neguev, onde são otegidos pelas leis de Israel, as manadas de animais estão crescendo.
— Como você sabe tanta coisa sobre animais selvagens?
— Ze'ev caça — disse ela, fitando-o calmamente.
Sempre fora seu destino ser atraído por mulheres sinceras.

O monte Hermon apareceu ao longe, um ponto branco no céu. Cresceu, é chegarem bastante perto para ver que o maciço tinha vários picos, só um nda coberto de neve.
— Vamos subir aquele, o que tem neve.
— Não podemos. Fica na Síria — avisou ela.
No sopé da montanha havia campos de hortaliças, árvores frutíferas e vá-os povoados de drusos e alaouítas. Ela o fez passar longe deles, subindo a en-sta até um *moshav shitufi*, ou comunidade societária, chamada Neve Ativ.
— No inverno eles esquiam aqui — revelou Tamar.
Mas era agosto e o lugar estava quase deserto, eram as únicas pessoas no taurante onde tomaram café, olhando por cima da encosta rochosa. Fazia or, mas uma brisa fria soprava pela janela.
— Vamos passar a noite aqui — sugeriu ele.
— Tudo bem.
O homem que serviu o café estava sentado a uma mesa, consertando as esilhas de um esqui. Harry alugou um quarto e apanhou a chave, dizendo e voltariam mais tarde.
— Primeiro, vamos andar.
— Onde? — perguntou ela, quando saíram do restaurante.
— Para cima. Quero encontrar a neve.

22

O GOLAN

Naquela noite, deitado ao lado dela, ouvindo sua respiração l[e] pensou no filho.

Teria de encontrar outra casa, não podia levar Tamar para a gr[an]trução colonial holandesa em Westchester. Era a casa de Della. Em[bora] estivesse morando na casa agora, Della tinha escolhido os móveis, [a] A prataria fora desenhada por ela. Até os criados eram dela.

Uma casa menor seria ótima.

Ou podiam viajar.

Harry não conseguia dormir. No teto escuro, ele os via flutua[r] Amarelo num junco, andando na Grande Muralha, aprendendo c[om] uma cultura antiga, estranha para ambos, não só para um deles.

– Você gostaria de ir à China? – perguntou ele, na manhã segui[nte]

– É claro. – Os olhos dela estavam escuros e pesados, mas não Tamar também não tinha dormido bem.

– Falo sério. Eu a levo à China se me levar a algum lugar mais

Foram para o norte. O calor os precedeu durante todo o caminh[o] era bonito, mas marrom. Passaram por dois acampamentos do ex[ército] vez ou outra encontravam um veículo, geralmente militar.

Começou a ficar menos quente quando chegaram à região [e] metade da travessia do Golan, ele parou o carro ao lado de um pequenas colinas e comeram o lanche preparado por Tamar. O lug[ar] quieto, a não ser pelos pássaros, e parecia impossível que o Gola[n] nhecido outra coisa que não fosse a paz. Mas antes de terminaren[s] ches, ouviram um tiro.

– Esta estrada é supostamente segura – falou ela, preocupada, n[enhum] dos dois pensou em juntar as coisas para seguir viagem. Ficaram o[nde] e terminaram de comer.

Um homem apareceu, portando uma velha espingarda de caç[a] Sobre a camisa rústica, cruzavam-se duas tiras de couro da qua[l] perdizes caçadas, e presos ao cinto pássaros menores. Harry rec[onheceu um] tordo e um rouxinol.

– Um druso – identificou ela. Em voz alta perguntou ao caçad[or se queria] um refrigerante. Ele recusou delicadamente e desapareceu.

— Estamos no meio do verão.

— Os israelenses não sabem nada sobre neve. Se você pensa em neve, você terá neve.

Subiram a encosta sob o teleférico. As pedras da encosta tinham sido retiradas para construir a pista de esqui e a subida era fácil. Quando chegaram acima da área de esquiar, ficou mais difícil.

Quanto mais alto, mais o vento soprava. Não havia nenhuma árvore. Aqui e ali, pequenos pedaços de terra tinham uma planta ou uma flor, o resto era rocha nua, os ossos da montanha sem a carne, arrancada pelo vento. Logo chegaram a uma boa estrada e novamente seguiram com facilidade.

Logo um jipe com dois soldados desceu veloz na direção deles.

— *L'ahn atem holcheem?* Para onde estão indo? – perguntou o homem ao lado do motorista.

— Para o topo – respondeu Harry.

— Não é permitido, senhor. É área de segurança militar. Proibida para civis.

— Tem neve lá em cima?

— Só nos canais de escoamento, onde não é derretida pelo sol.

— Há algum canal de escoamento aqui perto, onde se possa ir?

— Por ali.

— *Todah.*

O soldado olhou para o companheiro com um largo sorriso. Sentados no jipe, viram o americano maluco afastar-se com a mulher.

— O que eles não querem que a gente veja? – Harry estava curioso.

— Equipamento eletrônico de vigilância, creio, mas estão também nos protegendo. O Líbano e a Síria têm tropas nas montanhas. Muçulmanos e cristãos estão lutando a poucos quilômetros daqui.

Chegaram ao canal de escoamento. Não tinha neve, mas perto do fundo úmido crescia uma papoula, uma única flor azul. Harry desceu e a apanhou para dar a ela.

Tamar mal olhou a flor.

— Não vou sair de Israel.

Começaram a voltar para Neve Ativ.

— Eu acho que você vai adorar a América.

— Sabe como chamamos os israelenses que deixam Israel? *Yordim.* Quer dizer, o que diminui espiritualmente. Eis o que seria para mim.

— Não precisamos morar em Nova York. Vamos viajar por algum tempo e formular nossos planos. Podemos ir à China, como eu disse esta manhã.

— Você disse? – Tamar olhou para ele atônita.

Harry falou sobre o museu do palácio em Pequim, a coleção imperial de pedras preciosas.

— Você podia estudar arte chinesa e escrever a respeito.

Ela balançou a cabeça.

– Você não me conhece, não quero escrever nada. Nós somos como duas crianças apaixonadas pela primeira vez. Não nos preocupamos em considerar se podemos ou não viver juntos.

Derrotado, ele estendeu a mão na esperança de agarrar a vitória.

– Você está mesmo apaixonada por mim?

Ela não respondeu. O vento começou a soprar outra vez, açoitando as suas roupas. Harry passou os braços em volta dela.

– Eu o amo – disse ela, com voz trêmula, e o abraçou. – Eu o amo, Harry! – Ele ouviu a alegria quase selvagem na voz dela e uma espécie de surpresa.

Já que não podiam ir até o topo da montanha, eles desceram para um povoado chamado Majdal Shams. Pararam na fazenda do homem mais belo que Harry já tinha visto em toda a vida, um druso de olhos azuis, nariz reto, rosto cinzelado, bigode grande, com as pontas viradas para cima, sobre o cabelo branco e espesso, um fez vermelho.

Havia dois pomares com dois tipos de maçãs, uma vermelha e outra amarela, além de um vinhedo e árvores de pistaches. As maçãs eram diferentes, redondas e mais macias que as Macouns, MacIntosh e Delicious cultivadas em Westchester. Harry experimentou uma e a considerou de boa qualidade. Era muito cedo, na estação, para maçãs excelentes.

– Como se chamam estas?

– *Hmer*.

– E estas?

– *Sfer*.

Tamar sorriu.

– *Hmer* quer dizer vermelha – disse ela em voz baixa – E *sfer*...

– Amarela?

– Sim.

Pregado na casa das maçãs havia um círculo de lata com o desenho de uma maçã de beleza excepcional, que parecia pintada por Modigliani, muito longa e estreita, amarelo-manteiga com um corado róseo.

– *Turkiyyi* – disse o fazendeiro.

Ele os levou para a parte de trás do pomar, onde cresciam três árvores da maçã turca, carregadas de frutas, faltando um mês para amadurecer, mas já longas e estreitas. Harry colheu uma das maçãs ainda verdes, dura como porcelana. Comprou um cesto das outras maçãs *hmer* e *sfer* e uma grande quantidade de uvas amarelas, as únicas que o fazendeiro cultivava.

Tornaram a subir a montanha com o cesto, de volta a Neve Ativ. O quarto no chalé de esqui era limpo mas muito simples, com as paredes e o assoalho cheirando ainda levemente a madeira nova. Harry pôs a maçã turca ao lado da pedra vermelha levita no parapeito da janela, criando uma bela composição. Logo depois, deitados na cama, admiraram o quadro de natureza-morta.

– Você poderia viver aqui? – perguntou ela.

– Eu não sei.

Tamar levantou o pé esquerdo muito fino e Harry pôs o pé direito debaixo dele.

– O que está fazendo? – perguntou ela.

– Sustentando você.

– Posso me sustentar sozinha.

Ela moveu o pé, mas o dele o seguiu.

– Me dá prazer sustentar você. – Os dedos do pé dele se ergueram tocando de leve a planta dela. – Podemos morar seis meses aqui, seis meses em casa.

– Isso exige muito dinheiro. Você tem mais do que precisa?

– Tenho. Isso a incomoda?

– De modo algum. Eu teria grande prazer em gastar dinheiro. Só que...

– O quê?

– Você sempre compra tudo demais – disse ela, com malícia. – Vinho demais, queijo demais, uvas demais, maçãs demais.

– Não maçãs demais – Harry levantou e levou o cesto para a cama. Abriu as pernas dela e começou a arrumar as maçãs em volta, delineando o corpo de Tamar com *hmer* e *sfer*.

Pôs as uvas amarelas nos cabelos escuros, como uma guarnição.

– Elas têm a forma dos seu seios e do seu *takhat*. Eu gostaria de ter peras, são mais eróticas. Existe uma palavra em hebraico para alguém que tem peras como fetiche?

– Chamamos de *pri*, uma fruta – disse ela. Sua risada borbulhou na boca dele. Ela o beijou ferozmente e Harry salvou as uvas.

Os dois ficaram muito sérios e concentrados no trabalho. Ela o tocou ternamente, como à procura de avarias. Os músculos das suas pernas começaram a ficar tensos, as pontas dos seios eram como o monte Hermon, os olhos meras linhas no rosto.

– *Akhshav* – disse ela, mas a palavra hebraica não registrou e ele continuou a fazer o que estava fazendo.

Tamar o mordeu com força.

– Deixe o meu amado entrar no jardim.

Nada mau, uma parte dele não pôde deixar de pensar com admiração. Sexo bíblico.

– Eu subirei na palmeira – disse ele, com os olhos nos olhos mornos no rosto moreno.

Os dois se controlaram, imóveis. Então, a cada movimento, uma ou duas maçãs caíam da cama. Bump. Bump. Bump. Bump-bump. E rolavam para formar um desenho livre por todo o assoalho.

Mais tarde comeram uvas, um pondo os bagos na boca do outro e ele comeu uma maçã vermelha e ela uma amarela. Agora, além de cheirar a madeira nova, o quarto cheirava a Tamar e a fruta.

– Eu tenho de ficar aqui, em Israel – disse ela.
– Sem você Israel vai acabar?
– Pode-se dizer que sim.
– Tem de explicar. Eu sempre perco o senso de humor, depois.
– Israel pode se tornar como aquelas codornizes que caem na praia em el-Arish. A luta pode deixá-la exausta, indefesa.
– Pelo que eu vi, Israel não está indefesa – disse ele, secamente.
– Moradia precária e roupas de má qualidade podem fazer o que uma bala não faz, Harry. Mais gente está fugindo daqui do que vindo para cá.

Começava a escurecer. Harry acendeu a lâmpada de cabeceira e ela levantou da cama e fechou a persiana. Vestiu o roupão e voltou para ele. Há pouco ele estava suando, mas agora sentia frio. Abriu o roupão e apertou o corpo contra o dela, mas não havia roupão suficiente para cobrir os dois.

Ele notou pela primeira vez uma pulsação muito leve no pescoço dela.
– Viva comigo aqui – disse ela.
Seus olhos se encontraram.
– Não diga sim ou não, apenas pense nisso – pediu. – A vida em Israel é muito dura – continuou, com franqueza. – Se vier morar aqui, muita gente na América vai chamá-lo de opressor.
– Eu não daria a mínima para isso.
– É uma coisa difícil de suportar. O mundo todo sabia que os primeiros a vir para cá eram heróis, portanto *eles* também sabiam. Isso dava coragem para lutar, até aos velhos e crianças. O pai de Ze'ev veio como um órfão de doze anos e com essa idade ele lutou.
– Por que você está sempre lamentando Ze'ev?
– Não estou lamentando.
– Quer me fazer um favor? Não quero falar sobre Ze'ev Kagan. Não dos seus passatempos, nem das suas esperanças e ambições políticas, nem do seu pai.
– *Faça-me* um favor. Vá para o inferno. Ou vá para Nova York. – Ela fechou os olhos.

Ficaram deitados, em silêncio.

Ela esquentava a parte da frente do corpo dele, o roupão só ia até um lado e nas costas ele sentiu um arrepio de frio.

– Vou tomar um banho de chuveiro – disse Harry, finalmente.

Das duas torneiras, quente e fria, só saía água fria. Harry ficou debaixo da água tremendo de frio até desaparecer por completo a sensação de bem-estar.

Quando voltou para o quarto, ela estava de quatro, apanhando as maçãs no chão.

– Deixe as maçãs onde estão.

– Mas é comida.

Ele a ajudou a apanhar as frutas.

– Não vamos jogar fora. – Só depois de algum tempo ele viu que Tamar estava chorando.

– Tamar.

Ela olhou para ele.

– Por que tem de começar comigo? – perguntou ela com amargura.

Durante a noite ele acordou e se surpreendeu com a intensidade do amor que sentia. Era diferente do que sentira até então. Há muito tempo sabia que a amava.

Israel.

Por que não?

Ele ainda era jovem. Podia tornar-se uma parte de tudo aquilo.

Leu sua vida como uma fotocópia no teto escuro. Podia ganhar a vida na bolsa de diamantes em Ramat Gan. Talvez pudessem comprar um pedaço de terra ali por perto, de onde veriam o monte Hermon, e cultivar maçãs turcas.

A pulsação no pescoço dela atingiu seus lábios e ela se mexeu.

– Durma – sussurrou ele em hebraico.

23

O POÇO EM GHÀJAR

De manhã, acordaram ao som do bombardeio no Líbano. Saíram cedo de Neve Ativ e desceram a montanha até Ghàjar, onde tomaram café numa mesa de calçada, olhando o que parecia ser toda a população do lugar. Algumas pessoas se voltaram para eles, mas a maior parte olhava para o poço do povoado, onde um homem tinha descido.

O dono do café explicou que o homem estava limpando o sedimento acumulado no fundo, para que o poço pudesse armazenar a maior quantidade de água possível, vinda da fonte mais próxima. Quando estavam terminando o café, os baldes começaram a ser içados do poço com água barrenta em vez da lama, e os observadores balançavam as cabeças em aprovação.

— Eles são alaouítas, gente muito boa — informou Tamar.

— Muçulmanos?

— Um ramo. Adoram Ali, o genro de Maomé. — Depois ela explicou alguns dos dogmas da religião.

— O que você está olhando com tanta atenção?

— Vai achar que sou uma tola — foi ela dizendo.

— Aprenda a confiar em mim.

Tamar sorriu.

— Muito bem. Veja aquela criança.

Entre um balde e outro que era esvaziado, o menino fazia montículos de terra. Nem toda a água que era jogada dos baldes atingia suas pilhas, mas como ele as ergueu no lugar em que os baldes eram esvaziados, vez por outra, para sua grande alegria, um pequeno dilúvio destruía um dos seus montículos.

— Suponha que, há muito tempo, a menor das colinas do local de escavação de Davi Leslau tenha sido carregada pela força da água?

— Ainda há duas colinas lá, não uma — lembrou ele.

— Este país é cheio de colinas artificiais que se erguem à medida que as gerações constroem sobre os entulhos deixados pelos povos que viveram aqui. A escavação de Davi fica imediatamente a leste da fonte, onde seria natural acontecer esse tipo de superposição. Suponha que a colina a que o manuscrito se refere tenha desaparecido, levada pela água. E ele está escavando perto de uma elevação que se ergueu ao lado dela. — Os olhos de Tamar brilhavam. — O que você acha?

– Não acho que você é uma tola. Mas...

Ela suspirou e se serviu de mais café, enquanto eles erguiam o homem do fundo do poço, um jovem enlameado que parecia feliz por voltar ao mundo.

– Você vai me levar a Ein Gedi, não vai? – perguntou ela. – Quero falar com Davi Leslau.

– Não.

– Se me levar, eu depois o farei muito feliz – prometeu ela, com malícia. – O que você quiser. Melancias. Romãs. Dois tipos de frutas cítricas.

– O humor israelense é hilariante.

– Ora, Harry.

– Não posso. Meu fanatismo amador já custou bastante tempo e bastante dinheiro a Davi. De qualquer modo, você vai me deixar muito feliz, mais tarde, porque eu a farei muito feliz.

Segurou a mão dela, mas Tamar a retirou.

– Os alaouítas não gostam que uma mulher seja tocada em público.

– É uma pena.

– Você vai me levar a Ein Gedi. – Bela e saudável, iluminada pelo sol da manhã, Tamar riu suavemente para ele. – Vai me levar porque me ama.

Pouca coisa restava da escavação. A barraca de Leslau ainda estava de pé, mas as outras duas tinham desaparecido. O arqueólogo disse que havia mandado dois homens de volta para Jerusalém com o caminhão que levava o equipamento. Os auxiliares que restavam, um estudante inglês graduado e dois trabalhadores árabes, enchiam com terra rochosa as duas trincheiras escavadas no sopé da colina.

– Deixamos o lugar como encontramos, certo? – disse Leslau.

– Davi – chamou Tamar.

Ele ouviu, fumando seu cachimbo, a explicação da visita dos dois.

– É uma maldita montanha, isso eu garanto – disse, olhando para cima, para a colina menor. – Mas por que supor que é artificial?

– Isso seria fácil de descobrir, não seria, Davi? – perguntou ela.

– Minha cara Tamar, seria terrivelmente difícil, mas admito que o desânimo trouxe com ele muito entusiasmo para um tiro no escuro. – Suspirou. – Muito bem, que diabo, vamos ser tolos mais uma vez.

Eles o acompanharam sobre o solo escavado. Harry estava suando, zangado por ter-se deixado convencer.

– Desculpe, Davi – murmurou.

– Eu compreendo – disse Leslau.

Foram atrás dele, tropeçando na terra revolvida. Harry começou a sentir tontura. O verso que falava de cães raivosos e ingleses era absolutamente certo, ele pensou.

– Uma caça a fantasmas.
– O quê? – indagou Leslau.
– Uma maldita caça a fantasmas.
– Oh – disse Leslau, distraído. Parou, apanhou algumas pedras, examinou e jogou fora, para em seguida apanhar outras.

Olhou para Tamar com uma expressão estranha.
– Vamos – resmungou Harry.
– Harry! – repreendeu Leslau.
– O quê?
– *Schweig*.

Eles o seguiram por mais trinta metros.
– Sabe em cima do que estamos andando? – perguntou Leslau.
– Não. – Harry tentou disfarçar o mau humor.
– Sobre o leito de um regato seco – interveio Tamar.
– Sim, o leito de um regato seco. – Ele os fez voltar ao lugar em que tinha apanhado as pedras. – Está vendo? – perguntou a Harry.

Harry tentou ver, mas tudo parecia igual no deserto. Ele sacudiu a cabeça.
– O regato corria aqui, há muito tempo. – Leslau apanhou uma pedra e mostrou a eles.
– Tudo que vejo é um pedaço de calcário – disse Harry. – No meio de um deserto de calcário. O que um pedaço de calcário pode lhe informar?
– Na verdade, muita coisa – disse o arqueólogo. – A maior parte do calcário nessas colinas é cenomiano ou turoniano, formado há cerca de cento e trinta milhões de anos na era cretácea. Duro como o diabo, muito durável. Mesmo seus olhos de amador podem ver como este calcário é mais macio, se fizer uma comparação. Isto provavelmente foi formado há cerca de cinquenta e cinco milhões de anos, no período eoceno. Ou talvez no senoniano. Não importa quando exatamente. O importante é que as águas do inverno, passando século após século por uma colina deste calcário, o destruíram com facilidade. Está todo espalhado aqui, onde a água deixou, pode-se ver claramente.

Harry piscou para tirar o suor das pestanas.
– Pelo amor de Cristo, está me dizendo que ela tem razão?

Leslau olhou para Tamar.
– Não.
– Muito bem, então que diabo está dizendo?
– Só que não há dúvida de que – em algum tempo – houve aqui outra colina. Isso pode significar que originalmente havia três colinas e não duas, e que estamos no lugar errado desde o começo. Mas... – respirou fundo – ... aquela pequena colina ali adiante pode ser artificial. – Segurou as duas mãos de Tamar entre as suas. – Magnificamente certo. E eu posso estar mais perto do que nunca.

Esperaram na barraca. Em princípio, depois da violência do sol, o interior da tenda era como uma caverna fria e verde.

– Eu sinto muito – disse ele.

Ela o beijou.

– Como foi possível você ver uma criança brincando na lama e...?

– É o que acontece no meu trabalho. Eu tenho uma ideia. A ideia toma conta de mim. – Hesitou. – De qualquer modo, ainda não temos certeza, não é mesmo?

– Não.

Leslau tinha estudado cuidadosamente a superfície da colina menor. Mandou o estudante e os dois trabalhadores pararem de encher as escavações e começarem a cavar em três lugares diferentes na encosta norte, cada local perto de uma leve concavidade. Aquele tipo de marca na superfície, ele explicou, podia indicar que, em algum ponto abaixo da superfície, a terra tinha se acomodado ao lado de um objeto ou uma estrutura sólida.

– Isso vai demorar muito? – inquiriu Tamar.

Leslau balançou os ombros.

– Talvez horas, talvez dias. Numa colina artificial, cada camada se forma sobre ruínas deixadas pelo homem. Casas podem desmoronar, mas o material de que são feitas permanece. A chuva e o vento trazem lixo e... poeira, e a mistura é enriquecida por ondas de vegetação deteriorada. Quando o homem ocupa novamente o local, constrói uma segunda camada sobre o humo que cobre a primeira, e assim por diante. A espessura varia de camada para camada. Se esta pequena colina é uma elevação artificial, e os traços da sua habitação mais recente estão cobertos por uma camada fina, podemos ter sorte de encontrá-la rapidamente. Se a camada for muito espessa onde estamos cavando... pode levar muito tempo.

Harry e Tamar resolveram ficar até o fim do dia e observar o trabalho.

Ela conseguiu relaxar lendo. Tenso, Harry começou a polir a granada, que já fora mais do que polida, do modo mais eficiente, e era agora uma maravilha vermelha. Ele e Leslau conversavam ocasionalmente, mas nenhum dos dois tinha vontade de falar. Sentaram nas cadeiras de acampamento, em volta da lona verde cheia de água que pendia da trave central da tenda, como três taciturnos habitantes de New England em volta de um fogão redondo. Uma vez ou outra, um dos trabalhadores, cheirando a suor, entrava na tenda para beber água e descansar. O estudante e um dos árabes eram jovens, mas Leslau disse que o árabe de meia-idade era o melhor dos três.

Quando ele entrou para um descanso, Harry lhe aconselhou a descansar mais um pouco.

– Eu fico no seu lugar.

— Não — disse Leslau, irritado. Ele e Harry se entreolharam. — Eles estão acostumados e você não está — explicou Leslau.

Harry também não achava que era uma boa ideia, mas já tinha passado por ele e estava subindo a colina. O árabe saiu da tenda e sentou na sombra, com um largo sorriso.

A princípio não foi tão mal, mas logo Harry percebeu que estava com problemas.

Há anos ele não usava a picareta e a pá. Lembrou que o ritmo ajudava. A picareta subia e descia.

Para começo de conversa, suas mãos estavam macias. A respiração não era problema, porque tinha fôlego de corredor, mas a corrida usa um conjunto diferente de músculos.

E o sol fazia toda a diferença. Depois de um tempo, ele ergueu os olhos e a paisagem parecia achatada e indistinta, como a imagem defeituosa numa televisão preto e branca.

Finalmente Leslau subiu a encosta.

— Pare com essa ideia idiota — disse.

Os dois desceram para a tenda e Leslau o viu desmoronar no puído tapete de oração e ficar deitado enquanto todo o líquido do seu corpo secava com a mesma rapidez com que se formava. Harry estava com a impressão de ter mergulhado em sal, e bolhas do tamanho de meias uvas brotavam nas palmas das suas mãos.

Tamar o observava, não preocupada, mas com um interesse contemplativo que o perturbou.

Leslau já havia mandado a maior parte dos suprimentos para Jerusalém, mas ainda tinha algumas latas com carne de galinha e eles dividiram as maçãs, amolecidas pelo calor.

Uma comoção na colina renovou as esperanças dos três, mas era só o estudante discutindo com os árabes, que não queriam voltar ao trabalho a não ser que antes pudessem fazer café. O árabe mais velho finalmente fez o café num fogão a álcool, num belo bule amassado, com o bico em forma de pescoço de ganso, tão velho que o cobre podia ser visto através do niquelado gasto.

Harry perguntou ao homem se queria vender o bule e Tamar disse alguma coisa em árabe.

— O que você disse a ele?

— Eu disse que o bule valia um bom dinheiro. E aconselhei a não vender muito barato.

O homem perguntou em árabe se Harry pagaria o bastante para ele comprar uma casa nova.

— Eu só quero comprar o bule, não casar com a irmã dele.

Evidentemente o árabe compreendeu e respondeu imediatamente.

– Como a irmã dele, o bule pertencia ao seu pai – traduziu Tamar. – Ele diz que não vende nenhum dos dois.

O café estava bom e a resposta o tornou melhor ainda. Logo depois que recomeçaram o trabalho, Harry se deu conta de que a tarde estava quase no fim.

– Preciso ir a Jerusalém – avisou. Olhou meio embaraçado para Leslau. Alguma coisa incipiente e boa entre os dois fora destruída quando ele subiu a encosta para cavar.

Leslau tirou uma garrafa de scotch debaixo da cama e perguntou:

– Um pouquinho antes de ir?

Tamar recusou com a cabeça.

– Vou aceitar um pouco – disse Harry.

– Tem certeza de que já passou o efeito do sol? – perguntou Tamar. – Se não passou, álcool é a pior coisa.

– Eu estou bem.

Beberam em copos de plástico. Ele *estava* bem, mas o álcool o atacou rápida e violentamente, provavelmente por causa do calor. Talvez seja por isso que tomam tão pouco uísque aqui – isso e o preço, pensou ele.

Leslau serviu uma segunda dose e beberam outra vez.

– Banheiro dos homens – exclamou Harry.

– Eu vou com você.

As sombras se alongavam.

– Você tinha mesmo de tentar fazer o trabalho daquele pobre homem? – perguntou Leslau. Em parte era a bebida falando. – Não podia deixar que ele tivesse sua *pequena* experiência, sem roubar uma parte? É algum tipo de doença que você tem?

– Não é uma doença – afirmou Harry.

Passaram por mais algumas colinas e urinaram lado a lado, como velhos amigos.

Harry sacudiu as últimas gotas cuidadosamente.

– É só que às vezes não consigo evitar minha cretinice.

Entreolharam-se e Leslau disse, com um largo sorriso:

– Acho que ainda há alguma esperança para você.

Quando voltaram para a tenda, tudo estava certo entre eles outra vez.

Mas tinha acontecido alguma coisa na escavação. O estudante e o árabe mais velho estavam ajoelhados ao lado da trincheira do colega mais novo.

– O que é? – perguntou Leslau e os dois começaram a subir apressadamente a colina.

Ninguém respondeu. Agora os dois árabes estavam dentro da trincheira cavando rapidamente, fazendo a terra voar para longe.

A escavação tinha mais de um metro e oitenta de profundidade, mas Harry só conseguiu ver o fundo quando o jovem árabe saiu de dentro dela. O trabalhador mais velho começou a escavar, agora cuidadosamente, e logo puderam ver belas pedras, quase quadradas, uma fileira superior, sob ela uma segunda, e logo abaixo a parte superior de uma terceira fila de pedras, onde as mãos de alguém as haviam alinhado, ainda regulares e firmes.

Era um muro.

Harry, Tamar e Davi voltaram para o deserto.

– Pense um pouco – disse Davi, excitado. – Talvez possamos, afinal, encontrar o legado daqueles homens. Não dá quase para vê-los? Com o exército inimigo se aproximando, tiraram do Templo os bens mais preciosos e os mais sagrados dos santos objetos – e os esconderam debaixo da terra e registraram os esconderijos num manuscrito de cobre.

– E dois mil e quinhentos anos depois, *você* encontrou o manuscrito dentro da terra – completou Tamar.

– Acha que muitas *genizot* foram violadas, Davi, como a do vale de Achor onde estava o diamante? – perguntou Harry.

– A maior parte dos objetos ainda está debaixo da terra. Eu sei. Sinto nos meus ossos. Mas tenho certeza de que muitos dos esconderijos estão em território ocupado. Se o mundo der uma viravolta maluca e for estabelecido um Estado palestino aqui, nunca mais poderei cavar à procura da nossa herança. Por isso tenho de trabalhar como um louco agora, quando de repente, graças a Tamar, temos um mapa que nos levará a uma *genizah*.

Apontou para os restos das rochas da colina de calcário, espalhadas pelo deserto.

– Podemos seguir os detritos na direção contrária à da água que corria por aqui, até chegarmos ao começo. Quando soubermos onde ficava o sopé da colina, estenderemos uma boa grade arqueológica onde se possa trabalhar. Em algum lugar, lá embaixo, a vinte e três côvados e arredores, está a primeira das coisas que estou procurando.

Olhou em volta para as colinas arroxeadas e balançou o punho fechado no ar.

– *Hehrt, alte momserim!* Ouçam, velhos bastardos! – berrou. – Vou encontrar, afinal! – Sacudiu os punhos outra vez, para... o quê?

– Davi – chamou Tamar, em voz baixa.

Leslau piscou os olhos, deu meia-volta e caminhou para a tenda.

Mais tarde, quando Harry perguntou se podiam ver o manuscrito de cobre original, Leslau o surpreendeu.

– Agora não é necessário. Dê-nos uma chance de cavar um pouco adiante.

Harry balançou a cabeça.

– Não é para o seu trabalho. É sobre o diamante. Quero estudar a passagem que descreve a *genizah* onde o diamante foi escondido. Uma parte é ilegível na fotocópia que eu tenho.

Leslau deu de ombros.

– John – gritou, para o estudante –, volte a Jerusalém com esses homens e providencie para que tenham tudo que precisam. E diga aos outros que quero aquele caminhão de volta amanhã cedo.

24

TIBERÍADE

O manuscrito de cobre estava maravilhosamente limpo e polido. As inscrições sem dúvida não eram tão claras como quando foram gravadas, mas Tamar e Harry conseguiram decifrá-las facilmente. Estudaram o manuscrito no escritório pequeno e sujo de Leslau, como se estivessem num lugar sagrado e ela leu em voz alta o primeiro trecho.

As palavras de Baruch, filho de Neriah ben Maasiah dos sacerdotes que estavam em Anatoth na terra de Benjamin, para quem o comando de guardar os tesouros do Senhor veio através de Jeremiah, filho de Hilkiahu o Kohen, nos dias de Zedekiah filho de Josiah, rei de Judá, no nono ano do seu reino.

Quando encontraram a passagem sobre a *genizah* no vale de Achor, a breve descrição do diamante, que era ilegível na fotocópia, estava bem clara.
O diamante era descrito como *haya nega*.
– *Haya nega*... significa uma coisa imperfeita – observou Tamar.
– Eu sei – suspirou Harry, relutando em aceitar o óbvio. – Pode haver alguma dúvida?
– Não, Harry. Esta é a descrição de um diamante com um defeito muito grave.
– Meu Deus – lamentou ele, desesperado. – Estou aqui numa missão inútil! O diamante que Mehdi está oferecendo não tem nenhuma falha importante. E isso significa que o diamante de Mehdi não é o que descreve este manuscrito – o diamante que foi tirado do Templo em Jerusalém e escondido.

Ele encontrou a mensagem à sua espera. Reconheceu a letra fina – aprendida com um professor europeu, ou uma governanta? – mesmo antes de abrir o envelope.

Caro senhor Hopeman.
Posso pedir que se encontre comigo mais uma vez?
Sei perfeitamente que tem sido sempre o senhor que vem a mim, muitas vezes enfrentando grande inconveniência. Pode estar certo de que, dadas as circunstâncias, isso era necessário. Nas transações futuras a longo prazo,

que espero tenhamos o prazer de realizar, prometo que irei ao seu encontro sempre que possível.
Por favor, esteja na estação de ônibus em Eilat na quarta-feira, às duas horas da tarde.
Com todo respeito e consideração,
Yosef Mehdi.

– É claro que você não vai? – opinou Tamar.
– Acho melhor ir.
– Se a pedra de Mehdi não é o diamante da Inquisição, então não é o que você foi encarregado de comprar. Por que se dá ao trabalho de insistir?
– É um diamante amarelo de grande valor. E eu sou um comerciante de diamantes. Compreende?
Ela inclinou a cabeça, assentindo.
– Mas... anime-se um pouco, está bem? – disse Tamar, gentilmente. A não ser pelo beijo dela, Harry não via muitos motivos para se animar.
– Acho que não vou conseguir nem mesmo a pedra errada. Parece que Mehdi tem outro comprador.
– Então por que quer ver você?
A referência a "transações futuras a longo prazo" parecia ser uma explicação.
– Este último encontro não pretende me dar outra oportunidade de comprar o diamante amarelo. É para terminarmos num ambiente cordial que nos permita realizar outros negócios num outro dia, ou outro ano.
Harry releu a carta, esperando estar enganado, mas a reação foi a mesma.
– Isso quer dizer que terei de esperar mais cinco dias.
– Vamos ficar em Jerusalém – propôs ela.

A sensação era de derrota, algo que ele jamais soube aceitar. A sexta-feira em Jerusalém ajudou a levantar seu espírito – era como ver a América preparando-se para o Natal. Um movimento de compras de última hora. Escritórios e lojas fechando mais cedo para que os empregados estivessem em casa ao pôr do sol. As pessoas passavam na rua levando garrafas de vinho e flores para a mesa. Era impressionante ver a velha cidade acelerando suas engrenagens e parando de repente. Desapareceram os ônibus, as ruas ficaram vazias de tráfego e praticamente todos estavam em casa, com amigos e a família, para o jantar do *Shabbat*, os não crentes obedecendo a uma tradição agradável, os ortodoxos preparando-se para ir à sinagoga e receber a Rainha Sábado.
Na manhã seguinte, as lojas permaneceram fechadas, mas a Jerusalém judia estava toda nas ruas. Namorados passeavam, famílias se revezavam para empurrar os carrinhos das crianças, os mais velhos caminhavam lentamente

ao sol. Harry e Tamar foram a pé até a Cidade Velha, onde os lojistas árabes faziam bons negócios com uma numerosa clientela judia, do mesmo modo que os comerciantes judeus vendiam para os árabes, quando o comércio da Cidade Velha fechava na sexta-feira para o sábado muçulmano.

Foram ao antigo bairro judeu. Quando aquela parte da cidade foi capturada pelos árabes, na Guerra da Independência, as sinagogas e as casas de pedra foram postas abaixo. Agora estavam todas reconstruídas, com grande atenção aos detalhes, e para Harry era como estar em outro tempo e outro lugar, muito mais agradável do que a epidemia de arranha-céus que assolava algumas partes da Nova Jerusalém.

Harry ficou em silêncio por um longo tempo.

– Que tal comprar um desses belos edifícios de pedra? – sugeriu ele, finalmente, pensando alto e ao mesmo tempo falando com ela.

– Para morar? Seria preciso ter uma família muito grande, ou então comprar uma das casas menores.

– Não, não para morar.

Harry parou no meio da rua examinando as estruturas no bairro restaurado.

– Teria de ser um excelente prédio. Uma construção antiga que sobreviveu ao tempo ou uma reprodução soberba de uma casa assim. Dentro, tudo simples e muito Oriente Médio. Toques de luxo apenas os suficientes para aliviar a severidade. Nenhuma placa nas portas, assim o mundo teria de procurar o caminho para Alfred Hopeman & Son, Jerusalém... Eu não sei. Tem de ser muito especial.

Tamar o ajudou a aliviar a decepção de saber que a pedra oferecida por Mehdi não era o diamante da Inquisição. Lembraram o triunfo dela em Ein Gedi, fizeram amor, comeram tâmaras demais e arquitetaram planos para a mais fina joalheria do mundo. Mas, na manhã de segunda-feira, ela ficou mal-humorada.

– Estou para ficar menstruada – disse naquela tarde. – Acho que vou para meu apartamento, Harry.

Ele procurou se convencer de que esse era o motivo da irritação.

– Não, fique comigo. – Passou a mão nos seus cabelos e a beijou na cabeça. – Faço tudo para você se sentir melhor. Vamos a Tiberíade, para voltar amanhã. Comeremos peixe, vai ser ótimo. E poderá brincar na água, no mar da Galileia.

Ela olhou para ele com um sorriso.

– Eu sei nadar.

– Então será melhor ainda.

– Sabe do que eu gosto especialmente no nosso relacionamento?

– O quê?

– É muito repousante – asseverou ela.

Havia hotéis modernos no lago Kinneret, mas eles preferiram um dos antigos e tradicionais. Estava escuro quando chegaram e, da janela do quarto, Harry viu, à luz das lâmpadas elétricas na amurada da praia, as águas do mar da Galileia pontilhadas pelas cabeças de peixes que saltavam para apanhar o que devia ser uma recente nuvem de insetos.

À noite, Tamar teve cólicas e seus seios ficaram doloridos. Mais tarde ele adormeceu com a mão na barriga dela, a janela aberta e a brisa quase úmida que vinha do mar interior penetrando no quarto. De manhã, as janelas revelaram os cais de pedras, longos dedos cinzentos na água do lago; e um barco de pesca, largo e chato, passou soltando fumaça, como uma ilustração fugitiva de um livro infantil.

O sol a reanimou. Nadaram de um dos cais, segundo o recepcionista do hotel, construídos pelos romanos. O dia estava bom, não muito quente, o céu azul com nuvens brancas.

Viram poucos hóspedes, a maioria deles provavelmente israelenses. Um velho barrigudo, que nadava placidamente de peito, Tamar identificou como um famoso general. À tarde apareceu um casal com dois magníficos cães borzoi. A dona era pequena e magra, com seios infantis e traseiro minguado, embora firme. Harry e Tamar concluíram, pelos músculos das pernas dela, que era bailarina.

– Eles são ricos – observou Tamar. – Você é obrigado a passar muito tempo com os ricos.

– Não é um castigo. Eles são interessantes.

– Os pobres são mais interessantes. – Ela sorriu. – Por isso Israel é um país tão interessante.

Naquela noite, ao jantar, ele e Tamar sentaram à mesa com o general, os donos dos borzoi e um casal proprietário de uma agência de viagens que, apanhados na própria armadilha, tinham passado o dia fazendo turismo e obrigaram Harry a ouvir mais do que ele queria sobre o túmulo do mártir rabino Meir.

Todos comeram peixe parecido com perca, cuja carne lembrava a da truta – peixe-de-são-pedro do mar da Galileia. O general informou que eles se reproduziam pela boca.

– Grande sabedoria – comentou Tamar. As cólicas tinham piorado. Os agentes de viagens pareciam em casa no luxuoso hotel Tiberíade, e os donos dos borzoi teriam parecido em casa no Mônaco. A mulher era uma refugiada russa, antes membro da Companhia Kirov de Balé, em Leningrado. Ela emigrou temendo grandes dificuldades e choque cultural, mas o que encontrou foi riqueza, casando com um homem que fabricava aparelhos de televisão. A conversa derivou para os produtos do seu marido. Todos os domingos, à noite, Israel inteira corria para casa a fim de assistir a *Tudo em família*, legendado em hebraico.

— Como vocês podem compreender? – perguntou Harry, divertido.

— Nós compreendemos muito bem, é sobre os temores de um intolerante simpático que se preocupa porque a filha está casada com alguém que ele chama de polaco. Em toda Israel, intolerantes simpáticos se preocupam. Alguns asquenazitas, só para dar um exemplo, se preocupam porque suas filhas casam com judeus do Marrocos. – O industrial olhou para a pele morena de Tamar. – Embora muitos marroquinos sejam pessoas maravilhosas – acrescentou.

— Assim como os iemenitas – disse Tamar, calmamente.

O homem ergueu o copo de vinho.

— No fim, os filhos dos nossos bisnetos serão um amálgama judaico – sentenciou a russa.

— Não, não serão como o resto dos judeus – afirmou Harry.

Todos olharam para ele.

— Acha que podemos acabar parecidos com os muçulmanos? – perguntou o agente de viagens com delicadeza forçada. – Ou talvez cristãos?

Harry meneou a cabeça.

— Vocês já são israelenses. Muito diferentes dos outros judeus. – E terminou de comer o peixe.

O general ficou interessado.

— Diga como somos diferentes – pediu ele.

— Vocês são vencedores. Para existir, têm de continuar vencendo. O resto de nós vem de uma longa linhagem de perdedores. Herdamos nossas emoções viscerais de um povo que tinha de prender a respiração quando as autoridades batiam na porta. É esse tipo de gente que desenvolve um amor pela justiça social.

Todos continuaram quietos.

— Viemos do mesmo povo, temos os mesmos sentimentos viscerais. Acha que, porque sobrevivemos, vamos esquecer o que é não controlar o próprio destino?

— Não penso nada disso. Penso que é um perigo contra o qual devemos nos precaver.

— Se está preocupado com a personalidade de Israel – disse o industrial, com uma jovialidade cautelosa –, por que não vem morar aqui?

— Estou pensando em fazer exatamente isso – respondeu Harry, tranquilamente.

O murmúrio de aprovação teve o aspecto de um aplauso.

— Diga-me, senhor Hopeman. Tem filhos? – perguntou o general.

— Um filho.

— Estaria disposto a sacrificá-lo? Para poder continuar como um ser humano sensível?

— Não acredito em sacrifícios. Se a história de Abraão e Isaac é verdadeira, Abraão era um insano, não um religioso.

O general concordou.

— Não precisamos imolar os filhos para conservar nossa humanidade. Estaremos sempre preparados. Perderemos o menor número possível. Mas os judeus de todo o mundo continuarão a saber que existe uma Israel que os acolherá, se for necessário.

— Que idade tem seu filho? — quis saber a mulher do agente de viagens.

— Quase treze.

— Nós temos filhos adolescentes. Se vier morar perto de Haifa, procure-nos. Podemos recomendar boas escolas.

— Muita bondade — continuou Harry, impulsivamente. — Ele vai ficar na América. Se eu vier para cá, será por minha decisão. Ele terá de decidir sozinho, mais tarde.

— Israel não oferece o suficiente para que decida por ele? — perguntou baixinho o fabricante de aparelhos de televisão.

— Eu sou o que chamam de um liberal — retrucou Harry. — Fiz passeatas de protesto, carregando cartazes. Critiquei muito os Estados Unidos. Mas nos seus momentos mais tenebrosos, a América jamais deixou de ser o melhor, o mais estimulante, o mais promissor país do mundo, para qualquer pessoa, incluindo um menino de treze anos.

Tamar estava um pouco pálida e logo pediu licença para sair da mesa. Harry saiu logo depois e a encontrou deitada em posição fetal.

— Quer que eu chame um médico?

— Não seja bobo, já comecei a menstruar. É sempre assim.

— Quer que eu fique aqui esta noite? — perguntou ele, embora sabendo que precisava estar em Eilat no dia seguinte.

— Não. Por favor, leve-me para Jerusalém.

Tamar fez a viagem de volta com a cabeça recostada no banco.

Em dado momento, Harry olhou para ela. Tamar o observava pensativamente.

— Eu sinto muito que não tenha encontrado o diamante da Inquisição, Harry.

Harry apertou a mão dela.

— Acha que ele ainda existe?

— Eu não sei.

Tamar quis ir para seu apartamento.

— Temos muito que conversar.

— Desde que não seja esta noite.

— Telefono assim que voltar — prometeu ele, beijando-a de leve. — *Shalom-shalom*. Fique logo boa, Tamar.

— *Shalom*, meu doce Harry. — Ela se despediu.

25

O DUESENBERG SJ

Harry pediu para ser chamado às seis horas da manhã. Teve a impressão de que o telefone o acordou cedo demais, e depois de ficar por algum tempo na cama, atordoado, tomou um longo banho de chuveiro. A secura nos olhos desapareceu e Harry estava alerta outra vez. Seria uma viagem de cinco horas e ele resolveu não dirigir. Depois do café saiu e chamou o primeiro táxi que apareceu.

– Eilat.

O motorista arregalou os olhos.

– Posso telefonar para minha mulher?

– Dois minutos.

Em menos de dois minutos ele estava de volta, com um enorme sorriso. Harry já estava instalado no banco traseiro.

– Pago extra se você não falar nem ligar o rádio. Quero dormir.

O motorista ligou o motor.

– *Ai-la-lu-lu, baby* – cantarolou ele.

Quando faltavam oito minutos para as oito, de pé na estação de ônibus em Eilat, viu o homem de Mehdi.

– Tresca. Estou aqui.

O albanês abriu um largo sorriso, como se tivesse encontrado um amigo.

– Boa tarde, *sair*.

Afastaram-se da estação, Harry ansioso para entrar no Duesenberg, e Tresca o levou até um Chrysler igual ao seu segundo carro, mas de cor diferente. Um ano mais novo, calculou ele.

– Aconteceu alguma coisa com o outro carro?

– Não, *sair*. Nós não o usamos quando precisamos estacionar na cidade. Temos muito cuidado com ele.

– Humm.

Tresca o levou de volta pelo caminho que tinha percorrido no táxi. Depois de mais de uma hora, saíram da estrada, mas dessa vez não foi preciso mudar as placas. Continuaram, cada vez mais para o interior do Sinai israelense, sacudindo na estrada cheia de buracos e chegando finalmente a uma pequena vila castigada pelo tempo, que se confundia com as montanhas castigadas pela erosão. O Duesenberg estava parado à sombra da casa, no lado norte.

– Meu amigo – recebeu-o Mehdi, de pé na porta.

– Como descobriu este lugar? – perguntou Harry, apertando a mão dele.

– Eu não descobri. Bardyl descobriu. Bardyl descobre todos os meus lugares.

– Não tem nada aqui.

– Absolutamente nada – concordou Mehdi. – Uma pequena fábrica de cobre, nove quilômetros ao sul.

Bardyl apareceu trazendo limonada com menta e o cumprimentou timidamente. Harry tomou três copos enquanto Mehdi realizava o ritual da conversa do anfitrião árabe, perguntando detalhes sobre a viagem pouco confortável.

– Vai vender aquele diamante amarelo para outra pessoa, certo?

Mehdi olhou para ele demoradamente.

– Está preparado para pagar meu preço, amigo?

– Não. É alto demais.

– Sem dúvida não alto demais para um diamante com essa história.

– Eu não conheço a história desse diamante. Tenho certeza de que não é o diamante da Inquisição.

O choque nos olhos de Mehdi era genuíno, Harry não teve a menor dúvida.

– Sr. Hopeman, essa observação está muito abaixo do que eu esperaria do senhor.

– A verdade nunca está abaixo do que pode esperar de mim – assegurou Harry.

– É a Pedra Kaaba!

– Não é.

– Que provas tem?

– O Kaaba tem uma falha. Um defeito muito sério. Seu diamante não tem.

– Como sabe sobre esse defeito?

– Não posso dizer.

Mehdi bufou com desprezo.

– Envolve um importante projeto arqueológico em progresso no momento. Não posso dizer mais sem uma quebra de confiança.

Mehdi balançou a cabeça.

– Eu sinto muito, meu amigo. Se apresentasse alguma prova... Mas as pessoas a quem devo vender o diamante sabem que é o Kaaba. Eu também sei.

– Vai vender com base em falsas suposições.

– É sua opinião isolada – frisou Mehdi, com frieza. – Sua dúvida me preocupa, é claro. Mas ela não impede que eu venda a pedra. Felizmente, não vou vender ao senhor.

– Nunca teve intenção de me vender a pedra – disse Harry. – Me chamou aqui para outro assunto qualquer.

– Acertou.

– O resto das pedras que recebeu de Farouk?

– Eu gostaria que me dissesse quando posso vendê-las. Quero que faça um plano de venda para mim e estou disposto a pagar qualquer preço por seu conselho.

– Mas não aceita o conselho que estou dando de graça sobre o Kaaba.

Mehdi ficou calado. Harry cedeu.

– Eu não vendo meus conselhos. Pretende me vender o resto das pedras?

– É o que espero.

– Muito bem, é assim que eu ganho a vida. Posso vê-las?

– Não, não agora. Mas tenho certificado de avaliação de cada uma delas – disse Mehdi, apontando para os papéis que estavam sobre a mesa.

A coleção era maior do que Harry esperava. Mehdi era um homem inteligente e cauteloso. As avaliações foram feitas por diferentes pessoas em várias partes do mundo e a maior parte das assinaturas que as certificavam era de nomes conhecidos e respeitados. Harry não se apressou. Leu a descrição de cada pedra cuidadosamente, notando a data da avaliação e a alteração dos valores a partir dessa data, acompanhando as flutuações do mercado.

Mehdi tinha incluído cópias das avaliações das quatro joias já vendidas e os preços obtidos.

Harry disse que em dois casos ele havia feito um péssimo negócio.

Mehdi concordou.

– Eu sei. Por isso valorizo este serviço.

– É difícil planejar um calendário para a venda de uma pedra de cada vez – disse Harry. – Depende de quanto dinheiro estiver precisando. Para muitas pessoas, a venda de uma das pedras seria suficiente para ter conforto pelo resto da vida.

– Eu sempre vivi como um rei. Por que parar agora? Só porque o rei está morto e eu estou vivo? E o mais importante, circunstâncias incertas às vezes fazem da manutenção da minha existência uma comodidade muito dispendiosa.

Assim, como um agente de seguros combinando um sistema de pagamento de anuidades, Harry elaborou o calendário da compra para começar dentro de três anos.

– É claro, será muito vantajoso vender todas de uma vez – acentuou ele. – Você se arrisca a morrer antes de vender toda a coleção.

– Se eu morrer, não vou sentir falta do dinheiro.

– Ah, mas eu vou – disse Harry.

Mehdi riu como uma criança.

– Eu o aprecio, sr. Hopeman.

— Eu também o aprecio, sr. Mehdi. — Gostava mesmo do egípcio, a despeito de ele não acreditar no que tinha dito sobre o diamante amarelo. — Não sei se o teria apreciado quando estava com Farouk. Mas agora eu gosto muito do senhor.

— Não, não teria gostado quando eu estava com Farouk — assegurou Mehdi, em voz baixa. — Na verdade, não gostávamos de nós mesmos, sabíamos que éramos um par de libertinos gordos e velhos. Mas no começo... No começo, éramos terrivelmente maravilhosos. Quando meninos, na Academia Militar Real da Inglaterra, os melhores homens, as mentes mais respeitadas da Europa iam a Woolwich e ficavam na nossa sala até tarde da noite, ajudando-nos a planejar melhor a monarquia do Egito. Eles insistiam para que estudássemos tudo sobre a Suécia.

— O que aconteceu com eles? Com os planos?

— Eu não gostaria de ouvir a história, muito menos de contar. — Mehdi olhou para Harry com um sorriso estranho e amargo.

— Mas houve um tempo em que éramos como jovens leões — asseverou.

Bardyl serviu um excelente jantar acompanhado por três vinhos. Terminados os negócios, puderam relaxar juntos, pela primeira vez. O egípcio era ótima companhia e Harry quase teve pena quando soube que não iriam passar a noite na vila.

— Nós o deixaremos num bom hotel. Já viajou demais hoje — disse Mehdi, com muita simpatia.

— Não, prefiro voltar para Jerusalém. Por favor, deixe-me onde eu possa tomar um táxi.

— Ah, podemos fazer melhor do que isso. Pretendemos passar por Jerusalém. Nós o levaremos até lá.

Despediram-se de Bardyl, que ia fazer a limpeza e voltar no Chrysler. Mas quando saíram, Harry hesitou em entrar no Duesenberg. Andou em volta do carro, admirando o estilo que Detroit há décadas tentava imitar.

Finalmente, não resistiu.

— Já pensou em vender seu carro?

Mehdi ficou encantado.

— Esperei e esperei que me perguntasse isso. Fico muito feliz porque afinal perguntou. — Nem se deu ao trabalho de recusar. — Por causa do carro eu aceitei um preço tão baixo pela primeira pedra.

— O rubi. O Catarina II?

— Sim. Este carro estava no Egito. Durante quatro anos cozinhou ao sol, servindo de ninho para as pegas. Bardyl teve de ir até lá e engraxar muitas mãos com dinheiro. O carro foi desmontado e cada peça embarcada separadamente. Uma senhora tarefa! Só o chassi pesa duas toneladas e meia.

— Posso dirigir?

– Até deve – disse Mehdi. – Vou me sentar ao seu lado. – Abriu a porta traseira para o chofer. – Por esta noite, Tresca será o patrão.

Começou com uma pulsação. Quando Harry tentou girar a direção, mal pôde acreditar. Exigia força, muito mais do que um caminhão pesado.

– O carro deve sair andando com a velocidade de um homem caminhando – disse Tresca, ansioso, do banco de trás. – Então, tudo se move nas pontas dos pés.

Era verdade. Quando ele deixou o carro rolar, a direção ficou macia, uma sensação diferente daquela em outros automóveis. Harry sentia que estava muito acima da estrada do que o normal. As capotas dos carros comuns deviam ficar perto da parte superior das portas do SJ. Ele dirigiu com cautela e a princípio muito devagar, porque a estrada era cheia de pedras. Mas o Duesenberg parecia escolher o caminho sobre as rochas.

Quando chegaram ao asfalto os pneus e o carro responderam maravilhosamente. Ele mal pisou no acelerador e estavam a cento e quarenta, o motor apenas ronronando.

– Eu dirijo duas vezes mais rápido – disse Mehdi.

– Se frear com muita força, *sair,* vamos machucar a cabeça – avisou Tresca com urgência.

Harry freou suavemente. Cortando a escuridão da noite, ele pensou em Ben Hur, dirigindo o carro de guerra, puxado por quatrocentos e vinte magníficos cavalos, todos dando o máximo que podiam.

Harry diminuiu a marcha, quase parando, para atravessar um povoado. No fim de uma hora, viu as luzes de uma cidade na frente e de novo pisou no freio de leve.

Quando estavam entrando na cidade, um bando de fantasmas cinzentos rodopiou no meio da estrada.

– E agora, o que é isso? – perguntou Mehdi.

– Acho que são ovelhas – respondeu Harry, desligando o motor para economizar gasolina.

Mais adiante, na frente dos animais, um caminhão de uma tonelada puxava por uma corda um Land Rover que estava no outro lado da estrada. O caminhão parecia estar tendo grande dificuldade para puxar o veículo muito menor.

Tresca se inclinou para a frente.

– Lembra deste lugar? – perguntou ele para Harry. – A estrada estava impedida justamente aqui quando eu o levei para a Jordânia.

Harry lembrou-se da cabra morta pelo caminhão e do trânsito interrompido.

– Não estou gostando – disse Tresca para Mehdi. – Ter de parar aqui duas vezes. Talvez estejam à sua procura. Duas vezes não é acidental.

Mehdi abriu o porta-luvas onde estava a arma.

Harry procurava ver o que estava acontecendo. Na periferia da luz dos faróis, as ovelhas começavam a abrir caminho. Homens andavam no meio delas. Harry viu cinco ou sete. Num dado momento viu um deles com um turbante branco de listras escuras. Um pouco atrás estava outro com um boné de pano enterrado na cabeça. O homem de turbante parecia nervoso ou com medo. Olhava constantemente para trás, como para ter certeza de que os outros o acompanhavam.

Agora Harry podia ver as mãos deles.

– Oh, meu Deus – disse ele.

Tresca disse alguma coisa em árabe e Mehdi estendeu a mão para a arma no porta-luvas, mas o árabe com o boné de pano já havia atirado alguma coisa que atingiu o para-brisa do carro. O vidro rachou e ficou como uma teia, sem estilhaçar, a granada ricocheteou e os eventos se juntaram e tudo aconteceu ao mesmo tempo.

Harry estendeu o braço e abriu a porta no lado de Mehdi. Com o pé, empurrou-o para fora e saiu abaixado, atrás dele, para a estrada. Foi um ato de puro instinto. Harry não tinha ideia para que lado do carro a granada tinha rolado e podia estar empurrando Mehdi para cima dela.

A explosão foi no outro lado e o tiroteio começou. Todos os árabes estavam atirando no Duesenberg.

Harry agarrou Mehdi e o arrastou para longe do carro. De mãos dadas como crianças, fugiram às cegas na escuridão. Mehdi não se movia com facilidade, nem mesmo como a maioria do homens gordos. Mal podia correr. Harry tinha a impressão de andar sobre uma camada de cola. Temia que Mehdi tivesse um ataque cardíaco. No meio do barulho do tiroteio, ele ouvia a respiração estertorosa do egípcio.

Colidiram com uma cerca de arame farpado e Harry cortou o braço. O arame parecia velho e enferrujado. Sem dúvida, o que sobrou das guerras, e Harry pensou em tétano, enquanto se espremia para passar pela cerca.

Com esforço, Harry procurava soltar a roupa de Mehdi presa no arame farpado.

– Alá. – Mehdi conseguiu dizer, ofegante.

Finalmente a camisa rasgou. Durante todo esse tempo, a trinta metros de onde estavam, os homens continuavam a atirar no carro. O tanque de gasolina explodiu quando Mehdi se livrou do arame e os dois se deitaram no chão para não serem vistos no clarão do fogo.

Harry viu que Mehdi tinha na mão a pistola de cano grosso de Tresca e teve medo que ele atirasse, revelando onde estavam, mas quando tentou tirá-la, não conseguiu soltar os dedos do egípcio.

– Não use a arma – disse ele, mas suas palavras foram abafadas por outra rajada de tiros.

Harry beliscou a mão gorda de Mehdi.

– Não use a arma – murmurou.

Mehdi olhou para ele sem compreender.

Harry estava tentando manter a cabeça abaixada, atrás das rochas que acompanhavam a cerca. Mais cedo ou mais tarde eles os achariam. Quando era pequeno, ouviu a história do homem com o mesmo sobrenome do seu pai, e durante anos o perseguiu um pesadelo no qual ele estava agachado no porão do seu apartamento e Bruno Hauptmann aparecia para raptá-lo. Era como se o sonho tivesse mudado apenas um pouco.

Mas, em vez de Hauptmann, o que ouviu foi o som dos motores dos veículos e a intensificação do tiroteio. Ergueu a cabeça o suficiente para ver que os árabes não estavam mais atirando no carro em chamas, mas além dele, e, o mais importante, outros homens atiravam neles. Harry só via dois à luz do fogo e, enquanto olhava, ambos foram atingidos. Ficaram imóveis no chão mas, fosse quem fosse no outro lado, continuou a atirar e, cada vez que uma bala atingia um alvo, os corpos estremeciam com o impacto como se estivessem vivos.

Um homem saiu entre a luz e a sombra e correu direto para eles. Estava em pânico, como Harry e Mehdi quando correram, e assim que se aproximou, ouviram a respiração áspera e depois um rosnado, quase em cima deles, quando o homem se chocou com o arame farpado. Ele passou primeiro a cabeça e o peito, como Harry tinha feito.

Ergueram os olhos para o homem e o homem olhou para eles. Mehdi levantou a pistola na mão gorducha, apontou para o pescoço do homem e atirou.

Harry passou os braços em volta do gordo egípcio.

– Eu nunca pensei em vender para mais ninguém – murmurou Mehdi. – Só para o meu povo. Para devolver uma parte da sua herança.

Pela aparência, Mehdi estava tendo uma forma calma de crise histérica.

– Mesmo assim, eles não permitiram a minha volta. Jamais perdoaram – disse o egípcio. Tinha perdido o fez.

– *Haim atah margish beseder?* – perguntou um soldado. – Vocês estão bem?

Harry fez um gesto afirmativo.

– *Kayn* – disse ele, vendo os soldados borrifando um líquido sobre o carro.

Mais tarde, o que o incomodou – envergonhando-o e o deixando cheio de medo – foi o fato de que, com Mehdi tremendo nos seus braços, homens mortos no chão e aquilo que fora Tresca sentado ainda no banco em chamas, teve tempo para pensar com pena que agora havia apenas vinte e nove Duesenbergs SJ no mundo todo.

26

SORTE E UMA BÊNÇÃO

Foram levados para um acampamento do exército e interrogados por um major jovem e moreno que teve a paciência de repetir as mesmas perguntas até conseguir um relato detalhado do ataque, como eles o tinham visto. O oficial não fez nenhuma pergunta pessoal. Harry tinha certeza de que sabia tudo sobre os dois.

Só dois dos atacantes ainda estavam vivos. Um seguiu de avião para Jerusalém, para ser operado. Harry e Mehdi foram levados para ver o outro na cela.

– Vocês o conhecem?

Um árabe, que devia ter dezenove anos, usava sapatos de trabalho, calça de algodão marrom e camisa de malha azul. Cabelo despenteado, olheiras escuras, uma equimose arroxeada no queixo não barbeado.

Os dois apenas balançaram a cabeça.

– Eram onze. Todos estudantes universitários egípcios. – O major olhou para Mehdi. – Eles pensaram estar matando você no banco de trás do Duesenberg.

Mehdi balançou a cabeça afirmativamente.

– Eles dizem que você está vendendo um antigo objeto muçulmano para não crentes.

Tudo no garoto indicava calma, menos os olhos.

– Eu jamais o venderia fora do Islã – disse Mehdi, em árabe.

– Sim, venderia – objetou o jovem. – Você negocia com eles como uma prostituta doente vendendo a alma. Negociando uma parte da mesquita de Acre com porcos cristãos, com os bastardos de Jerusalém que tomam seguidamente o que é nosso. Nós vimos, estávamos vigiando.

– Eu não vendi para eles. Eu tinha outros planos.

O major fez um gesto afirmativo.

– Os dois prisioneiros estavam informados de que você pretendia voltar ao governo do Egito.

O árabe falou outra vez, dirigindo-se a Mehdi:

– Nós sabíamos que você estava para chegar. Não duraria nem algumas horas no Egito.

– Fique quieto, seu animal! Nove jovens mortos. E por quê? Nenhum de vocês, seus estúpidos, tinha nascido quando deixei o Egito.

– Nossos pais lembram bem de você – acusou o jovem.

Não ia dizer mais nada para eles.

– Onde estava a segurança? – Harry perguntou para o major quando saíam da prisão.

– Chegamos logo.

– Isso não é segurança. Se estivéssemos no banco de trás...

O major ficou à vontade.

– Vocês tiveram sorte. Quem disser que a segurança pode deter uma bala está mentindo.

Quando terminou o interrogatório, o major perguntou se queriam ser levados de helicóptero ao Hospital Hadassah. Mehdi balançou a cabeça vigorosamente.

– Não – confirmou Harry.

Um médico do exército deu a cada um dois comprimidos de tranquilizante de cinco miligramas.

– Eu não preciso – disse Harry.

O médico pôs os comprimidos na mão dele e sorriu.

– É de graça.

Foram levados num carro do exército a um motel em Dimona. Eram quase duas horas da manhã quando chegaram e as ruas estavam desertas. Harry ficou satisfeito quando viu uma patrulha motorizada do exército.

Finalmente sozinho no quarto, Harry começou a tremer. Tentou se controlar mas não conseguiu. Tomou um dos comprimidos e começou a se despir. Então tomou o outro e deitou com a roupa de baixo, esperando o efeito do tranquilizante.

De manhã, ele e Mehdi pediram um farto café e comeram, sentindo-se culpados.

– O corpo – lembrou Mehdi. – Preciso conseguir que seja liberado pelas autoridades. – Empurrou os ovos no prato com o garfo. – Meu pobre Tresca. Telefonei para Bardyl.

– Eram parentes?

– Mais do que isso. Amigos.

– Tudo mudou para você, não é mesmo?

– Eles nunca vão me deixar voltar. Muito bem. No cargo que o governo concordou em me ceder, eu teria sido pouco mais que um criado. Sem dúvida ia me cansar disso. – Suspirou e desistiu dos ovos.

– A ironia nisso tudo – disse Harry – é que eles estavam tentando matá-lo para que não me vendesse o diamante Kaaba. Mas você não tem o diamante Kaaba.

Mehdi fez uma careta.

– É verdade – disse Harry.

– Não quero insultá-lo, meu amigo. Mas...

— Eu estou dizendo, o Kaaba tem um defeito muito sério. Deve haver um modo de você confirmar isso.

O egípcio olhou atentamente para ele.

— Há registros volumosos na mesquita de Acre. Talvez tenham uma descrição do diamante que adornava o *Maksura*. Mas, compreenda... se essa descrição não mencionar o defeito, o defeito não existe.

— Pode pedir a alguém para conseguir esses registros?

Mehdi deu de ombros.

— Para um crente, tudo é possível — sentenciou.

Mehdi trabalhava rapidamente. Telefonou para Harry um pouco antes das dez horas da noite e eles se encontraram outra vez na lanchonete.

— Mandou verificar os registros?

O egípcio fez um gesto afirmativo.

— É como você disse — falou lentamente.

Por um segundo, a cabeça de Harry pareceu ficar leve demais.

— O Kaaba tem um grande defeito. O meu diamante não é a pedra tirada da mesquita do Acre pelos cruzados.

— Então, está livre para vender?

— Não há mais nenhuma restrição de ordem religiosa. Não é uma relíquia. Se chegarmos a um acordo, vendo para você.

Harry teve o cuidado de conter o suspiro de alívio.

— Como você diz, não é uma relíquia. Só posso pagar o que ele vale como pedra preciosa — adiantou, cauteloso.

— O diamante vale muito. E nós dois sabemos.

— A qualidade não é grande coisa. Mas o tamanho compensa.

Mehdi esperou.

— Um milhão e cem.

Mehdi assentiu com um gesto.

— Desejo-lhe toda a sorte com o diamante, sr. Hopeman. — Estendeu a mão.

Harry apertou-a com força.

— *Mazel un brocha,* Bardissi Pasha — disse ele.

Sempre que comprava um diamante, Harry lembrava do ouro que Maimônides tinha de transportar e que o tornava vulnerável aos bandidos, quando viajava. A tecnologia tinha minimizado esse problema. Na manhã seguinte, no Chase Manhattan Bank, a pedido de Saul Netscher, um especialista apertou alguns botões. Registrou no computador os números que representavam a carta de crédito providenciada por Netscher, acrescentou uma mensagem codificada e o número da conta de Mehdi no Credit Suisse de Zurique, e o dinheiro foi transferido eletronicamente de Nova York para a conta suíça. Em Dimona, Harry redigiu uma nota de compra e venda, assinada por ele e Mehdi.

Tudo simples e limpo. Mas ele ainda compartilhava com Maimônides o problema de levar o diamante comprado para casa.

Era quase meio-dia quando entrou no quarto do hotel em Jerusalém.

Viu imediatamente a mensagem escrita. Tamar era uma pessoa muito prática. O bilhete estava pregado na porta do banheiro.

Harry muito querido,
  Perdoe-me por esperar que você virasse as costas.
  Há algum tempo sei que não ia dar certo, mas sou extremamente covarde para cenas.
  Foi grande a tentação de experimentar, porque você é um homem amável, mas teria acabado em um ano. Prefiro a lembrança.
  Se sentia o que eu sentia, não procure me ver. Desejo a você muitos anos repletos de outras alegrias.

T.

Harry telefonou para o apartamento dela, mas ninguém atendeu. No museu disseram que a sra. Strauss tinha estendido suas férias.

Não, não sabiam onde ela estava.

Harry tinha uma boa ideia de onde poderia encontrá-la. Mas quando desligou, ficou sentado por vinte minutos, procurando se acalmar.

Metodicamente examinou tudo que devia ser feito. Levou o Ford inglês alugado para a agência e acertou suas contas. Embrulhou a roupa para lavar e despachou pelo correio. Foi ao escritório da companhia aérea e comprou duas passagens no voo que saía do aeroporto Ben Gurion no fim da tarde. No tempo que sobrou, fez as malas rapidamente e deixou o hotel.

Então tomou um táxi para Rosh Ha'ayin.

A menina estava sentada na terra da rua, exatamente como na primeira vez que ele a viu. Harry mandou o motorista parar.

Desceu do carro e ajoelhou-se ao lado da garota.

– *Shalom*, Habiba, lembra de mim?

Habiba apenas olhou para ele.

– A tia Tamar está aqui?

Ela apontou para a casa da avó.

Harry bateu na porta de tela e as duas pessoas que estavam lá dentro olharam para ele.

– Entre, se quiser – disse *ya umma*. Ela estava de pé, encostada na parede. *Ya abba* estava sentado à mesa, tomando araque.

– Quero falar com Tamar – disse Harry.

Ninguém respondeu. Atrás da porta fechada que dava para a sala, alguém riu. Ouviu Tamar dizer alguma coisa em tom severo e intenso e o riso parou.

Ya abba balançou a cabeça.

– Ela não quer – expressou-se em inglês.

– Para o diabo com isso – queixou-se Harry. – Quero que ela mesma me diga.

– Três coisas eu não entendo – disse *ya abba* em hebraico. – Mas para quatro eu não tenho resposta. A águia no ar, a serpente na rocha, o navio no mar... e um homem e uma mulher. – Esvaziou o copo, encheu outra vez com araque da garrafa e água de uma jarra. Os três observaram os líquidos sem cor se misturando e tomando uma aparência leitosa.

Harry foi até a porta fechada e bateu.

– Tamar – chamou.

Silêncio.

– Ouça – continuou ele –, pelo menos vamos ter uma conversa.

Ela não respondeu.

– Preciso sair do país ainda esta tarde. Tenho uma passagem de avião para você. – Ficou à espera.

– Por Jesus, fale comigo. Fica assim sempre que está menstruada?

Ouviu uma cadeira sendo empurrada e alguma coisa o atingiu. Quando se voltou, *ya abba* estava pronto para o segundo golpe.

– Ei!

O velho era forte. Harry esperava que seu osso malar não estivesse quebrado. Mas *ya abba* estava bêbado e Harry conseguiu mantê-lo afastado.

– Tire ele daqui – exigiu Harry.

Ya umma começou a se lamentar como uma mulher árabe num enterro.

– Afaste esse homem de mim.

Lá fora, o chofer do táxi tocou a buzina. *Ya abba* foi levado de volta para a cadeira.

– Que droga, será que não entende? Eu a amo! – gritou Harry para a porta fechada.

A porta se abriu.

A irmã de Tamar passou por ela com a maior presteza que permitia sua gravidez. Yaffa estava encantada com tudo aquilo. Entregou um papel dobrado para Harry. Ele abriu e suspirou.

Harry jamais fará coisa alguma para me magoar.

Ergueu os olhos e viu que Yaffa o observava com interesse e simpatia e isso o preocupou mais do que a dor que sentia no rosto.

– *Shalom* – murmurou *ya umma*, quando ele saiu.

Três mulheres iemenitas cochichavam com as cabeças muito juntas e o acompanharam com os olhos. A menina continuava sentada na terra. Outra vez com uma mosca no rosto, que Harry espantou antes de entrar no táxi e mandar que seguisse para o aeroporto.

27

A JAÇA

Era como se as membranas que cobriam seus olhos e seus ouvidos há anos, sem que ele percebesse, tivessem desaparecido desde a sua volta e pela primeira vez via e ouvia a América com clareza, os campos e os bosques em volta da casa em Westchester, os pássaros, o canto dos galos silvestres, o ronco de uma serra elétrica distante, o som do tráfego na rua, mais selvagem do que os ruídos das ruas de Jerusalém, mas quase reconfortante porque era uma das peças na sua confusão.

Massageou com creme a área arroxeada no rosto atingido por *ya abba*.

Della olhou com insistência para a equimose quando se encontraram para almoçar, mas não fez nenhuma pergunta.

– Eu encontrei alguém, Harry.

– É... uma coisa séria, Della? – Harry sentiu-se indecente, como se estivesse espiando o que não devia.

– Queremos casar. – Ela estava pálida.

– Fico feliz por você. – Era verdade, mas a expressão não saiu como ele queria. Por mais incrível que fosse, Harry ficou abalado.

Os três jantaram juntos na semana seguinte, civilizados e muito pouco à vontade. O nome do homem era Walter Lieberman, um analista de seguros na Wall Street. Divorciado. Tinha boa renda e pouco cabelo. Parecia sempre ansioso, como John Chancellor, e era gentil e sólido. Em outras circunstâncias, Harry teria gostado dele.

Foi tudo muito simples. Ela ia pedir o divórcio e Harry não iria se opor.

– Eu gostaria de ficar com a casa – disse ele.

Della também gostava da casa, mas concordou esportivamente e elogiou com exagero a consideração e tato de Walter por ter decidido não comparecer ao *bar mitzvah*.

O *bar mitzvah* tomou conta de suas vidas. Della tinha feito tudo. O salão do Templo estava reservado, o bufê contratado, o menu escolhido. Tudo pronto, menos Jeffrey Martin Hopeman, que gaguejava na leitura da *haftorah*, como se fosse incapaz de algum dia aprender o *trope*, os símbolos musicais marcados no pergaminho. Com um sentimento de culpa, Harry compreendeu que enquanto ele estava fora, perseguindo deuses estranhos, o filho precisara dele. Começaram a trabalhar juntos na *haftorah*. Era uma leitura especial, só cantada quando o sábado caía durante o *Sukkot*, o festival da colheita. O trecho descreve a Guerra de Gog e Magog, e para Jeff até a tradução em inglês era incompreensível.

– Quem era Gog?

– O líder de um exército inimigo vindo do norte, que invadiu Israel – ensinou Harry.

– Quem era Magog?

– O quê, não quem. Magog era o país de onde Gog tinha vindo. Talvez nunca tenha existido. Talvez apenas simbolize os inimigos de Israel.

– Eles nem sabem ao certo sobre o que é o trecho que vou ler?

– Grande parte do significado se perdeu através dos séculos, é um mistério – disse Harry. – Sua antiguidade, eis o que é interessante, não acha? Contar uma história antiga de geração em geração, há tanto tempo.

Jeff resmungou.

Mas gostou dos solidéus comprados por Harry em Mea She'arim e escolheu um azul, bordado com flores em tom pastel.

– Comprou um *tallit* para ele? – perguntou Della.

– Nem lembrei – admitiu Harry.

– Tem de comprar um *tallit* – suspirou Della.

Harry foi a uma livraria judaica no Lower East Side e comprou um xale de oração para o filho, feito em Israel.

O presente que Jeff queria era óbvio. Harry encontrou em vários lugares páginas e mais páginas de revistas de esportes, que o filho deixara onde ele certamente as descobriria, com anúncios em quatro cores descrevendo as qualidades do Remington .243 de 6mm, do Savage .250-3000, do Roberts .257.

– Não vou comprar um rifle de caça para você – afirmou Harry.

– Por que não? Se não limitarmos o número de gamos, eles vão morrer de fome no inverno.

– Os predadores estão voltando. Eles fazem isso muito melhor.

– Muita gente boa caça.

– Alguns precisam da carne. Isso eu aprovo. Se quer caçar por esporte, espere até ser responsável por suas ações.

Deram a ele uma máquina de escrever portátil. Para completar, Harry comprou uma vara de pescar muito leve, um primor com dois metros e quinze de comprimento, mas não tinha certeza de que ia contentar um garoto que sonhava ser um caçador de gamos.

Harry começou a prestar muita atenção em certas reportagens no *Times* que, meses atrás, nem teria notado. Na Argentina, bandos de neonazistas estavam metralhando e explodindo lojas de judeus e sinagogas, e haviam até sequestrado duas famílias judias para receber um resgate. Na Baviéria, jovens antissemitas faziam treinamento em organizações paramilitares. O governo soviético estava internando mais judeus dissidentes em asilos para loucos. Um professor no Wisconsin escreveu um livro afirmando que o Holocausto era uma gigantesca mistificação judaica.

O presidente norte-americano condenou Israel por se instalar em território ocupado e juntou-se aos russos na exigência do estabelecimento de um país palestino. No dia seguinte à publicação da declaração conjunta, Harry foi ao seu cofre no banco e apanhou o pequeno pote de vaselina onde estavam os diamantes. Guardou o pote exatamente onde seu pai guardava. Era outra mesa de trabalho, mas, como Alfred Hopeman, ele usou a segunda gaveta da direita, onde guardava selos, clipes, elásticos e pequenas pedras amarelas que podiam salvar sua vida se tivesse de fugir no meio da noite.

A roupa para lavar chegou cinco semanas depois de despachada no correio em Jerusalém. Harry desfez o embrulho, tirou o diamante amarelo que estava entre um pé de meia cheirando a suor e uma cueca com uma mancha vergonhosa, e na manhã seguinte foi ao seu agente da alfândega, preencheu o formulário 3500 do governo americano de entrada formal de mercadoria e levou a pedra, com o cheque, ao escritório do funcionário da alfândega chamado McCue no World Trade Center.

McCue balançou a cabeça quando o viu.

– Continua contrabandeando, sr. Hopeman?

Harry tinha feito isso várias vezes. Embora tecnicamente estivesse burlando a lei, a alfândega compreendia que era uma questão de segurança e Harry sempre pagava imediatamente o imposto de importação, 4 por cento do preço pago por pedras com menos de meio quilate, 5 por cento no caso de pedras maiores.

Encontrou-se imediatamente com Saul Netscher, que examinou a joia com satisfação.

– Ah, tão grande. Tem certeza de que não é o diamante da Inquisição?

Harry assentiu com um gesto.

– Então, onde diabo ele está?

– Eu não sei.

– O que vou dizer às pessoas que entraram com o dinheiro?

– A verdade. Posso devolver o dinheiro agora ou eles podem esperar até eu vender o diamante. Se esperarem, faço a dedução das minhas despesas e divido o lucro entre eles – disse Harry, mal-humorado.

Choveu quatro dias seguidos, uma chuva densa e contínua. Então uma subida do barômetro varreu o ar frio do Canadá e, quando o sol apareceu, foi como um novo verão. As plantas que eram verdes abriram-se em cores. Harry teve de repente vontade de ver um gamo. O pomar estava repleto de maçãs caídas, fermentadas como as lebres gostam. Havia pegadas de gamos por toda a parte e excremento abundante, indicando que eles estavam se alimentando bem, mas naquela manhã Harry correu na trilha do rio sem ver nada além de pássaros e esquilos. Os gamos, como os policiais, nunca aparecem quando precisamos deles.

Jeff saiu também e o encontrou sentado perto da margem, encostado numa árvore. Tudo estava bem entre eles. Harry e Della tinham compartilhado a difícil explicação. Tanto quanto foi possível, Jeff compreendeu o que estava acontecendo com sua família e o que não ia mudar.

Jeff sentou ao lado dele. As faias estavam marrons; as bétulas e os choupos, amarelos. Carvalhos e bordos eram vermelhos e alaranjados e um pequeno bosque de freixos brancos tornara-se quase roxo com sumagres aqui e ali, como archotes. Tudo refletido na água corrente do rio.

– Estive pensando no que eu faria se tentassem nos tirar este lugar por sermos judeus – disse Harry.

Jeff ficou intrigado.

– Eles fariam isso?

– Acho que não. – Atirou uma pedra na água. – Mas aconteceu em outros lugares, muitas vezes. Eu aprendi uma coisa em Israel. Se acontecesse aqui, eu compraria um rifle para você. E um para mim.

– ... Eu não ia querer usar o rifle contra pessoas.

– Para isso é que eles servem – ensinou Harry, em voz baixa. – Matam animais e matam pessoas. – Era difícil, como pai, ver o efeito das suas palavras, mas observou o rosto de Jeff.

– Quer dizer que não deixaria que eles fizessem conosco o que fizeram na Europa?

Harry fez um gesto afirmativo.

Jeff ergueu os ombros.

– Seria melhor lutar. Eu detestaria... Mas iria ficar com você. – Tocou o braço de Harry. – De verdade, papai.

Quando voltaram para casa, Harry tinha resolvido tirar os seis diamantes da gaveta e vender. Homens dispostos a morrer por seu pedaço de terra não precisavam de um plano de fuga.

Naquela noite, ele cobriu a mesa de lapidação com uma toalha, por causa da gordura, e tirou o pote da gaveta.

As seis pedras eram pequenas e sua cor as confundia com a vaselina, por isso Harry teve de enfiar os dedos na geleia amarelada. O enorme diamante falso estava logo abaixo da superfície, como um guarda. Ele o retirou e depois, um a um, os pequenos diamantes.

Eram muito belos. Serviriam para anéis de noivado.

Harry limpou as pedras e notou que o petrolato havia deixado uma película opaca que diminuía o brilho das pedras. O único líquido para limpeza que ele tinha era o do acendedor de carvão da lareira e serviu muito bem para restituir o fulgor aos diamantes. Enxugando as pedras, olhou para o grande diamante falso.

A parte inferior era pintada de amarelo e estava coberta de vaselina, mas Harry lembrou imediatamente que não estava à mostra quando ele encontrara o pote há tantos anos.

Não era falso.

Harry ficou a olhar a pedra, cantarolando, com medo de examiná-la.

Mas conseguiu se controlar para limpar a vaselina.

Era cortada num delicado briolette. O desenho das facetas se parecia bastante com a face da pedra de Mehdi. Mas este diamante fora cortado há muito tempo, quando ainda não existiam técnicas sofisticadas.

Os dois terços inferiores da pedra estavam cobertos pela tinta amarela, que Harry raspou com mãos trêmulas, abrindo uma janela, depois lavou cuidadosamente.

Quando ligou a lâmpada na base do microscópio e pôs a pedra debaixo dela, a estrutura interna do cristal encheu sua lupa.

A cor era soberba, um amarelo mais quente que o do ouro.

Luz intensa do sol. Comprimida na pedra.

Belo fogo.

Pureza.

Terminando numa repentina leitosidade e uma escuridão brutal na área do pescoço.

Antes de ver o defeito, ele sabia o que era aquele diamante. "Era isso que você estava tentando me dizer!" – disse Harry para o pai.

Ficou sentado, imóvel.

E tocou o diamante.

Fazendo contato, através das pontas dos dedos, com a lembrança e a promessa do Templo de Jerusalém.

Com o longo silêncio da *genizah* no vale de Achor.

Com a sagrada *maksura* da mesquita do Acre.

Com o pecado sangrento da Inquisição espanhola.

Com a sacra majestade do papado.

Tudo isso, suspenso, contido, durante grande parte da vida do seu pai, num pote de geleia química.

Então ele percebeu que estava falando alto.

Sons insanos.

A porta do apartamento dos Lawrenson, no segundo andar, se abriu.

– Tenho certeza. Ele deve estar doente. – Harry ouviu a governanta dizer ao marido. Sid Lawrenson começou a descer a escada.

A despeito da hora, Harry estendeu a mão para o telefone.

– A pedra de Mehdi é a que foi roubada do museu do Vaticano. – Harry informou a Saul.
– ... Que diabo, resolva de uma vez! Você disse que não era o diamante da Inquisição!
– Não é. São dois diamantes distintos. Eu quero devolver este para Roma. Acha que os seus investidores estarão dispostos a doar a pedra ao Vaticano? Desisto do pagamento das minhas despesas.
Netscher ficou ofendido.
– O que está pedindo agora? Eles concordaram em comprar uma coisa importante na história judaica. Vão me dizer para procurar um grupo de católicos ricos.
– Escute, Saul, eles terão muito mais do que pagaram. – Falou durante um longo tempo em tom decidido.
– São quatorze doadores. – disse Netscher, finalmente, atordoado. – Com doze deles, não vai ser fácil, mas talvez eu consiga. Porém existem dois que doariam qualquer coisa à Igreja católica.
– Então eu entro com as partes deles.
– É muito dinheiro. O que significa para você eles enfiarem ou não o diamante na mitra do papa?
– Trata-se de propriedade roubada. É... uma obrigação de família. – Harry odiou Peter Harrington por ter avaliado com tanta precisão sua consciência. – Diga a eles que serão recebidos numa cerimônia papal. Você pode convencê-los, Saul.
Netscher suspirou.

Monsenhor Peter Harrington encontrou-se com Harry em Roma e o levou de carro à Santa Sé.
Harry tinha telegrafado ao cardeal Pesenti, dizendo apenas que um grupo de filantropos tinha comprado o diamante amarelo roubado e que ele ia devolvê-lo ao museu do Vaticano.
O cardeal correu para eles.
– *Molte grazie* – murmurou. – Quanta benevolência e generosidade! – Depois os conduziu ao seu estúdio.
Quando estavam sentados à mesa do refeitório e Harry tirou o diamante da sua pasta, o cardeal ergueu a pedra para o alto, quase sem poder acreditar.
– Agradeço a Deus por tê-lo inspirado a devolver o Olho de Alexandre à mitra de Gregório, sr. Hopeman.
– Não é o Olho de Alexandre, Eminência.
O cardeal ficou perplexo.
– Seu cabograma diz que ia devolver o diamante roubado.

– Esta é a pedra que comprei em Israel, o diamante que os ladrões de joias arrancaram da mitra no seu museu. Mas não é o diamante cortado por Julius Vidal, meu antepassado, e depois doado à Igreja.

– Eu não compreendo.

– O diamante original foi substituído por esse que está nas suas mãos, Eminência. Muito antes do roubo nos tempos modernos.

Todos olharam para ele, desapontados.

Peter Harrington balançou a cabeça.

– Nós temos registros rigorosamente exatos. Acho difícil acreditar que pudesse ter havido uma substituição.

– O diamante foi levado para fora do Vaticano apenas duas vezes – informou Harry. – Uma delas foi quando meu pai consertou a mitra em Berlim e recolocou a pedra. Seus registros confirmarão que a pedra que ele devolveu por meio da firma Sidney Luzzatti & Sons, de Nápoles, era este diamante, o mesmo que lhe foi enviado. Ele sabia então que não era o verdadeiro diamante da Inquisição, pois estava no cofre dele. Mas descreveu a pedra sem jaça da mitra no seu diário como o diamante da Inquisição, tornando-se parte de um mistério de 350 anos.

"A substituição pode ter sido feita em outra ocasião, mais ou menos em 1590, por um dos meus antepassados, Isaac Vitallo, de Veneza – o joalheiro que montou o diamante quando a mitra foi feita."

– Há muito tempo – disse Harrington.

Harry concordou.

– Durante períodos que foram terríveis para os judeus. Pode ter servido de consolo para eles essa pequena vingança pessoal.

– Por que seu pai não lhe contou?

– Ele esperou demais. Acho que se tornou para ele um embaraço, um anacronismo. – Harry deu de ombros. – Vingança é anacronismo. Está na hora de revelar o segredo.

O cardeal Pesenti estava fascinado.

– Esta pedra é extremamente valiosa – disse ele, erguendo outra vez o diamante. – Sendo assim, o diamante pelo qual Vitallo o substituiu – o verdadeiro Olho de Alexandre – deve valer muito mais?

– Literalmente não tem preço.

– E o senhor pretende devolvê-lo à Igreja – declarou o cardeal Pesenti imediatamente.

– Não, Eminência.

Harry e o cardeal entreolharam-se por algum tempo.

O ar mudou de repente.

– Foi roubado da Santa Madre Igreja. Você se deu ao trabalho de nos devolver esta pedra de menor valor. Somos os proprietários de direito do Olho de Alexandre, não somos?

– Nós o chamamos de diamante da Inquisição. Antes de pertencer à Igreja, pertencia a um homem que morreu na fogueira porque era judeu.

Fez-se silêncio. Peter Harrington pigarreou.

– Você não tem o direito, Harry – disse ele, com voz rouca.

– Tenho todo o direito. Ao contrário de Jerusalém, é possível dividir a propriedade de um diamante. Tomei providências para doá-lo ao museu de Israel, ao seu museu, aqui no Vaticano, e ao museu da Jordânia, em Amman. Será exposto em cada museu, em rotação permanente, por cinco anos cada vez.

A boca do cardeal era uma simples linha no rosto. O queixo estava rígido. Mas vendo-o lutar para controlar as emoções, Harry percebeu com espanto que a chama nos olhos do prelado não era de ira.

O cardeal Bernardino Pesenti balançou a cabeça afirmativamente.

– *É hora.*

Estendeu a mão e tocou em Harry.

– É hora de fechar as feridas, sr. Hopeman – disse ele.

28

O GUARDIÃO

Harry telefonou para Davi Leslau e falou um longo tempo, respondendo às joviais perguntas do arqueólogo.

Finalmente Davi começou a rir.

– Conte outra vez. *Onde* você o encontrou? Num pote *do quê?*... Meu Deus, foi aí que eu errei. Nunca fiz escavações no meu quintal, em Cincinnati.

Harry não gostou do tom jocoso de Davi.

– Como vai a escavação? – conseguiu, finalmente, perguntar.

– Promissora, estamos encontrando toda espécie de sinais. Mas nada concreto.

– Que sinais?

– Vou escrever para você. Um relatório completo.

Harry tentou voltar à rotina de trabalho. Novas histórias sobre roubos em museus motivavam novos roubos em museus e os três museus queriam que a publicidade sobre o diamante da Inquisição fosse cuidadosamente controlada por eles. Harry aprovou. A publicidade era boa para os negócios, mas nenhum mercador de diamantes gostava de ter a foto nos jornais, o que os tornava alvo de assaltantes.

Ele começou a passar mais tempo que o necessário na rua Quarenta e Sete, voltando aos seus primórdios. À noite, quando os ateliês e as lojas fechavam e só alguns vendedores ficavam por ali, ele sentava à mesa deles na delicatessen, atendia aos pedidos para avaliar pedras e ouvia e contava histórias de diamantes. Conheceu pessoas que não conhecia antes. Era como se todos fossem israelenses. Harry ouvia mais hebraico falado na rua do que antes.

Sabia o que tinha de se obrigar a fazer. Na Associação dos Diamantes, conheceu uma bela mulher que cheirava a sabonete e eles almoçaram juntos duas vezes. Quando Harry a convidou para viajar com ele por um ou dois dias, ela concordou sem hesitar. Foram de carro até a Pensilvânia, a um hotel perto das fazendas amish que pareciam estar posando para cartões-postais. A mulher estava terminando o curso de direito na Fordham e queria ser transferida da pesquisa para a prática de direito na Associação. Disse francamente que a ajuda de Harry seria bem-vinda.

Ela falou bastante sobre a transferência para a indústria de ações de delito civil. Seu corpo magro era sexy, mas a pele pálida demais, bem como a personalidade.

Voltando para casa, ele parou em Newark para almoçar e viu que o canto esquerdo superior da primeira página do *New York Times* informava com destaque que, algumas horas atrás, Davi Leslau, do Colégio da União Hebraica, tinha encontrado o querubim do templo de Salomão.

Não era um anjo tradicional, de faces rosadas e cachos nos cabelos. Era pequeno, mal chegava a quarenta e dois centímetros de altura, um homem-animal com rosto humano, corpo de leão e asas de águia caídas que, no passado, – era incrível – teriam coberto a Arca da Aliança.

Era feito de um tipo de madeira ainda não identificado porque se desfazia ao toque. A madeira era coberta por uma película de ouro batido. O *Times* citava a estimativa de um metalúrgico da Technion, segundo o qual a estátua devia ter 4 por cento de prata como uma impureza natural e que outros 10 por cento de cobre foram adicionados para resistência e firmeza. A liga de ouro era relativamente pura, por isso quase não havia oxidação, mas uma película marrom, supostamente de sais químicos, estava sendo removida da superfície.

Harry queria correr para o avião mais próximo, mas tudo que fez foi enviar um cabograma de duas palavras, *Yasher koach*. Bom trabalho. E voltou ao jornal.

O querubim foi levemente amassado pela pá de um trabalhador no momento em que o descobriram e um corte irregular na borda inferior indicava que, em algum tempo, estivera preso a alguma coisa – a cobertura da Arca. As primeiras notícias não mencionavam o manuscrito de cobre, nem o nome dos que trabalharam no projeto, mas naquela tarde Harry começou a receber telefonemas de repórteres e escritores. Ele encaminhava todos para o Colégio da União Hebraica. Alguns dias mais tarde, a maior parte dos detalhes foi dada a público, incluindo a descrição do manuscrito. Era evidente que Davi fora generoso, mas o *Times* se referia ao "comerciante de diamantes e acadêmico diletante, Harry Hopeman". A *Newsweek* o chamou de criptólogo amador.

U S. News & World Report dizia que o professor Leslau creditava a Tamar Strauss-Kagan, mulher do Diretor-Geral do Ministério do Interior, a grande ajuda na localização da *genizah*.

Tamar estava casada.

Harry tentou não pensar nela, mas seu subconsciente recusava esquecê-la. Alguns meses antes ele não teria acreditado na possibilidade de tanta dor.

AI 138 BZ LB NY as reportagens jornais fedem ponto você não diletante ponto muita exclamação mundial venha ajudar.

Leslau

Caro Davi

Estou orgulhoso por você ter encontrado o guardião de ouro. Estava mesmo enterrado na argila a vinte e três côvados? É um detalhe que as reportagens não mencionam.

Como não preciso dizer, temos problemas à frente. Duvido que haja uma chave mestra para o manuscrito de cobre. Cada genizah terá de ser estudada como um quebra-cabeça diferente. Li que descobriu o querubim virado de frente para o norte. Sem dúvida o outro está virado para o sul e a arca está escondida em algum lugar entre as duas genizot. Mas o segundo querubim pode estar longe de Ein Gedi – no monte Hermon, por exemplo. Isso limitaria a área da procura a todo o bendito país.

Os chacais intelectuais tentarão abrir buracos na autenticidade do querubim. Um "entendido" já está dizendo que a imagem é babilônia. Você precisa começar a escrever seus artigos para a sociedade acadêmica.

O caso é que vai precisar de uma equipe dos melhores especialistas. Atiradores da pesada. E a verdade é a verdade, como estudioso, sou um diletante e a descoberta mais importante fiz na minha mesa de trabalho. Como comerciante sou um profissional (Hopeman, o nome, diamantes, o jogo), o que Dylan Thomas costumava chamar com tanto desprezo de "um maldito viajante comercial". Não quero falar mal dos mortos, mas ele era um tolo selvagemente talentoso. O mundo precisa de mercadores e de poetas.

Por um esperançoso e ansioso momento, quando recebi seu amável cabograma, pensei em trabalhar para você neste verão. Mas alguém tem de tomar conta da loja e no próximo verão estarei ensinando meu filho a polir diamantes.

Espero ansiosamente o momento de vê-los quando vierem a Nova York. Até então, todo o meu amor para Rakhel.

Seu amigo
Harry

Estava sendo difícil esquecer. Na avenida Madison, ele viu, num mercado de frutas, maçãs que pareciam desenhadas por Modigliani, a casca como porcelana amarelo-rosada, exatamente como o desenho pregado na placa da casa da maçã do fazendeiro druso em Majdal Shams.

Tudo que a vendedora pôde dizer foi que eram maçãs turcas. Mas o armazém conhecia a variedade.

Kandil Sinap. Ele até gostou do nome. Telefonou para Comell e um pomólogo disse que eram muito raras em Nova York e que ele podia comprar o tipo anão enxertado num viveiro em Michigan. Harry encomendou três árvores para plantar na primavera no seu pomar.

Numa manhã ele viu Tamar andando na Park Avenue.

Os governos estão sempre enviando seus funcionários ao exterior. Os funcionários levam suas mulheres.

Harry mergulhou no mar de corpos, abrindo caminho, empurrando as pessoas. Então a viu outra vez, sim, *era* Tamar. Em qualquer lugar, até o fim da sua vida, ele reconheceria aquele andar. *Seu porte é como o da palmeira, como são belos seus passos com as sandálias, oh filha de príncipe!*

Ela parou para olhar alguns vestidos numa vitrine e Harry, chegando por trás, tocou seu braço e disse seu nome. Um rosto moreno que Harry nunca vira antes olhou para ele atônito por um breve momento e a mulher se afastou.

Sentaram na primeira fila do santuário. Della havia reservado uma surpresa. Permitiu que Jeff chamasse os nomes das pessoas que seriam homenageadas, e Saul Netscher foi chamado à Torah para recitar a bênção do patriarca, substituindo os avós de Jeff, já falecidos. Quando chegou a vez dele, Harry sentiu apenas um grande prazer. O nervosismo só começou com a *haftorah*, mas o filho cantou a história de Gog e Magog animada e suavemente, como se fosse aquele o seu meio de vida. No meio da leitura, a mão de Harry encontrou a de Della. Que diabo, Walter Liebenhan não estava ali. Continuaram de mãos dadas mesmo quando o rabino pediu aos dois para se levantarem e repetirem a prece. *Bendito sejas, oh Senhor, Rei do universo, que nos mantém vivos e nos amparou, permitindo que chegássemos a este dia feliz.*

De manhã, Jeff o acordou cedo, apanharam a nova vara de pescar e foram para o rio. Desceram a margem rochosa e Jeff amarrou uma pequena flâmula vermelha e branca num galho. O vento estava nas costas dele e, na segunda tentativa, conseguiu lançar a linha a uma boa distância. Uma neblina espalhava-se na superfície do rio. Um pequeno animal – talvez uma raposa – moveu-se na outra margem. Harry não sabia se Jeff tinha visto.

– Bang – fez ele, em voz baixa, rindo para o pai.

– Grande dia ontem – disse Harry.

– Hum... – Jeff recolheu a linha. – Sabe o que eu não entendi? Por que você foi chamado em segundo lugar para a Torah?

– Eu pertenço à tribo de Levi.

– Tribo? Quer dizer, como os índios?

– Exatamente como os índios. – Explicou que as doze tribos originais ficaram reduzidas a três. – Kahanes, os descendentes dos sacerdotes, são chamados em primeiro lugar. Depois vêm os levitas, cujos ancestrais eram funcionários do Templo e poetas e músicos. Em seguida, vêm os israelitas, todas as outras tribos fundidas numa só.

Jeff lançou o anzol outra vez.

– Como sabe que é um levita?

– Meu pai me disse. O pai dele disse a ele.

– Ei! – Jeff apanhou um peixe, logo o perdeu e quase imediatamente outro mordeu o anzol. Dessa vez ele manteve a vara erguida e apanhou uma bela, embora pequena, perca listrada.

– Acha que esse tamanho dá para alguma coisa? – perguntou Jeff.

– Oh, um almoço.

– Vou contar ao meu filho. – Jeff entregou o peixe a ele. Por um momento os dois o seguraram, firme e frio e vivo, quase um ritual.

– Espero que sim – disse Harry.

A carta chegou em novembro, pedindo o envio de um depósito para a Companhia do Diamante relativo ao próximo embarque e indicando as datas nas quais receberia as novas encomendas no ano seguinte. Significava que ele fora escolhido para suceder seu pai como membro dos Duzentos e Cinquenta. Harry nunca chegou a saber por que isso não fora feito antes, nem as bases da escolha final, mas sabia que de agora em diante sua vida seria marcada pela chegada de encomendas pelo correio regular de Londres, dez vezes por ano.

Harry não tinha nenhum sentimento de culpa por sua boa sorte, mas ficou preocupado quando leu que outro ataque de foguetes havia feito mais feridos em Kiryat Shemona. Pensou no rabino de Kiryat Shemona que o ajudara a encontrar o marido desaparecido de Rakhel Silitsky e esperava que o rabino, a mulher e o filho estivessem bem.

De manhã, em vez de ir diretamente para a loja na Quinta Avenida, às vezes ele estacionava perto da rua Quarenta e Sete. Passava por pares de homens barbados que conversavam em voz baixa na calçada ou nos pequenos portais que eram seus escritórios, tirando do bolso verdadeiras fortunas em envelopes encardidos. No Clube Diamante, ele passava pelo salão de exposição, onde outros comerciantes examinavam pedras à suave luz do norte, e entrava na capela. Alguns hassidim praticavam os serviços religiosos todas as manhãs nos ônibus alugados que os levavam dos seus guetos modernos para a rua Quarenta e Sete, mas sempre havia um número suficiente na capela para completar o *minyan* de dez pessoas para as preces matinais. Não fazia sentido Harry recitar o *kaddish* por seu pai de modo tão irregular, mas ele não sentia nenhuma compulsão para agir com lógica.

O inverno foi rigoroso e o país queimou uma grande quantidade de petróleo árabe. Numa manhã gelada, ele e Sid Lawrenson cortaram lenha e podaram as macieiras no pomar. Harry aproveitou para escolher os locais para as novas árvores, as Kandil Sinaps. Sentia-se como uma árvore que finalmente lançava a raiz principal.

Sua vida era marcada e medida por pedras. No cemitério, descobriu que outros visitantes haviam posto sete pedras sobre o túmulo do seu pai, onde ele pretendia erguer uma lousa na primavera, quando estivesse mais quente. Resolveu dar a granada para Jeff. Talvez a pedra da sua tribo fosse passada de geração a geração abertamente, uma tradição mais saudável. Quase nunca pensava na pedra amarela comprada em Jerusalém, novamente em segurança na mitra de Gregório. Pensava com maior frequência no diamante da Inquisição e às vezes imaginava se a mulher de pele escura parava para ver a pedra durante as horas em que trabalhava no museu. Nas horas insones, quando temores não identificados se esgueiravam para fora das eras e dos seus genes e ele estremecia com um arrepio absurdo, assombrado por gritos que nunca tinha ouvido, pensava nos seis diamantes de Alfred Hopeman. Mas nunca lamentou o fato deles não estarem mais na mesa da velha casa em Westchester County.

Impressão e Acabamento:
EDITORA JPA LTDA.